Petra Reski

Palazzo Dario

Petra Reski

Palazzo Dario

Roman

List

Für Lino

*Der List Verlag ist ein Unternehmen
der Econ & List Verlagsgruppe*

ISBN: 3-471-78562-0

*Gesetzt aus der Goudy bei Franzis print & media, München
Druck und Bindung: Ebner Ulm*

Inhalt

1.

Wandas Neigung und der vergebliche Versuch, während der Zugfahrt intime Geschichten zu lesen

Die Geschichten der anderen liefen ihr nach wie herrenlose Hunde. Wanda Viarelli war seit einer Ewigkeit unterwegs. Der Zug von Neapel nach Venedig dauerte neun Stunden, mit etwas Glück jedenfalls. Ohne Streiks und Selbstmörder. Gegenüber saß ein älterer Herr mit hohlen Wangen. Er redete und redete, als hätte er nur auf diesen Augenblick gewartet. Nur manchmal stutzte er, vielleicht wunderte es ihn, warum er sich dieser rothaarigen Frau anvertraute, aber da redete er schon wieder weiter.

Für Wanda war das eine natürliche, wenngleich oft mißliche Angelegenheit. Sie brachte jeden zum Reden. Schon als Kind war sie eine Sammlerin von Geständnissen, Anekdoten und Geheimnissen gewesen. »Du mußt lernen zuzuhören!« hatte ihre Mutter ihr eingeschärft. Sie ahnte ja nicht, auf welch fruchtbaren Boden dieser Rat bei Wanda fallen würde. Es genügte, daß sie da saß, den Kopf schräg hielt und eine Person freundlich anblickte, schon vertraute man sich ihr an. Als Kind hatte Wanda diese Eigenschaft mit Gleichmut hingenommen. So wie andere Fähigkeiten ihres Körpers. Mit dem kleinen Zeh zu wackeln, ohne daß sich die anderen Zehen bewegten. Die Zunge umzudrehen. So war es geblieben. Ihr ganzes Leben lang. Wanda hatte selbst auf der Strecke der *Circumvesuviana* von Neapel nach Pompeji Lebensbeichten gesammelt. Und das, obwohl die Fahrt nur eine halbe Stunde dauerte.

Für die Reise nach Venedig hatte Wanda versucht, sich hinter einem Buch zu verstecken, denn auch ihre Geduld hatte Grenzen. Sie las *Intime Geschichten der venezianischen Republik*. Kollege Mirate aus der neuzeitlichen Abteilung hatte es ihr zum Abschied geschenkt. Ein antiquarisches Exemplar aus dem Jahre 1893. Als Mirate es ihr überreichte, hatte er die Lippen gespitzt. Bei Caserta, also nach wenigen Seiten – Wanda las gerade, daß der Venezianer Antonio Filacanevo, wohnhaft in der Calle dei Fuseri in San Luca, am vierten November 1440 zu sechs Monaten Gefängnis verurteilt worden war und von San Marco bis Rialto gepeitscht wurde, weil er seine achtjährige Tochter zwecks Entjungferung einem gewissen Fiore di Bologna ausgeliehen hatte –, war der hohlwangige ältere Herr zugestiegen. Graue Haare klebten an seinem Schädel, die Augen stachen wie Rosinen aus einem Teiggesicht vor, und die ganze Gesichtsfarbe sammelte sich in der Nase, die aussah wie eine Aubergine. Er hatte sich in den Sitz gegenüber von Wanda gesetzt, an seinen Hosenbeinen gezupft und die Füße ordentlich nebeneinander abgestellt. Wanda lächelte freundlich, und schon räusperte er sich.

»Auch nach Venedig?«

»Ja.«

»Ich bin Venezianer«, sagte ihr Gegenüber. Er sagte es, als handele es sich um ein Verdienst. »Sicher wollen Sie in Venedig Urlaub machen? Entschuldigen Sie meine Neugierde, Signorina.« Er sprach mit französischem »R«, ganz wie es sich für feine Norditaliener gehörte, die das »R« nicht mediterran rollen, sondern es kaum hörbar hinten im Rachen zerdrücken.

»Nein, kein Urlaub. Ich ziehe nach Venedig um«, sagte Wanda höflich.

»Wie interessant. Dann werden Sie also unsere kleine Stadt mit Ihrer Schönheit bereichern.«

Wanda nickte artig, um sich für das Kompliment zu bedanken, und las weiter in ihrem Buch. Sie las, als wollte sie die Druckerschwärze aus jedem Buchstaben saugen. Sie blätterte geräuschvoll, sie strich über die Seiten, sie führte ihren Zeigefinger unter jedem Buchstaben entlang. Vergebens.

»Haben Sie bereits eine Wohnung gefunden?« fragte er, um die Unterhaltung nicht versickern zu lassen. »Die Mieten sind ins Astronomische gestiegen.«

»Ich ziehe zu meinem Onkel. Er wohnt im Palazzo Dario.«

Da kam dem hohlwangigen Herrn selbst die Farbe, die er noch in seiner Nase sammeln konnte, gänzlich abhanden. Er holte tief Luft und war nicht mehr zu bremsen.

»In Venedig erzählt man sich viel, Signorina, alle reden. Die Wellen wispern, und die Mauern tuscheln. Jeder kennt jeden. Das bleibt nicht aus, wir sind nur noch wenige. Und ich bin überzeugt, daß an dem, was sich die Leute erzählen, etwas dran ist. Fast immer. Jedenfalls meistens. Auch an der Geschichte von Ca' Dario. Wenngleich ich gestehen muß, daß auch ich erst nicht so richtig daran geglaubt habe. Ich bin wirklich nicht abergläubisch. Aber nach der Sache mit Fabio habe ich mir gesagt: So richtig weiß man nie.«

»Was meinen Sie?« fragte Wanda.

»Ich meine die Sache mit dem Fluch«, sagte er, unwirsch über die Unterbrechung. »Der Palazzo, in dem Ihr Onkel wohnt, er bringt Unheil. Manche Venezianer behaupten, daß Palazzo Dario vor allem Geschäftsleuten Pech bringt, Künstler hingegen verschont. Wir Venezianer versuchen immer irgendeine Gesetzmäßigkeit zu finden. Aber hier gibt es keine. Massimo Miniato zum Beispiel war Geschäftsmann und hat den Palazzo überlebt. Der Antiquitätenhändler Fabio delle Fenestrelle dagegen war meiner Meinung nach eher ein Künstler. Die einzige Gesetzmäßigkeit, die ich sehe, war das Unglück, das sich auf alle wie Mehltau legte. Wenige Bewohner haben ihn lebend verlassen.«

»Es gibt in fast jedem Dorf ein Haus, auf dem ein Fluch liegt«, wendete Wanda ein und beugte sich über ihr Buch. Sie las gerade, daß die Huren im Venedig des fünfzehnten Jahrhunderts so wohlhabend waren, daß sie mit vielen Dienern die meisten der Palazzi am Canal Grande bewohnten, worauf die Republik ein Gesetz erließ. Huren durften nur noch in Häusern wohnen, deren Miete hundert Dukaten pro Jahr nicht überstieg. Und alle Huren, die mehr als vierzig Dukaten Miete zahlten, mußten obendrein noch eine Steuer entrichten. Ekelhafte venezianische Doppelmoral!

»Genaugenommen heißt es ›Ca' Dario‹«, sagte Wandas Mitreisender. »Früher wurden in Venedig alle Paläste Ca' genannt, *casa*, der Dogenpalast galt als einziger Palazzo, Palazzo Ducale. Aber heute sehen wir das nicht mehr so eng. Sie staunen, nicht wahr, Signorina? Ja, es gibt viele Dinge, die die Fremden nicht wissen. Stellen Sie sich vor, neulich hat mich doch eine Amerikanerin gefragt, warum die Stadt so überflutet sei. Ich habe ihr geantwortet: ›Signora, das ist unsere Art, die Stadt sauberzumachen.‹ Diese Amerikaner! Heute kommen nicht mehr so viele wie früher, wegen des Dollars. Jetzt haben wir die Japaner, die fragen nichts und lächeln.« Die Worte rollten ihm unaufhörlich aus dem Mund.

Wanda las, daß es den Huren verboten war, die Wände mit Wandteppichen oder Damast zu schmücken. Ihnen waren nur Stoffe aus Brescia oder Bergamo gestattet. Ein anderes Dekret verbot ihnen, die Haare über dem Gesicht kurz zu schneiden oder sie als Knoten oben auf dem Kopf zusammenzubinden oder männlich wirkende Kleidung zu tragen. Weil das zu sinnlich wirkte? fragte sich Wanda.

»Der erste Bewohner von Ca' Dario, an den ich mich persönlich erinnere, war der Amerikaner Robert Boulder. Nach ihm kam Fabio delle Fenestrelle. Er war Antiquitätenhänder. Ihm folgte der Hippie, Mick Swinton, er war Manager der Rockgruppe ›What‹. Dann Massimo Miniato Sassoferato, Finanzier nannte der sich, was auch immer das heißen soll. Und dann Aldo Vergato. Der reichste Mann Italiens. Sie haben sicher von ihm gehört. Selbst ihm hat Ca' Dario kein Glück gebracht, das kann man wirklich sagen. Ach ja, vielleicht vergaß ich zu erwähnen, daß keiner von ihnen Palazzo Dario überlebte. Das heißt, es gab einen, der überlebte, aber der hatte auch kein Glück. Und das sind nur diejenigen, die in den letzten fünfzig Jahren dort gewohnt haben. Wenn man bedenkt, daß der Palazzo fünfhundert Jahre alt ist – wer weiß, was sich da für Geschichten abgespielt haben, von denen wir heute gar nichts mehr wissen!«

»Geredet wird überall«, murmelte Wanda. Wohl um es den Freiern bequemer zu machen, durften die Huren im Stadtzentrum wohnen, las sie. Um ihre Kunden anzulocken, hängten sie ihre Brüste aus dem Fenster. Daher kam auch der Name »Ponte delle tette«, Brücke der Brüste.

»Zur Zeit der Sozialisten ging ganz Italien in Ca' Dario ein und aus. Als dieser Finanzier Miniato dort gewohnt hat: Goldene Zeiten, Signorina! Ja, ja, ich weiß, die Sozialisten haben uns betrogen. Aber es herrschte Wohlstand. Wer kauft sich denn heute noch ein antikes Möbelstück? Und ständig hat man die Finanzpolizei im Nacken. Das ist doch kein Leben! Und früher: ein Fest nach dem anderen. Ich war oft eingeladen. Bei Fabio, bei Mick Swinton, bei Miniato. Bei ihm war sogar der Außenminister zu Gast. Der letzte Doge. Ganz Venedig lag ihm zu Füßen.«

Wanda konzentrierte sich auf die Geschichte der venezianischen Adeligen Isabella Pisani, die mit ihrem Schwager Giacomo Zorzi ein Verhältnis hatte und zusammen mit ihrem Geliebten versuchte, ihren Ehemann zu vergiften, wofür sie zwischen den beiden Blutsäulen vom Markusplatz geköpft wurde. Wanda fand es ungerecht, daß der Geliebte nicht auch geköpft wurde.

»Der Außenminister hat mir mal eine Statue geschenkt. Er war uns gegenüber sehr großzügig. Aber als ich ihn beobachtete, wie er in meinem Büro saß mit seinen fettigen Haaren und seinem Hängebauch, mußte ich mich zusammenreißen, so widerwärtig fand ich ihn. Und stellen Sie sich vor, seine Mädchen waren höchstens zwanzig. Die haben an ihm gehangen wie die Blutegel. Es gibt in Venedig eine Rothaarige, die am Lido wohnt, von der erzählt man sich, daß sie ihm kleine Mädchen besorgt hat. Dreizehn, vierzehn Jahre alt. Ich meine, es gibt viele, denen das gefällt. Und er konnte es sich auch leisten. Er kannte überall die richtigen Leute. Wer ihm einen Gefallen tat, bekam dafür Wohnungen am Canal Grande. Mit Mietpreisbindung. Oder eine Stelle als Sekretärin beim Verwaltungsrat der Region Veneto.«

Wanda hob kurz den Kopf. »Wenn der Fluch mit Korruption zu tun hat, dann ist ganz Italien verflucht«, gab sie zu bedenken.

Der hohlwangige Herr ging auf ihren Einwurf nicht ein. Bedächtig führte er seine Geschichte weiter aus.

»Wissen Sie, in gewisser Weise habe ich eine besondere Beziehung zum Palazzo Dario. Denn dank mir blieben seine Möbel erhalten«, sagte er stolz. »Wer weiß, was passiert wäre, wenn sie ein anderer gekauft hätte. Die besten Stücke wären in irgendwelchen Mailänder Salons gelandet. Oder in Amerika. Und das können venezianische Antiquitäten überhaupt nicht vertragen. Sie brauchen das venezianische Klima. Viel Feuchtigkeit. Wenn sie in einer amerikanischen Wohnung stehen, wo im Sommer die Klimaanlage und im Winter die Heizung alles austrocknet, dann gehen sie sofort kaputt. Mir ging es immer darum, daß die Möbel da blieben, wo sie hingehörten. Und da können noch so viele Venezianer behaupten, daß ich ein Vermögen damit gemacht hätte, nach dem Tod des einen Besitzers die Einrichtung von Palazzo Dario aufzukaufen, um sie dann für den doppelten Preis an den neuen Besitzer wieder zu verkaufen. Venezianer sind böse Zungen, Signorina.«

»Was ist denn wirklich im Palazzo Dario passiert?« fragte Wanda, um die Geschichte des hohlwangigen Herrn zu befördern und so in Ruhe weiterlesen zu können.

»Vor allem wurde gefeiert«, sagte der Herr. »In Ca' Dario fanden zu allen Zeiten Feste statt. Ich glaube, daß es kaum einen anderen Palazzo gibt, wo so viel gefeiert wurde. Zur Zeit von Mick Swinton und Miniato fand eine Party nach der anderen statt. ›Kokain kiloweise. Das waren keine Feste, es waren Orgien‹, sagten die Venezianer. ›BHs und Slips flogen nur so aus dem Fenster‹, sagten die Taxifahrer, die die ganze Nacht unten am Anleger bereitstehen mußten.«

»Scheint mir etwas übertrieben«, murmelte Wanda und las, daß sich bereits die Venezianerinnen des sechzehnten Jahrhunderts die Haare und die Augenbrauen blond färbten und sich schminkten. Die Huren durften sich nicht schminken, dafür legten sie sich in Milch getränktes Fleisch auf das Gesicht, das sie stundenlang einwirken ließen, um ihre Haut zu bleichen. Außerdem erfanden sie die Schönheitspflästerchen, *mosche* genannt, Fliegen. Kleine, gummierte schwarze Taftstückchen. Wanda versuchte sich vorzustellen, wie eine Hure mit einem in Milch getränkten Stück Rindfleisch auf dem Gesicht in ihrem Alkoven lag.

»Nun, das war vielleicht etwas übertrieben. Etwas«, gab der Herr unwillig zu. »Zur Zeit von Vergato wurde es ruhig in Ca' Dario. Und nach seinem Ende stand das Haus ziemlich lange leer, keiner hat gewagt es zu kaufen. Obwohl der Preis wirklich günstig war. Zuerst soll sich dieser Amerikaner, ein Regisseur, dafür interessiert haben. Er hatte wohl ein Geschäft gewittert. Ich meine, zehn Milliarden für einen Renaissance-Palazzo am Canal Grande, das ist ja geschenkt. Er kommt immer an Silvester mit seiner Frau nach Venedig, dann wohnt er schräg gegenüber im Hotel Gritti. Vielleicht hat er beim Frühstück rübergeguckt zu Ca' Dario und sich ausgerechnet, wie viele Nächte er im Jahr in Venedig verbringen müßte, um die zehn Milliarden wieder reinzuholen. Bei den Preisen vom Gritti können das so viele nicht sein. Da kostet die Suite eine Million. Macht zehntausend Nächte in Ca' Dario. Hätte er in knapp dreißig Jahren wieder rausgehabt – was in einer Stadt wie Venedig kaum mehr als ein Flügelschlag ist. Er verzichtete aber doch auf den Kauf. Angeblich hatten ihn alle gewarnt wegen des Fluchs. Wenn Sie aber mich fragen: Er ist einfach zu knickerig. Ich habe ihn einmal gesehen, wie er in einem Antiquitätengeschäft stand und zwei venezianische Mohren bewunderte. Aber er kaufte sie nicht. Verstehen Sie mich richtig, Signorina, sogar die Amerikaner sind geizig geworden.«

Wanda hielt sich die *Intimen Geschichten* dicht vor das

Gesicht. Nachdem es in Venedig im Jahre 1511 zu einem Erdbeben gekommen war, las sie, erklärte der Patriarch Antonio Contarini, dieses Erdbeben sei für Venedig ein Fingerzeig Gottes gewesen, weil die Stadt voller Sünde sei, vor allem Sodomie. Die Huren machten, was sie wollten, Väter beschliefen ihre Töchter, Brüder ihre Schwestern.

»Die meisten, die in Ca' Dario gewohnt haben, hatten diese Neigung, ich will nicht sagen, Schwäche«, sagte der Herr, der sich offenbar durch nichts entmutigen ließ.

»Sodomie?« fragte Wanda und gab auf. Sie klappte die *Intimen Geschichten* zu und legte sie seufzend beiseite.

»Nun, ich meine die gewisse Neigung. Die meisten waren Ausländer. Süden und Sinnlichkeit, Sie wissen schon, Signorina. Bei einigen Menschen führt das zu einer Erweckung. Wir nennen diese Leute *Settembrini*, weil sie früher am liebsten im September kamen. Heute leben viele von ihnen hier in Venedig. Sogar am Canal Grande. Bei San Stae bewohnt ein amerikanischer Musikwissenschaftler eine Palazzoetage. Und der Palazzo bei San Tomà gehört einem Inneneinrichter. Der ist zwar Italiener, aber kein Venezianer. Er kommt irgendwo vom Festland, aus Treviso. Auf jeden Fall hat er auch diese bestimmte Neigung.

Und Ihr Onkel ist ja wirklich ein Original. Er tut niemandem etwas zuleide. Er amüsiert sich mit seinen Kostümen, und er lästert viel. Ich finde, es gibt Schlimmeres, Signorina.

Ich will Sie nicht beunruhigen mit meinem Gerede.

Etwas vorsichtig sollten Sie jedoch schon sein. Man weiß nie. Aber wie gesagt. Ich bin wirklich nicht abergläubisch, Signorina.«

Darauf legt er also Wert, dachte Wanda.

»Sehr interessante Geschichte, die Geschichte von Palazzo Dario«, sagte sie aufmunternd zu ihm. »Man sollte sie aufschreiben.«

»Meinen Sie?« sagte der hohlwangige Herr gleichmütig. Er rieb seine Fingernägel am Jackenärmel.

»Eine wahre Geschichte. Das interessiert die Leute. Doch, doch. In Hollywood sind sie ganz verrückt nach solchen Geschichten.«

»Meinen Sie wirklich?« sagte er und sah mit einem Mal viel weniger hohlwangig aus. Nicht nur seine Nase, sondern sein ganzes Gesicht schimmerte rosig.

»Ein toller Filmstoff. Manchmal zahlen sie Millionen für solche Geschichten«, sagte Wanda.

»Tatsächlich?« fragte er lauernd.

»Es gibt Leute, die sind schon mit weniger interessanten Geschichten reich geworden«, sagte Wanda.

»Ach ja?« sagte er. Dann schwieg er nachdenklich.

»Erzählen Sie doch noch etwas mehr davon«, sagte Wanda und lächelte ermutigend.

»Wissen Sie, gewöhnlich schreibe ich nicht mehr als meinen jährlichen Bericht an den Rechnungshof und im August eine Ansichtskarte aus den Dolomiten«, sagte der Herr verlegen.

»Um so mehr sollten Sie es versuchen«, sagte Wanda, »vielleicht schlummert ja in Ihnen ein Talent, und Sie stellen bald Tomasi di Compedusa in den Schatten.«

Da wurde er ganz still. Er drückte sich in den Sitz und

blickte aus dem Fenster. Draußen flog die Landschaft in Nebelfetzen vorbei. Wanda spürte, wie es in ihm arbeitete. Vermutlich plante er schon, den Erfolg von »Der Leopard« zu übertreffen, denn er nestelte an seiner Tasche und holte eine goldgeprägte Ledermappe hervor, die aussah, als hätte er sie für besondere Gelegenheiten aufbewahrt. Er strich zärtlich über den dicken Markuslöwen, der die Mappe zierte. Dann räusperte er sich.

»Und?« fragte Wanda. »Wie finden Sie die Idee?«

»Ach, wissen Sie«, sagte er dann gedehnt, »wenn ich so recht darüber nachdenke – so viel fällt mir gar nicht mehr ein. Ist ja auch schon so lange her.« Er lächelte entschuldigend und packte die Mappe wieder weg.

»Das ist schade«, sagte Wanda. Und atmete auf. Endlich. Sie schlug die *Intimen Geschichten* wieder auf und blätterte auf der Suche nach der richtigen Seite. Der Herr schwieg während der ganzen restlichen Zugfahrt.

2.

Wanda stolpert über den Karneval, fährt über den Canal Grande und gedenkt des neapolitanischen Venedig-Quiz sowie ihrer amerikanophoben Großmutter

Ab Verona füllte sich der Zug mit Karnevalisten. Wanda wunderte sich über die Ernsthaftigkeit, mit der sie ihre Kostüme trugen. Im Sitz gegenüber nahm ein Mann Platz, der seinen Kopf zwischen zwei Damenoberschenkeln trug. Er sah Wanda ausdruckslos an und machte es sich zwischen den Pappbeinen bequem. In Vicenza stieg ein Trupp Sultane und eine Fliegenpilzfamilie mit Schaumgummiköpfen zu. In Padua eine Brigade Tüllungeheuer, die während der ganzen Fahrt damit beschäftigt waren, ihre Nasen nachzupudern.

Kurz vor Mestre packte die Fliegenpilzfamilie ihre Rasseln aus. Wanda flüchtete aus dem Abteil. Sie stellte sich mit ihrem Gepäck, das aus zwei Koffern und einem Samuraihelm bestand, ausstiegsbereit neben die Zugtür. Der Samuraihelm war das Abschiedsgeschenk ihrer Kollegen vom Kunsthistorischen Institut gewesen. Als der Zug in Venedig einlief, verabschiedete sich der hohlwangige Herr von Wanda.

»Ich habe mich schon lange nicht mehr so gut unterhalten«, sagte er. »Alles Gute für Sie in Venedig. Passen Sie auf sich auf.«

Beim Aussteigen rutschte Wanda auf dem nassen Bahnsteig aus und landete auf dem Rücken wie ein umgedrehtes Gürteltier. Die Tüllriesen stiegen ohne jede Entschuldigung über sie hinweg. Der Trupp Sultane auch. Wanda rollte sich zur Seite. Niemand außer einem Fliegenpilzkind nahm Notiz von ihr. Es tippelte zu dem Samuraihelm hin, der neben ihr lag, rief ›Cos'è?‹, hob den Helm auf und ließ ihn wieder fallen. Als Wanda sich endlich berappelt hatte, waren ihre Reisegefährten bereits im Gewühl verschwunden.

Schwankend stand sie da, griff nach einem Gepäckwagen und versuchte, sich einen Weg durch die Menge zu bahnen. Vor ihr pflügten Harlekine durch die Bahnhofshalle, und eine byzantinische Kaiserin blockierte mit ihrem Kreppapier-Kopfputz die Tür. Wanda fuhr mit ihrem Wagen einer Haremsdame über die Schnabelschuhe und rammte einen Casanova.

Schließlich fand sie ein freies Telefon. Das Telefon klingelte lange ins Leere, bis die Stimme ihres Onkels Radomir ertönte – durch jenes Übersee-Rauschen, das nur Vorkriegs-Telefone perfekt hinkriegen.

»*Prontoouu?*«

»Ich bin es, Wanda. Ich bin am Bahnhof.«

»Wanda, mein Herz! Nimm auf keinen Fall das Vaporetto. Nimm ein Taxi. Frag nach Stefano, aber gib ihm nicht mehr als fünfzigtausend Lire, *a questo bandito*«, sagte ihr Onkel. »Ich schicke dir Michel für das Gepäck unten ans Wasserportal, beeile dich, ich habe nicht viel Zeit, weißt du, es ist Karneval!«

Noch bevor Wanda antworten konnte, hatte er aufgehängt. Radomir Radziwill gehörte zu den Menschen, die das Telefon ausschließlich dazu benutzen, Durchsagen zu machen. Mitzuteilen. Anzuordnen. Er brauchte keine Gesprächspartner, sondern Zuhörer. Nie wäre es ihm in den Sinn gekommen, sich am Telefon zu unterhalten.

Wanda zerrte ihr Gepäck vom Wagen und trug es die Treppe zum Bahnhofsvorplatz hinunter. Die Möwen lachten sich kaputt, und die Luft roch nach Kapern, in Salz eingelegt. Die Ankunft in Venedig hat immer etwas Erniedrigendes, dachte Wanda. Diese Schlepperei. Dieses Zu-Kreuze-Kriechen mit dem Rollenkoffer in der Hand. Zuckerbrot und Peitsche. Erst wenn Venedig seine Bewunderer mit dem Gezerre des Gepäcks gedemütigt hat, gestattet es ihnen einen Blick auf Santa Maria della Salute bei Sonnenuntergang. Wanda ließ ihre Koffer stehen und setzte sich auf einen Marmorpoller. Als das Wasser an ihren Füßen leckte, hatte sie Venedig fast alles vergeben.

Am Wassertaxistand hatte sich eine Schlange von Japanern gebildet. Wanda ließ ihre Koffer stehen und drängelte sich an ihnen vorbei, als seien sie Schaufensterpuppen. Sie fragte sich nach Stefano durch. Ein Fahrer zeigte auf einen jungen Mann mit Pudellocken. Er stand am Steuerrad seines Motortaxis und durchsuchte sein Gebiß mit einem Zahnstocher.

»*Andiamo?*« fragte er, und schon stampfte das Boot durch den Canal Grande.

Wanda konnte sich an den Palazzi nie sattsehen. Manche sahen aus, als würden sie langsam in Ohnmacht fallen. Andere standen wie mit zusammengezogenen Schultern da und neigten sich gegen den Canal Grande, als seien sie angetrunken. Es gab unheilbar Kranke, die zusammengekauert auf ihr Ende warteten, und Selbstgefällige, die sich die Locken zurechtzupften und ihr Spiegelbild anlächelten. Es gab Schmuddelkinder, denen es irgendwann gelungen war, sich ohne Eintrittskarte in die erste Reihe zu drängeln. Die daneben stehenden Barockpalazzi bemühten sich angestrengt, die schlechte Gesellschaft zu ignorieren.

»Bist du zum ersten Mal in Venedig?« fragte Stefano.

»Nein«, sagte Wanda.

Sie dachte daran, wie sie am frühen Morgen nach dem Aufwachen auf den Balkon getreten war und auf den Golf von Neapel geschaut hatte. Der Vesuv dämmerte unter der üblichen Dunstglocke dahin. Verläßt ein Neapolitaner seine Heimatstadt, legt sich das Heimweh wie ein Mühlstein auf seine Brust. Als würde man einen armen Geliebten für eine bessere Partie im Stich lassen. Wanda versuchte sich damit zu trösten, daß sie sich nicht wirklich gegen Neapel und für Venedig entschieden hatte. Nicht wirklich! Nein, von Entscheidung konnte gar keine Rede sein. Der *Concorso* hatte für sie entschieden. Dreitausend Bewerber hatten sich an der landesweiten Ausschreibung um die Stelle als Kuratorin am Museum für orientalische Kunst in Venedig beteiligt. Und Wanda hatte gewonnen. Deshalb konnte sie nichts dafür, daß sie Neapel verlassen mußte. Wirklich nicht.

Aber mußte sie überhaupt ein schlechtes Gewissen haben? Schließlich war sie nur Halb-Neapolitanerin.

Gehörte nirgendwo richtig dazu. Wandas Mutter war Deutsche. Als Kind hatte sich Wanda mit ihrer Familiengeschichte immer mit großem Gewinn bei ihren Freundinnen wichtig machen können. Deren Familien kamen alle aus Neapel, manche konnten vielleicht Benevento als Herkunftsort vorweisen oder ein kampanisches Dorf, aber das war natürlich nichts gegen Wandas Mutter, die nicht nur Deutsche war, sondern auch – jedenfalls fast – Polin. Und dazu noch eine Prinzessin. Na ja. Auch fast.

Wanda erinnerte sich an die leidenschaftlichen Reaktionen ihrer Kollegen vom Kunsthistorischen Institut in Neapel, die sie mit der Ankündigung ausgelöst hatte, die Stelle in Venedig anzutreten. Niemand hatte sich nach der Stellenbeschreibung erkundigt, alle hatten sich sofort in zwei Lager geteilt: das der Venedig-Hasser und das der Venedig-Trunkenen. Einmütigkeit herrschte nur in der Beurteilung des Wetters: Nebel, Nebel, Nebel. Das ganze Jahr über.

Die Venedig-Trunkenen waren in der Mehrzahl. Die Sekretärinnen, aber auch der geschäftsführende Direktor des Kunsthistorischen Instituts, Professor Guardini, alle hatten ein Funkeln in den Augen, als der Name der Stadt fiel. Sie stellten sich die Bewohner Venedigs als elegische Wesen vor, die, in einen schwarzen Umhang gehüllt, bei Nebel in einer Gondel auf dem Canal Grande Verse von Torquato Tasso deklamierten. Die Venedig-Hasser – einige studentische Hilfskräfte, der Bibliothekar und fast der gesamte Mittelbau – schauten Wanda mitleidig an.

»Grauenvoll«, sagten sie. Stinkende Kanäle, und erst

die Taubenplage. Sie waren überzeugt, daß Touristen in die Wohnung einfielen, sobald man die Haustür nur einen Spaltbreit öffnete, und daß alle Venezianer Separatisten und Beutelschneider seien.

Alle demonstrierten ihre akademische Bildung, indem sie sich mit Zitaten zu übertreffen versuchten. Jeden Tag boten sie neue Beweise ihres Wissens auf. »Venedig ist eine vornehme alte Dame mit schlechtem Atem. Amerigo Bartoli!« schrie der Mittelalterspezialist, woraufhin ein Doktorand ihm sekundierte: »Scheußliche, grüne, schlüpfrige Stadt. Alt ihre Dogen, alt ihre Augen. D. H. Lawrence!« Der Venedig-Wahn des *Istituto di storia dell'arte* gipfelte schließlich darin, daß die Mittagspause mit einem venezianischen Quiz verbracht wurde: Jemand nannte ein Zitat – etwa: »Ich erinnere mich an meinen ersten Besuch in Venedig. Ich war siebzehn Jahre alt. Als ich auf dem Markusplatz stand, glaubte ich, den Verstand zu verlieren. Nichts auf der Welt war mir je so herrlich schön erschienen wie diese Stadt« –, und wer zuerst »Julien Green« schrie, der hatte gewonnen.

Der Assistent Everardo, ein überzeugter Anhänger der *Rifondazione communista*, hätte das Quiz beinahe gesprengt. »Wir lehnen das Venedig der Touristen ab,« deklamierte er, »diesen Markt der Antiquitätenfälscher, diesen Magneten des Snobismus und der Dummheit aus aller Welt, dieses Bett, das Karawanen von Liebenden durchgelegen haben, dieses edelsteingeschmückte Sitzbad für kosmopolitische Kurtisanen, die Cloaca Maxima des Durchzugsverkehrs …«

An dieser Stelle brach ein Tumult aus, und Dottoressa

Battaglia rief: »Kommunisten raus!« Aber Everardo redete unbeirrt weiter. »Wir wollen diese faulige Stadt heilen, diese prächtige Wunde der Vergangenheit zum Vernarben bringen ...«

»Basta!« schrien alle, aber Everardo war so in Fahrt gekommen, daß er gar nicht mehr aufhören konnte. »Wir wollen die Geburt eines industriellen und militärischen Venedig vorbereiten, das die Adria, dieses große italienische Binnenmeer, beherrschen kann. Beeilen wir uns, die kleinen stinkenden Kanäle mit dem Schutt der alten, einstürzenden und aussätzigen Paläste zuzuschütten. Verbrennen wir die Gondeln, diese Schaukelstühle für Idioten, und errichten wir bis zum Himmel empor die mächtige Geometrie der Metallbrücken und der rauchgekrönten Fabriken als Ersatz für die weichen Kurven der alten Bauten. Es komme endlich das Reich des göttlichen elektrischen Lichts, um Venedig von seinem käuflichen Mondschein der möblierten Zimmer zu befreien.«

»Du kannst einem auch alles vermiesen«, hatte Wanda gesagt.

»Er ist verrückt«, sagte Dottoressa Battaglia.

Aber keiner begriff, daß er aus dem futuristischen Manifest von Tommaso Marinetti zitiert hatte.

Dottor Busi aus der frühgeschichtlichen Abteilung verblüffte mit der Kenntnis Ippolito Nievos Venedig-Beschreibungen.

»Lange hatte sie, ein einbalsamierter Leichnam, Gegenwehr vorgetäuscht; nun war der Stoß gekommen, der sie zerfallen machte.«

»Gegenwart«, korrigierte ihn Dottoressa Battaglia

milde, »es heißt ›Gegenwart vorgetäuscht‹«, was Busi ärgerte und ihn anspornte, noch ein Zitat in die Runde zu werfen.

»Ich habe keine glücklicheren Stunden erlebt als die, welche ich täglich vor dem Caffè Florian verbrachte, von wo aus ich die Kirche über den großen Platz hinweg betrachten konnte. Auf ihre lange Reihe niedriger, dickbeiniger Säulen gepflanzt, den Rücken mit Kuppeln bepflastert, sah sie aus wie eine riesige, warzige Wanze, die nachdenklich spazierengeht.«

»Mark Twain«, konterte Dottoressa Battaglia gelassen. Dottor Camassa hingegen bewies unerwartete Bildungslücken. Nicht nur, daß er kein einziges Venedig-Zitat parat hatte, er erriet nicht mal, aus welchem Roman Gustav Aschenbach stammte. Und das, obwohl alle versuchten, dem begriffsstutzigen Camassa auf die Sprünge zu helfen, indem sie »Lido! Tadzio! Visconti! Tod in Venedig!« zischten. Dottor Busi zitierte sogar ganze Passagen des Mannschen Werks aus dem Kopf: »Wenn man über Nacht das Unvergleichliche, das märchenhaft Abweichende zu erreichen wünschte, wohin ging man? Aber das war klar.«

Die Sekretärin Maria-Assunta gab Wanda zu bedenken, daß man nach Venedig reise, wenn man entweder verliebt oder depressiv sei.

»Venedig ist keine Stadt, sondern ein Seelenzustand«, sagte Maria-Assunta. »Eine Stadt für besondere Anlässe. Verliebtsein paßt gut. Auch Depression ist angebracht. Nirgendwo anders kann man so prachtvoll unglücklich sein. Vor kurzem habe ich im *Espresso* davon gelesen, daß schwermütige Nordeuropäer in Venedig scharenweise Selbstmord begehen, indem sie sich im Canal Grande ertränken. Welcher der beiden Gemütszustände trifft denn auf dich zu?«

»Weder noch«, hatte Wanda geantwortet und war sich dabei etwas gefühlsarm vorgekommen. »Ich kann schwimmen.«

»Dann wird es schwierig«, befürchtete Maria-Assunta. »Man kann sich doch wirklich nicht vorstellen, in einem Mythos wie Venedig zu leben und dabei ganz banale Dinge zu tun. Oder wirst du am Ende Polenta essen, mit Kollegen streiten, dir die Haare färben und über zu hohe Steuern klagen? Das hat Venedig nicht verdient!« rief die Sekretärin aus.

»Venedig ist keine Schneekugel«, beharrte Wanda, womit sie unbeabsichtigt dem Lager der Venedig-Hasser ein Argument lieferte.

»Doch! Doch! Schneekugel!« riefen sie. »Venedig ist nichts anderes! Sie werden es schon noch selbst erfahren. Man kann schütteln und schütteln und schütteln, und da ist nichts, was sich noch rühren kann.«

»Ich sehe dem gelassen entgegen«, antwortete Wanda starrsinnig. »Und wenn ich eine Wahl gehabt hätte, wäre ich ohnehin lieber nach Paris gegangen.«

»Zu den knickerigen Franzosen!« riefen alle empört. Wieder herrschte Einigkeit. In bezug auf die Franzosen herrschte immer Einigkeit. Deren Geiz war schließlich legendär. Einträchtig lästerten alle noch über das venezianische Wetter – Nebel, Nebel, Nebel, das ganze Jahr über – und über den Rassismus des Nordens. Schließlich wüßte jeder, daß für Venezianer der Balkan schon bei Padua anfange. Süditaliener seien für sie ein

Gewürm. Terroni, Erdfresser. Wanda werde sich in nebligen Nächten noch nach Neapel verzehren. Dann hatten ihr alle viel Glück gewünscht.

»*Bella. Sempre bella, Venezia*«, sagte Stefano und zeigte auf einen Palazzo mit rosa Volants.

»Ja«, sagte Wanda.

Als Wanda 1972 das erste Mal nach Venedig gekommen war, war sie zwölf gewesen und hatte unter Storchenbeinen und einem Vater gelitten, der Reisen für ein widernatürliches Bedürfnis hielt. Seine Heimatstadt Neapel verließ er nur unter Zwang. Wandas Mutter drohte jedes Jahr zur Ferienzeit die Scheidung an. Diesmal so heftig, daß er nachgegeben hatte. Außerdem wurden sie von Großmutter Nunziatica begleitet, was den Genuß zusätzlich beeinträchtigte. Keine Landschaft und keine Stadt konnte es ihr recht machen, schon gar nicht Venedig. Alles bekrittelte sie. Die Gassen zu eng, die Luft zu feucht, das Essen zu schwer, der Markusdom zu verschwenderisch, die Preise überzogen. *La città degli Americani*, die Amerikanerstadt, so hatte sie Venedig immer genannt. Sie war überzeugt, daß die einzige Existenzberechtigung Venedigs darin zu finden sei, reichen Amerikanern den Lebensüberdruß zu nehmen. Aber sonst? Wozu taugt eine Stadt, die mitten im Wasser steht? Venedig war keine Stadt, sondern ein Zustand der Frivolität.

Natürlich hatten sie auch eine Gondelfahrt gemacht. Wanda fand, daß die Gondeln aussahen wie schwarzschimmernde Insekten, und fürchtete sich. Außerdem spottete der Gondoliere beim Einsteigen über ihre Beine und löste damit auch bei Wanda anti-venezianische

Gefühle aus. Dann besuchten sie noch Wandas Onkel Radomir, der gerade nach Venedig gezogen war.

»Venedig. Na ja. Paßt ja zu deinem warmen Bruder«, sagte Großmutter Nunziatica zu Wandas Mutter. Sie tranken Tee bei Radomir. Die Unterhaltung war so muffig wie die Plätzchen, die gereicht wurden. Während der ganzen Rückfahrt grübelte Wanda darüber, was an diesem distanzierten Onkel wohl warm sein konnte. Aber sie traute sich nicht zu fragen.

»Gefällt dir Venedig?« fragte Stefano.

»Ja«, sagte Wanda.

Sie passierten den Palazzo Pesaro, und Wanda versuchte zu sehen, ob in der obersten Etage noch Licht war. Ein Fenster war erleuchtet. In der obersten Etage befand sich das Museo di Arte orientale, Wandas zukünftiger Arbeitsplatz. Als Radomir davon erfahren hatte, war klar gewesen, daß sie bei ihm im Palazzo Dario einziehen würde. Auf keinen Fall sollte sie zur Miete wohnen. Außerdem hatte Radomir sofort seine venezianischen Beziehungen angezapft. Und die waren exzellent. Hätte es eine Vereinigung der Teetassen gegeben, Radomir Radziwill wäre ihr Präsident gewesen. Vom Bridge-Bund und dem Guggenheim-Club über den Verein der Freunde künstlerischer Buchbinderei bis zum Lions-Club gab es in Venedig keine *associazione*, bei der Radomir nicht Mitglied, wenn nicht gar im Vorstand war. So auch bei »Save Venice«. Ein Mittagessen in Harry's Bar (dort genoß Radomir, wie alle Venezianer, die zählten, fünfzig Prozent Skonto) mit dem »Save-Venice«-Vorsitzenden und ein Abendessen auf der Terrasse des Hotel Monaco (vierzig Prozent Skonto) mit dem Oberintendanten für Altertumswesen und Kunst – und ganz Venedig wußte, daß Wanda Viarelli, sein Augenstern, seine einzige Nichte und Kennerin japanischer Kunstgeschichte, das Museo Orientale revolutionieren würde. So war er eben. Überschwenglich wie eine Pralinenschachtel.

»Venedig ist einzigartig auf der Welt«, sagte Stefano.

»Ja«, sagte Wanda und legte ihren Kopf schräg.

3.

Palazzo Dario und seine Bewohner. Ein Blick auf die Vergangenheit des Radomir Radziwill sowie auf das erste funiculi-funicula

Neben seinen Herausforderern am Canal Grande wirkte Palazzo Dario magersüchtig. Graugelbe Zerbrechlichkeit. Ein Kartenhaus, das nur deshalb hält, weil es unten breiter ist als oben. Würde nur ein Marmorstückchen angerührt, fiele alles lautlos in sich zusammen und rutschte in den Canal Grande, vermutete Wanda. Im Gebäudesockel war GENIO VRBIS JOANNES DARIO eingraviert, Giovanni Dario, dem Genius der Stadt. Darüber Spitzbogenfenster, dreifach vergittert. Als gelte es, einen Harem zu schützen. Die Marmorfassade war mit Scheiben aus grünem Granit und rotem Porphyr verziert – zum Wasser hin zeigte der Palazzo sein geschminktes Gesicht.

Seine schöne Maske vermochte dennoch nicht von einer gewissen Schmächtigkeit abzulenken. Und das, obwohl er es auf drei Etagen brachte – zwei *Piano Nobile*, Adelsetagen, die zum Betrachten, aber nicht zum Bewohnen gedacht waren, dazu die etwas bescheidenere oberste Etage. Der Palazzo streckte und spreizte sich, trotzdem paßte auf jedes Stockwerk nicht mehr als ein repräsentativer Salon. Im ersten Stock der Mohamed-Salon, der nach Sultan Mohamed II. benannt war, jenem Sultan, dem Erbauer Giovanni Dario Ruhm und Vermögen verdankte. Räume, die Haltung abverlangten, wie Radomir meinte. Im zweiten Stock der rosa Salon. Daneben die Bibliothek, das Prachtbad, Radomirs Schlafzimmer und verschiedene kleine Gästezimmer und Abstellkammern.

Wären die Mauern des Palazzo Dario durchsichtig, dachte Wanda bei der Ankunft, böte sich ihr wohl folgendes Bild dar: In der Küche würde Maria sitzen, behäbig wie eine Krötenkönigin über das Rätselheft *Settimana enigmistica* gebeugt. Maria hatte fast ihr gesamtes Haushälterinnenleben im Palazzo Dario verbracht. Die Besitzer kamen und gingen, aber Maria blieb. Darüber war sie alt geworden und auch geschrumpft, nur ihre Ohrläppchen waren gewachsen. Es war Marias Angewohnheit, immer dann aus dem Dunkel des Palazzo aufzutauchen, wenn man sie nicht vermutete. Plötzlich stand sie hinter einem, ganz so, als hätte sie sich lautlos von hinten angeschlichen, um das Opfer in den Nacken zu beißen. Radomir, der zur Schreckhaftigkeit neigte, drohte immer, ihr eine Glocke um den Hals zu hängen. Wie sie ihren ballonartigen Körper dazu brachte, sich derart lautlos zu bewegen, war allen ein Rätsel.

Als Wanda Maria zum ersten Mal getroffen hatte, hatte sie kein Wort von dem verstanden, was Maria gesagt hatte. Ihre Worte waren an ihr vorbeigezogen wie ein Luftstrom. Es muß am Dialekt liegen, hatte Wanda gedacht. Maria sprach wie alle Venezianer jene Geheimsprache, aus der die Jahrhunderte jeden harten Konsonanten herausgewaschen hatten. Auf Wanda wirkte der venezianische Dialekt wie ein Kinderlallen, wie eine Sprache ohne Knochen. Dann aber mußte sie feststellen, daß nicht mal die Venezianer Maria verstanden. Niemand verstand sie. Radomir störte das nicht. »Wichtiger ist, daß sie mich versteht«, hatte er gesagt.

In der Bibliothek des zweiten Piano Nobile würde man den schwarzen Hausdiener Michel sehen, an einen Sessel gelehnt, in der Vogue blätternd. Hineingezwängt in seine Livree wie in einen Kommunionanzug. Bei der Inszenierung seines venezianischen Traums hatte Radomir Wert auf Detailtreue gelegt, deshalb durfte der venezianische Mohr in einem Renaissance-Palazzo am Canal Grande nicht fehlen.

»Bloß kein Filippino«, pflegte Radomir zu sagen, »die wissen nicht, wo sie anfangen sollen, wenn ein Kronleuchter zu putzen ist!«

Irgendwann war Michel aus Äthiopien nach Italien gekommen, um Maschinenbau zu studieren, irgendwann war er als Mädchen für alles bei Radomir gelandet, irgendwann hatte er sich und sein Studium aufgegeben.

Radomir lobte immer die Einsichtigkeit seines äthiopischen Dieners. Oh no, no, no. Es habe keiner Überredung bedurft, um ihn in die Livree zu stecken. Er, Radomir Radziwill, sei zwar Monarchist, aber kein Menschenschinder. Darauf lege er Wert. Michel habe ganz von selbst eingesehen, daß man einem *Gentiluomo* schwerlich in Jeans und Sweatshirt gegenübertreten könne. Er habe sich Bedenkzeit ausgebeten, in der Küche eine Zigarette geraucht und dann das Tragen der

Livree akzeptiert. Im Laufe der Jahre hatte ihn Radomir passend geschliffen: Sein Italienisch war fehlerfrei bis ins *passato remoto*, sein Französisch *impeccable* (die Sprache der Könige, deshalb im Palazzo Dario unverzichtbar). Michel brachte Radomir zu Abendgesellschaften und holte ihn wieder ab, er beantwortete Telefonanrufe und erinnerte ihn an Termine. Bei ihrem letzten Besuch hatte Wanda ihn sogar dabei beobachtet, wie er am Campo Santa Maria del Giglio den als Mandarin kostümierten Onkel hochhob und über eine Pfütze trug. Er sollte seine Samtschuhe nicht ruinieren. In Radomirs Gegenwart war Michel stoisch wie ein Vittorio-Emanuele-Standbild. Nur wenn Radomir verreist war, gönnte er sich etwas Entspannung. Dann lud er seine Freunde, die somalischen Taschenhändler, ein und rauchte mit ihnen ein paar Joints. In der Küche, neben dem Kachelofen. Dazu hörten sie aus einem Kassettenrekorder Bob Marley und trommelten den Rhythmus auf Marias Messingtöpfen.

Im Raum nebenan würde man schließlich Radomir sehen, an seinem bevorzugten Aufenthaltsort, dem sogenannten Prachtbad. Es gab keinen Raum im Palazzo, in dem er mehr Zeit verbrachte als in jenem monumentalen Bad, zu dem niemand außer Michel Zugang hatte. Das Prachtbad wollte die Alhambra imitieren, sah aber so aus, wie man sich im Holiday Inn den Luxus vorstellt, fand Wanda. Goldene Wasserhähne und rosa Säulenbögen. Der zu Marmor gewordene Traum der französischen Contesse de la Baume Pluviniel, die um die Jahrhundertwende den Palazzo bewohnt hatte. Wanda stellte sich vor, wie Radomir im Bad saß, mit dem

Rücken zur Tür. In der Hand, wie sie ahnte, kleine gelbe Plastikhanteln. Sie stellte sich vor, daß er die Arme wie Vogelschwingen auf und ab bewegte. Er legte großen Wert auf körperliche Ertüchtigung, das wußte sie.

Michel erwartete Wanda am Wasserportal. Er war sehr groß und trug seine rote Operettenuniform, die Hosen wie gewohnt zu kurz. Er fröstelte. Die Eingangshalle war kalt und feucht und dunkel. Wie ein türkisches Dampfbad ohne Dampf. Generationen von venezianischen Architektur-Studenten, das betonte Radomir stets, hatten diesen Renaissance-Marmorbögen und spätgotischen Säulen bereits ihre Diplomarbeiten gewidmet. Der Marmorboden war pockennarbig, ausgeschwemmt von den ständigen Überflutungen. In der Sopraporta hielten zwei Putten, denen die Salzwasserluft die Penisse weggefressen hatte, das türkis-weiß-gestreifte Wappen der Familie Dario in den Händen. Alles, was an ihnen hervorragte, war weggebröckelt. Nach den Penissen die Locken und die Nasen, jetzt biß sich das Salz in ihre Gesichter, einer Putte fehlte bereits die untere rechte Gesichtshälfte, so daß sie aussah wie eine Leprakranke.

Wanda stieg hinter Michel die Treppe zum ersten Stock hoch. Der Flur war mit goldenen Stuckrosetten geschmückt. Sehr schlechtes Rokoko, hatte Radomir Wanda bei einem ihrer früheren Besuche erklärt – aber was will man machen? Der Palazzo hatte im Laufe der fünf Jahrhunderte alle seine Bewohner verdaut, gleichmütig und schweigend. Mancher hatte geglaubt, seine Persönlichkeit in einem marmornen Springbrunnen zum Ausdruck bringen zu können, ein anderer hoffte, sich in einem Speiseaufzug zu verwirklichen. Doch das, was seine Bewohner für individuelle Spuren hielten – der weißgoldene Rokoko-Kachelofen, die Stuckrosettendecke –, waren nichts anderes als Flitterkram, der der eigentlichen Persönlichkeit des Palazzo Dario nichts anhaben konnte.

Von den drei Etagen des Palazzo bewohnte Radomir vor allem die zweite. Der erste Stock, das erste Piano Nobile, war lediglich im Sommer bewohnbar. Die *Sovraintendenza*, das Denkmalschutzamt, hatte aus Rücksicht auf die Stuckarbeiten verboten, den Salon zu beheizen. Und so dämmerten die Möbel in den Wintermonaten unter weißen Laken dahin. Nur in Ausnahmefällen öffnete Radomir das Piano Nobile. Etwa um Fotografen von Venedig-Bildbänden zu empfangen – selbstverständlich gegen eine gewisse Aufwandsentschädigung. Egal, ob *Leben in Venedig* oder *Venezianische Palazzi* oder *Palazzi des Canal Grande* – es gab keinen Bildband von Rang, in dem Radomir und Palazzo Dario nicht vertreten gewesen wären. Palazzo Dario – Ansicht vom Wasser. Palazzo Dario – Ansicht vom Garten. Detail vom Marmorbrunnen in der Eingangshalle. Der Springbrunnen im ersten Stock. Das Prachtbad im zweiten Stock. In manchen Bildbänden tauchte auch Michel auf den Fotos auf. In seiner roten Livree, an einem Türrahmen stehend, zum Garderobenhalter erstarrt.

Wanda betrat den zweiten Stock. Bleiverglaste Fenster ließen die Welt nur rosagetönt ein. Immer noch keine Spur von Radomir. Der rosa Salon war vollgestopft mit Möbelstücken, von denen eine Empire-Liege das einzige benutzbare Möbelstück war. Die anderen – Stühle mit zierlichen Fesseln, Truhen, Schränke, Kommoden, Prunktische mit Intarsienarbeiten und Wurzelholz-Sekretäre – hätten ein solches Ansinnen entrüstet von sich gewiesen. Die chinesischen Vasen kamen immer nur als Paar daher, alles andere wäre banal gewesen. Auch die Statuen kamen zu zweit. Ein Paar mongoloid wirkender Herkulesse riß zwei Löwen die Mäuler auf. Ein Paar venezianischer Mohren in rotgoldener Livree hielt Kandelaber. Ein Paar verwitterter Renaissance-Knappen stürzten sich auf ihre Schwerter. Und dann die Porträts. Sie standen herum und warteten auf ihren Einsatz. Bei Wandas letztem Besuch hatte sich Radomir darüber beklagt, daß er sich nicht entschließen könnte, wo er sie aufhängen sollte. Den Dogen mit der Säufernase neben die unbekannte Dunkelhaarige, deren Kopf viel zu klein für ihr Dekolleté war? Oder die Dunkelhaarige besser neben den Herrn mit gepuderter Perücke und dem Kußmündchen, der in der Hand ein Briefchen hielt, auf dem »Ambassadeur de Venise à Vienne« stand?

Wanda meinte, Radomir bereits zu riechen. In den Fluren hing der Geruch von altem Mann, bestäubt mit Veilchenpulver. Vom rosa Salon gelangte sie in das dunkle, fast schwarze Eßzimmer mit seinen Holzvertäfelungen – Adlerköpfe und Muschelhörner –, Basreliefs, aus denen Meerjungfern, Musenrösser und Drachenleiber quollen. Sie folgte Michel weiter bis zur Bibliothek. Daneben lag Radomirs Schlafzimmer, in dem sich ockerfarbener Damast über die Wände zog und Kronleuchter aus Muranoglas verstaubten. Wanda setzte sich in einen Sessel. Sie hörte, wie sich Radomir räuspernd näherte.

»Meine Liebe!« sagte er. Er umarmte sie. Zerstreut, wie es sich für einen vielbeschäftigten Mann gehörte.

Radomir hatte sich gut gehalten und sah mit seinen zweiundachtzig Jahren immer noch aus wie ein Siebzigjähriger. Sein Gesicht war im Laufe des Lebens nur leicht nach unten gerutscht. Weißes Haar, ordentlich wie bei einem Schulkind gescheitelt, blaue Augen. Radomir war eine zierliche Person, und seine Greisenbeine waren dünn wie Fliegenbeinchen. Früher war er dicker gewesen, er hatte sogar mal einen kleinen Bauch gehabt – doch dann hatte er sich zum besessenen Faster entwickelt. Wandas Vater meinte, daß Radomir ein medizinisches Wunder sei, er habe es sogar im hohen Alter noch zur Anorexie gebracht.

»Nichts zu essen gibt mir ein Gefühl der Reinheit«, hatte Radomir erwidert. Für ihn war ein schlanker Körper Beweis für den Triumph des Willens. »Man kann die Welt nicht verändern«, verkündete er, »aber man kann den Körper verändern! Man kann nicht jünger werden, aber dünner!« Die Diät als Sublimation revolutionären Engagements.

Als junger Mann hatte Radomir am spanischen Bürgerkrieg teilgenommen, selbstverständlich nicht auf der Seite der Faschisten, sondern auf der Seite der Republikaner, wie es sich für eine Person mit gutem Geschmack gehörte. Sein Einsatz bei den Internationalen Brigaden hatte allerdings nur vier Wochen gedauert. Er traf im Oktober '38 in Spanien ein, und schon im November wurden die Brigaden aufgelöst. Vom Republikaner wandelte Radomir sich übergangslos zum Monarchisten. Von der spanischen Episode zehrte er sein Leben lang. Sie gab ihm jenes Maß an Verruchtheit, das ihn in den venezianischen Salons interessant machte. Er kokettierte mit seiner revolutionären Erfahrung noch bis ins hohe Alter. »Venedig ist die ideale Stadt, um nichts zu verändern. Deshalb bin ich hergekommen«, pflegte er zu sagen, um manchmal hinzuzufügen: »Mit Ausnahme des Gewichts natürlich.«

Vor Wandas Abreise hatte sich ihre Mutter besorgt über ihren Bruder geäußert. Er war zwar für seine zweiundachtzig Jahre ein überaus rüstiger alter Herr mit Blick in die Zukunft, doch im Laufe der Zeit hatte sein stets schwelender Größenwahn besorgniserregende Formen angenommen. Früher hatte Wandas Mutter milde gelächelt, wenn er seine übliche Rolle als *enfant terrible* spielte und jede Unterhaltung mit seinen Absolutismen zu würzen versuchte. Gewöhnlich reichten sie von Betrachtungen über den Adel: »Der italienische Adel hatte nie eine Ahnung von verfeinerter Lebensart. Manche Contessen hängen in ihrem Ballsaal Wäsche auf!«, die Literatur: »Ich halte Thomas Mann für völlig überschätzt!« bis hin zur Völkerpsychologie: »Ein Volk wie die Italiener, das über Jahrhunderte unter fremder Herrschaft stand, ist ein kraftloses Volk!« Seit einigen Jahren hatten diese Äußerungen aber eine solche Gesprächsdichte errreicht, daß Wandas Mutter an der Sozialverträglichkeit ihres Bruders zu zweifeln begann.

Radomir wohnte seit nunmehr dreiundzwanzig Jahren in Venedig, immer am Canal Grande, wie es sich für eine Person von Rang gehört. Aber erst seit einem

Jahr war er Besitzer des Palazzo Dario. Zuvor hatte er ganz profan zur Miete gewohnt. »Besitz belastet«, hatte er immer gesagt, bis er die Erbschaft machte. Niemand in der Familie erfuhr je, von wem sie stammte. Wanda vermutete, daß es Radomirs ehemaliger Geliebter war, der Herzog von Genua, der ihn in seinem Testament bedacht hatte. Fünfzehn Jahre lang hatte Radomir an der Seite des Herzogs von Genua an der italienischen Riviera gelebt. »Ich bin Hofmarschall, mein Kind. Das entspricht dem heutigen Protokollchef«, hatte er Wanda einmal bei einem Besuch in Neapel unwirsch erklärt. Kinder hielt er für debil. Bei Radomirs Besuchen hatte Wanda gelernt, daß eine Person für immer und ewig diskreditiert blieb, wenn sie zu Beginn einer Mahlzeit »Guten Appetit« wünschte, daß man alles, auch Eis, mit der Gabel aß, und daß man auf Treppen den Fuß immer ganz aufsetzen mußte. Er brachte ihr auch den ersten französischen Satz bei: »*La mauvaise éducation des autres fait notre bonne éducation.*« Das war bei jenem allerersten Venedig-Besuch gewesen, als Wanda zwölf war.

Radomir hatte mit dem Herzog die Welt bereist und kannte Europas Adel persönlich. Ein Leben wie auf Belle-Epoque-Plakaten. Und dennoch. »Ich habe mich immer gelangweilt«, seufzte er. »Bis ich nach Venedig zog.« Hier fand sein Fin-de-siècle-Ennui ein Ende und sein Leben einen vorläufigen Höhepunkt. Da war er fast sechzig.

War er nicht schon immer dazu bestimmt gewesen, sein Leben inmitten von Brando Brandolinis, Raimonda Raimondis, Orsino Orsellis zu verbringen? Er liebte den venezianischen Adel, die venezianischen Salons, die venezianische Gesellschaft. Er liebte die Empfänge mit den Europapolitikern, den französischen Komponisten, den norditalienischen Bankiers und den römischen Juwelieren. Er liebte sie für ihre Jachten, ihre Ferien auf den Privatinseln, ihre Villen im Veneto mit den Canalettos und den Longhis. Und dafür, daß er bei jedem Empfang jemanden fand, der ihn bestaunte. Die venezianische Gesellschaft wiederum liebte ihn für seine Bonmots und für jenen kleinen, rebellischen Tupfen in seinem Leben. Er saß in Venedig wie ein alt gewordenes Kind in seinem Spielzimmer.

Das einzige, was Radomir an seiner Lebenslegende verdroß, war, daß der Zweig der Familie Radziwill, von dem er abstammte, deutsch war und aus Strohhausen, Landkreis Wesermarsch, stammte. Außergewöhnlich war lediglich sein Bruder Franz Radziwill. Er hatte eine vielversprechende Künstlerkarriere begonnen, die ihren Höhepunkt in einem Eintrag in Meyers Konversationslexikon fand: »Franz Radziwill, dt. Maler und Graphiker. – Bed. Vertreter der Neuen Sachlichkeit; im Spätwerk landschaftl.-kosm. Visionen.« Anders als der Rest der Familie hatte Radomir der Wesermarsch bereits als junger Mann den Rücken gekehrt. Schon vor und während seiner Riviera-Zeit war er immer wieder nach Neapel gekommen. Als Kind hatte Wanda die Besuche ihres Onkels in Neapel sehr genossen. Kein anderer eignete sich so gut wie er, ihren Freundinnen die Familienlegende am lebenden Beispiel zu demonstrieren. Radomir, der sich immer viel auf den Namen Radziwill einbildete, tat ihr den Gefallen, die Freundinnen mit Geschichten der polnischen Könige zu blenden, von

Boleslaw dem Keuschen oder Mieszko dem Schlenkerbein.

Er war von Genealogie besessen – vielleicht gerade deshalb, weil sein unmittelbarer Familienzweig eine solche Enttäuschung für ihn war. Schon als kleiner Junge hatte er die Abstammungslinie der Radziwills bis zu Mikolaj I., Woiwode von Wilna, verfolgt. Je älter er wurde, desto ungenierter langweilte er mit seiner Spurensuche jeden, der ihm nicht entkommen konnte: Er sprach von Mikolaj Krzysztof Radziwill (»Fünfzehnhundertneunundvierzig bis sechzehnhundertsechzehn, er wurde das Waisenkind genannt und pilgerte ins Heilige Land«), als wäre er ein Nachbar, der täglich zum Tee kam. Oder er sagte: »Wie, ich habe Ihnen noch nie von meinem Ahnen Janusz Radziwill sechzehnhundertzwölf bis sechzehnhundertfünfundsechzig erzählt? Litauischer Großfeldherr, der Komplotte gegen den polnischen König anzettelte? Ich fühle mich besonders mit Karol Stanislaw Radziwill siebzehnhundertvierunddreißig bis siebzehnhundertneunzig seelenverwandt, wissen Sie, er wurde ›Herr Liebchen‹ genannt, weil er alle mit ›Liebchen‹ ansprach. Er war für seinen liederlichen Lebenswandel berüchtigt. Auch auf Antoni Henryk Radziwill siebzehnhundertfünfundsiebzig bis achtzehnhundertdreiunddreißig können wir stolz sein, denn er war Komponist und Kunstmäzen, befreundet mit Goethe und Beethoven. Und bei diesem Hintergrund ist es um so unverzeihlicher, daß meine Schwester einen Signor Viarelli geheiratet hat.« Damit beendete er gewöhnlich seine genealogischen Ausführungen.

Wandas Vater Marcello Viarelli war in Radomirs

Augen für seine Schwester eine schlechte Partie. Er erschien ihm zwar halbwegs gebildet – er war Kunsthistoriker im Museo Capodimonte –, aber so uninteressant wie ein Salzstreuer. Bis heute sagte er *buon appetito* bei Tisch. Wandas Mutter und ihr Bruder Radomir blieben einander dennoch herzlich verbunden.

Radomir fühlte sich stets um einen standesgemäßen Lebensstil geprellt. Wäre die Familie wenigstens bis fünfundvierzig in Polen geblieben, wurde er nicht müde zu wiederholen. Dann hätten sie sich von den Kommunisten enteignen lassen können, anstatt in der Wesermarsch zu zeichnen!

Radomir machte Antoni Henryk Radziwill – siebzehnhundertfünfundsiebzig bis achtzehnhundertzweiunddreißig – für sein Schicksal verantwortlich, der eine Hohenzollern geheiratet hatte, die Cousine des preußischen Königs, und nach Berlin gezogen war. Außerdem hatte sich das einstige Magnatengeschlecht der Radziwills viel durch seine außergewöhnliche Fruchtbarkeit verdorben. Die hatte zur Folge gehabt, daß es in der Welt nur so von Radziwills wimmelte. Zwar schaffte es einer sogar, als Schwager von John F. Kennedy bis ins Weiße Haus aufzusteigen, in Warschau jedoch gab es Radziwills selbst als Busfahrer. Als Radomir einmal von einer Hedwig Radziwill hörte, die in Deutschland und noch dazu im Ruhrgebiet (Herten oder so) als Kosmetikerin arbeitete, hätte es ihm fast das Herz gebrochen. Wanda vermutete, daß das der Moment war, in dem er beschloß, das Jahrhundert zu wechseln.

Palazzo Dario war der Goldrahmen, der Radomirs Leben immer gefehlt hatte.

Wanda war von Radomir ein Gästezimmer in der obersten Etage zugewiesen worden, direkt über dem Prachtbad. Das Gästezimmer war ein Eckzimmer, ein kleines Zimmer, Endstation für Möbel, die hier auf den Exitus warteten: Ein Tisch, dessen Tischplatte empört wegkippte, sobald man etwas daraufstellte, ein Stuhl mit drei Beinen, ein Spiegel mit grauem Star. Die Deckenlampe war ein kleiner Muranoglasleuchter, an dem nicht mehr alle Birnen brannten. Gleich nach ihrer Ankunft entrümpelte Wanda das Zimmer.

Nach getaner Arbeit lehnte sie sich an den Fensterrahmen und bestaunte die Gondelserenaden im Canal Grande. Wenn die Touristen, die unten im Canal Grande in der Gondel saßen, hochgeschaut hätten, hätten sie sie hinter dem Fenster sehen können. Mindestens den Schein ihrer Haare. Wanda wurde von ihrem Vater »sirenetta« genannt, »sirenetta« war sie als Kind und das blieb sie auch mit fünfunddreißig, wegen der roten Haare und der grünen Augen und der Sommersprossen, die sie so wenig italienisch aussehen ließen.

Unten auf dem Canal Grande tremolierte ein Gondelserenadensänger. Als das *funiculi, funicula* in ihr Zimmer sirrte, ertappte sich Wanda dabei, daß sie schlucken mußte. Immer wenn sie neapolitanische Lieder hörte, mußte sie schlucken. Peinlich, aber was will man machen, wenn man in Neapel zur Welt gekommen ist. Sie dachte an Sommerabende auf der Piazza Bellini und daran, daß ihr Vater sich immer die Nase putzen mußte, wenn er *Malafemmena* hörte und mitsang. »*Femmena, tu si peggio 'è una vipera / m'è tussecata l'anema / un pozzo cchiù campà.* Weib, du bist schlimmer als eine

Viper, du hast mir die Seele vergiftet, seitdem kann ich nicht mehr leben.«

Als Wanda aus dem Fenster blickte, winkten ihr aus den Gondeln japanische Touristen zu, erfreut, vermutlich, weil sie zum ersten Mal einen Menschen in den Palazzi sahen. Es hatte zu regnen begonnen – was Wandas nostalgische Gefühle nicht gerade milderte, die Prophezeiungen der Kollegen aus Neapel waren nicht vergessen –, und die Japaner sahen in ihren Regenjacken aus wie in Frischhaltefolie verschweißt. In einer Gondel stand ein kleiner, stämmiger Sänger. Er riß beim Singen die Arme so ausdrucksvoll hoch, als habe er das Publikum des Olympia vor sich. Die Japaner klatschten durchnäßt, aber wohlerzogen mit. Als der Sänger »O sole mio« anstimmte, schwamm ein Müllsack an ihnen vorbei. Dann brach der Himmel über dem Markusbecken zusammen.

4.

Über Wandas Verhältnis zu Glauben und Aberglauben, und warum ihr Vater gegen Reifen pinkelt. Von Radomirs Leidenschaft für den Karneval und seiner zeitweiligen Neigung für Menschen aus dem einfachen Volk

Was hat es mit dem Fluch vom Palazzo Dario auf sich?« fragte Wanda. Sie stand in Radomirs Ankleidezimmer und beobachtete ihren Onkel bei seinen Karnevalsvorbereitungen. Zwischen ihrer Ankunft in Venedig und ihrem ersten Arbeitstag im Museo Orientale lag ein Wochenende. Zum Eingewöhnen. Wenn die Toilette ihm schon an gewöhnlichen Tagen das Leben ausfüllte, so fraß sie ihn während des Karnevals auf. Er stand am Fenster mit einem Spiegel in der Hand. Es sah aus, als korrigierte er sein Make-up im Tageslicht. Sie erinnerte sich daran, daß er ihr als Kind immer eigentümlich geschlechtslos vorgekommen war – eine nach Veilchenpulver duftende Porzellanpuppe. Als Wanda hinter ihn trat, sah sie, daß er auf den Canal Grande hinausschaute und eine Gondel mit einem blonden Gondoliere beobachtete. Radomir drehte sich um. An seinem Kinn klebte eine Mouche.

»Ich bitte dich, Wanda, ich weiß, daß du aus Neapel kommst, einer Stadt, wo der Aberglaube Volksreligion ist, *però ti prego*!« Radomirs Tonfall war der eines Menschen, dem gerade das Geständnis gemacht worden war, inkontinent zu sein. Dabei hatte Wanda ihm nur von ihrer Begegnung im Zug berichtet. Von den Erzählungen des hohlwangigen Herrn auf dem Weg nach Venedig. Von der Aussicht, in Ca' Dario eines nicht natürlichen Todes zu sterben. Und davon, daß sie ihren Vater telefonisch zu Rate gezogen hatte, weil er ihr geeignet schien, jene Dinge zu beurteilen, die »ihre Schatten auf unser Erdendasein werfen«, wie sich ihr Vater auszudrücken pflegte. Als Wanda ihm davon erzählt hatte, daß die meisten Bewohner aufgrund des Fluchs eines unnatürlichen Todes gestorben waren oder ihnen Unheil widerfahren war, zweifelte er keine Sekunde an der Richtigkeit dieser Deutung. Für ihn ging es nicht darum, ob es sich um einen Fluch handeln könne, sondern nur noch darum, wie man ihm begegnen solle.

»Meine liebe Wanda,« sagte Radomir, »dein Vater ist romantisch veranlagt, wie alle Süditaliener. Ich rede gerne mit ihm über seine Arbeit, über Tizians Papstbildnis oder darüber, warum er die gräßliche Anselm-Kiefer-Ausstellung im Museo Capodimonte nicht verhindert hat. Aber ich denke nicht, daß er zum Thema Aberglauben der geeignete Gesprächspartner ist.«

»Als ob alle anderen Italiener die Ratio in Person seien!« sagte Wanda. »Die Mailänder, die ich bislang kennengelernt habe, waren jeder Art von Wunderglauben völlig verfallen. Liest du keine Zeitungen? Erst vor kurzem hat eine Mailänder Gesellschaftsdame ihren Ex-Ehemann auf Anraten ihrer Astrologin durch einen Killer beseitigen lassen.«

Insgeheim mußte Wanda allerdings zugeben, daß ihr Vater tatsächlich der Abergläubischste in der Familie war. Sie würde es zwar Radomir gegenüber nie eingestehen, aber auch ihr kam der Aberglaube ihres Vaters manchmal ein bißchen übertrieben vor, wie eine etwas anstrengende charakterliche Eigenart. In dieser Einschätzung ähnelte sie ihrer Mutter, der auch nach jahrzehntelangem Leben in Italien der Zugang zu allem Übersinnlichen völlig verschlossen blieb. Um dennoch die Harmonie in der Familie zu wahren, versuchte Wanda, die beiden extremen Positionen ihrer Eltern zu verbinden. Sie hatte zum Aberglauben das gleiche Verhältnis entwickelt wie zu Vitamintabletten: Man weiß nicht, wofür sie gut sind, aber schaden können sie auch nicht. Sie ging zwar nie unter einer Leiter durch, aber ein *corno*, das Amuletthorn gegen den bösen Blick, trug sie nicht, weder um den Hals noch in der Tasche, weder aus Koralle noch aus Gold oder Silber. Sie glaubte nicht daran, daß ein Buckliger Glück bringen sollte, eine Bucklige hingegen eine Pechsträhne, aber sie hätte nie Schals oder Tücher verschenkt, weil Tücher Tränen bedeuten. Sie scheute sich immer noch davor, die Arme hinter dem Nacken zu verschränken und die Finger im Nacken zu kreuzen, obwohl sie nicht mehr wußte, warum. Sie lachte über ihren Vater, der behauptete, es bringe Unglück, Geld aufs Bett zu legen: Das Geld, das du aufs Bett legst, wirst du für Medizin ausgeben! Aber sie achtete immer darauf, beim Umziehen ihr Kleingeld auf dem Nachttisch zu deponieren. Und bloß keinen Hut auf das Bett legen! Wanda erinnerte sich noch genau daran, daß sie einmal einen neuen Sommerhut, einen breitkrempigen Florentiner, so wie ihn Silvana Mangano in *Occhi neri* getragen hatte, beim Betreten ihres Zimmers mit Schwung auf das Bett geworfen hatte, was ihrem Vater die Leichenblässe ins Gesicht getrieben hatte. Er sprang sofort auf das Bett zu und stieß den Hut herunter – *a mano cornuta*, mit gehörnten Fingern, wie man sagt, dem Blitzableiter für den bösen Blick. »*La morte!*« schrie er. Und sah mit den von sich gestreckten Armen samt abgespreizten Zeige- und kleinen Fingern tatsächlich aus wie ein wütender kleiner Stier, »ein Hut auf dem Bett bringt den sicheren Tod«. Er war der Ohnmacht nahe. Und eine Tasche durfte man auch nicht auf das Bett legen. Warum, wußte niemand mehr genau, aber es wurde von der ganzen Familie befolgt.

Ihr Vater hatte den Aberglauben von seiner Mutter Nunziatica geerbt, von der es hieß, sie habe das dritte Auge. Wanda wußte davon, seitdem der Bäcker Marinelli ihr die Geschichte über das Wunder der Nunziatica erzählt hatte.

»Während des Krieges entdeckten die Partisanen, daß deine Großmutter Nunziatica einen deutschen Piloten versteckt hielt, der mit dem Flugzeug abgestürzt war«, erzählte Marinelli. »Wahrscheinlich hatte er ihr gefallen. Zur Strafe wollten die Partisanen Nunziatica aufhängen. Sie weinte, sie schrie, aber die Partisanen hatten kein Erbarmen. Sie führten deine Großmutter zum Galgen und legten ihr den Strick um den Hals. Mit einem Fußtritt stießen sie die Kiste weg, auf der sie stand. Damit hielten sie die Angelegenheit für erledigt. Aber was passierte? Der Strick riß. Wie ein Bindfaden. Und Nunziatica fiel herunter wie eine reife Birne.«

»Madonna«, sagte Wanda. »Ein Wunder.«

»Wie man es sieht«, sagte Marinelli. »Die Partisanen bekreuzigten sich jedenfalls und sagten: ›Lassen wir's bleiben. Die bringt uns nur Unglück.‹ Und seitdem wissen wir, daß deine Großmutter das dritte Auge hat.«

Als Großmutter Nunziatica erfuhr, daß der Bäcker Wanda die Geschichte erzählt hatte, tobte sie. Ihr Topasanhänger, der sonst ein geruhsames Dasein im Spalt ihrer Brüste führte, tanzte auf ihrem Dekolleté herum. Daran erinnerte sich Wanda noch ganz genau. Ob Marinelli, dieser Hurensohn, denn gar keinen Anstand im Leib habe? Wie er denn auf die Idee käme, einer Achtjährigen solche Dinge anzuvertrauen. Dabei war Signor Marinellis Vertrauensseligkeit nur deshalb herausgekommen, weil Wanda von ihrer Großmutter wissen wollte, wo ihr drittes Auge saß.

Nach ihrem Erweckungserlebnis unter dem Galgen der Partisanen hielt Großmutter Nunziatica alles für möglich. Das hatte sie ihrem Sohn vererbt. Deshalb wollte Wandas Vater für alle nur irgendmöglichen Eventualitäten des Lebens gewappnet sein. Nicht etwa aus Defätismus, sondern aus Optimismus. Das entsprach seiner Lebenseinstellung. Sein Aberglaube entsprang nicht einer kleinlichen Furcht vor Göttlichem und Dämonischem. Vielmehr war er eine Rebellion gegen die Sinnlosigkeit der Existenz. Wenn man die Unwägbarkeiten des Lebens schon nicht beseitigen kann, dann muß man wenigstens bereit sein, ihnen entgegenzutreten. Man kann nicht einfach mit hängenden Schultern darauf warten, daß das Leben über einen hinwegrollt! Man muß es lenken.

Und so trug er ganze Sträuße von Amuletthörnern mit sich herum. Ein goldenes Corno um den Hals, eins aus Koralle für den Wagen. Ein metallenes am Schlüsselbund. Ein silbernes in der Hosentasche. Eins in der Jackentasche. Eins im Portemonnaie. Nie würde er einen Schritt ohne Corno machen. Die Welt war für ihn voller Zeichen, die es zu deuten galt. Er glaubte an das Wunder von San Gennaro, bei dem sich das Blut von Neapels Schutzheiligen, dem heiligen Januarius, in den beiden Phiolen zu verflüssigen hatte. Pünktlich zwei Mal im Jahr kam es im Dom von Neapel zum Gnadenbeweis: an dem Geburtstag des Heiligen, dem 19. September, und am ersten Wochenende im Mai. Wenn das Mirakel ausblieb, war das, wie jeder Neapolitaner wußte, ein sicheres Zeichen für das Herannahen einer Katastrophe. Als Kind hatte Wanda die Begeisterung für das Blutwunder mit ihrem Vater geteilt, was daran lag, daß er sie mit Zuckerwatte und gerösteten Maiskolben für das lange Warten entschädigte.

Außerdem fuhr Wandas Vater regelmäßig in die Kathedrale von Amalfi, weil dort eine lebensverjüngende Flüssigkeit aus den Knochen von Sant' Andrea sickerte, die er auf einem Wattebausch nach Hause brachte, mit dem er allen Familienmitgliedern über die Stirn wischte.

Nie würde er Brot falsch herum auf den Tisch legen. Brot falsch herum hinzulegen bedeutete mangelnden Respekt für das Brot, das sich dafür mit Unheil rächen würde. Als sie in die neue Wohnung im Vomero zogen, verstreute er in allen Zimmern Salz und fritierte tagelang Fisch, obwohl er sich sonst sogar weigerte, auch nur einen Kaffee zu kochen. All das, weil der Geruch von fritiertem Fisch wirksam gegen böse Geister sei.

Einmal fiel Wandas Mutter beim Kochen die Flasche mit dem Olivenöl aus der Hand und zerschellte auf dem Küchenboden. Wandas Vater wurde hysterisch. Die Augen traten ihm fast aus den Höhlen. »*Ci vuole una vergine*!« rief er immer wieder verzweifelt. Man könne das Unheil nur abwenden, so warnte er, indem man eine Jungfrau rufe, die dort Pipi mache, wohin das Öl geflossen sei. Wandas Mutter fing an zu lachen, was fast ein Scheidungsgrund gewesen wäre. »Na gut« sagte sie, »du kannst ja mal Wanda fragen.« So erfuhr Wandas Vater, daß seine Tochter keine Jungfrau mehr war. Er streute mit traurigem Gesicht Salz auf die Ölpfütze. Das sollte auch helfen.

Als er dann kurz darauf bei seinem neuen Fiat gegen die Reifen pinkelte, glaubte Wanda zunächst, ihr Vater wolle sich dadurch nachträglich gegen einen grausamen Fluch schützen, den ihre verlorengegangene Jungfräulichkeit ausgelöst haben mochte. Gegen die Reifen zu pinkeln, hatte ihr Vater beteuert, sei das einzig wirksame Mittel, um das Auto gegen zukünftige Heimsuchungen zu schützen. Diese Aktion brachte Wandas Mutter ziemlich auf, obwohl sie es ansonsten aufgegeben hatte, gegen den Okkultismus ihres Mannes zu polemisieren. »Mag sein, daß du das Auto damit schützt, Marcello«, hatte ihre Mutter gesagt. »Aber muß es ausgerechnet mittags sein?«

»*Tocca ferro!*« sagte ihr Vater immer, wenn einem irgendwelche Geister um die Nase schwirrten, oder wenn man einem Wunsch Nachdruck verleihen wollte – faß Metall an.

»Wenn du ein Junge wärst«, sagte er einmal ernst, »wenn du ein Junge wärst, dann hättest du noch eine andere Möglichkeit.« Wanda ließ das keine Ruhe. Sie wollte wissen, wie dieses Privileg aussah. »Nun«, sagte ihr Vater bedächtig, »Männer können sich hier an diese Stelle fassen. Das wendet alles Unheil von ihnen ab.«

Vor dem Betreten des Palazzo Dario hätte sich Wandas Vater auf jeden Fall an jene besagte Stelle gefaßt.

Michel trat ins Zimmer, um Radomir für den Nachmittagsauftritt vorzubereiten. In der Hand trug er einen Teller mit in Milch getränkten Rindfleischscheiben, Radomirs Geheimtip für eine straffere Haut. Schon fünf Minuten wirkten Wunder! Radomir reckte Michel sein Gesicht entgegen. Michel legte ihm das Rindfleisch auf. Danach ging das Rindfleisch an Maria weiter, die es briet. Bloß keine Verschwendung! predigte Radomir immer.

Seitdem Radomir in Venedig lebte, hatte er sich den Karneval zum Lebensinhalt gemacht. Die elf Karnevalstage bedeuteten für ihn dreiunddreißig verschiedene Kostüme, denn er zog sich dreimal täglich um. Der Karneval war ihm heilig. Er genoß den Gang durch die Massen, die sich vor ihm teilten wie das Meer vor Moses und den Israeliten, und sog die Kommentare zu seinen Kostümen auf wie Nektar. Dreimal täglich zeigte er sich: morgens und nachmittags hielt er hof im Caffè Florian, an seinem Stammplatz am Fenster, gleich im ersten Salon rechts vom Eingang. Und abends zeigte er sich auf Empfängen in den Palazzi – Ca' Zenobio, Palazzo Pisani-Moretta. Im Jahr zuvor hatte ihn das Caffè Florian sogar zum »Seigneur du Carnaval« gekrönt. Seither bekam er dort den Espresso umsonst.

Auf dem Kleiderständer neben Radomir hingen Kostüme aus allen Epochen. Pluderhosen und Schlitzwämser. Schulterkragen und gepolsterte Oberschenkelhosen. Mandarinkostüme und Dogengewänder. Samthosen und Brokatjacken, hortensienblau und dottergelb. Insgesamt zweiundsechzig Kostüme. Die meisten hatte er selbst genäht. Die schönsten Stoffe kaufte er in Rom, unweit des Pantheons, in einem Geschäft, das auch den Vatikan belieferte. Michel nahm Radomir das Rindfleisch ab. Er zog Grimassen, um die neue Spannkraft seines Gesichts zu prüfen. Dann blickte er auf Wanda. Wanda lächelte ihn an.

»Du siehst schlecht aus«, sagte er. »Trägst du nie Lippenstift?«

Ihr Lippenstift war abgegessen, für Radomir ebenso unerträglich wie abgekaute Fingernägel. Er reckte sein welkes Gesicht zu Michel, der es erst eincremte, dann abpuderte. Wanda erinnerte sich, daß ihr Vater ihr viel Geduld beim Umgang mit Radomir empfohlen hatte. »Widersprich ihm nicht, Wanda«, hatte er gesagt, »er ist wahnsinnig.«

Weisungsgemäß zog sie sich die Lippen nach.

»Ich habe wenig Zeit für dich, mein Herz. Das ständige Umziehen, das Schminken, und schließlich noch die Interviews mit der Presse. Ich weiß nicht mehr, wo mir der Kopf steht.« Er holte tief Luft.

Für seinen Nachmittagsauftritt im Caffè Florian hatte er sich ein Rokoko-Kostüm ausgesucht. Michel hob Radomirs Kinn leicht an, dann machte er einen Schritt zurück, um sein Werk mit etwas Abstand zu betrachten – so hatte er es bei den Aquarellmalern gesehen, die im Sommer Venedig niedermalten. Er rang um Inspiration, dann entschied er sich für türkisgrünen Lidstrich, obwohl Wanda zu bedenken gab, daß Türkis vielleicht zu sehr mit dem rosa Kostüm kontrastierte. Den Lidstrich ließ er zu den Augenwinkeln hin in Schwalbenschwänze auslaufen. Auf die Wangen kam Rouge, auf die zerfurchten Lippen ein Amorbogen.

Michel stülpte Radomir die Perücke auf wie ein Zeremonienmeister, darüber zog er ein Haarnetz. Dann legte er ihm eine Samtweste an. Von früh bis spät umgab Radomir eine Wolke aus Gedankenkrümeln, Aphorismusstäubchen und Aperçu-Flusen. So auch jetzt. »Historische Genauigkeit ist beim Kostümieren unerläßlich. Westen werden wie im achtzehnten Jahrhundert üblich nur hinten geknöpft. Vorn wird erst geknöpft, seitdem die Bürgerlichen es einführten, weil sie keinen Kammerdiener zum Aufknöpfen hatten«, puffte es aus seinem Mund.

Michel half ihm, die Jacke überzuziehen.

»Ein Kostüm ist ein Zustand! Der Karneval ist eine Geisteshaltung! Schon wenn ich die Stufen des Palazzo Dario hinuntersteige, werde ich zu der Person, die ich darstelle«, sagte Radomir.

Michel bürstete ihm die Schultern ab.

»Karneval ist für mich wie Trance. Komme ich als Ludwig XIV. daher, trage ich die Füße leicht nach außen gedreht, wie er es zu tun pflegte«, sagte Radomir.

Michel sprühte Parfüm auf die Perücke.

»Und unter diesem Dreispitz, dem eines Edelmanns aus dem achtzehnten Jahrhundert, meinem Lieblingsjahrhundert, betrachte ich das Volk mit genau der Geringschätzung, die dem Adel damals eigen war«, sagte Radomir.

»Nicht, daß dir das schwerfiele«, warf Wanda ein.

Als er schließlich dastand in seinem Dixhuitième – altrosa Samt mit Litzen und Bordüren, Spitzen-Jabot und Brokatumhang, schwarze Schnallenschuhe mit roten Absätzen –, beendete Radomir seinen Monolog. Er sah an Wandas Kleid herab. Sie trug ein schwarzes Suzie-Wong-Kleid und fand es wirklich elegant. Radomir hauchte ihr einen Luftkuß auf die Wange.

»Immer nackt! Immer nackt!« flüsterte er. Dann setzte er den Dreispitz mit der Straußenfeder auf. »Ich erwarte dich in einer Stunde!« sagte er und glitt in die Dämmerung.

Wanda sah Radomir vom Fenster aus nach. Sie hatte ihm versprochen, sich später im Caffè Florian mit ihm zu treffen. Er gab dort ein Interview. Wanda sollte die Rolle der Pressedame übernehmen und das Interview beenden.

»Schließlich gibt es nichts Schlimmeres als Journalisten, die von mir denken: *Ah, celui-là a du temps à perdre!*« hatte er gesagt.

Wanda nahm das Vaporetto an der Salutekirche und setzte zur Haltestelle San Marco über. Sie hatte eine schwarze Maske aus Leder angelegt, in der sie sich jetzt im Fensterglas des Vaporetto erblickte. Die Maske war ein Zugeständnis an Radomir. Sie trat einen Schritt zurück und stellte fest, daß sie damit wie ein Viehdieb aussah.

Auf dem Markusplatz kreisten die Maskierten wie Figuren auf einer Spieluhr. Aus den Lautsprechern, die in den Arkaden aufgehängt waren, tropfte Vivaldi. In der Luft knatterten die Auslöser der Spiegelreflexkameras. »Geh, drück schon ab!« schrie eine Frau ihren Mann an, der versuchte, drei Burgfräulein in den Sucher zu bekommen, »Die springen doch gleich wieder weg!« An den Fenstern des Caffè Florian hatten sich die Videoamateure wie Napfschnecken festgesaugt. Wie immer saß Radomir im orientalischen Salon, alles andere war für ihn Wüste. Im pastelligen Art-déco-Zimmer oder gar im Nichtraucher-Saal vorne links saßen nur Japaner und die, die es nicht besser wußten.

Wanda klopfte von außen an das Fenster und versuchte Radomir auf sich aufmerksam zu machen. Er sprach mit einem Journalisten, der aussah wie ein Hotelpage bei der Entgegennahme der Bestellung für den Roomservice. Er hatte sich Staunen in sein Jungs-Gesicht gehängt und kritzelte mit einem Bleistiftstummel alles mit. Radomir beflirtete ihn. Junge Männer, die ihm Fragen stellten, waren für ihn der Inbegriff der Libido.

Nach Panorama, der Beilage von *El Pais*, und der *International Herald Tribune* sei dieses Interview mit dem *Figaro Magazine* das dritte dieser Saison, hatte Radomir stolz mitgeteilt. Außerdem habe sich noch das japanische Fernsehen angesagt.

»Denen werde ich allerdings einen gewissen Unkostenbeitrag in Rechnung stellen müssen, schließlich muß Michel für die Aufnahmen das ganze Piano Nobile umräumen!« hatte er geseufzt.

Wanda drängelte sich in den Saal. Beiläufig stellte Radomir sie dem Journalisten vor. Wenn er jungen Männern gegenübersaß, nahm er nichts mehr um sich herum wahr, außer seinem eigenen Körper. Als Wanda beobachtete, wie er so dasaß und lächelte und lächelte, wie er seine Augen über die blanken Wangen des jungen Mannes wandern ließ, empfand sie Mitleid mit ihm. Sie spürte, daß er am liebsten herausgefahren wäre aus seinem faltenreichen Fleisch wie aus einem Kokon. Radomir haßte seinen Körper dafür, daß er sich dem Verfall nicht widersetzte. Wanda versuchte sich ihren Onkel jung vorzustellen, als er noch blond und das Blau seiner Augen nicht verwässert war. Aber es gelang ihr nicht.

Der Kellner servierte Espresso.

»Sie sind zum ersten Mal in Venedig? Oh, da gibt es noch viel für Sie zu entdecken«, sagte Radomir zu dem Journalisten. »Wo leben Sie in Paris? Beim Parc Montsouris? Tatsächlich? Oh, ich liebe die Gegend um den Parc Montsouris!« Seine Stimme klang so interessiert, als versuchte er die Relativitätstheorie zu begreifen. »Sie sind ein Glückspilz, doch doch! Ein gutaussehender junger Mann wie Sie, ein interessanter Beruf, Sie sind begabt, Sie werden es noch weit bringen! Doch, doch, das spüre ich! Sie stellen sehr mutige Fragen! Aber wo waren wir stehengeblieben … ah, ja, ich erinnere mich, ja, die Kostüme.« Er wechselte die Tonlage. »Also, die Leute glauben, daß es reichen würde, ein Kostüm anzuziehen. Die meisten verstehen jedoch nicht, es zu tragen. Es hat keinen Zweck, sich ein Kostüm zu einer Million Lire auszuleihen, wenn man sich nicht mal leisten kann, eine Samtschleppe über den Boden schleifen zu lassen.«

Der Journalist nickte und schrieb mit.

»Außerdem stehen die in Venedig so beliebten Kostüme des achtzehnten Jahrhunderts nur den Personen, die wie ich blaue Augen haben. Zu braunen Augen sieht die weißgepuderte Perücke ridikül aus.«

»Selbstverständlich«, sagte der Journalist.

»Deshalb ist das achtzehnte Jahrhundert nichts für Italiener. Ihnen steht die Renaissance besser. Besonders den Italienerinnen. Weil da die Schönheit in der Brust liegt«, sagte Radomir.

»Ah«, sagte der Journalist.

Radomir rührte den Espresso um und spreizte dabei seinen kleinen Finger ab. »Zu Venedig passen im Grunde nur drei Epochen. Renaissance, Orient und das achtzehnte Jahrhundert und letzteres, wie gesagt, auch nur wenn man blaue Augen hat. Alles andere ist fehl am Platz«, sagte er.

»Natürlich«, sagte der Journalist. Er versuchte, seine glatte Stirn zu runzeln, woran Wanda erkannte, daß sich eine Frage in ihm formte. Die auch nicht auf sich warten ließ.

»Stört es Sie nicht, ständig fotografiert zu werden?« fragte er. Radomir blickte gütig.

»Ich wußte, daß Sie die richtigen Fragen stellen würden! Aber nein, Monsieur, nein, es stört mich nicht. Dafür geht man doch aus! Ich liebe es, durch die Gassen zu spazieren und die Kommentare der Leute zu hören! Lästig ist es nur, wenn die Leute keine Manieren haben. Südamerikaner zum Beispiel. Manche fragen mich doch tatsächlich, ob ich mal den Hut für sie abnehmen würde!«

Von Radomir ermuntert, wurde der Journalist vertraulich.

»Ich beabsichtige, mit meiner Freundin, mit der ich nach Venedig gekommen bin, heute abend den Ball im Palazzo Albrizzi zu besuchen. Er ist dem Thema Belle Epoque gewidmet.« Er lächelte stolz.

Radomir verzog das Gesicht. Sein Interesse für den jungen Mann erlosch zischend.

»Belle Epoque!« fiel es von seinen Lippen. »Wie unvenezianisch! Wie trivial! Belle-Epoque-Bälle eignen sich nur für die Côte d'Azur!«

Radomir drehte den Kopf zum Fenster. Damit war das Interview beendet – Wanda hätte sich die Rolle der Pressedame sparen können. Soviel stand fest. Ihr Onkel hob den Kopf, um für bessere Lichtverhältnisse in seinem Gesicht zu sorgen. Vor dem Fenster schwenkten die Videokünstler ihre Kameras hoch und runter, geheimnisvoll wie bei einem Voodoo-Ritus. Radomir saugte die Blicke der Kameras auf. Je nach Regieanweisung drehte er den Kopf mal nach rechts, mal nach links. Dann grüßte er die Bekannten, die durch das Florian paradierten.

Der Journalist packte seinen Notizblock ein. Er hatte verstanden. Die Audienz war beendet. Er verließ den orientalischen Salon seitwärts wie eine Krabbe.

»Mein Gott, was für ein Langweiler«, sagte Radomir

zu Wanda. »Ihm ist keine einzige intelligente Frage eingefallen!«

Er wendete seine Aufmerksamkeit den anderen Kostümierten zu, die am Tisch saßen: Ein Renaissancefräulein mit hochgeschnürtem Dekolleté, eine Griechin in Peplos und ein weißgeschminktes Flatterhemd mit einer Rose in der Hand.

»Ah, heute kommen wir also als Pierrot!« sagte er abschätzig zum Flatterhemd. »Wie originell! Wirklich, sehr originell!«

Schließlich war es an der Zeit, das Caffè Florian zu verlassen. Radomir stand auf und verließ den Saal. Nach zwei Schritten wandte er sich um, ein geniertes Lächeln im Gesicht. »Ach, Wanda, noch eins: Bitte nimm es mir nicht übel, aber ich möchte nicht von jemandem begleitet werden, der nicht im Kostüm ist. Das schadet meiner Aura, wenn du weißt, was ich meine.«

Wanda nickte. Was will man machen? Er ist zweiundachtzig Jahre alt. Wenn er jünger wäre, würde ich ihm den Hals umdrehen.

Die Blicke der Passanten genießend, schritt Radomir, ohne sich noch einmal umzudrehen, weiter voran durch die Menge. Allerdings ging er nicht in Richtung Vaporettostation, durch die Calle Vallaresso, sondern spazierte weiter durch die Via XXII Marzo, immerzu huldvoll seinen Bewunderern zunickend. Wanda zuckte mit den Schultern und folgte ihm auf seinem Umweg. Mit gebotenem Abstand. Offenbar wollte er das Gondeltraghetto am Campo Santa Maria del Giglio nehmen. Wenn man von einer Seite des Canal Grande auf die andere wollte, ohne umständlich über die Accademia-

Brücke zu laufen, konnte man das Fährboot nehmen. Es verkehrte gegenüber vom Palazzo Dario zwischen San Gregorio und dem Campo Santa Maria del Giglio. Das Traghetto war eine plumpere, etwas größere Gondel, mit je zwei Gondolieri an Bug und Heck, die die Passagiere für wenige Lire von einer Seite des Canal Grande zur anderen ruderten.

Radomir schritt zielstrebig über den Campo. Wanda folgte ihm im Abstand von zwei Schritten. Die beiden Gondolieri des Traghetto warteten mit verschränkten Armen auf Passagiere. Der eine war klein und dick, der andere war auffallend groß und schlank und hatte, wie Wanda bemerkte, einen Mund wie Brigitte Bardot. Eine Verschwendung, so ein Mund bei einem Mann, dachte sie. Seine blonden Haare waren kurz geschnitten, sein Kinn sah aus wie eingekerbt.

»Oh, Primo«, sagte Radomir, und Wanda begriff endlich, daß dieser Brigitte-Bardot-Mund der Grund für Radomirs Umweg war. Radomir sammelte gewöhnlich vor allem junge Lurche um sich, deren vergeistigtes Aussehen zu wünschen übrigließ. Schön wie dieser Gondoliere war keiner, und Wanda ertappte sich dabei, ihn anzustarren. Er lächelte so schüchtern, wie sie es an Männern liebte. Dann aber stellte sie sich vor, wie er wohl japanische Touristinnen bei Gondelserenaden zum Mitklatschen aufforderte, und fand ihn nur noch halb so schön.

Primo reichte Wandas Onkel galant den Arm und half ihm beim Einsteigen. Radomir schaffte es, so auszurutschen, daß er ihm in die Arme fiel. Primo half ihm wieder auf, und Radomir ordnete fahrig sein Kostüm.

»Setzen Sie sich doch, Signor Radomir«, sagte der Gondoliere. Radomir lehnte ab. Schließlich war man kein Tourist. Nur Touristen schaffen es nicht, sich in der Gondel auf den Beinen zu halten. Wanda stützte ihn unauffällig. Der kleine Dicke blieb hinten am Heck stehen, Primo ruderte vorn. Es war sehr windig, und er stemmte sich mit ganzer Kraft gegen das Ruder, um vor einem Vaporetto den Kanal zu überqueren. Sein Körper wirkte kraftvoll und sein Gesicht feminin.

»*Bellissimo*«, sagte Radomir und kniff Wanda in den Arm. »*Bellissimo.*«

Beim Aussteigen ergriff er Primos Arm und blickte ihm in die Augen. Er stolperte nur leicht.

»Werden Sie morgen wieder dasein, Primo?« fragte Radomir mit einer Stimme, als hinge sein Leben davon ab.

»Gewiß, Signor Radomir, morgen und übermorgen und die ganze Woche.«

»*Bellissimo*«, hauchte Radomir.

Wanda war peinlich berührt von der Szene. »Mein Gott, Radomir«, sagte sie. »Deine Begeisterung über einen Menschen aus dem Volk erstaunt mich.«

Radomir lächelte entrückt. »Es ist nun mal meine Passion, das einfache Volk zu zivilisieren.«

5.

Wandas erster Arbeitstag im Museo Orientale.
Sie lernt ein Mützenmännchen kennen und erfährt,
was fünfzig Bayern in Venedig bedeuten können

Wie jeden Morgen seit ihrer Ankunft wachte Wanda auch diesmal voller Verwirrung auf. Sie wunderte sich, daß der Palazzo noch an der gleichen Stelle stand, an der er am Abend vorher gestanden hatte. Schließlich schwimmt Venedig, und wie konnte man da sicher sein, nicht über Nacht auf der anderen Seite der Adria gelandet zu sein oder den Atlantik überquert zu haben? Wanda hatte schlecht geschlafen, über ihrem Kopf hatten während der ganzen Nacht Tauben gescharrt, die im Dachstuhl nisteten. Schlaftrunken ging sie in die Küche, schenkte sich ein Glas Wasser ein und versuchte das Husten zu unterdrücken.

Maria saß ihr gegenüber, rauchte und beugte sich über ihre Lieblingslektüre, die *Settimana enigmistica.* Maria benutzte das Rätselheft nur dann dazu, die Kreuzworträtsel zu lösen und die Lösungen in die Kästchen einzutragen, wenn sie schlechter Laune war. Die meiste Zeit schmökerte sie darin. Sie las die Vorwärts-Rückwärts-Rätsel, die Schlüsselrätsel, Silbenrätsel und Kreuzgitterrätsel, die Zahlenkreuzworträtsel und Rätsel für Pflanzenkundler – sie studierte jede Seite mit so großer Aufmerksamkeit, als handele es sich um ein Mitteilungsblatt, dessen Pointen und Anspielungen nur Eingeweihte genießen könnten. Ab und zu lachte sie auf, sie machte »tz, tz!«, wenn sie etwas Bemerkenswertes gelesen hatte, oder »pff!«, wenn sie mit einer Frage nicht einverstanden war.

Morgens war Wanda immer besonders mitteilungsbedürftig, mit Maria allerdings war jede Kommunikation mühsam, und das nicht nur morgens. In der Küche hörte man nichts anderes als Marias Rauchen. Wanda hatte noch nie jemanden getroffen, der so geräuschvoll rauchen konnte wie Maria. Sie stieß den Rauch so schnaubend aus, als würde sie Marathon laufen.

»Maria, du kennst doch die Geschichte vom Palazzo Dario«, sagte Wanda einschmeichelnd, in der Hoffnung, etwas erfahren zu können, was die Erzählungen ihres Reisebegleiters bestätigen oder widerlegen könnte.

Maria antwortete nicht.

»Ich meine, wie war das denn nun genau mit dem Fluch?« fragte Wanda.

Maria antwortete immer noch nicht.

»Sind die Vorgänger von Radomir nun eines natürlichen Todes gestorben oder nicht?« fragte Wanda.

Maria zog an ihrer Zigarette. »Ein Schiff, das 1912 gesunken ist. Sieben Buchstaben.«

»Titanic«, sagte Wanda.

»Ungekocht. Auch: barbarisch. Drei Buchstaben.«

»Roh«, sagte Wanda.

»Roh?« sagte Maria.

»Ja, roh«, antwortete Wanda ungeduldig. »Was ist jetzt mit den Bewohnern vom Palazzo Dario?«

»Gefährlicher Raubfisch. Drei Buchstaben. Der dritte Buchstabe ist ein ›i‹.

»Hai« sagte Wanda.

»Hai?« sagte Maria nachdenklich und machte einen verärgerten Zug an ihrer Zigarette. »Wie banal! Ich hab's ja schon immer gesagt: Kreuzworträtsel sind nicht zum Lösen da.«

Wanda gab auf. Zum Teufel mit dem Fluch.

Wenig später ging Wanda über den Campiello Barbaro in Richtung Accademia und setzte mit dem völlig überfüllten Vaporetto nach San Stae über. Sie fühlte sich wie an ihrem Einschulungstag, neugierig darauf, was sie an ihrer neuen Arbeitsstelle erwarten würde. Wer das Museo Orientale sehen wollte, mußte sich im Erdgeschoß beim Pförtner der Ca' Pesaro anmelden.

»*Chiuso per restauro*«, meinte der Pförtner, noch bevor Wanda etwas sagen konnte.

»Ich bin mit Dottor Morosini verabredet«, sagte Wanda.

»Ach so«, sagte der Pförtner. Er seufzte resigniert. Dann griff er zu dem neben ihm liegenden Funkgerät.

»Hooouu! Wach auf, Mario, du kriegst Besuch!« Sein Hooouu klang wie das eines Gondoliere, der sich einer Kanalkreuzung nähert.

Viele Besucher kann dieses Museum nicht haben, dachte Wanda. Sie wartete und machte ein paar Schritte in der Halle, um die Kälte aus den Beinen zu vertreiben. Schließlich huschte eine Frau zwischen den

Säulen hervor, die in einem Kokon aus neongelber Wolle steckte. Nur widerwillig führte die verpuppte Frau ihre Zuständigkeit aus: Sie schob sich über den Flur zum Fahrstuhl, drückte seufzend auf den Knopf, um ihn zu rufen, und wartete mit Blick auf ihre Schuhspitzen, bis der Fahrstuhl im Erdgeschoß hielt. Mit einer Kopfbewegung forderte sie Wanda auf, die Kabine zu betreten, und drückte auf den Knopf für den dritten Stock. Stumm, die Augen zur Decke gerichtet, fuhren sie hoch.

Im Kassenhäuschen saß ein Männchen in einer Daunenjacke. Das Männchen trug Wollmütze und eine Nase, die aussah, als hätte es sie zufällig heute morgen auf dem Weg zur Arbeit gefunden und probeweise aufgestülpt. Eine griechische Nase in einem Hausmeistergesicht. Seine Hände steckten in Handschuhen, an denen die Fingerspitzen abgeschnitten waren. Aus einem Radio, das nicht größer als eine Zigarettenschachtel war, tönte eine Fußballübertragung.

»Guten Tag«, sagte Wanda. Das Männchen reagierte. Wenn auch zögerlich. Es faltete bedächtig die *Gazzetta dello Sport* zusammen und zupfte eine Fluse von seinen Fingerlingen. Dann streckte es sich zu dem ovalen Plastikfensterchen vor, das den Kontakt mit den Besuchern kanalisierte.

»Einmal?« fragte er hoheitsvoll.

»Danke, ich bin mit Dottor Morosini verabredet. Mein Name ist Wanda Viarelli.«

»Oh«, sagte das Männchen. Es stellte das Radio leiser. »Signorina, wiewarnochgleichihrName? Einen Moment, ich melde Sie an. Haben Sie einen Augenblick Geduld.«

Er schloß das Besucherfenster und schlurfte davon. Hier oben war es so kalt, daß man den Atem sehen konnte. Nach ein paar Minuten kam er mit bekümmertem Gesicht zurück.

»Es tut mir leid. Dottor Morosini ist zu einer Besprechung mit der Oberintendanz unterwegs.«

Wanda schluckte. »Wird es lange dauern?«

»Signorina!« sagte er vorwurfsvoll, »Signorina, ich kenne die Pläne des Dottore nicht. Wenn Sie Geduld haben, können Sie hier warten. Sie können in der Zwischenzeit auch das Museum besichtigen. Möchten Sie eine Eintrittskarte?«

Der Kartenblock war noch vollständig. Wanda nickte. Um deiner schönen Nase willen. Fünftausend Lire Eintritt. Mit der Zeremonienhaftigkeit eines Hohenpriesters trennte das Mützenmännchen die Eintrittskarte vom Block und stempelte sie zärtlich. Dann legte es sein Ohr wieder an sein Radio. Als Wanda die Stufen hochstieg, hörte sie, wie das Ausgleichstor zwischen AC Milan und Juventus Turin fiel.

Saal I. Rüstkammer. Prachtrüstungen. Wanda stellte sich mit dem Rücken zum Fenster und ließ das Museo Orientale auf sich wirken. Flach gedrückte Räume und löchriger Terrazzoboden. Wenn man sich nicht vom Blick auf Venedig bestechen ließe, würde man sich in einem usbekischen Museum wähnen. Dreiundzwanzig Samurais und ein unleserliches Pappschildchen. So etwas gab es nicht mal mehr in Neapel. In die Glasvitrinen hatte seit Jahrzehnten niemand mehr einen Blick geworfen.

Saal II. Japanische Langschwerter, Tempelschwerter

und Schwerterklingen. Kein Wunder, daß dieses Museum leer war. Schließlich kam kein Mensch wegen Fischhäuten, Kimonos oder japanischen Lackarbeiten nach Venedig, sondern wegen des Hasenpfotenmanns in Giorgiones Tempestà. Wenn Kunst schon sein mußte, dann wollten die Leute ihr Pensum in der Accademia absolvieren. Tizian, Tintoretto, Carpaccio. Damit sie ein gutes Gewissen haben und zu Hause etwas vom Faltenwurf im Polyptichon Lorenzo Venezianos erzählen konnten.

Saal V. Netsuke und Elfenbeinarbeiten. Wanda entdeckte das Foto des Museumsgründers. Seine königliche Hoheit Enrico Carlo Luigi Giorgio Abramo Paolo Maria di Borbone, Conte di Bardi. *Pincenez*, Vollbart und Poposcheitel. Er sah aus wie ein Parlamentsschreiber. Auf dem Foto war er verkleidet als Fin-de-siècle-Marco Polo zu sehen. Der japanische Fotograf hatte das *Pincenez* und den Poposcheitel weggelassen und Rouge aufgelegt. Japonisme-trunken blickte der Conte in Kimono auf Wanda herab.

Daneben die Route der adeligen Einkaufsreise. Triest. Alexandria, Suezkanal, das Rote Meer, der Indische Ozean, Sumatra. Java. Malaysia, Birma, Vietnam, Kambodscha, China, Japan. Kaufen, verpacken, verschiffen, kaufen, verpacken, verschiffen. Helme mit geflügelten Drachen und Löwenköpfen. Phrygische Mützen. Der Conte und seine Frau – ein Paar im Kaufrausch. Achtundzwanzig Monate *voyage de plaisir* macht dreißigtausend Mitbringsel. Die Inventarliste ordnete alphabetisch. Affenschädel und Apothekerdöschen. Kassetten und Kriegerjacke. Sägefischteile und Sakeschalen. Pfeilspitzen und Pferdaufputze. Ziegenhäute und Zuckerdosen.

Wanda spürte Mitleid. Der arme Conte Bardi. Wenn er das gewußt hätte. Da überläßt er Venedig seine kostbare Sammlung, und keiner guckt hin. Das einzige besucherfreie Museum Venedigs. Konservatorisch konsequent: Wenigstens wird hier nichts weggeschwitzt, zugehustet oder angeschnieft. Es war so kalt, daß sie ihre Zehenspitzen nicht mehr fühlte.

Wanda war im siebten Saal bei den chinesischen Hängerollenporträts angekommen, als Kreppsohlen über den Terrazzoboden schmatzten.

»Signorina Viarelli! Bitte entschuldigen Sie mich tausend Mal. Ich bin untröstlich«, sagte Morosini, »ich hasse es, mich zu verspäten. Aber man kommt in den Gassen nicht voran.«

Mit Erstaunen erkannte Wanda in dem Museumsdirektor ihren Reisegefährten wieder: die gleichen hohlen Wangen, das Teiggesicht, und die Auberginennase, in der sich die ganze Gesichtsfarbe sammelte. Das gleiche rachitische »R«, nicht gerollt, sondern hinten im Rachen fein zerdrückt. Er allerdings nahm sie vor lauter Monologisieren kaum wahr.

»Wenn man bedenkt, daß erst Februar ist! Februar! Die Jahreszeit, in der Venedig leergefegt sein sollte! Dieser Karneval ist eine teuflische Erfindung! Außerdem wissen die Touristen nicht, wie man vernünftigerweise in Venedig läuft. Einen Venezianer erkennt man sofort an seinem Gang. Er geht schnell, ohne zu laufen. Vor einer Brücke verlangsamt er seinen Schritt. Er überquert die Brücke mit einer speziellen Philosophie: Für ihn ist eine Brücke kein Hindernis, sondern eine Verbindung. Der Tourist dagegen, oder besser jeder Nicht-Venezianer, geht nie geradeaus. Diese Leute lavieren durch die Gassen wie Segelboote, mal nach rechts, mal nach links, gerade so wie der Wind kommt oder wie interessant das nächste Schaufenster ist. Sie halten den Verkehr auf, und wir Venezianer verfluchen sie. Und wenn sie an eine Brücke kommen, dann nehmen sie sie – Brust voraus – wie ein Hindernis, das es zu stürmen gilt. Und mitten auf der Brücke bleiben sie dann noch stehen, der Reiseführer mit seiner Gruppe, die Leute, die fotografieren wollen, und die Hunde. Die Hunde verrichten ihr Geschäft, weil auf der Brücke etwas Wind weht, womit die richtigen klimatischen Bedingungen herrschen. Ich kann das nicht verstehen. Diese Leute – ihr Verhalten müßte sich doch ein klein wenig ändern!«

»Das finde ich auch«, sagte Wanda ohne große Hoffnung darauf, seinen Redefluß zu unterbrechen, um sich vorstellen und ihn auf ihre erste Begegnung aufmerksam machen zu können.

Prompt erging er sich weiter in Ausführungen über das Problem mit der Oberintendanz. Der jetzige Oberintendant für Altertumswesen und Kunst, Dottor Ricciardi, der Sizilianer, habe soeben Venedig verlassen, und sein Nachfolger sei vorgestellt worden.

»Endlich jemand aus dem Norden, Gott sei Dank. Vielleicht wird es mir gelingen, mich in den Frühruhestand versetzen zu lassen.«

Dann führte er sie, weiter vor sich hin monologisierend, in sein Büro, das überquoll mit Venedig-Devotionalien. Markuslöwen aus Plastik und Metall. Venezianische Fahnen und Dogenhüte. Und auf dem Schreibtisch eine goldgeprägte Ledermappe.

»Was sagten Sie noch, wo Sie wohnen?« fragte er.

»Im Palazzo Dario«, antwortete Wanda, neugierig, ob diese Information etwas bei ihm auslösen würde. Das tat sie. Und zwar heftiger, als Wanda es ihrem künftigen Chef gewünscht hätte. Morosini lief rot an, seine hohlen Wangen plusterten sich auf und stotternd setzte er zu einer Entschuldigung an. „Ja, oh, mein Gott, Signorina, ich bin untröstlich, verzeihen Sie mir, Palazzo Dario. Ja, natürlich. Wir haben uns schon im Zug gesehen. Wie konnte mir das nur passieren? Ich hoffe Sie bekommen keinen falschen Eindruck von mir, aber Sie wissen ja, die Arbeit! Diese ständig wechselnden Oberintendanten machen mich ganz verrückt.«

Zum ersten Mal sah er sie richtig an. Er wanderte mit den Augen ihren Körper entlang und streckte ihr beide Hände entgegen. Wanda streckte auch ihre Hand aus, aber Morosini lenkte ihre Bewegung ab. Er zog ihre Hand zu sich, drehte sie leicht zur Seite und versuchte, sich mit seinen Lippen ihrem Handrücken zu nähern. Von seinem Vorhaben aus der Fassung gebracht, drückte Wanda einfach fester und zog kurz vor seinen Lippen ihre Hand zurück.

Conte Girolamo Morosini stammte aus einer der fünf noch in Venedig lebenden Patrizierfamilien, hatten Kollegen vom Kunsthistorischen Institut ihr erklärt. Tausend Jahre Familiengeschichte! Halb Venedig war mit ihm verwandt. Die Morosinis hatten Dogen und Admiräle, Senatoren und Bürgermeister gestellt. Seine Vorfahren hatten Kontinente entdeckt und die Welt bereist, als andere noch dachten, daß sie am Horizont endete. Tizian hatte einen seiner Ahnen porträtiert, er hing im Metropolitan Museum. »Aber rede ihn bloß nicht mit Conte an!« hatten die Kollegen Wanda eingeschärft. »Er haßt es, Conte genannt zu werden. Das ist kein venezianischer Adelstitel. Ein venezianischer Patrizier fühlt sich durch gewöhnliche Adelstitel erniedrigt.« Wanda forschte in Morosinis Gesicht nach den tausend Jahren und fand eine Menge geplatzter Äderchen.

»Nun denn. Apropos: Fühlen Sie sich wohl im Palazzo Dario?« fragte er.

Verwirrt durch die plötzliche Aufmerksamkeit konnte Wanda nur mit einer Gegenfrage antworten. »Sie meinen, weil er verhext ist?«

Morosini machte ein bedeutsames Gesicht.

»Nach alldem, was dort passiert ist ... Aber ich kann Sie beruhigen: Palazzo Dario ist kein Einzelfall, das müssen Sie wissen. Auch der Palazzo Moro-Lin hat seinen Bewohnern kein Glück gebracht, heißt es. Die Familie, die darin wohnt, ist seit Generationen verrückt.«

»Verrückt in welchem Sinne?« fragte Wanda.

»Verrückt im Sinne von verrückt.« Er setzte sich an seinen Schreibtisch. »Ihrem Onkel geht es noch gut?«

»Ja, mir erschien er völlig normal.«

»Und Sie schlafen auch gut im Palazzo Dario? Sie schlafen tief, ohne Alpträume, ohne Erstickungsanfälle?«

»Sollte ich welche haben?« fragte Wanda.

»Schöne Dottoressa, Sie wären nicht die erste«, sagte er streng.

Vom Büro aus hatte man einen grandiosen Blick auf den Canal Grande. Doch Morosini arbeitete mit dem Rücken zum Fenster. Offenbar um Überlegenheit zu demonstrieren. In einer Ecke stapelten sich neben der Ledermappe, die Wanda schon beim Reinkommen aufgefallen war, Stöße beschriebenen Papiers, daneben Weinkisten, an der Wand hing die Fahne der Serenissima.

Girolamo Morosini bemerkte Wandas fragenden Blick. »Ja, das ist unser Wein, ein Merlot, wir haben ein kleines Landgut im Veneto. Unser Merlot ist ausgezeichnet. Er schmeckt nach Kirschen, möchten Sie ein Glas?«

Wanda lehnte nicht ab. Derart beflügelt, schenkte sich auch Morosini ein Gläschen ein.

»Schreiben Sie immer mit der Hand?« fragte Wanda mit Blick auf die Papierstapel und die Ledermappe.

»Ja«, sagte Morosini, und wie schon im Zug, kurz bevor sie das Gespräch mit dem Hinweis auf Hollywood überraschenderweise beendet hatte, schien es Wanda, als weiche ihm kurz die Farbe aus seiner Auberginen-Nase. »Für Computer hat es noch nicht gereicht, und unsere Sekretärin ist eine sehr empfindsame Person, der man nicht zu viel Arbeit zumuten darf.« Er breitete seine Arme schützend über die Seiten und die Mappe, wie ein Klassenprimus, der Wanda daran hindern wollte, abzuschreiben. Dann wechselte er das Thema.

»Gefällt Ihnen der Karneval?« fragte er unvermittelt.

»Nein«, sagte Wanda. »Ich kann Massenveranstaltungen nicht ertragen.«

»Ich sehe, daß Sie das richtige Gefühl für Venedig haben«, lobte er und zoomte sich auf seinen nächsten

Monolog. »Regeln! Hier sind Regeln vonnöten! Was bedeutet es, wenn der *Gazzettino* schreibt, daß am vergangenen Wochenende hundertfünfzigtausend Touristen Venedig besuchten? Die Zahl sagt doch überhaupt nichts aus. Waren es hundertfünfzigtausend Japaner? Oder waren es hundertfünfzigtausend Bayern? Ein Bayer wiegt so viel wie zwei Japaner. Zwei Bayern, die nebeneinander gehen, versperren eine Gasse, bei zwei Japanern kommt man noch durch. Es macht einen Unterschied, ob fünfzig Japaner auf einer Brücke stehen und fotografieren oder fünfzig Bayern. Fünfzig Bayern sind ein Statikproblem. Nach dem Erdbeben im Jahr 76 waren alle Brücken einsturzgefährdet. Wir haben alle restauriert. Aber wenn die Touristen sich in den Kopf setzen, immer ausgerechnet auf den Brücken stehenzubleiben, und wenn man dann noch ihr Gewicht bedenkt ... also, wenn es zu einem Einsturz kommen sollte, dann haben sie es wirklich nicht anders gewollt!«

»Zweifellos«, sagte Wanda.

Das Telefon klingelte. »Doch, Signora, der 94er ist länger lagerfähig, anders als der 96er, kein guter Jahrgang, Signora, das sage ich Ihnen in aller Offenheit.«

»Wo waren wir stehengeblieben?«

»Bei den Touristen, die die Brücken zum Einsturz bringen.«

»Ach ja. Und dann die Touristen in den Museen. Auch das muß besser organisiert werden. Wenn fünfzig Kanadier, von denen jeder zwei Meter groß ist, in der Accademia vor Pietro Longhis *Konzert* stehen, dann kann keiner mehr etwas sehen. Deshalb müssen die kleinsten, die Japaner zum Beispiel, immer vorne stehen, dahinter vielleicht die Italiener und die Kanadier ganz hinten. Vernünftige Regeln müssen her. Ein Touristenproporz. Nach Gewicht und Größe.« Während er sprach, liefen seine Augen ihre Beine entlang.

Wanda schaute mit einem Auge aus dem Fenster. Der Himmel war blau, und ein paar Wolken schwammen vorbei. Müllboote und Gemüseboote zogen über den Canal Grande. Ein Umzugsboot fuhr eine Kücheneinrichtung und ein graues Ledersofa über das Wasser. Wanda versuchte sich zu erinnern, ob die Neapolitaner auch so viel über ihre Stadt nachdachten wie die Venezianer. Nein. Sie beschwerten sich über den Verkehr, über die *scippi*, den Handtaschenklau im Spanischen Viertel, über den ergebnislosen Kampf gegen die Camorra, dennoch hatte man in Neapel nicht das Gefühl, wie hier in Venedig, um das Bett einer alten Dame herumzusitzen, die nicht mehr reden konnte, und die auch niemand mehr fragte, zu der aber jeder der Anwesenden flüsternd seine Diagnose abgab: Sie sollte versuchen, aufzustehen … nein, am besten liegenbleiben … viel gekochten Reis essen … es hat doch keinen Zweck mehr … gar nichts essen … wieso? Hat sie nicht gerade erst ihren kleinen Finger bewegt?

»Oft fühle ich mich wie ein Besserwisser, wissen Sie. Wie eine Nervensäge, einer der letzten, der sich daran erinnert, was für einen Sinn es hat, in Venedig zu leben. Und weil alle Nervensägen ein schlechtes Ende finden, werde auch ich zerquetscht werden wie Pinocchios besserwisserische Grille«, sagte Morosini. »Aber sprechen wir doch über Sie, Signorina. Gefällt es Ihnen, bei Ihrem Onkel zu wohnen?«

»Ja«, sagte Wanda und lächelte, während sie schwungvoll das Thema wechselte. »Ich habe schon viel über das Museo Orientale gelesen«, sagte sie, um endlich auf den Grund ihres Besuches zu sprechen zu kommen. »Sicher ist es nicht leicht, als kleines Museum gegen die Konkurrenz von Accademia, Palazzo Grassi und Dogenpalast zu bestehen.« Morosini sollte den besten Eindruck von ihr bekommen. Wach, interessiert, engagiert – die ideale Mitarbeiterin.

»Sie sind aus Neapel, aber Ihre Mutter ist Deutsche. Das weiß ich von Ihrem Institutsdirektor«, sagte Morosini, ohne auf ihre Bemerkung einzugehen. »Etwas deutsche Zucht und Ordnung wird unserem Museum guttun. Aber übertreiben Sie es nicht!«

»Ich werde mir Mühe geben«, sagte Wanda und ärgerte sich, weil sie das Zucht-und-Ordnung-Klischee haßte und weil seine Feststellung so klang, als sollte ihre deutsche Mutter die neapolitanische Hälfte entschuldigen, jene Hälfte, die er wahrscheinlich als eine *Terrona*, einen süditalienischen Erdwurm, bezeichnet hätte.

»Oh, Venezianer und Neapolitaner sind sich sehr ähnlich«, beeilte sich Morosini zu sagen, als ahnte er ihre Gedanken. »Sie unterscheiden sich nur in einem. Der Neapolitaner liebt seine Stadt, er liebt sie, auch wenn sie völlig zerstört ist, er liebt sie, auch wenn sie chaotisch ist, er liebt selbst ihre Müllberge und beschwert sich nicht. Der Venezianer dagegen beschwert sich auf fast tragische Weise. Ich weiß nicht, woher sie das haben, niemals in der Geschichte haben sich die Venezianer beklagt. Aber jetzt mäkeln sie ständig herum. Es ist ein einziges Gejammer.«

Er verschränkte seine Arme behaglich auf dem Bauch und streckte die Beine aus. »Gefällt Ihnen Venedig? Sie kommen sicher nicht zum ersten Mal.«

Sie beobachtete, wie er sich an einem alten Füllfederhalter zu schaffen machte, in den er umständlich Tinte zog. Vor sich hin murmelnd versuchte er sich die tintenverschmierten Finger an einem Taschentuch zu säubern.

»Es war für mich ein Traum, daß ich die Stelle bekommen habe.« Wanda gab sich mädchenhaft. Sie wußte, was von ihr erwartet wurde. »Welche Projekte planen Sie in der nächsten Zeit?« fügte sie beflissen an.

Morosini sah sie erschreckt an. »Projekte?« Er versuchte, der Tinte an seinen Fingern mit Spucke beizukommen. »Unser Budget reicht gerade mal für die Aufrechterhaltung des Status quo, Dottoressa.« Er schwieg, fast beleidigt.

Wanda räusperte sich betroffen. »Ich verstehe.«

Jetzt machte sich Morosini an einer schweren, goldgeprägten Schreibmappe zu schaffen, auf der unübersehbar ein fetter venezianischer Löwe prangte. Er raffte ein paar von den engbeschriebenen Seiten zusammen, legte sie in die Mappe und klappte sie schnell zu, als hätte er Angst, daß sich auch nur einer der Buchstaben davonmachen könnte. »Entschuldigen Sie mich jetzt, Dottoressa. Wir sehen uns später zu einem kleinen Mittagessen. Bis dahin muß ich allerdings noch einiges erledigt haben, Sie wissen schon, der neue Oberintendant.«

Verdutzt von diesem merkwürdigen Gespräch blieb Wanda vor der Tür stehen. Sie hörte ein Kratzen, wie wenn eine Füllfeder über rauhes, sehr rauhes Papier geführt wird. Ein Papier wie jenes, das neben der grauenvollen roten Ledermappe mit dem goldgeprägten Venedig-Wappen gelegen hatte. Was der Mann wohl schreiben mochte? Fest stand für Wanda nur, daß Girolamo Morosini sich zu Höherem berufen fühlte als zur Verwaltung eines Museums, das kaum je einen Besucher sah.

6.

Des Dramas erster Teil.
Robert Boulder oder Glanz und Elend
eines amerikanischen Baumwollindustriellen

Es war einer jener schönen Spätsommertage in Venedig, ein Tag, der wie geschaffen dafür war, ihn mit langen Spaziergängen durch die schmalen Gassen und über die pittoresken Plätze der malerischen Lagunenstadt zu verbringen, als der Amerikaner Robert Boulder über die berühmte Accademia-Brücke schritt. Er war ein stattlicher Mann, groß und breitschultrig, schlank und gepflegt. Das sanfte venezianische Spätsommerlicht schimmerte in seinem blonden Haar, und der glitzernde Canal Grande spiegelte sich in dem Monokel, das er im rechten Auge trug. Er war in eine rote Samthose gekleidet, eine Hose in Dogenrot, jenem dunklen Rot, das man auf den schönen Bildnissen des Palazzo Ducale bewundern kann. Darüber trug er eine gelbe Jacke mit goldenen Knöpfen, eine Kombination, die man sicher als gewagt bezeichnen kann. In Venedig kleiden sich Männer, die auf sich halten, nie in andere Farben als Blau oder Grau, bisweilen auch ein sommerliches Weiß. Alle anderen Farben gelten in der Geburtsstadt des guten

Geschmacks, von der im Laufe der Jahrhunderte unzählige architektonische Großtaten und Kleinode ausgegangen waren, als modische Verirrungen. Robert Boulder aber trug diese ungewöhnliche Bekleidung mit der Gelassenheit eines Mannes, der sich seines Wertes bewußt ist. Er ließ seine Augen sogar mit einer gewissen Unverschämtheit über die Passanten gleiten, die ungläubigen Blicks verfolgten, wie er in seinem auffälligen Aufzug über die berühmte Accademia-Brücke schritt.

An der Brüstung der berühmten Brücke saß ein etwa zwölfjähriger Knabe auf einem hölzernen Klappstuhl und zeichnete. Es war ein bezaubernd schöner Knabe, feingliedrig, mit glänzendem blondem Haar und faszinierenden aquamarinblauen Augen. Weil er so klein war, konnte er nicht über, sondern nur durch das Geländer blicken, also zeichnete er nur einen kleinen Ausschnitt vom weltbekannten Canal Grande, mit einem Eckchen der imposanten Salutekirche. Als Boulder vorbeischritt, blickte er auf das seidig glänzende Blondhaar des kleinen Knaben und erschauderte. Er, der in seinem Leben schon fast alles erlebt hatte, spürte ein neues und tiefes Gefühl in sich aufsteigen, das er nicht einfach in Worte zu fassen vermochte. Weil Boulder ein aufmerksamer Beobachter war, fiel ihm auf, wie sehr der Knabe sich in seiner Pose als Maler gefiel. Boulder näherte sich und schaute ihm über die Schulter. »Kompliment, junger Herr«, sagte er. »Man sieht, daß hier ein großes Talent zum Ausdruck kommt.«

Der Knabe hob den Kopf. Er blickte in dunkle, verhangene Augen. Er spürte sofort, daß sich hinter diesen Augen ein Geheimnis verbarg.

Robert Boulder strich dem kleinen Jungen zärtlich über das seidenweiche Haar. »Wie heißt du denn?« fragte er ihn mit sanfter Stimme.

»Girolamo« antwortete der Knabe schüchtern.

»Oh, Girolamo,« sagte Boulder, »was für ein poetischer Name.« Er lächelte. Mit einem Ausdruck großer Bewunderung ruhte sein Blick auf dem feingliedrigen Knaben, dann verbeugte er sich leicht. »Wenn ich mich auch vorstellen darf? Mein Name ist Boulder, Robert Boulder. Ich wohne im Palazzo Dario.«

»Oh, Palazzo Dario«, rief der kleine Junge aus und deutete lebhaft mit seinem Zeichenstift auf die eleganten Palazzi des weltbekannten Canal Grande, »das ist doch der berühmte verwunschene Palazzo, dort drüben, direkt neben dem Palazzo Venier dei Leoni!«

»Ganz recht, junger Herr,« antwortete Boulder mit amüsiertem Lächeln über die drollige Lebhaftigkeit des kleinen Jungen. »Wenn du magst, darfst du mich dort besuchen. Ich zeige dir den verwunschenen Palazzo von innen. Und weil du ein so talentierter Maler bist, erlaube ich dir auch, mich in meinem eleganten Salon zu zeichnen. Was hältst du davon?« Seine Stimme zitterte leicht, und er hoffte, daß der Knabe es nicht bemerken würde. Am liebsten hätte er ihn ans Herz gedrückt, bis das innerliche Zittern endlich aufhörte. Aber er beherrschte sich.

»Sind Sie schon mal den Geistern vom Palazzo Dario begegnet?« fragte der kleine Junge aufgeregt.

Der Klang seiner Stimme erwärmte Boulder das Herz. »Nein, bis jetzt leider noch nicht«, sagte er und lächelte. Dann kniete er sich zu dem Knaben nieder. Seine

Hand fand seinen Nacken und liebkoste ihn. »Nun«, sagte er freundlich, »ist der junge Herr geneigt, mich mit seinem Besuch zu ehren?« Tränen umflorten seinen Blick, denn er fürchtete, zurückgewiesen zu werden.

»Ich weiß nicht«, antwortete der kleine Girolamo zögerlich. Er war von dieser Einladung offensichtlich verblüfft, aber gleichzeitig schmeichelte es ihm, daß sich ein erwachsener und derart ungewöhnlicher Mann für ihn und seine Zeichnungen interessierte. Seine Unterlippe bebte unmerklich, und er blickte angestrengt auf den weltbekannten grünschimmernden Canal Grande, dann auf die vorbeifliegenden Tauben, ganz so, als erwarte er eine Antwort von ihnen. Schließlich lächelte er und ließ seine Zunge herausschnellen, um seine Lippen zu befeuchten. »Gut, ich komme mit«, sagte er.

»Dann brechen wir sofort ...«, sagte Boulder, aber noch bevor er seinen Satz zu Ende führen konnte, war etwas zwischen die beiden gefahren, das aussah wie ein spiralförmiger Blitz und sich als die Contessa Loredana-Falier entpuppte. Sie trug ein streng geschnittenes, schwarzes Kleid und einen breitkrempigen grauen Hut. Die karminrote Pracht ihrer Haare ergoß sich über ihren Rücken. An ihren Fingern blitzte ein riesiger Amethyst. Sie war die Präsidentin des venezianischen Roten Kreuz und bekannt dafür, ihre Nachmittage in Harry's Bar zu verbringen, die sie stets nur in Begleitung einer strengblickenden Gouvernante betrat. Eine große Venezianerin, wohl die letzte ihrer Art. Damals verkehrten noch viele Personen von erlesenem Niveau in Harry's Bar.

Als Robert Boulder sie sah, erbleichte er. Ihre Blicke kreuzten die Klingen in stummem Kampf. Sie riß ihm den kleinen, zitternden Girolamo weg. »Ach, Nonna«, sagte der Kleine widerstrebend und mit kläglicher Stimme. Aber da zerrte die Contessa Loredana-Falier ihn schon die Stufen der berühmten Accademia-Brücke hinab. »Hast du nicht gesehen, was für ein Strolch das war?« schrie sie wutentbrannt und gab dem kleinen Girolamo eine Ohrfeige, daß er aufheulte. »Ein Mann in roten Hosen! Wie degoutant!« Sie schimpfte und zeterte den ganzen Weg über die berühmte Accademia-Brücke hinweg. Noch von weitem hörte Boulder, wie der kleine Junge ihr schluchzend versicherte, nie wieder mit Männern zu sprechen, die rote Hosen trügen.

Boulder blickte ihm wehmütig nach. Wenn sie sich das nächste Mal begegneten, würde es im Palazzo Dario sein! Er würde zu ihm kommen ... das wußte er.

Robert Boulder war ein Mann, der in seinem Leben immer alles gehabt hatte: Reichtum, Macht und Schönheit. Er war in seinem vergangenen Leben ein reicher amerikanischer Baumwollindustrieller gewesen, der sich in der romantischen Lagunenstadt zur Ruhe gesetzt hatte. Er lebte in Venedig mit seinem Geliebten Juan zusammen. Juan Mérida war ein kleiner, stämmiger Kubaner, dessen kurzgeratene Figur jede Eleganz zunichte machte, egal, wie er sich kleidete. Er verehrte Boulder und gab ihm das Beste, was sonst nur eine Frau einem Mann geben kann: Anbetung, Liebe und Zärtlichkeit. Sie waren nach Venedig gezogen, weil sie der Stadt der Liebe verfallen waren. Obwohl Boulder und Mérida so unterschiedlich aussahen, fühlten sie doch gleich, sie paßten zusammen wie ein Handschuh zum anderen. Ihr

Denken, ihre Manieren, ihre Meinungen – alles stimmte überein: Robert begann einen Satz, und Juan beendete ihn. Abgesehen davon ging Juan keiner weiteren Beschäftigung nach. Robert widmete sich der Verwaltung seines Vermögens und verkürzte sich die Tage mit dem gelegentlichen Jagen von Wasserhühnern auf Torcello.

Boulder hatte sein Leben lang davon geträumt, an dem weltbekannten Canal Grande zu wohnen. Er wußte, daß in den vornehmen Palazzi des Canal Grande bereits viele Künstler, Komponisten, Maler und Dichter gelebt hatten. Hemingway und Rainer Maria Rilke. Hugo von Hofmannsthal und Marcel Proust. Und die Queenmother.

Er hatte den berühmten Palazzo Dario von einem geheimnisvollen Mann gekauft, den er zwei Mal im eleganten Caffè Florian getroffen hatte. Der Mann hatte Augen wie glühende Kohlen und ihm den leerstehenden Palazzo für einen Spottpreis angeboten. Boulder, der einem guten Geschäft nie abgeneigt war, sagte sofort zu. Ahnte er nicht, daß er damit seine Seele einer dunklen Macht auslieferte?

Ein Mann wie Robert Boulder allerdings hatte kaum das nötige Gespür für solche Dinge. Schließlich sind Amerikaner, anders als Europäer, spiritistischen Phänomenen gegenüber völlig unempfindlich. Hätte der geheimnisvolle Mann mit den glühenden Augen Boulder gesagt, daß ein Fluch auf dem Palazzo Dario lag, der alle seine Bewohner bisher das Leben gekostet hatte, hätte der sicher nur laut gelacht! Wie sollte er auch von dem schrecklichen Unfall wissen, der Mario del Monaco, den berühmten Tenor, ereilt hatte, nachdem er sich mit dem geheimnisvollen Mann auf einen Preis geeinigt und den Vorvertrag zum Kauf des verwunschenen Palazzos unterschrieben hatte? Auf dem Weg zurück nach Treviso hatte er sich mit seiner eleganten Limousine überschlagen und, noch an seinen schweren Verletzungen leidend, den Kauf von Ca' Dario rückgängig gemacht.

Boulder aber nahm den Palazzo Dario voll Zuversicht in Besitz. Als der Kaufvertrag unterschrieben, und im Caffè Florian gebührend gefeiert worden war, nahm er am Ufer des Markusbeckens eine Gondel. Der Mond, der am Himmel seine Bahnen zog, leuchtete über dem weltbekannten Canal Grande. Sein fahler Lichtschein legte sich wie ein Leichentuch über Palazzo Dario. Doch Boulder spürte nicht, wie die kalte Hand des Fluches bereits die Finger nach ihm ausstreckte. »Welch außerordentlich venezianisches Licht!« schwärmte er, als er von einem Gondoliere über den schwarzen Canal gerudert wurde, und bereits nach der ersten Nacht schrieb er, verzaubert vom venezianischen Nachthimmel, ein Gedicht. Es war das erste Mal in seinem Leben, daß er das starke Verlangen spürte, ein Gedicht zu schreiben. Ohne zu zögern gab er diesem Verlangen nach und dichtete: »Venedig, die Stadt meiner Träume/ich fühl', daß ich schäume.« Mérida malte daraufhin den unvergleichlichen Ausblick aus dem Fenster. Sie waren glücklich und schlugen alle Warnungen von wohlmeinenden Freunden in den Wind.

Dem nicht genug: Als wollten sie das schreckliche Schicksal gar herausfordern, richteten Boulder und

Mérida den Palazzo so ein, daß er noch düsterer wirkte: dunkler Damast, dunkle Möbel, sie machten den verwunschenen Palazzo zu einem Mausoleum. Sie kauften riesige Wandteppiche, purpurrote Samtvorhänge und haufenweise allerfeinstes Silberservice. Nur die wertvollen antiken Möbel, die Boulder erwarb, schienen den kalten Hauch des Fluchs vom Palazzo Dario zu spüren. Sie standen da und ächzten. Sie ächzten wie Kranke, die bis eben noch die Zähne zusammengebissen hatten und nun die Selbstbeherrschung verloren. Sie ächzten, als wollten sie Robert Boulder warnen. Würde er dennoch ihre Warnung überhören?

In den Tagen nach der ungewöhnlichen Begegnung an der berühmten Accademia-Brücke war Boulder aufgewühlt. Er konnte nicht mehr schlafen und wandelte nachts durch die Salons des Palazzo Dario. Stundenlang lief er auf und ab, bis endlich der Morgen dämmerte und das weiche Licht den Canal Grande überflutete. Ein Sturm der Gefühle war in ihm aufgebrandet und wälzte sich nun wie eine Feuersbrunst durch seine Adern. Noch nie war ihm so etwas passiert! Die Begegnung mit dem kleinen Girolamo, seine Stimme, sein Mund – das war alles, was für ihn in diesem Augenblick noch existierte. Wie von unsichtbarer Hand wurde er immer wieder zur berühmten Accademia-Brücke gezogen. Dort stand er oft stundenlang und blickte nachdenklich auf das grünschimmernde Wasser des weltbekannten Canal Grande. Und eines Tages geschah, was er sich in seinen geheimsten Träumen gewünscht hatte.

»Wann darf ich in den Palazzo Dario kommen und Sie zeichnen, Signore?« flüsterte eine helle Stimme neben ihm. Boulder erkannte den kleinen Girolamo. Er trug eine nachtblaue Samtjacke, die vortrefflich zu seinen aquamarinblauen Augen paßte. Er war ein Geschöpf von außerordentlichem Liebreiz.

»Am besten heute, würde ich sagen«, antwortete Boulder.

Das Herz des Knaben klopfte wie wild, als Boulder ihn sogleich zum Mittagessen in den Palazzo einlud.

Wenig später betraten sie das schmiedeeiserne Tor zum Palazzo Dario. Robert Boulder stieß eine schwere Eichenholztür auf, und Girolamo trat ein. Er wurde in einen Raum mit kühlem weißen Marmorboden geführt, von Kerzen in ein weiches bernsteinfarbenes Licht getaucht. Das Zimmer war mit antiken Musikinstrumenten eingerichtet, mit Spinetten und Harfen, mit Leiern und Cembalos. Sie waren allein.

»Sie spielen Musik?« flüsterte der kleine Girolamo.

»Nein«, antwortete Boulder und lachte kurz und verächtlich auf. »Das war Juans Idee, den Salon mit Musikinstrumenten einzurichten.« Er hielt kurz inne. »Juan ist… mein Kammerdiener«, sagte er und strich dem kleinen Jungen über das seidenweiche Blondhaar. Dann zeigte er ihm den ganzen Palast, er führte ihn sogar in das prächtige Badezimmer, wobei er besonderen Wert darauf legte, daß Girolamo das Bidet würdigte, das aus einem einzigen Marmorblock gefertigt worden war. Im Salon lagen geflammte Tigerfelle, und in der Eingangshalle standen kleine marmorne Kindersarkophage, die Girolamo erschreckt betrachtete.

»Oh, das ist nichts weiter als eine Hutablage«, lachte Boulder, als er das ängstliche Gesicht des Knaben sah.

Sie aßen Tintenfischeier bei geschlossenen Fenstern und einem Kerzenlicht, das plötzlich gespenstische Schatten warf. Boulder spürte, wie die Erregung durch seine Adern peitschte. Mit Mühe nur gelang es ihm, sich zu beherrschen. Nach dem Essen führte er den kleinen Girolamo in einen anderen Raum. Er stieß eine breite Flügeltür auf, und Girolamo trat ein. Er war verwirrt. Der auf Hochglanz polierte Parkettboden war teilweise mit einem lagunengrüngrundigen Teppich bedeckt, in den kunstvoll orientalische Muster eingearbeitet waren. In der Mitte des Raumes stand ein riesiges Mahagonibett unter einem Alkoven. Das war eindeutig Robert Boulders Schlafgemach. Plötzlich war dem kleinen Girolamo kalt … kalt bis an sein Herz hinan. Wer war dieser Mann, dem er sich ausgeliefert hatte?

Boulder bemerkte Girolamos Angst. Es war so still im Palazzo Dario, daß man das Schlagen der Taubenflügel vom Markusplatz hörte. Zärtlich schlang er den Arm um ihn. Er spürte, wie sich der kleine Junge versteifte.

»Sie haben mich zum Mittagessen geladen, und das ist alles, worin ich eingewilligt habe, Signore«, stieß der Knabe verzweifelt hervor. Er war sich sicher, daß er gleich keine Luft mehr bekommen würde. »Lassen Sie mich los, oder ich rufe meine Großmutter, die Contessa Loredana-Falier!« schrie der kleine Junge in höchster Verzweiflung.

Dieser Satz traf Boulder wie ein Schlag. Er durfte jetzt nur nicht in Panik geraten oder Schwäche zeigen. »Es ist ja nichts passiert, mein Kleiner, so beruhige dich doch. Ich bringe dich sofort nach Hause.«

Mit einer plötzlichen Bewegung, auf die Boulder nicht gefaßt war, stieß ihn der kleine Junge weg und lief zum Ausgangsportal. Boulder lief hinter ihm her und kriegte ihn an der Jacke zu fassen. In Panik zerrte sich der Knabe die Jacke vom Leib. Schwer atmend blieb Boulder im Portal stehen, in der Hand die nachtblaue Samtjacke des kleinen Girolamo, der bereits hinter dem schmiedeeisernen Tor verschwunden war.

In den Tagen nach diesem Vorfall vergrub sich Boulder in sich selbst. Sein Herz war kalt wie der istrische Marmor, aus dem Palazzo Dario erbaut war. Immer wieder drückte er die nachtblaue Samtjacke des Knaben an seine Wange. Seinem ergebenen Juan Mérida konnte der Seelenzustand seines Geliebten nicht entgehen. Um ihn zu zerstreuen, schlug er ihm vor, wieder mal ein Fest zu veranstalten.

»Laß uns Carlos de Bestegui einladen, den Silberminenmillionär, der den Palazzo Labia gekauft hat. Und Jean-Anatole de Broglie, Arthur Geffress – und Marguerite Descozes, die Tochter des dritten Duc Descozes!«

»Dann dürfen wir auch nicht Daisy Fellowes vergessen, denn sie wurde zusammen mit Marguerite Descozes von der amerikanischen Presse zu den *bestdressed women* des Jahres gekürt!« gab Robert Boulder zu bedenken.

»Und natürlich Elizabeth Taylor nicht«, sagte Mérida, ganz glücklich darüber, daß sein Robert wieder begann, am Leben teilzunehmen. Er schenkte ihm ein warmes Lächeln. »Sie hat uns sehr übelgenommen, daß wir sie nicht zu unserem Karnevalsball eingeladen haben.«

»Ja, aber wenn sie weiterhin darauf besteht, daß der Canal Grande für sie abgesperrt wird ...«, brummte Boulder.

»Dann soll sie lieber zu Hause bleiben!« führte Juan Mérida seinen Satz zu Ende.

Für die Vorbereitung des Festes war Mérida vom frühen Morgen bis in die späte Nacht auf den Beinen. Die Tücher wurden von den antiken Möbeln genommen, und der elegante Mohamed-Salon sowie der rosa Salon wurden geputzt, poliert und auf Hochglanz gebracht. Die Feste von Robert Boulder und Juan Mérida waren bereits in den wenigen Jahren, die sie in der Stadt verbrachten, zu einer Legende geworden. Venezianer kamen selten in den Palazzo Dario, solange Robert Boulder ihn bewohnte, ja, sie mieden ihn und tuschelten hinter seinem Rücken über ihn und seinen Freund. »Grüne Ballets« fänden in dem verwunschenen Palazzo Dario statt, raunte man sich hinter vorgehaltener Hand zu, womit der Fall einen Namen, wenn auch keine Erklärung hatte. Aber Überlebensgroßes bedarf keiner besonderen Erklärung.

Boulders Gäste waren vor allem reiche Engländer, die mit ihren elegant geschnittenen Jachten nach Venedig kamen, bevor sie nach Positano und Capri weiterreisten. Ihre strahlendweißen Boote ankerten vor der traumhaften Kulisse der Salutespitze. Während ihres Aufenthalts in der Wasserstadt hatten viele einen eigenen Gondoliere, der sie von ihrer Jacht abholte und am weltberühmten Markusplatz absetzte. So pendelten sie zwischen ihren eleganten Jachten, dem Hotel Gritti, dem Caffè Florian und Palazzo Dario hin und her. Wenn sie durch die Stadt gingen, drehte sich jeder nach ihnen um. Man erkannte sie schon von weitem. Die Frauen trugen lange Kleider, die ihre schmalen Knöchel umspielten, und große Hüte mit wehenden Chiffonschals. Sie trugen so viel wertvollen Schmuck, daß sie im weichen Licht der venezianischen Abendsonne aussahen, als wären sie ganz aus Gold. Die Männer trugen farbige Seidenschals und weiße Hosen, dazu rote, blaue oder sogar auch grüne Klubjacken mit goldenen Knöpfen.

Es war ein wunderschöner Frühlingsmorgen, als Juan Mérida seinen Geliebten mit einem zärtlichen Kuß auf die Stirn weckte.

»Heute ist es soweit! Mach dich bereit für den Abend!« flüsterte er ihm ins Ohr.

Robert Boulder verbrachte den ganzen Tag mit Vorbereitungen. Er ließ sich rasieren und massieren, und der Kammerdiener rieb ihn von Kopf bis Fuß mit duftenden venezianischen Essenzen ein. Er färbte ihm auch die Augenbrauen schwarz, so daß Boulders Gesicht jetzt noch kantiger wirkte als sonst. In unbeobachteten Augenblicken drückte er immer wieder die nachtblaue Samtjacke des Knaben an seine Wange. Seine Augen schimmerten dabei feucht. Als der Kammerdiener gegangen war, ließ Boulder seinen Tränen endlich freien Lauf.

Als die ersten Gäste eintrafen, schneuzte sich Boulder und eilte die Treppe hinab, um sich an Méridas Seite zu gesellen, der bereits auf den Stufen stand, um die Gäste zu empfangen. Boulder trug einen champagnerfarbenen Anzug mit einer dazu passenden Weste. Mérida schenkte ihm ein warmes Lächeln. »Du siehst fantastisch aus«, flüsterte er ihm zu. Er spürte, wie sehr es seinen Geliebten nach Trost verlangte.

Dann begann das Essen. Der berühmte Mohamed-Salon erstrahlte im goldenen Glanz kostbaren Geschirrs. Boulder sah die Tafel hinunter, wo Mérida Carlos de Bestegui bezauberte, den Silberminenmillionär. Dann schlugen die Glocken des Campanile Mitternacht, und der Kammerdiener kündigte einen weiteren Besucher an.

Im Glanz der Kerzenleuchter stand eine Frau in einem streng geschnittenen schwarzen Kleid. Die karminrote Pracht ihrer Haare ergoß sich über ihren Rücken. Ihre Augen funkelten angriffslustig.

»Contessa Loredana-Falier?« fragte Boulder.

»Wir sind uns bereits begegnet«, erwiderte die Contessa scharf und drehte in ihren schmalen Händen eine spitze Hutnadel.

Jeder wußte, daß die Contessa Venedigs oberste Moralinstanz war. Wenn sie bei der Sonntagsmesse in der Markuskirche jemanden sah, der nackte Oberarme hatte, zog sie ihre spitze Hutnadel hervor und stach bei Verlassen der Kirche zu. Begleitet wurde sie von einem Mann in einer prächtigen Uniform, Venedigs Polizeipräfekten.

»Ja, das ist er.« Plötzlich hörte Boulder den Klang der lieben Stimme, nach der er sich die letzten Wochen so verzehrt hatte! Der kleine Girolamo stand im Mohamed-Salon und zeigte mit dem Finger auf ihn.

»Wo ist seine Jacke?« schrie die Contessa plötzlich, so daß alle anderen Gäste verstummten. Es war so still, daß man das Plätschern der Fluten im weltberühmten Canal Grande hören konnte.

»Ich weiß nicht, was Sie meinen«, antwortete Boulder leise.

»Die Jacke meines Enkels natürlich. Meines Enkels, den Sie verführen wollten!«

Ein großes Raunen ging durch den eleganten Mohamed-Salon.

Robert Boulder fand kaum Worte, so viel Boshaftigkeit zu parieren. »Ich weiß nicht, wovon Sie sprechen«, sagte er und blickte in die stechenden Augen des Polizeipräfekten, die völlig ausdruckslos waren. »Wir wollen Sie nicht aufhalten. Dort ist die Tür«, führte der treue Juan seinen Satz zu Ende.

»Sie unverschämter Lüstling!« schrie die Contessa mit schriller Stimme. »In diesem verrufenen Palazzo sind doch hinter jeder Tür Jünglinge versteckt, die nicht wissen, wie ihnen geschieht! Grüne Ballets allenthalben!«

»Buona sera, Contessa«, sagte Boulder. Er bemerkte, wie Juan Mérida nur mühsam die Tränen zurückhalten konnte. Boulder wandte sich von der Contessa ab und machte ein paar Schritte auf Juan Mérida zu, zaghaft darauf hoffend, von ihm in den Arm genommen zu werden.

Böses Gelächter schallte hinter Boulder her. Wie hätte er sich gewünscht, es ersticken zu können!

Jetzt meldete sich auch noch der Polizeipräfekt mit den stechenden Augen zu Wort. »Es ist eine Sünde wider den lieben Gott und eine Beleidigung für das italienische Volk!« schrie er. »Wir werden aufräumen hier in Venedig. Weg mit der Dekadenz, weg mit den Amerikanern und ihrer ganzen verdammten Neigung! Das italienische Volk soll sich unbelästigt fortpflanzen können, um die kriegsbedingten Lücken wieder zu füllen!«

Die Freundschaft der Contessa mit dem Polizeipräfekten hatte in Venedig schon viele Menschen um ihr Glück gebracht, denn sie verachtete alles, was dem großen Mussolini mißfallen hätte. Sie hatte Mussolini sogar eine Zeitlang in ihrem Eßzimmer versteckt, wo er jetzt, gleich neben unserem König Vittorio Emanuele immer noch über dem antiken Eßtisch hing.

Hocherhobenen Hauptes, den Blick auf den weltberühmten Canal Grande gerichtet, ging Robert Boulder weiter. Er widerstand dem Impuls, sich die Ohren zuzuhalten, um die verletzenden Worte, die hinter ihm herschallten, nicht hören zu müssen. Ein letztes Mal wandte er sich um. »Sie lügen!« sagte er streng.

»Sie wagen es, so mit mir zu reden?« kreischte die Contessa und stürzte auf ihn zu, in der Absicht, ihm das Gesicht zu zerkratzen.

Juan Mérida ergriff ihre Handgelenke und hielt sie zurück. »Das ist Ihr wahres Gesicht, Contessa!« sagte er.

»Das ist die Wahrheit« schrie der Präfekt und schleuderte ein versiegeltes Schreiben auf den Boden. »Sie haben die Wahl, entweder Venedig sofort zu verlassen oder als Knabenschänder angeklagt zu werden! Sie haben achtundvierzig Stunden Zeit, die Koffer zu packen!« Ohne eine Antwort verschwand die Contessa zusammen mit dem kleinen Girolamo und dem Präfekten im Dunkel der venezianischen Nacht.

Robert Boulder sank mit einem Schrei der Verzweiflung auf eine Recamière. Er war bleich wie der Schnee, der in Venedig so selten fiel. »Sie werden dafür bezahlen!« murmelte er unentwegt. Noch nie hatte ihn jemand so erniedrigt. Und das in der Stadt der Liebe!

Boulder und Mérida hinterließen den Palazzo so wie er war. Mit den Musikinstrumenten, dem Silbergeschirr, den Teppichen. Noch in der gleichen fatalen Nacht fuhren sie nach Paris. Dort feierten sie ein neues rauschendes Fest, ihr letztes. Danach beging Robert Boulder in einem prachtvollen Hotel im vornehmen Saint-Germain Selbstmord. Er hatte ein schmackhaftes Frühstück, mit allerzartesten Croissants und seiner heißgeliebten Orangenkonfitüre, zu sich genommen bevor er sich eine grüne Jacke mit gelben Paspeln anzog und sich in den Mund schoß. Nie hätte er die schreckliche Demütigung, die ihm die hartherzige Contessa zugefügt hatte, ertragen. Als sein treuer Freund Juan Mérida herbeieilte, war Robert bereits ins trübe Schattenreich des Todes enteilt.

»Es war das Beste so«, sagte die Contessa, die ihre Nachmittage wie immer in der eleganten Harry's Bar verbrachte. »Er hat sich selbst für das Laster der Geschlechtlichkeit gestraft.«

Und so hatte der erbarmungslose Fluch des Palazzo Dario einen Menschen von außergewöhnlichem Geschmack hinweggerafft.

7.

Gemeines über Gondolieri, den Karnevalsball im Palazzo Pisani Moretta und die Nebeneinnahmen der Adeligen. Wanda sucht nach Tomaten und liest aus der Hand

Nachdem Wanda vom Museo Orientale zurückgekehrt war, verspürte sie etwas Müdigkeit, was daran liegen mochte, daß sie mit den Gedanken immer noch mit dem Geräusch von Morosinis Geschreibsel beschäftigt war. Um sich abzulenken, nahm sie den *Gazzettino* und legte sich auf die Empireliege. Doch kaum hatte sie es sich bequem gemacht, fühlte sie sich schon beobachtet. Als ziehe der Salon die Augenbrauen hoch. Als sei die Aufforderung, die Liege zum Liegen zu benutzen, nicht ernst gemeint. Als sei der Salon nur zum Stehen gedacht, vielleicht auch zum Geradesitzen, aber auf gar keinen Fall zum Liegen.

Radomir kam nie auf die Idee, tagsüber zu ruhen. Von morgens bis abends war er geschäftig wie ein Eichhörnchen. Entweder malte er, oder er las oder widmete sich seiner Lieblingsbeschäftigung, dem Entwerfen und Nähen seiner Karnevalskostüme, zumindest in den Zeiten außerhalb des Karnevals. Jetzt war er zu sehr mit den damit verbundenen frivolen Vergnügungen beschäftigt.

Nur für eines hatte er noch Zeit: das Fernsehen, seine geheime Leidenschaft war die Telenovela. Zum Beispiel *Die beiden Gesichter der Liebe* auf Rete quattro. Oder *Im Namen der Familie* auf Rai tre.

Wenn Radomir durch den Palazzo ging, hörte man ihn schon von weitem. Er räusperte sich unentwegt. Er räusperte sich von morgens bis abends, so daß man glauben könnte, er sei Kettenraucher, dabei hatte er in seinem Leben noch keine Zigarette angerührt. Als sich das Räuspern näherte, setzte sich Wanda hin und versuchte ihr Kleid glattzustreichen. Radomir blickte auf die zerdrückte Liege und auf Wanda und begrüßte sie knapp. »Ah, Signorina ruht.« Dann lud er sie auf einen Ball im Palazzo Pisani-Moretta ein. Der letzte Karnevalsball der Saison. Der Ball sei das Gesellschaftsereignis in Venedig, versicherte Radomir ihr. »Rein venezianisch und absolut touristenfrei. Eine Seltenheit, mein Kind. Dieser Ball ist der einzige, zu dem man sich keine Einladungen kaufen kann!«

»Sonst würde ja keiner kommen. Die venezianischen Adligen kommen aus ihren Palazzi nur raus, wenn es etwas umsonst zu essen gibt,« bemerkte Michel.

Er schminkte Radomir zum Mandarin. Und nutzte Radomirs Nähe, um ein paar Spitzen gegen Primo unterzubringen.

»Ich habe ihn gestern früh in der Bar am Bacino Orseolo gesehen. Er trank einen *Spritz*. Um neun!« sagte er. »Eben ein typischer Gondoliere.« Nachlässig verteilte er gelbes Make-Up auf Radomirs Gesicht. »Ansonsten gibt es nur zwei Fragen, die einen Gondoliere beschäftigen: Sind Touristen da? Oder keine Touristen da?«

»Was hast du gegen einfache Leute?« fragte Radomir. Michel fuhr ihm mit der gelben Creme über den Mund.

»Gondoliere sind keine einfachen Leute, Signor Radomir, sondern Gauner. In welcher Stadt kann man Geld damit verdienen, daß man Leute durch stinkende Kanäle rudert? Eine Million pro Tag fürs Rudern! Selbstverständlich verteidigen sie dieses Privileg mit Zähnen und Klauen. Eine Mafia, die über ihre Pfründe wacht. 476 Gondolieri und keiner mehr! Und am Ende wissen sie gar nicht, was sie mit ihrem Geld anfangen sollen. Kaufen sich eine Rolex und verbringen den Winter in Malindi. Oder mit Koks.«

»Ach ja?« sagte Wanda interessiert.

»Du übertreibst, Michel«, preßte Radomir zwischen seinen zusammengekniffenen Lippen hervor, auf die Michel – diesmal fein säuberlich mit Rot – die Umrisse eines Herzmundes malte.

»Wenn sie Kokain schnupfen, dann ist das noch das Harmloseste. Viele fixen. Es gab auch schon Aidstote. Aber das wird verschwiegen, wie alles hier in Venedig. Wenn ein Tourist ahnte, daß er sich und seine Familie einem völlig zugekoksten Gondoliere ausliefert! Was war denn mit dem toten Gondoliere in der Bar am Bacino Orseolo!«

»Tratsch«, sagte Radomir. »Außerdem verstehe ich deine moralische Empörung nicht, Michel. Warum regst du dich nicht lieber über die nichtsnutzigen schwarzen Taschenhändler auf?«

Statt einer Antwort stäubte Michel mit einem großen Pinsel Puder über sein Gesicht.

»Erzähl!« drängte ihn Wanda.

»In der Bar am Bacino, dort wo die Gondolieri schon vom frühen Morgen an ihre *ombra* trinken, hat sich vor kurzem ein Gondoliere totgefixt. Auf der Toilette. Die *padrona* hat ihn gefunden. Sie wollte den Toten so schnell wie möglich loswerden. Doch die Gondolieri waren dagegen. Schließlich stehen da den ganzen Tag über Touristengruppen vor der Tür. Vor allem Japaner, die auf ihre Gondelserenade warten, und die Bar hat keinen Hinterausgang. Wie sollte man da den Toten hinausbringen? Man stelle sich vor: Der Serenadensänger stimmt *funiculi-funicula* an, und zu dieser Melodie wird ein Sarg aus der Bar getragen? Der Kollege hätte sicher nicht gewollt, daß er ihnen das Geschäft verdirbt, sagten die Gondolieri. Sie ließen ihn bis spät nachts auf der Toilette, vor der ein Gondoliere Wache stand. Er hat dann aber eine schöne Beerdigung bekommen. Mit einem Trauerzug seiner Kollegen und einer vierrudrigen Leichengondel.«

Michel zog mit einem schwarzen Stift einen dicken Strich über Radomirs Lider.

»Ich weiß nicht, warum du Wanda so etwas erzählst. Es gibt in jedem Gewerbe schwarze Schafe«, sagte Radomir und wandte sich dann an Wanda. »Für dich als Neu-Venezianerin sind diese Anekdoten vielleicht von Belang. Mich langweilen sie unendlich. Unendlich! Kaum stehen sie zusammen, erzählen die Venezianer sich eine Tratschgeschichte. Und warum? Weil sie nichts, rein gar nichts erleben! In Venedig geschieht nichts. Kein Mord, kein Totschlag, nichts außer Nebel und Hochwasser, ein paar Einbrüchen hier und da und zeitweiligem Handtaschenklau. Der letzte Mord liegt mindestens dreißig Jahre zurück. Das macht genügsam. Deshalb ist jeder Anlaß gut für eine Klatschgeschichte: Wie ein Wirt vom Markusplatz dabei erwischt wurde, daß er Japanern eine alte Seezunge andrehte. Wie der Bürgermeister es schaffte, seinen Liebhaber, einen Barman, zum Chef der venezianischen Verkehrsgesellschaft ACTV, der Vaporetti und Motoscafi, zu machen. Wie es einem ägyptischen Rechtsanwalt gelang, eine senile amerikanische Millionärin zu beerbschleichen und ihre Stoffabrik zu übernehmen. Alles ist gut, um darüber zu raunen und zu schwätzen. Ich höre immer die gleichen Geschichten. Seit mindestens zwanzig Jahren.«

»Aber du bist doch der erste, der diese Geschichten weiterträgt«, sagte Wanda. »Ich finde dich ziemlich kokett.«

»Venedig ist provinziell, beschränkt und kreist nur um sich und um den Markusplatz. Ich will dir keine Illusionen rauben, verstehe mich bitte richtig, aber hier passiert nichts.«

»Wenn es so schrecklich ist, warum wohnst du dann hier?« entgegnete Wanda. »Du könntest doch woanders hingehen, nach Mailand oder Rom oder nach Deutschland. Vielleicht nach Baden-Baden.«

Wanda amüsierte die Vorstellung. Radomir in Baden-Baden. Umgeben von Fabrikantenwitwen, die mit ihm über die Anlageproblematik von Adikur-Aktien plauschten.

»Die Welt blickt auf Venedig, und das gefällt mir.« Radomir hielt Michel das Gesicht hin, damit er ihm die Stirn abtupfte. »Außerdem habe ich keinen Führerschein. Für mein Alter ist Venedig ideal. Und es gibt in

Deutschland wenig schöne Menschen. Hier sind auch die einfachen Menschen schön, wenn ich nur an Primo denke. Hast du gesehen, wie ausgeglichen sein Körper ist? Er ist so harmonisch in seinen Bewegungen. Er ist im Einklang mit der Gondel. Mit dem Wasser. Mit den Wellen. Er ist perfekt.«

»Er hat auch den ganzen Tag Zeit zum Üben.«

»Ich finde ihn genauso vulgär wie alle anderen Gondolieri.« Michel ergriff die Chance, das Gespräch wieder zum Anfang zurückzuführen, um mit seinen Sticheleien gegen Primo fortzufahren. »Mir tun die Touristen leid, die in die Hände dieser Wegelagerer fallen.«

»Man darf nicht so voreingenommen sein, Michel«, mahnte Radomir unwillig. Schließlich wollte er sich den Übergang vom Dixhuitième des Nachmittags zu seinem fernöstlichen Abendauftritt nicht durch Michels Sticheleien verderben lassen.

»Venedig und der Orient« war das Thema des Balls im Palazzo Pisani-Moretta. Für Wanda hatte Radomir vom Kostümverleih Nicolao das Kostüm einer Odaliske ausgewählt, um zu vermeiden, daß sie wieder mit ihrer Viehdiebmaske erscheinen würde, mit der sie ihn schon im Caffè Florian brüskiert hatte. Ob eine Sklavin so viel origineller war als eine Viehdiebin, diese Frage kam ihm nicht in den Sinn. Hauptsache, das Motto des Balls war respektiert.

»Der Ball im Palazzo Pisani-Moretta ist genau das Richtige für dein venezianisches Debüt«, befand Radomir. »Die meisten anderen Karnevalsbälle, im Palazzo Albrizzi, in der Ca' Zenobio, im Palazzo Labia, werden inzwischen ausschließlich von Münchener Rollladenfabrikanten und Mailänder Autohändlern besucht.«

»Nicht sehr stilecht«, fand Wanda.

»Nein, nein, meine liebe Wanda, du bist mal wieder viel zu schnell mit deinem Urteil. Schließlich ist es ziemlich teuer, einen Palazzo zu unterhalten«, sagte Radomir, während Michel ihm die Fingernägel feilte. Für Zwänge, die aus der Aufrechterhaltung eines gewissen Lebensstils resultierten, hatte er immer Verständnis. Gegen Zahlung eines Unkostenbeitrags – Catering-Service und Mehrwertsteuer inklusive – verkauften die venezianischen Contessen den Fremden die Illusion, an einem absolut privaten venezianischen Karnevalsball teilzunehmen. Radomir machte vielen solcher Bälle seine Aufwartung. Ebenfalls gegen einen gewissen Unkostenbeitrag. »Es ruiniert mich, Palazzo Dario zu unterhalten«, pflegte er in solchen Momenten zu sagen, mit Inbrunst, denn er liebte es, sich über Geldmangel zu beklagen. Was es den Contessen leichter machte, ihn dafür zu bezahlen, daß er sich an den Ehrentisch setzte und mit den Gästen Konversation machte. Nicht immer zur Freude der Gäste, vermutete Wanda.

Beim letzten Ball im Palazzo Giustinian Lolin hatte er sich mit dem deutschen Honorakonsul in Genua in die Haare gekriegt, weil man sich uneins war über den Wert des Deckenfreskos »Sturz der Giganten« von Perin del Vaga im Palazzo Doria-Pamphili. Mit dem Direktor des rumänischen Kulturinstituts, den Radomir als widerwärtigen Kommunisten schmähte, hatte er darüber streiten müssen, ob der rumänische König Karl I. aus dem Hause Hohenzollern-Sigmaringen stamme oder nicht.

Und mit dem Manager von Volkswagen-Italia hatte er sich über die Idee gezankt, als Autohersteller ein Fest in der einzigen autofreien Stadt der Welt zu sponsern: »Deutsche Idiotie!« Und als es schon wieder Petersfischfilet gab, verschwand er noch vor dem zweiten Hauptgang. Am nächsten Tag schwärmte der *Gazzettino* von den »verschwenderischen Festen der VIPs«, und Radomir Radziwill, *Seigneur du Carneval*, wurde mit den Worten zitiert: »Der venezianische Karneval ist für mich der Inbegriff der Lebensfreude.«

»Die Gesellschaftskolumnistin von *Oggi* schreibt, daß ganz Venedig nach dieser Einladung giert«, nuschelte Radomir unter den Kleenex, mit denen Michel den überschüssigen Puder abtupfte.

»Ich wußte gar nicht, daß du *Oggi* liest«, sagte Wanda. »Ich habe immer geglaubt, daß du nichts liest, was in diesem Jahrhundert gedruckt worden ist.«

»Du unterschätzt einen Radziwill«, antwortete Radomir.

Er versuchte ihr die Ehre der Einladung vor Augen zu führen. Letztlich fänden in Venedig alle gesellschaftlichen Ereignisse von Rang im Palazzo Pisani-Moretta statt. Jedes Jahr das Eröffnungsdiner der Filmfestspiele und alle zwei Jahre der »Save-Venice«-Ball …

»Während Palazzo Dario durch den Fluch Berühmtheit erlangt hat«, sagte Wanda, um Radomirs Ausführungen über die VIP-Kategorien Venedigs zu unterbrechen und seinen Klatsch in eine sinnvollere Richtung zu lenken. Radomir zog verärgert die Augenbrauen zusammen. Sie waren gezupft. Lediglich der obere Brauenbogen stand noch, die unteren Haare waren alle weggezupft, was Radomir auch sonst einen Ausdruck ständiger Mißbilligung gab.

»Die Abbazia San Gregorio ist auch verhext. Da hat eine amerikanische Millionärin drin gewohnt, deren Ehemänner immer ganz plötzlich weggestorben sind. Und jetzt steht die Abbazia schon seit Jahren zum Verkauf. Was weniger am Fluch als am Kaufpreis liegt, wenn man mich fragt. Und der Palazzo Genovese, dieser schreckliche neugotische Klotz, der den Blick auf die Salutekirche versperrt, soll bislang jeden seiner Besitzer in den Wahnsinn getrieben haben. Der letzte wurde entmündigt, nachdem er den Bürgermeister geküßt hatte, weil er ihn für Maria Callas hielt. In Palazzo Moro hat ein Cristoforo Moro seine Frau Desdemona gemeuchelt und so Shakespeare den Stoff für Othello geliefert. Übrigens ein Beispiel dafür, daß es nicht wenige Vorteile hat, allein zu leben. Trotzdem wird auch mein Palazzo die Nachwelt inspirieren, selbst wenn ich keine Ehefrau erdrosseln kann. Er war schließlich teuer genug. Ich hoffe doch, daß ein paar Flüche im Preis inbegriffen waren.«

Während Wanda auf Radomirs Augenbrauen starrte, ahnte sie plötzlich, weshalb er vorgab, sich nicht für die Palazzo-Dario-Geschichten zu interessieren. Er ärgerte sich, weil seine Regentschaft fluchtechnisch für den Palazzo Dario bislang noch wenig ergiebig geblieben war. Wenn also schon über Ca' Dario geredet wurde, dann bitte nur, weil er, der Conte aus dem spanischen Bürgerkrieg, ihn bewohnte. Mit den neunundsechzig verschiedenen handgenähten Karnevalskostümen, den Pastiches und den vielen Bonmots.

In der Tat lenkte Radomir das Thema wieder schnell auf die prominente Besetzung des »Save-Venice«-Balls im Palazzo Pisani-Moretta zurück.

»Gäste wie Prinz Andrew und Elizabeth Taylor sind das Minimum«, sagte Radomir mit Stolz. »Prinzessin Margaret hat hier zum Wohltätigkeitsball für den Erhalt des Covent Garden geladen, und Gregory Peck samt tout Hollywood mit einem Gedächtnisball an Ingrid Bergman erinnert. Und beim letzten »Save Venice«-Ball hat es Francesca von Thyssen und Bornemiza hingekriegt, so aus dem Boot auszusteigen, daß der Wind ihr Versace-Kleid hob und eine nackte Hinterbacke freilegte. Ein Paparazzo hielt den Anblick des fürstlichen Gesäßes für die Nachwelt fest. Ich habe das Foto selbst gesehen«, sagte Radomir und fuhr mit der Aufzählung des venezianischen Gotha fort: »Die Grimanis, Besitzer des Palazzo Pisani-Moretta, geben in Venedig wieder den Ton an, seitdem der Conte aus Mailand zurückgekehrt ist – es heißt, seine Frau hätte ihn dorthin ins Exil geschickt, weil er eine leichte Hand mit den Dienstmädchen habe. Er ist Historiker. Und Faschist, was ihn beflügelte, ein Buch über den Ursprung der Demokratie zu schreiben. Seine Frau ist Neapolitanerin. Aber adelig. Die beiden sind überhaupt die einzigen, die Feste geben. Wahre Feste, meine ich. Die venezianischen Adeligen sind schrecklich sparsam. Sie machen nie den Wein auf, bevor nicht der letzte gekommen ist.« Dann schweifte er ab zu den Foscaris. »Contessa Foscari ist eine elegante Dame, allerdings hat sie sehr linke Ansichten. Ich befürchte, daß sie sogar einmal Mitglied der Kommunistischen Partei war. Die Da Mostos werden auch kommen, sie sind reizend, aber langweilig. Er war Journalist bei der RAI und kümmert sich jetzt um die Erhaltung der Palazzi, bei den Loredans gibt es den Lorenzo, der ist sehr amüsant, wenngleich er im Grunde nur Hotelier ist, und den Leonardo, einen Steuerberater, der klebt immer an mir wie eine Klette. Mein Gott, wie häßlich der Mann ist! Vermutlich kommt er wieder als Maharadscha. Er kommt immer als Maharadscha. Anders als dein Chef, Girolamo Morosini, verzeiht es Grimani nie, wenn man ihn nicht Conte nennt. Wenn du ›Signor Grimani‹ sagst, spricht er kein Wort mehr mit dir.«

»Ich werde mir Mühe geben«, versprach Wanda.

Für den Weg zum Palazzo Pisani-Moretta hatte Radomir eine Gondel bestellt. Mit Primo als Gondoliere selbstverständlich. Wanda sollte venezianische Lebensart kosten. Dazu gehörte, daß man einen Palazzo nur über das Wasserportal betrat. Alle anderen Eingänge waren fürs Personal. »Und selbstverständlich kommt man in einer Gondel übers Wasser, nicht in einem Wassertaxi, das aussieht wie ein Dampfbügeleisen«, bemerkte Radomir.

Maria und Michel begleiteten sie zum Wasserportal, wobei Maria mit einer kleinen Bemerkung Radomir fast den ganzen Abend verdarb.

»Ich habe einen Neffen, der Gondoliere ist. Der hätte Ihnen sicher einen guten Preis gemacht. Auf jeden Fall unter hunderttausend«, sagte sie und inhalierte genußvoll den Rauch ihrer MS.

»Das macht sie immer«, sagte Radomir, als sie in der Gondel saßen. »Ich habe bis heute nicht herausgekriegt, ob sie hinterhältig ist oder einfach nur ignorant. Oder beides. Immer unterstellt sie mir, geizig zu sein.«

Er drehte sich umständlich in seinem Sitz um und warf Primo ein Lächeln durch die Dunkelheit zu.

»Als käme es mir auf das Geld an!« Er setzte sich jetzt so hin, daß er Primo besser sehen konnte. »Sagen Sie, *Carissimo*, jetzt habe ich Sie schon so oft zum Tee geladen, daß ich meine Einladung gar nicht mehr zu wiederholen wage.«

»Es verbirgt sich keine böse Absicht dahinter«, sagte Primo ausweichend, »einfach nur wenig Zeit.«

»Ah, wenig Zeit«, wiederholte Radomir traurig. »Aber die Französischstunden, ich würde mich sehr freuen, wenn Sie mein Angebot annehmen würden.«

»Es würde mir wirklich Spaß machen«, sagte Primo, »aber im Moment habe ich so viel zu tun, verstehen Sie.«

»Ah, ja, viel zu tun«, echote Radomir. »Nun, vielleicht ändert sich das eines Tages und Sie besinnen sich um.«

»Bestimmt«, sagte Primo und lächelte Wanda an.

Wanda fröstelte in ihrem Odaliskengewand. Um die Schultern trug sie einen dünnen Umhang. Radomir hatte ihren Wintermantel als Stilbruch verteufelt. Sie hörten nichts anderes als das Geräusch des Ruders, das in das Wasser tauchte. Der Palazzo Pisani-Moretta leuchtete schon von weitem. Fackeln brannten am Eingangsportal, und die Fenster erstrahlten im Schein der Ölleuchten auf den Fensterbänken. Primo half Radomir beim Aussteigen und hielt Wanda galant den gebeugten Arm hin. Ein bißchen länger als nötig, dachte Wanda und war froh, daß man im Dunkeln ihre Gesichtsfarbe nicht sah. Unwillkürlich mußte sie an ihren Vater denken.

Seit Wandas Ankunft in Venedig war kein Tag vergangen, ohne daß ihr Vater aus Neapel anrief, um Ratschläge und Verhaltensmaßregeln zu geben. Zur Fluchbekämpfung, vor allem aber auch in Liebesdingen. Bei seinem Willen, die Unwägbarkeiten des Lebens in geordnete Bahnen zu zwingen, machte er sich oft auch Gedanken um Wandas zukünftigen Ehemann. Schließlich war Wanda 35 Jahre alt, und er glaubte nicht mehr daran, daß bei ihr auf natürlichem Wege noch etwas auszurichten war. Was Wandas Verhältnis zu Männern betraf, so war es immer von einer gewissen Trägheit gekennzeichnet gewesen. Sie nahm Männer nur wahr, wenn sie ihr vor die Füße rollten. Aus der Sicht ihres Vaters barg das allerdings ein gewisses Risiko. Ein Ehemann mußte her, schließlich konnte ihr Vater nicht zulassen, daß Italien das Land mit der niedrigsten Geburtenrate der Welt bliebe.

Wandas Mutter hatte ihn schon früher einmal dabei erwischt, wie er neun Tage lang hintereinander die Beschwörungsformel »Um einen reichen Ehemann zu finden« murmelte, auch eine Formel aus dem *libro magico di San Pantaleone*: »Heiliger Antonino, bring ihn auf den rechten Weg/ Heiliger Pasquale, mach mir einen/ Heiliger Onofrio, der du bist ruhmreich unter den Heiligen/mach ihn schön und hübsch und einzigartig.« Sie wußte, daß er sich wenig von Wandas Urteilskraft erhoffte. Zwei ihrer Liebhaber hatten nicht mal ein eigenes Auto gehabt. Als Wandas Vater das herausbekam, verlor er den Glauben an seine Tochter und an sein eigenes Geschlecht. Ein einziges Mal wagte Wandas Mutter zu bedenken zu geben, daß auch ein Leben ohne Ehemänner denkbar sei. Wandas Vater blickte sie an, als hätte sie den Teufel im Leib. Unverdrossen brachte er Kandidaten nach Hause, die Söhne seiner Kollegen, die Söhne seines Steuerberaters, seines Anwalts, seines Autohändlers. Keiner entkam ihm. Jeder junge Kollege wurde ins Haus Viarelli zum Mittagessen eingeladen. Und einmal hatten seine Bemühungen sogar gefruchtet. Wanda verliebte sich in Vittorio, einen jungen Kurator des Archäologischen Nationalmuseums. Er war bildschön, mit seelenvollen Augen, und Wanda verlebte eine heitere Zeit mit ihm. Bis auch bei Vittorio der Heiratswahn ausbrach. Er ging so weit, bereits über die Vornamen seines zukünftigen, selbstverständlich männlichen Nachwuchses und die Farbe der Vorhangstoffe zu grübeln. Wanda sah das Leben an sich vorbeiziehen und ließ Vittorio mit seinen seelenvollen Augen und den Vorhangstoffen allein.

Wandas Vater beschwor daraufhin die Formel »Um einen unbeständigen Verlobten zu bestrafen«. Vergebens.

Radomir unterbrach Wanda in ihren Gedanken. »Primo hat so gute Manieren. Er ist diskret, und er besitzt eine natürliche Eleganz. Er spricht Italienisch, nicht Venezianisch. Eine sehr seltene Gabe bei den Menschen aus dem Volk. Hast du's gehört, Wanda?« Er blickte dem dahinschwindenden Gondoliere so lange nach, bis die Dunkelheit ihn endgültig verschluckt hatte.

»Ich habe ihn noch kein einziges Mal sprechen

gehört. Muß er auch nicht. Es reicht, wenn er rudert, dein Märchenprinz.« Ob es wohl Beschwörungsformeln gegen geile Onkel gäbe?

Wenig später standen sie in der zugigen Eingangshalle des Palazzo Pisani-Moretta. Radomir trug das Satingewand eines chinesischen Würdenträgers, dazu einen Hut aus Reisstroh. Er sah aus, als litte er an Gelbsucht. Der Wind blies eine Wolke aus Kalifen, Scheichs und Schlangenbeschwörern, Beduinen, Sultanen und Schleiertänzerinnen herein, daneben wirbelten Tempeltänzerinnen, Maharadschas und maurische Prinzen in den Palazzo.

»Bitte, wenn du einen Maharadscha an mir hängen siehst, dann befreie mich von ihm!« flüsterte Radomir Wanda zu.

Nicht alle Gäste waren stilsicher, Ferner und Naher Osten kamen sich in die Quere, und manche brachten alles durcheinander, sowohl Erdteile als auch Jahrhunderte. Rokoko-Damen und Casanovas ließen sich auch hier nicht vermeiden.

Die Gastgeberin, Contessa Grimani, machte die Honneurs als Orientalin. In goldene Pumphosen gehüllt, darüber einen goldenen Umhang, bewachte sie wie ein Haremswächter den Treppenaufgang und zwitscherte mit den Gästen. Alle außer Wanda schienen sich zu kennen. Luftküsse und Handküsse. Alle Venezianerinnen trugen über den Kostümen ihre Nerze, die nach Mottenpulver rochen.

Gesprächsfetzen flogen wie Fledermäuse vorbei.

»*Carissima*, du siehst fabelhaft aus! Erinnerst du dich noch an den Karneval vor zwei Jahren? Gabriella, die als Odaliske verkleidet von sechs Sklaven hereingetragen wurde? Mein Gott, was für Zeiten, göttlich! Und jetzt sind alle tot. Nein, nicht Gabriella. Die Sklaven. Aids, du weißt schon.«

»*Ciao*, Antonella, darf ich dir einen Kuß geben? Der Nachkommenschaft geht es gut? Bene, auch der *mamma? Ciao, ciao.*«

Wanda wurde im kleinen Stucksalon wie ein Bellini herumgereicht.

»Das ist Wanda Viarelli, meine einzige Nichte, eine große Expertin asiatischer Kunst. Ihr Spezialgebiet sind japanische Rüstungen, Museen in ganz Europa haben sich um sie gerissen, aber nur wir haben es geschafft, sie nach Venedig zu locken«, sagte Radomir.

»Oh, endlich frisches Blut für Venedig«, sagte ein Schlangenbeschwörer, dessen Blicke auf Wandas Dekolleté wie Glasmurmeln herumrollten.

»Mein Gott, Radomir«, stöhnte Wanda und zerrte ihn an seinem Satingewand in eine Ecke, »das kann ich nicht die ganze Nacht lang aushalten.«

Radomir überhörte ihr Flehen und stellte ihr Gast um Gast vor. Obwohl alle verkleidet waren, erkannte er jeden. Vermutlich tragen sie jedes Jahr das gleiche Kostüm, sagte sich Wanda.

»Darf ich dir Antonello Antonelli vorstellen? Oh, Wanda, du mußt unbedingt meinen Freund Francesco Falier kennenlernen, er unterrichtet Philosophie an der Universität von Udine, ein ganz bemerkenswerter Denker.« Francesco knetete geniert seine Hände. »Doch doch, Francesco, das meine ich ganz ernst!«

Namen und Titel flatterten vorbei. Der Direktor von, der Präsident für, der Assessor des.

Zur Seite gebeugt, ließ Radomir Wanda flüsternd wissen, daß er die Auswahl der Gäste für mittelmäßig hielt. »Außer einer ältlichen Mailänder Contessa kein einziger Prominenter, kein Regisseur von Rang! Nicht mal ein Schriftsteller auf Durchreise! Und da drüben tatsächlich zwei amerikanische Touristen, Mr. und Mrs. Anthony. Die Contessa hat sie mir vorgestellt, sie sind extra für den Ball aus Puerto Vallarta in Mexiko angereist.«

Wanda sah, wie Mr. und Mrs. Anthony versuchten, unauffällig den Jetlag hinten auf der Zunge zu zerdrücken.

»Sie haben sicher ein Vermögen für die Einladung ausgegeben. Aber ich wußte, daß die Grimanis nicht auf ein paar Nebeneinnahmen verzichten würden«, flüsterte Radomir.

Die Contessa plazierte Wanda und Radomir am Ehrentisch. Es roch wie an Weihnachten, in den Kronleuchtern brannten echte Kerzen. Radomir saß neben einer österreichischen Sopranistin, die ihr Dekolleté an ihn vergeudete. Wanda wurde zwischen einen Türken und den Schlangenbeschwörer gesetzt. Der Türke entpuppte sich als der Gastgeber, Conte Grimani. Sein Gesicht war völlig unbeweglich, ohne jede Mimik, als hätte er sich eine Gummimaske über den Kopf gestülpt. Nur die Augen bewegten sich flink. Sie krochen in ihr Gegenüber hinein. Außer den Eckzähnen, auf die Wanda fasziniert starrte, waren ihm fast alle Zähne ausgefallen.

»Wanda Viarelli«, summte er und schnupperte dem Klang nach. »Viarelli, Viarelli, jetzt habe ich es. Sind Sie eine Nichte der Contessa Viarelli? Vom Palazzo Viarelli an der Piazza San Domenico Maggiore? Meine Frau ist aus Neapel, deshalb kenne ich mich etwas aus.«

»Nein«, enttäuschte ihn Wanda, »tut mir leid. Keine Spur von Contessen bei den Viarellis.« Sie lächelte entschuldigend. Sie erinnerte sich an die leichte Hand, die man ihm nachsagte, und rückte unauffällig von ihm ab. Gleichzeitig versuchte sie die Konversation etwas voranzutreiben – auf Radomirs Geheiß. Der Conte sei nicht sehr gesprächig, er wisse nie etwas Interessantes zu erzählen, deshalb müsse man ihm mit Stichworten behilflich sein. Schließlich kenne er ganz Italien persönlich, von Mailänder Reifenherstellern bis zu römischen Parlamentsabgeordneten, und das könne immer von Nutzen sein.

»Wie viele Räume gibt es im Palazzo Pisani-Moretta?« fragte Wanda interessiert. Kaum hatte sie es ausgesprochen, biß sie sich auf die Lippen. Unverzeihlich, würde Radomir sagen. Palazzo-Weitläufigkeit mißt man nicht in Zahlen.

Der Conte lächelte geschmeichelt. »Wie heißt es doch in Lampedusas *Leopard:* ›Ein Haus, von dem man weiß, wie viele Zimmer es hat, birgt keine Geheimnisse mehr‹«, zitierte er stolz. Dann zählte er doch.

»Hundert. So ungefähr.«

Er fühlte sich von ihrem Interesse ermuntert und rückte näher. Es sind meine roten Haare, dachte Wanda. Sicher fragt er sich schon den ganzen Abend, ob meine Schamhaare auch rot sind.

Während des Menüs überspielte ein deprimiertes Streichquartett das Tellerklappern. Bis zur dritten Vorspeise – fritierte Krebse – mit Vivaldi, die Seezungenröllchen in Thymiansauce mit Lehárs »Dein ist mein ganzes Herz« und »Meine Lippen, sie küssen so heiß«. Wanda konzentrierte sich darauf, die Seezungen auseinanderzurollen, um sie nach Spuren von Tomate zu untersuchen. Sie haßte Tomaten. Ein Kindheitstrauma. Ihre Mutter hatte sie als Kind gezwungen, Tomaten zu essen, obwohl Wanda bereits beim Anblick des gallertartigen Inhalts einer durchgeschnittenen Tomate speiübel wurde. »Papperlapapp«, sagte die Mutter und drückte die Tomate in Wanda rein. Sie schwor sich, nie wieder in ihrem Leben eine Tomate über ihre Lippen kommen zu lassen, sobald sie der Kindheit entronnen wäre. Was nicht einfach war, wenn man in Italien lebte. Man glaubte gar nicht, wo überall Tomaten auftauchen konnten. Sie lauerten unter dem Schutz von Salatblättern am Tellerrand, sie tarnten sich als roter Paprika und schlichen sich in Saucen ein.

Am schlimmsten war es auf Reisen in Länder, mit deren Landesküche Wanda nicht vertraut war. Für Länder, in denen man weder Italienisch noch Deutsch, Englisch oder Französisch sprach, führte Wanda stets Visitenkarten mit sich, auf denen in zwölf Sprachen, darunter Chinesisch, Arabisch und Hindi stand: »Ich bin allergisch gegen Tomaten, bitte empfehlen Sie mir nur tomatenlose Gerichte.« Diese Karten hielt sie beim Bestellen eines Gerichts dem Kellner unter die Nase. Allerdings mußte Wanda dabei immer wieder die Erfahrung machen, daß selbst die Karte nicht wirklich schützte, weil »Tomate oder nicht Tomate?« oft eine Frage der Hermeneutik war. Wenn Wanda ein Gericht zurückgehen ließ, versuchten sich die Kellner herauszureden: Man könne Tomatenmark nicht als Tomate bezeichnen. Und eine getrocknete Tomate sei gar keine Tomate. Wegen der Tomaten hatte Wanda schon Männer verlassen. Die Stell-dich-doch-nicht-so-an-Männer. Und überhaupt all jene, die nicht verstehen konnten, daß nicht immer tomatenfrei ist, was tomatenfrei aussieht. Vittorio hatte immer schon seine seelenvollen Augen verdreht, wenn Wanda im Restaurant ihr »Bitte ohne Tomaten« aufsagte. Das hatte sie ihm nie verziehen.

»Die Deckengemälde sind von Tiepolo«, sagte Conte Grimani, einer plötzlichen Eingebung folgend.

»Ja, das habe ich bemerkt«, antwortete Wanda.

Die Konversation drohte wieder zu verdunsten.

»Achthundert Gäste können hier zu Abend essen, ohne daß sich ihre Ellbogen berühren.« Er faßte Wanda an den Unterarm.

»Unglaublich«, sagte Wanda und rückte von ihm ab. Sie sah ihm sein Bedauern an, ein paar Jahrhunderte zu spät gekommen zu sein, um Frauen ungestraft unter den Rock greifen zu können.

»Als ich unseren Palazzo zum ersten Mal vermietet habe, war man in Venedig der Meinung, es hätte einen gewissen Hautgout. Aber heute möchten am liebsten alle ihre Palazzi vermieten.« Er lachte in seine Gummimaske hinein. »Meine Cousine, die Contessa Contarini, sie wohnt schräg gegenüber im Palazzetto Contarini, sprach fast ein halbes Jahr nicht mit mir, nachdem ich unseren Palazzo vermietet hatte. Jetzt bewohnt sie in ihrem Palazzetto nur noch die Dienstbotenzimmer. Der Rest wird vermietet.«

Dann erging er sich in technischen Details. »Wenn im Palazzo Pisani-Moretta gefeiert wird, ist das Personal allein mit dem Anzünden der Kerzen in den Muranoglas-Kronleuchtern Stunden beschäftigt. Niemand hat eine Vorstellung davon, wie lange es dauert, einen Kronleuchter zu putzen!«

»Ich wußte nicht, daß man die überhaupt putzen muß«, sagte Wanda. Hilfesuchend guckte sie zu Radomir hinüber, der in ein Streitgespräch mit einem Maharadscha versunken war und nicht aufblickte.

Conte Grimani ließ sich nicht entmutigen. »Wenn man bedenkt, daß ein Angestellter einen Monat lang mit dem Kronleuchter-Putzen beschäftigt ist und daß außerdem die sechzig Vorhänge, von denen jeder sechs Meter lang ist, einzeln in der Waschmaschine gewaschen werden müssen und daß die Terrazzoböden mindestens alle zwei Jahre mit Leinöl neu poliert werden, dann ist es wohl nicht zuviel verlangt, für einen solchen Aufwand zehn Millionen Lire pro Empfang zu verlangen.«

»Auf gar keinen Fall«, sagte Wanda kauend.

»Sie wohnen doch auch am Canal Grande. Sogar in einem ganz besonderen Palazzo. Haben Sie schon vom Fluch des Palazzo Dario gehört?«

Wanda lächelte mild. »Sie sind etwa der fünfte, der mich darauf aufmerksam macht.«

»Ich will damit auf gar keinen Fall sagen, daß ich daran glaube«, beeilte sich der Conte zu versichern. »Aber Sie als Neapolitanerin wissen doch am besten, daß es eben gewisse Dinge gibt. Zwischen Himmel und Erde.«

Wanda erstarrte, als sie spürte, daß ein Bein, das dünne Bein des Conte, sich an ihrem Unterschenkel rieb. Er redete dabei weiter, ohne eine Miene zu verziehen. »Es haben immer etwas, mit Verlaub, eigenartige Menschen im Palazzo Dario gewohnt, selbstverständlich mit Ausnahme Ihres geschätzten Onkels. Vielleicht handelt es sich auch nur um eine tragische Verkettung von Unglücksfällen. Obwohl. Man weiß nie.«

»Als Neapolitanerin bin ich diesen Dingen zwischen Himmel und Erde gegenüber durchaus aufgeschlossen«, sagte Wanda. Blitzschnell zog sie seine Hand zu sich rüber.

»Was machen Sie denn da?« rief der Conte ängstlich.

»Ich lese Ihnen aus der Hand. In Neapel kann das fast jeder. Ich habe es von meiner Großmutter gelernt.«

Wanda starrte auf die Hand des Conte, die sich wie ein totes Huhn anfühlte. Eine schlaffe, faltige Greisenhand.

»Tja, der Mondberg ist nicht sehr entwickelt. Die Linien auf der *Rascette* sind etwas unscharf.«

Der Conte schnaufte leise.

»Die Intelligenzlinie ist, bitte drehen Sie die Hand doch etwas zum Licht, tatsächlich, die Intelligenzlinie ist, na, so etwas habe ich noch nie gesehen! Die Intelligenzlinie ist fast verschwunden! Ehrgeiz – auch mäßig. Jetzt die Herzlinie. Auch nicht sehr ausgeprägt. Dafür aber die Lebenslinie, ja, die ist sehr ausgeprägt. Sie werden ein langes Leben haben, mein lieber Conte Grimani, herzlichen Glückwunsch!«

Der Conte schwieg beleidigt. Jetzt begann die Polonaise. Contessa Grimani stellte einen Tänzer des Leningrader Balletts so besitzanzeigend vor, als sei er das Geweih eines von ihr höchstpersönlich erlegten Hirsches. Er führte die Polonaise an. Wanda floh. Sie nutzte die Verwirrung der sich formierenden Paare aus und gelangte unbeobachtet zur Garderobe. In der Eingangshalle lauerte jedoch schon wieder Conte Grimani. Er hatte das niederschmetternde Ergebnis der Deutung seiner Handlinien offenbar bereits verwunden und wollte ihr helfen, den Umhang umzulegen. Wanda entwand sich jedoch wie eine Schlange und lief zum Ausgang.

»Schade, daß Sie uns schon verlassen«, rief er ihr hinterher. »Aber wir werden uns sicher wiedersehen, das ist in Venedig unvermeidlich.«

8.

Wanda erfährt viel über Giovanni Dario, etliches über den frühen lombardischen Geist, einiges über den Hof von Konstantinopel und ein wenig über Morosinis Hang zum Kitsch

Wandas Vater hatte es sich bereits kurz nach ihrer Ankunft in Venedig zur Gewohnheit gemacht, am Morgen eines jeden Arbeitstages diverse Formeln ins Büro des Museo Orientale zu faxen, die Wanda aufsagen müsse, »um sich gegen Feinde und den bösen Blick zu schützen«. Da er die Unzuverlässigkeit seiner Tochter in Dingen des Aberglaubens kannte und lieber auf Nummer Sicher gehen wollte, rief er sie danach immer an und fragte sie ab. So auch an diesem Morgen.

»San Cosimo Damiano …«, deklamierte Wanda resigniert. Sie hatte es schon lange aufgegeben, mit ihrem Vater über den Sinn von Beschwörungsformeln zu diskutieren. Bei »Würmer kommt nicht zurück« unterbrach er sie und räusperte sich.

»Entschuldige«, sagte er. »Mir ist da ein Fehler unterlaufen. Ich habe die Formeln vertauscht. Anstelle der Formel ›Um sich gegen Feinde und den bösen Blick zu schützen‹ habe ich dir die Formel ›Um ein Kind von Würmern zu befreien‹ gefaxt. Schaden wird es aber nicht. Ich schicke dir sofort den richtigen Text. Du mußt ihn drei Mal hintereinander mit Blick auf das Hufeisen deklamieren.«

»Oh, Eisen des Vierfüßlers/du bist so stark/beschütze mich vor allen Feinden/verscheuche sie und töte sie/ zerstöre es/zerstöre es/dieses Hexengesindel/mit deinen Zauberkräften/beschütze mein Haus«, leierte sie herunter, dicht in die Hörmuschel hinein, hoffend, daß niemand mithörte.

Einer kleinen Stichelei konnte sie sich dennoch nicht enthalten.

»Zur Zeit gibt es keinen Beweis für die Existenz eines Fluchs«, gab Wanda zu bedenken. »Außer Michel, bei dem sich eine Stirnhöhlenentzündung anzubahnen scheint, erfreuen wir uns bester Gesundheit. Und wenn hier einer mal die Treppe runterfällt, dann ist es kein Fluch, sondern vielleicht einfach nur Zufall.«

»*Sciocca*«, sagte ihr Vater nachsichtig, »kleines Dummerchen! Was ist denn der Zufall? Wer hat denn den Zufall definiert? Der Fluch ist doch der Inbegriff des Zufalls! Der Zufall ist ein Fluch! Warum trifft es ihn und nicht mich?« Er räusperte sich und fuhr gemäß seiner Logik fort: »Wie soll man sich denn sonst die ganzen Ungerechtigkeiten in der Welt erklären, wenn nicht durch Verwünschungen?«

Und er stellte ihr weitere Aufgaben. Er bat sie, herauszufinden, von woher der Wind wehte, wann immer es im Palazzo Dario zu einem Unglücksfall gekommen war.

»Merke dir: Nordwind ist ganz schlecht. Wichtig ist auch zu wissen, wie lange er wehte. Ein eindeutiges Zeichen für die Gegenwart übelwollender Geister ist, wenn er drei, sechs oder neun Tage weht. Ebenso schlecht ist ein Wind, der nach einem Tag umkippt. Überhaupt ist das Klima ganz wichtig. War es besonders heiß, kalt, trocken oder feucht? Alles kann schlecht sein. Besonders aber das feuchte, klebrige Klima. Eben das venezianische.«

Er fragte sie nach ihren Träumen. »Hast du von Frauen geträumt? Eine schöne Frau bedeutet Freude«, belehrte er sie, »eine häßliche Schmerzen. Fluchende Frauen bedeuten üble Nachrede.«

»Sehr originell«, sagte Wanda.

»Originell! Originell!« schimpfte ihr Vater. »Was heißt hier originell, wir reden von Träumen und Flüchen und nicht von Originalität! Also, wovon hast du letzte Nacht geträumt?«

»Ich erinnere mich nicht mehr«, sagte Wanda. »Es war nebelig.«

»Nebelig!« schrie ihr Vater, »Nebel bedeutet, daß du dich von deinen Feinden fernhalten sollst. Erst dann wird dir Gnade widerfahren.«

»Ich habe keine Feinde«, gab Wanda zu bedenken. »Höchstens die Gondelserenadensänger. Aber denen kann ich nicht aus dem Weg gehen.«

»Denk drüber nach«, beschied ihr Vater. »Ich werde mich erkundigen. Ich rufe heute nachmittag in der Traumdeutungssendung auf Telenapoli an. Vielleicht können die dir helfen. Vielleicht muß ich auch selbst nach Venedig kommen, um zu sehen, was zu machen ist.«

»Es gibt doch gar nichts zu helfen«, sagte Wanda unwirsch. Aber da hatte ihr Vater bereits aufgelegt.

Morosini kam nie vor elf ins Museum. Morgens sah er wie ein gerade Verstorbener aus. Sein Gesicht war sehr weiß und seine Augen sehr rot. Erst wenn er ein Glas Wein geleert hatte, kam wieder Leben in ihn. Als Wanda sein Büro betrat, war er gerade dabei, einen Packen Handgeschriebenes vor sich auszubreiten.

»Schreiben Sie einen Roman?« fragte Wanda lachend. Erschreckt raffte Morosini den Packen zusammen und legte ihn in die goldgeprägte Ledermappe mit dem fetten Markuslöwen. Wanda fragte sich, wie er an diese geschmacklose Mappe gekommen sein konnte. Ob er sie in einem Hotel geklaut hatte? Oder hatte er sie am Ende selbst gekauft? Der Mann hatte offenbar einen Hang zum Kitsch.

»Nein, nein, das sind Skizzen für eine Abhandlung«, sagte Morosini schnell. »*Palazzi des Canal Grande vom frühen lombardischen Geist bis heute*.«

»Dann können Sie ja noch mehr über Palazzo Dario erzählen«, sagte Wanda.

»O ja, Signorina!« rief Morosini. Er legte seine Ledermappe eilig in die Schublade und zog einen Ordner aus dem Regal.

Schließlich heiße es nicht umsonst von ihm, daß er für alle Fragen der *venezianità* eine Koryphäe sei. Auch wenn ihr hochverehrter Onkel Radomir seine Verdienste nicht zu schätzen wisse. Es war Morosinis großer Kummer, daß er nie zu Radomirs Teegesellschaften geladen wurde. Er hätte etwas dafür gegeben, endlich wieder am Gesellschaftsleben des Palazzo Dario teilnehmen zu dürfen. Aber zwischen Radomir und Morosini war nie gutes Blut geflossen. Jedes Mal, wenn sie sich auf irgendwelchen Gesellschaften trafen, waren sie sich unaufhörlich gegenseitig ins Wort gefallen.

»Ich bin Wissenschaftler, Dottoressa, deshalb halte ich es für passend, mich bei der Rekonstruktion der Geschichte des Palazzo Dario so nah wie möglich der Wirklichkeit anzunähern und weniger fantastische und anrüchige Schlußfolgerungen zu ziehen, als es gewöhnlich in Venedig üblich ist.« Er nippte an dem Glas Wein, das noch auf dem Schreibtisch stand, und räusperte sich. Morosini bestätigte das in Neapel geläufige Vorurteil, demzufolge alle Norditaliener Trunkenbolde sind. Wanda lächelte ihm aufmunternd zu.

»Trotzdem«, fuhr er fort, »birgt Palazzo Dario selbst für einen Kunsthistoriker wie mich noch eine Menge Geheimnisse. Bis heute, das muß man sagen, hat mehr als ein Umstand die Wahrheit über ihn verdeckt. Lange gab es kaum eine positive Spur, lediglich die Inschrift *Genio Urbis Joannes Darius* an der Fassade, auf der bislang das gesamte Wissen über den Palazzo basierte – nur daß auch sie den Spielraum der Phantasie nicht eingegrenzt hat, im Gegenteil.

Vielmehr muß sie als Keim betrachtet werden, aus dem die vielen Geschichten über den Palazzo hervorgegangen sind.«

»Bedeutet das, daß alles nur Gerede ist?« fragte Wanda. Morosini guckte strafend, überhörte ihren Einwand und beugte den Kopf über den Ordner in dem er Notizen für seinen Vortrag zusammengestellt zu haben schien.

»Palazzo Dario ist der einzige in Venedig, der den Namen seines Erbauers trägt. Die Inschrift ist ein Zeichen des Respekts Giovanni Darios für seine Heimat. Giovanni Dario war einer der wenigen Erbauer eines Palazzo am Canal Grande, der nicht zur Aristokratie gehörte. Es ist zu vermuten, daß die Aristokraten vom Canal Grande ihn als Emporkömmling behandelten und er sein Leben lang um Anerkennung kämpfte.«

»Und deshalb wurde er verflucht?« fragte Wanda, um die Erzählung zu beschleunigen. Schließlich war sie an seinen kunsthistorischen Abhandlungen nicht interessiert – mit so etwas beschäftigte sie sich ohnehin schon den ganzen Tag. Sie wollte vielmehr etwas über den geheimnisvollen Fluch hören, um sich dagegen wappnen zu können. Falls das denn möglich war. Aber Morosini sah nicht auf.

»Wenn ich die Kunst bewundere, die an dieser wunderbaren Fassade leuchtet, sei mir die Bemerkung gestattet, daß ich darin den entstehenden Liebreiz des frühen lombardischen Geistes entdecke.« Wanda rutschte auf ihrem Stuhl hin und her. Der Canal Grande vor dem Fenster war graugrün. Auf ihm wimmelte das Leben. Taxis, Vaporetti und Motoscafi. Lastkähne brachten Ladungen voller Tischdecken in die Stadt. Die Bootsleute lachten und schrien sich im Vorbeifahren etwas zu. Morosini kam nicht vom Fleck. »... der Balkon mit seiner im achtzehnten Jahrhundert hinzugefügten Eisenbalustrade beeinträchtigt die Schönheit der Fassade, gleiches gilt für die Eisengitter an den Fenstern unten am Wasser. Eines der Zimmer war an drei Wänden ganz mit Kupfer beschlagen. Der Saal des ersten Stocks besaß einen gotischen Sims mit bemerkenswerten Intarsienarbeiten. Deshalb war dieser Palazzo zweifellos dazu geeignet, würdiger

Besitz und Aufenthaltsort jenes Giovanni Dario zu sein, dessen Name die Inschrift in der Fassade trägt.«

»Und wie starb Giovanni Dario?« fragte Wanda. Morosini sah sie streng an.

»Dottoressa! Alles zu seiner Zeit!« Er dozierte weiter. »Die Familie Dario gehört zu den berühmtesten und ältesten Venedigs. Sie stammte aus Kreta. Giovanni Dario wurde vermutlich vierzehnhundertvierzehn geboren. Er war ein Ursprungsbürger, kein Patrizier, sondern Mitglied der geachteten, wenngleich auch untergeordneten Gruppe der Senatssekretäre. Giovanni Dario hatte im Rat der Zehn und im Senat hochrangige Ämter inne und erfüllte diverse Missionen...«

»Starb er eines natürlichen Todes?« Wanda zappelte. Morosini trank wieder etwas Wein.

»Viele Historiker rühmen Giovanni Darios Verdienste, Tentori zum Beispiel vergöttert ihn geradezu als Mann mit großer Erfahrung und politischem Talent. Ein gewisser Lecomte von der historischen Fakultät der Universität Montpellier schreibt, daß Dario bereits vierzehnhundertfünfzig zum Botschafter der Republik ernannt wurde. Diese Behauptung wurde jedoch mehr zufällig vorgebracht, ohne jeden Beweis. Die Franzosen gehen mit der wissenschaftlichen Sorgfaltspflicht immer etwas nachlässig um. Belegt ist jedoch, daß der Senat Giovanni Dario zum Botschafter ernannte...«

Wanda gab auf. Sie blickte aus dem Fenster und dachte daran, daß der Blick in Venedig nie weit reicht. Selbst von hier oben vom Palazzo Pesaro, wo man immerhin auf den Canal Grande herabsehen konnte, war der Horizont von Palazzi zugestellt.

»… Paul Morosini, unserem verdienstvollen Historiker aus Padua, verdanken wir die Erkenntnis, daß es Giovanni Dario gelungen sein muß, Frieden mit dem Sultan der Türken zu schließen, dem schrecklichen Mohamed II., Eroberer von Konstantinopel …«

Morosini zeigte keine Ermüdungserscheinungen. Die Venezianer sind wie gedopt, wenn sie über ihre Vergangenheit reden können, dachte Wanda.

»… Dario war vom Dogen Giovanni Mocenigo im Jahre 1478 mit der Mission beauftragt worden, bei unbegrenzter Entscheidungsfreiheit einen Friedensvertrag mit Mohamed II. auszuhandeln …«

Sie blickte auf den Canal Grande. Unten fuhr ein Lkw auf einem Lastkahn vorbei. Er sah aus wie ein trauriger Elefant, der gewaltsam von seiner Herde getrennt worden war.

»… Giovanni Dario war in Konstantinopel hochangesehen, es gibt zwei sehr interessante Briefe, in denen er den ehrenhaften Empfang schilderte, den er am Hof von Konstantinopel genoß …«

Wanda schwelgte in den Gedanken an Feigen, kandierte Früchte – all die Köstlichkeiten, die wohl am Hof von Konstantinopel gereicht worden sein mußten, und Morosini fuhr unbeirrt in der Aufzählung von Darios Ehrenämtern fort.

»… für seine Friedensverhandlungen mit Mohamed II. schenkte ihm die Republik einen Besitz in Noventa Padua und darüber hinaus tausend Dukaten von der Salzmagistratur, als Mitgift für seine uneheliche Tochter Marietta. Und Mohamed hat ihm drei goldgewirkte Gewänder geschenkt …«

Uneheliche Tochter? Wanda horchte auf. Ihr fielen wieder die *Intimen Geschichten* ein, die sie auf der Fahrt nach Venedig gelesen hatte. Huren mit einem in Milch getränktem Stück Rindfleisch auf dem Gesicht. Vielleicht war an Morosinis Geschichte ja doch etwas dran. Plötzlich klingelte das Telefon. Morosini nahm ab – und wurde bleich. Offenbar war am anderen Ende jemand, der ohne Punkt und Komma redete – über ein Thema, das dem wortgewaltigen Morosini die Sprache verschlagen hatte.

»Ja, nun. Ich finde Ihre Entscheidung bedauerlich«, sagte er schließlich gedehnt und legte auf, ohne sich zu verabschieden. Nervös ordnete er wieder seine Papiere.

»Etwas Unangenehmes?« fragte Wanda einfühlsam.

»Nein, nein, nein«, sagte Morosini, »ganz im Gegenteil. Ein Künstler muß Rückgrat beweisen, finden Sie nicht auch?«

»Selbstverständlich«, sagte Wanda. Was auch immer Morosini mit seinem Kommentar gemeint haben mochte.

Morosini putzte sich wieder die Nase. Dann fuhr er fort.

»... und die Familie Dario zog in den Palazzo ein, Dario mit seiner Gefährtin Chiara, der Tochter Marietta und den beiden Neffen Andrea und Francesco Pantaleo.«

Da, das war es! Ihr Vater versuchte doch auch immer beharrlich, sie mit diversen Hilfsmitteln und Beschwörungsformeln unter die Haube zu bringen, weil er Unheil fürchtete, wenn sie nicht endlich ihren

Widerstand gegen die Ehe aufgäbe. Als sie von Darios Gefährtin Chiara hörte, mußte sie an ihren Vater und seinen Heiratswahn denken und witterte endlich etwas Menschliches in dem Vortrag. Sie unterbrach Morosini. »Wie?« rief Wanda aus »War Giovanni Dario etwa nicht verheiratet?«

Morosini wand sich, als wäre Giovanni Dario mit ihm verwandt gewesen. »Vermutlich nicht. Aber es gibt dazu keine genauen Aufzeichnungen. Auf jeden Fall war Giovanni Dario bereits fünfundsiebzig Jahre alt, als er den Palazzo bezog, und sein Leben war von Gedanken an Krankheit und Tod überschattet. Im selben Jahr machte er sein Testament. Ebenfalls im selben Jahr heiratete seine Tochter Marietta den Patrizier Vincenzo Barbaro. Die Barbaro waren eine sehr einflußreiche Adelsfamilie, die im benachbarten Palazzo wohnte. Am ersten Mai 1494, mit achtzig Jahren, starb Giovanni Dario. Nach seinem Tod ging der Palazzo in den Besitz der Familie Barbaro über. Bis Anfang des neunzehnten Jahrhunderts verblieb der Palazzo Dario im Besitz der Familie Barbaro. Mit Darios Tod kam jedoch ein Unstern über seine Nachkommen …«

»Der Fluch!« rief Wanda.

»… Marietta hatte kein Glück mit ihrem Ehemann, der Jähzorn von Vincenzo Barbaro war legendär. Schon bald wurde er wegen Beleidigung eines Schreibers der Behörde der *Cinque alla Pase* für zehn Jahre aus dem Großen Rat der Serenissima ausgeschlossen.«

»Hat sich Marietta von ihm getrennt?« fragte Wanda.

»Nein«, sagte Morosini unangenehm berührt,

»Marietta litt unter dieser Schande. Kurz nach dem Tod ihres Vaters starb auch sie. Jung und verbittert. Kaum zwanzig Jahre alt. Noch in der Blüte ihrer Jugend! Im Schlafzimmer vom Palazzo Dario erlag sie einem Herzanfall. Und nur wenige Jahre nach Mariettas Tod wurden Darios Neffen von Straßenräubern heimtückisch gemeuchelt. Außerdem war Giovanni Dario und seiner Tochter Marietta selbst im Jenseits kein Frieden vergönnt. Die Kirche Santa Maria delle Grazie, in der beide begraben waren, flog 1849 die Luft! Seit 1810 wurde sie zur Lagerung von Schießpulver benutzt, das dann während der Belagerung durch die Österreicher explodierte.«

»Wenn das kein Fluch ist«, sagte Wanda.

Irritiert fügte Morosini hinzu: »Wir verdanken viele dieser kostbaren Auskünfte der Gelehrsamkeit von Rawdon Lubbock Brown, dem Autor der berühmten Abhandlung über das Leben von Marin Sanuto. Rawdon Brown war von 1838 bis 1842 Besitzer des Palazzo Dario, den er für 480 Pfund Sterling vom Marquis Abdoll gekauft hatte, einem armenischen Diamantenhändler, der in Venedig die Angelegenheiten Sachsens regelte, bis er überraschend bankrott ging.«

»Das war wohl abzusehen«, sagte Wanda. Aber sie hörte nicht mehr zu. Während Morosini sich in unbeirrbarer Monotonie über die späteren Besitzer des Palazzo Dario erging, versuchte sich sich das zügellose Leben des greisenhaften Dario mit seiner Geliebten vorzustellen. Was ihr einigermaßen schwerfiel. Aber worin lag der Sinn des Fluchs? Wieso wurde die junge Marietta für die Sünden ihres Vaters bestraft? Während Wanda noch über die verschiedenen Höllenvisionen nachdachte, die quer durch die Geschichte mit Frevel und Laster verbunden waren, ließ ein weiteres verheißungsvolles Detail in Morosinis Rede sie aufhorchen.

»... In den letzten Jahren des vergangenen Jahrhunderts diente der Palazzo sogar als Pension. Der Tiefpunkt in der Geschichte des Palazzo Dario. Die darauffolgende Besitzerin war die Contessa de la Baume Pluviniel. Sie pflegte Umgang mit vielen Intellektuellen, der französische Dichter Henri de Régnier war nach der Jahrhundertwende häufig Gast, an der Gartenmauer erinnert eine Inschrift an ihn.«

»Starb die Contessa eines natürlichen Todes?« fragte Wanda.

Morosini blickte sie strafend an.

»Von der Contessa dc la Baume Pluviniel sind entscheidende Restaurierungsarbeiten ausgegangen, so hat sie beispielsweise den Springbrunnen im zweiten Stock eingerichtet. Sie hatte aber auch den Hang, den Palazzo wie ein Schmuckkästchen zu überladen. Ihr sind die großen Spiegel zu verdanken, die noch heute den Palazzo schmücken, und der mit Majolikakacheln verkleidete Ofen. Wie D'Annunzio schon damals richtig sagte, war Palazzo Dario eine ›gebrechliche Kurtisane, gebeugt unter dem Prunk ihrer Geschmeide‹. Damals lebte der Dichter gegenüber in der Casetta rossa.«

Morosini nahm einen letzten Schluck Wein und klappte den Ordner wieder zu. Ende des Vortrags. Wie ein Film, der kurz vor dem mit Spannung erwarteten Höhepunkt abgebrochen wurde. Wanda guckte enttäuscht.

»Und was ist mit all den Bewohnern der letzten Jahre?« fragte sie.

»Ich sagte Ihnen doch bereits, Dottoressa. Ich bin Wissenschaftler und kann mir nicht leisten, fantastische Geschichten zu erzählen oder anrüchige Schlußfolgerungen zu ziehen.«

Er stellte den Ordner ins Regal zurück und zog sich den Mantel an. »Richten Sie Ihrem geschätzten Vater, dem Dottor Viarelli, die vorzüglichsten Grüße aus. Mein Kompliment zu seiner letzten Veröffentlichung über Veronese! Wenn Sie, hochverehrte Dottoressa, selbst noch Nachforschungen in der Biblioteca Marciana oder im Staatsarchiv über den Palazzo Dario unternehmen wollen und sich mit den bescheidenen Ratschlägen eines ambitionierten Historikers begnügen, so stehe ich Ihnen stets zur Verfügung.«

Als er im Vorbeigehen die goldgeprägte Ledermappe aus der Schreibtischschublade zog, verdüsterte sich sein Ausdruck für einen Moment, dann aber deutete er Wanda einen Handkuß an und ging.

9.

Des Dramas zweiter Teil.
Fabio delle Fenestrelle oder die schlimmen Liebschaften

Es war einer jener wunderschönen Julitage in Venedig, wie geschaffen dafür, ihn mit kleinen Bootsausflügen durch die malerische venezianische Lagunenlandschaft zu verbringen, als Fabio delle Fenestrelle die Fensterflügel des Palazzo Dario öffnete. Seine Augen waren von dem gleichen weichen Saphirblau, in dem sich der einzigartige venezianische Himmel über den unter ihm liegenden, weltberühmten Canal Grande spannte, Augen, hinter denen eine geheimnisvolle Kraft schlummerte. Sein pomadisiertes schwarzes kurzes Haar schimmerte im klaren Sommerlicht wie Ebenholz. Er trug einen prächtigen, purpurfarbenen Brokatmantel, in dessen Brusttasche ein edles Wappen eingewoben war. Er streckte seine hochgewachsene Figur und sog die venezianische Frühlingsluft mit geschlossenen Augen ein. Dann schritt er zu seinem antiken Nachttisch, auf dem eine dampfende Tasse Tee auf ihn wartete. Sein Gang war stolz wie der eines Seeadmirals der Serenissima.

»Venedig bleibt doch immer Venedig«, sagte er zu seiner treuen Haushälterin Maria, die gerade damit beschäftigt war, ihm ein frischgestärktes Hemd bereitzulegen. Er lächelte wehmütig, als er das Foto betrachtete, das in einem silbernen Rahmen seinen Nachttisch schmückte: Es zeigte ihn am Lido, dem weltberühmten venezianischen Strand. Zusammen mit seinen beiden guten Freundinnen Anna Foscari und Maria Vianello posierte er für ein Gruppenfoto vor dem vornehmen Hotel Excelsior. Die beiden Frauen trugen riesige Strohhüte und wehende Chiffonschals, und Fabio lag vor ihnen im weichen Sand. Schlank und großgewachsen, wie er war, ruhte sein Körper zu ihren Füßen wie eine marmorne Statue. Sein Blick war abwesend. Nur den wohlgeformten Kopf hatte er stolz erhoben. Er blickte jedoch nicht in die Kamera, sondern sah einen braungebrannten Jungen an, der vor ihm hockte und Gitarre spielte.

Warum war ihm dieses Foto so wichtig? Er kannte Dutzende, Hunderte von jungen Männern mit braungebrannten Körpern …

Und dennoch. Er, der in seinem Leben schon beinahe alles erlebte hatte, spürte immer wieder ein neues und tiefes Gefühl in sich aufsteigen, wenn er dieses silbergerahmte Foto in die Hand nahm, ein Gefühl, das er einfach nicht in Worte zu fassen vermochte. Sein Herz verkrampfte sich. An jenem Tag hatten Fabio und der braungebrannte Junge einen Blick des Erkennens gewechselt, einen Blick, der tief in Fabio eindrang und sich in ihm entfaltete wie das Sonnenlicht, das die Wolken über dem Markusbecken durchbricht. Fabio ermahnte sich. Er sollte sich lieber um sein Antiquitätengeschäft kümmern, als diesen Unbekannten wie einen verzauberten Prinzen anzustarren! Schnell legte er das Foto umgekehrt auf den Nachttisch.

»Ist Marcellino schon da?« fragte er seine treue Haushälterin Maria.

»Ja, Signore. Er erwartet Sie bereits im Mohamed-Salon«, antwortete sie. Ihre Stimme klang krächzend. Fabio delle Fenestrelle schaute sie vorwurfsvoll an. Wie oft hatte er sie gebeten, mit dem Rauchen aufzuhören? Schließlich war sie vergeßlich, überall ließ sie ihre brennenden Zigaretten liegen, in der Küche, der Bibliothek und im berühmten Mohamed-Salon, sie brannte Löcher in die antiken Fensterbänke und Kaminsimse, und eigentlich war es ein Wunder, daß Maria nicht längst schon den ganzen Palazzo in Brand gesteckt hatte.

Dennoch schätzte Fabio delle Fenestrelle sich glücklich, Maria von seinem Vorgänger übernommen zu haben, denn er war ein Mann von erlesenem Geschmack. Und Marias Kochkunst zu überbieten, das gelang nur großen Küchenchefs der Stadt – wenn er allein an ihr göttliches Zitronenhühnchen dachte, lief ihm das Wasser im Mund zusammen. Außerdem sprach sie nicht viel und war die Diskretion in Person. Deshalb hatte sie ihm auch nicht von dem schrecklichen Ende erzählt, das seinen Vorgänger, den Amerikaner Robert Boulder ereilt hatte. Aber was hätte er auch schon darum gegeben? Hätte er seine Kaufentscheidung rückgängig gemacht? Wohl kaum.

Fabio stammte aus einer alten piemontesischen Adelsfamilie. Schon als Knabe hatte er davon geträumt, in Venedig, der Perle der Adria, zu leben. Und seine Passion, der Handel mit wertvollen Gemälden aus der

Renaissance, dem Barock und dem Rokoko, hatte ihm die Erfüllung dieses Traumes möglich gemacht. Als Fabio anläßlich einer Versteigerung alter Meister im Palazzo Labio in der Lagunenstadt weilte, hatte er dort einen glutäugigen, geheimnisvollen Mann getroffen, der ihm Palazzo Dario zum Kauf anbot. Wie lang schon hatte er sich nach diesem Palazzo gesehnt, wie oft hatte er in dunklen Träumen der Nacht seine Zimmerfluchten bewohnt … Fabio schlug gleich in den Handel ein, und steigerte wenige Wochen später den Glanz des Piano Nobile durch zwei erlesene Tintoretto und eine einzigartige Sammlung antiker Pistolen, von der die ganze Stadt sprach.

Während Fabio noch in der Erinnerung an seine glücklichen ersten Tage im Palazzo schwelgte, überprüfte er seine Kleidung. Er war in einen blendendweißen Leinenanzug gehüllt, die Krawatte saß tadellos, und an den Füßen trug er rosa *furlane*, die samtenen Gondoliereschuhe. Lautlos glitt er über den glänzenden Terrazzoboden zum Mohamed-Salon, wo ihn ein kleiner, dickbäuchiger Mann erwartete.

»Lieber Marcellino, ich freue mich, dich zu sehen.« Fabio umarmte ihn wie eine leichte Sommerbrise. Der kleine Mann errötete leicht.

»Ich habe dir ein Geschenk mitgebracht.« Marcellino überreichte ihm lächelnd einen zierlichen antiken Vogelkäfig und sah Fabio mit unverhohlener Bewunderung an. »Aber er ist nicht annähernd so schön, wie du es bist, Fabio«, flüsterte er.

»Marcellino«, sagte Fabio freundlich. »Ich schätze dich sehr, denn ich habe nur wenige echte Freunde.

Aber ich möchte nicht, daß auf unsere Freundschaft ein Schatten fällt.«

»Willst du mir damit sagen, daß wir nur Freunde sein können?« fragte Marcellino und seine Unterlippe bebte.

Fabio bemerkte seine Pein und war bedrückt. »Freundschaft geht oft tiefer und währt länger als Liebe, Marcellino.«

Marcellinos Hoffnung sank wie eine mit Mühlsteinen auf den Grund des Canal Grande versenkte Leiche. Er schluckte hart und versuchte zu lächeln. »Du hast sicher recht.« Er machte ein paar kleine, nervöse Schritte zum Fenster hin und ließ seinen Blick über den glitzernden Canal Grande schweifen, als erwarte er einen Rat von ihm. Er schneuzte sich. Dann wandte er sich um. »Wir müssen uns beeilen, Fabio. Du weißt doch, wenn erst alle anderen Händler anschwirren und die Erben in der ganzen Welt aufgescheucht sind, fällt für uns nichts mehr ab.«

Fabio delle Fenestrelle lachte. Marcellino würde es nie schaffen, gelassen zu sein. Jedes Mal, wenn sie einen Nachlaß begutachteten, hatte er Angst, zu spät zu kommen. Eilig stiegen sie die marmornen Stufen zum Wasserportal hinunter. Am Anleger lag Fabios Riva, sein elegantes Motorboot. Beide stiegen ein. Marcellino machte es sich auf den türkisfarbenen Sitzen bequem. Fabio steuerte das elegante Riva mit stolzem Blick durch den weltbekannten Canal Grande und ließ dabei seinen Blick über die vornehmen, marmornen Paläste schweifen. Sein weißer Leinenanzug blendete in der Sonne, und der weltbekannte Canal Grande schimmerte geheimnisvoll. Fabio delle Fenestrelle lachte glücklich auf.

Er ahnte nicht, daß seine Seligkeit nicht von langer Dauer sein sollte.

»Weißt du, Fabio, daß heute der Geburtstag der Contessa Foscari ist?« fragte Marcellino. »Ich darf auf keinen Fall vergessen, ihr ein Gardenienbukett zu schicken. Sie liebt Gardenien über alles.«

»Wie viele Glasskulpturen hast du Schlitzohr ihr abgenommen? Und wie viele ihrer antiken Stiche hast du durch Kopien ersetzt? Waren es fünf oder sechs?« sagte Fabio delle Fenestrelle grinsend und lenkte das elegante Riva-Boot in einen stillen Seitenkanal. »Du bist und bleibst ein unverbesserlicher Contessentröster«, meinte er und zwinkerte Marcellino zu.

»Wer soll sie auch sonst trösten? Es sind arme Frauen, die allein in ihren Palazzi sitzen, begraben unter den Carpaccios und Canovas, vergessen von Kindern und Enkeln. Palazzi, in denen sie nichts anderes hören als die Schritte ihrer philippinischen Hausmädchen«, antwortete der kugelrunde Marcellino beleidigt.

Schließlich waren sie an dem prächtigen Marmorportal des imposanten Palazzo Loredan angekommen. Fabio vertäute das elegante Boot, und Marcellino bewunderte dabei seine geschmeidigen Bewegungen. Als Fabio dann den Innenhof des vornehmen Palazzo Loredan betrat, erstarrte er. Der Gitarrenspieler! Er war es, ganz ohne jeden Zweifel. Er trug einen Arbeitsanzug und fegte den Hof. Fabios Hände zitterten. Am liebsten wäre er zu dem jungen Mann hingelaufen, um ihn zu umarmen und ihm zu sagen, daß zwischen ihnen beiden etwas Seltenes und Wunderbares war. Kein Mann hatte ihn je so in den Bann gezogen. Es kam ihm vor, als sehe er im Traum das Bild eines Engels. Der junge Mann hatte eine breite, glatte Stirn. Über seinen verschleierten Augen wölbten sich kühn geschwungene Augenbrauen. Sein wohlgeformtes Kinn umrahmte einen weichen Mund, den er gespitzt hielt, als erwarte er einen Kuß.

Fabio warf ihm einen langen und sehnsüchtigen Blick zu, den der Gitarrenspieler mit seinen verschleierten Augen scheu erwiderte. Fabio stürzte auf ihn zu und drückte ihm seine aus edlem Bütten geschöpfte Visitenkarte in die Hand. »Bitte, rufen Sie mich an!« stieß er hervor.

Mühsam riß er sich los und stieg hinter Marcellino die kunstvoll verzierten, marmornen Treppen hoch. Es gelang ihm kaum, sich zu konzentrieren. Erst als der junge Erbe der Familie Loredan versuchte, ihm einen Empire-Nachttisch zu verkaufen, wich Fabios Benommenheit. Ein Blick genügte, und er konnte beweisen, daß der vermeintliche Empire-Nachttisch nichts anderes war als eine klägliche Kopie. »Geschätzter Conte Loredan, die Nägel, die in diesem Nachttisch stecken, sind industriell gefertigt«, sagte Fabio triumphierend, »und die gab es erst ab 1870. Bis dahin waren die Nägel handgemacht.« Der junge Loredan stand verwirrt und mit offenem Mund da. Fabio nutzte die Gelegenheit und kaufte ihm einen zierlichen, antiken toskanischen Tisch ab – für den halben Preis.

»Es ist traurig, aber die venezianischen Adeligen haben meistens keinen Schimmer von ihren eigenen Antiquitäten«, sagte Fabio beim Hinausgehen zu Marcellino, der seine Arme fest über der Brust verschränkt hielt.

»Marcellino, was trägst du denn da unter deiner Jacke? Zeig her, du Betrüger.« Fabio zog eine Pergamentrolle unter Marcellinos Jacke hervor. »Du Fuchs, ich wußte, daß du es nicht schaffst zu widerstehen«, sagte er und lachte. »Du kannst einfach nicht hinausgehen, ohne etwas mitgehen zu lassen!«

»Du hast doch selbst gesagt, daß die venezianischen Adeligen meist keinen Schimmer von ihren eigenen Antiquitäten haben«, schmollte Marcellino.

Dann fuhren sie über die engen Kanäle wieder zurück zum Palazzo Dario. Die türkisfarbenen Sitze waren von der Sonne gewärmt, und der Motor des Riva-Bootes brummte tief und gleichmäßig.

»Ach Marcellino«, sagte Fabio verträumt. »Er ist so glatt, so weich. Einfach und raffiniert zugleich. So etwas wie ihn hätte ich mir nie im Palazzo Loredan träumen lassen.«

Marcellino sah ihn verblüfft und gleichzeitig verletzt an. Wie konnte Fabio nur so unsensibel sein? Er hatte sehr wohl bemerkt, wie verliebt er den jungen Mann im Hof angestarrt hatte. Fabio war doch sonst so diskret.

»Diese Beine«, sagte Fabio schwärmerisch, »Ich habe noch nie so schöne Beine gesehen.«

Marcellino war den Tränen nahe. Warum war Fabio nur so grausam zu ihm? Was hatte er ihm angetan, daß er von ihm so schrecklich gequält wurde?

»Aber er muß von Grund auf restauriert werden«, sagte Fabio dann und zeigte auf den antiken toskanischen Tisch.

Da war Marcellino erleichtert.

Die Glocke des Campanile schlug zehn. Leise stieg Fabio aus dem Bett und zog sich an. Er schlüpfte in seine samtenen Gondoliereschuhe und ließ seinen Blick über die glatte Brust des Geliebten schweifen. Dann machte er einen Schritt zum Fenster und seufzte. Er blickte auf eine schwarze Gondel, die auf dem weltbekannten Canal Grande vorbeiglitt. »Venedig ist eine Stadt mit charakteristischen Merkmalen, die sie von jeder anderen Stadt auf der Welt unterscheiden«, dachte er glücklich. Jemand winkte ihm aus der eleganten Gondel zu. Sollte es ein letzter, verzweifelter Wink des Schicksals sein?

Der wunderschöne Gitarrenspieler wohnte bereits seit einigen Wochen bei Fabio. Der junge Mann hieß Raoul Gospic und war, wie sich schon bald herausgestellt hatte, ein arbeitsloser jugoslawischer Matrose. »Es war Liebe auf den ersten Blick«, hatte Fabio gedacht, als Raoul ihn tatsächlich angerufen hatte. Sie trafen sich noch am gleichen Tag. Fabio hatte ihn zum Essen eingeladen. Er sehnte sich nach nichts anderem, als daß der junge Mann nicht mehr von seiner Seite wich. Maria, seine treue Haushälterin, jedoch blieb mißtrauisch. Sie hatte gesehen, wie Raouls Augen geglitzert hatten, als er den prächtigen Palazzo Dario zum ersten Mal betrat. Sie hatte auch beobachtet, wie aufmerksam er die beiden Tintoretto-Gemälde betrachtet hatte. Vom ersten Augenblick hatten sie, die diskrete Seele des Hauses und der ungestüme Gitarrenspieler, sich den Kampf angesagt.

»Sie sind dem jungen Mann gegenüber sehr großzügig«, sagte sie zu Fabio flüsternd, als er in die Küche kam, um ihr Komplimente zu ihrem göttlichen Zitronenhähnchen vom Vorabend zu machen, »zu großzügig.«

»Mag sein, Maria«, hatte Fabio lachend erwidert, »aber wer nur gibt, um etwas zu bekommen, der ist verloren.«

Maria gab sich geschlagen, begleitete Fabio in sein Schlafzimmer und servierte duftenden Espresso in feinen, porzellanenen Tassen auf einem Silbertablett.

»Danke, Maria«, sagte Raoul Gospic mit seiner wohltönenden Stimme, die klang wie der zarte Gesang eines Gondoliere. Doch als sie ihm die silberne Zuckerdose reichte, starrte er ihr zugleich kalt wie ein Gletscher in die Augen, als wolle er seine Worte Lügen strafen.

»Er ist nicht Ihr Niveau«, warnte sie Fabio später, als sie mit ihm allein war.

»Was unterstehen Sie sich, Maria. Raoul mag ein einfacher Mensch sein, doch er kann ein Gemälde von Tiepolo besser beurteilen als mancher Kunsthistoriker.«

Fabio blieb von Raoul fasziniert, und er schlug alle Warnungen – auch die von Marcellino, die zahlreicher noch als Marias waren – in den Wind. Etwas an Raoul rührte ihn an der tief verborgenen Stelle in seinem Inneren, einer Stelle, die er vor langer Zeit vor der Welt verschlossen hatte. Es war eine Wärme, die sich in ihm ausbreitete, und sie ließ ihn aufleben wie die venezianische Frühlingssonne. Fabio war verrückt nach Raoul.

Müde von langen, zähen Verhandlungen um einen antiken venezianischen Lüster, den die Contessa Foscari verkaufen wollte, kehrte Fabio delle Fenestrelle eines Abends in den Palazzo Dario zurück. Maria erwartete ihn an der schweren eichenen Eingangstür.

»Marcellino erwartet Sie im Mohamed-Salon«, sagte sie zu ihm.

Fabio war verwundert. Marcellino hatte ihn schon lange nicht mehr besucht. Er war verletzt, seitdem Fabio seine Liebe zurückgewiesen hatte, und mied Palazzo Dario, seitdem Raoul Gospic dort bei ihm lebte. Schnell stieg Fabio die marmornen Stufen hoch. Der berühmte Mohamed-Salon glänzte im Schein der antiken Kronleuchter wie Gold. Niemand war zu sehen.

»Marcellino?« rief Fabio und machte ein paar Schritte durch den Korridor, dessen hohe Wände mit prachtvollem gelbem Satin bespannt waren. Er hörte keine Antwort. Eigenartig. Er ging in die Bibliothek. Von unten aus dem weltbekannten Canal Grande drang der herzzerreißende Gesang eines Gondoliere herauf. Fabio ertappte sich dabei, wie er »Funiculi-funicula« mitsang. Weder Marcellino noch Raoul waren zu sehen. Vielleicht hatte sich Maria geirrt? Fabio beschloß, sich erst mal frisch zu machen und betrat sein geliebtes Prachtbad aus dem rosafarbenen, veroneser Marmor. Da erstarrte er.

Raoul und Marcellino standen in inniger Umarmung neben den rosa Marmorsäulen. Raoul hatte die geschmeidige Haut seines Brustkorbs enthüllt, auf Marcellinos Gesicht zeichnete sich ein Blick des Entzückens ab. Hastig ließen sie voneinander ab, als sie eine donnernde Stimme hörten.

»Raoul? Marcellino? Was tut ihr hier?« Fabio faßte sich ans Herz, das plötzlich so kalt war wie die venezianische Lagune im Winter. Auf den Wimpern seiner glitzernden blauen Augen glänzten Tränen wie Eiskristalle.

»Nichts«, antworteten beide wie aus einem Munde.

»Ich wollte Marcellino nur dein Lieblingsparfüm zeigen«, sagte Raoul verlegen.

»Ja, ich konnte mich nicht mehr an die Marke erinnern«, pflichtete Marcellino ihm errötend bei.

Es war der Augenblick, in dem ihm der kalte Hauch des Fluchs entgegenschlug. Doch Fabio wußte nicht, wie er zu deuten war – noch ahnte er nicht, welch dunkles Schicksal ihn nur wenige Wochen später ereilen sollte.

Er war gegen sieben Uhr abends von einem Bootsausflug mit Freunden in der weltbekannten Lagune heimgekehrt. Das elegante Boot, der heiße Sommertag, das heitere Lachen der Freunde, nichts konnte Fabio glücklich machen, seit sein Stolz ihm geboten hatte, Raoul aus dem Palazzo zu jagen. Welch ein Verrat! Es zerriß ihm die Brust. Nie wieder sollte Raoul ihm unter die Augen treten. Dieser Entschluß war schnell gefaßt. Die Trauer aber, die Fabio dabei erfaßte, war von so unergründlicher Tiefe, daß sie ihn nie loslassen sollte.

Das ahnte Maria, als sie ihm vor der Haustür entgegentrat. Um so schwerer fiel es ihr, ihn von den Neuigkeiten in Kenntnis zu setzen. »Raoul Gospic hat den ganzen Tag versucht, Sie zu erreichen«, sagte sie.

»So, so«, sagte Fabio, und es erschien Maria, als klinge seine Stimme sonderbar zerstreut, fast wehmütig.

»Er will Sie später sehen«, sagte Maria.

»Aha«, sagte Fabio zitternd und wandte sich ab. Dann zog er sich in die Bibliothek zurück, um in den wertvollen und seltenen Manuskriptbänden zu blättern, die er dort gesammelt hatte.

Wenig später klingelte die kleine helle Türglocke. Maria eilte die marmornen Stufen herab. Als sie die massive Eichenholztüre öffnete, blickte sie in die stechenden Augen von Raoul Gospic. Raoul stürmte an ihr vorbei, ohne sie zu grüßen. Er schoß über das glänzende Parkett wie ein Blitz in Richtung Bibliothek. Laut knallend schloß er die schwere, antike Flügeltür hinter sich.

Maria lief hinterher. Als sie ihr Ohr an die Tür zur Bibliothek legte, klopfte ihr Herz wie wild. Zunächst hörte sie nur Stille. Dann nahm sie Fabios Stimme wahr, leise und schneidend wie nie zuvor: »Du bildest dir wohl viel auf deine Wirkung ein, Raoul. Wie bist du nur auf die Idee gekommen, daß du für mich mehr als ein amüsanter Zeitvertreib gewesen sein könntest?« Es folgte ein Murmeln, Wortfetzen, herausgeschleudert im Ton der Verzweiflung, wieder Stille – und die Tür flog auf. Raoul, der Gitarrenspieler, jagte mit grimmigem Blick und entschlossener Miene an ihr vorbei. Maria rannte ihm noch nach, doch als sie ihn am Campo Barbaro verlor, verlangsamte sie ihren Schritt und ging nach Hause. Jetzt noch den Anblick des wütenden Fabio delle Fenestrelle zu ertragen, ließ ihr Gemütszustand nicht mehr zu.

Als sie am nächsten Morgen in den Palazzo kam, war es so still, daß es sie schauderte. Sie band sich ihre Schürze um, ging durch die Bibliothek und betrat das Schlafzimmer. Dort fand sie Fabio. Sein prachtvolles, breites Bett war unberührt, nur an einer Ecke war die kostbare Brokatdecke blutgetränkt.

Der schöne Fabio, grausam hatte er seine leichtfertige Liebe zu einem Gitarrenspieler gebüßt. Da lag er nun, hingestreckt in einer riesigen Lache getrockeneten Blutes, die elegante weiße Hose mit Blut verschmiert, die Krawatte gelockert, das frischgestärkte Hemd aus der Hose gerutscht. Er, dem seine korrekte Erscheinung so wichtig gewesen war, hatte nicht nur sein Leben, sondern mit ihm auch seine Würde verloren.

»Raoul Gospic, dieses elende Natterngezücht!« rief Maria. Von Gram und Kummer geschüttelt und ohnmächtig vor Wut, weinte sie lautlos in sich hinein.

Als die Polizei kam, stellte sie fest, daß der Mörder nichts gestohlen hatte. Nichts fehlte, keines der wertvollen Gemälde, keine der kostbaren Statuen, nichts.

Raoul Gospic tauchte nie wieder in der Lagunenstadt auf.

Marcellino trauerte lange um den von ihm verehrten Fabio. Sogar als Fabios Erbe, sein eleganter Cousin mit dem Namen Mariuccio Deligne, ihm Fabios Tintoretto anbot, lehnte er ab.

»Nein, Mariuccio. Das bringe ich nicht übers Herz«, sagte er traurig und rieb sich die Augen. »Das käme mir vor wie Leichenfledderei.«

Mariuccio Deligne verbrachte nur wenige glückliche Nächte im Palazzo Dario. Dann starb auch er. Er ertrank in einer Pfütze. Auf der rasenden Fahrt durch den Nebel zwischen Turin und der Lagunenstadt überschlug sich sein schnelles Auto, und Mariucci fiel heraus. Er war nur leicht verletzt, aber so unglücklich mit dem Gesicht in eine Pfütze gefallen, daß er ertrank.

Und so hatte der erbarmungslose Fluch des Palazzo Dario gleich zwei außergewöhnliche Menschen von erlesener Herkunft hinweggerafft.

10.

Von Wandas Museumsarbeit, Tauben, die nicht mal zum pigeon pie *taugen, und woran man einen Touristen erkennt*

Morosini schrieb mit dem Eifer eines Klassenbesten, der als erster seinen Aufsatz abgeben will, als Wanda sein Büro betrat. Als er sie sah, schreckte er auf und wurde rot. Wieder diese goldgeprägte Ledermappe auf seinem Schreibtisch. Er klappte sie ungeschickt zu und sprang auf.

»Nein, nein, nein«, sagte Wanda. »Ich wollte Sie nicht stören. Mir fehlt nur der nächste Band der Reisetagebücher des Conte Bardi.« Sie nahm das gesuchte Buch aus dem Regal. »Übrigens eine sehr schöne Mappe, die Sie da haben.« Wanda schmeichelte ihm, um ihn von der Tatsache abzulenken, daß sie doch wieder ein neues Ausstellungsprojekt in Angriff genommen hatte. Es klappte.

»Oh, ja, es handelt sich um ein Erbstück!« sagte Morosini stolz.

»Was Sie nicht sagen!« sagte Wanda und schauderte bei dem Gedanken an den Geschmack seiner Ahnen. Bevor er wieder zu einem neuen Monolog, vielleicht über venezianisches Erbrecht, ansetzen konnte, verließ sie schnell sein Büro.

Im Museo Orientale gab es keine Computer, keine Fotokopierer, nur eine alte Schreibmaschine. Die Sekretärin war eine alte Rotbrigadistin, die bereit war, für ihren pünktlichen Feierabend einen Mord zu begehen. Und wenn Direktor Morosini da war, kritzelte er, wie gerade eben, seine Papierstapel voll oder vertrieb telefonisch seinen Merlot Sossò. Wanda hatte im Museo Orientale noch nie einen Besucher gesehen, aber außer ihr schien das niemanden zu bekümmern. Sie versuchte täglich von neuem, sich nützlich zu machen. Sie dachte darüber nach, wie es möglich sei, Besucher anzulocken. Schließlich wollte sie sich ihrer Stellung als würdig erweisen. Jedenfalls in den ersten Wochen. Sie schlug Morosini vor, eine neue Inventarliste zu erstellen, den Katalog neu zu ordnen, einen Förderverein zu gründen – jeden Morgen kam sie mit einer neuen Idee. Und jeden Morgen reagierten Direktor Morosini und die Sekretärin mit verschreckten Blicken.

Sie quälte sich durch hundert engbeschriebene Reisetagebücher des Museumsgründers Conte Bardi, der unerbittlich jedes Detail seiner Asienreise beschrieb, die er um die Jahrhundertwende mit seiner Frau, der Prinzessin Adelgonda di Braganza, gemacht hatte: »Adelgonda hat sich soeben von einem Gelenkrheumatismus erholt. Unsere geschätzte Reisebegleiterin, die Baronin von Hertling, freut sich darauf, daß sie auf Java ihren Bruder treffen wird, wo er als Forstinspektor arbeitet. Conte Henri Lucchesi wird in Hongkong zu uns stoßen, genau wie Conte Alessandro Zileri, ein so tüchtiger Junge, eine wahre Perle, und der Baron von Heydebrand, wirklich der lustigste, gütigste und pfiffigste Reisegefährte, den man sich denken kann …«

Nach dieser Lektüre machte sie Direktor Morosini einen weiteren Vorschlag: Man könne eine Ausstellung unter dem Titel »Venezianische Japonismen« machen. Sie würde die Unmengen von Fotografien von Conte Bardis Reise katalogisieren und dazu einen Begleittext schreiben. So eine Ausstellung würde sicher auch viele japanische Touristen interessieren! Direktor Morosini lehnte schockiert ab.

Also las Wanda weiter. Sie las alles, was sie finden konnte: *Venedig und die Verteidigung der Levante*, *Die Orientalisten britischer Schule*, *Die Reisen des Marco Polo*, *Die Geschichte des Porzellans*, *Geschichte der Revolution und der Verteidigung Venedigs in den Jahren 1848–49, basierend auf italienischen und österreichischen Quellen*. Sie blätterte in *Shunga – Erotische Drucke aus Japan* und vertiefte sich in die Sonette des göttlichen Aretino *I modi*, *Die Stellungen* »Du bist ein Tier und ich ein Rührmichnichtan/ Wenn du glaubst, wir könnten uns so vereinen/ Liegt deine Brust an der meinen/ Spüre ich mehr. Wie gut ich dann vögeln kann.« Erotische Literatur war schon immer Wandas Lieblingslektüre gewesen. Sie las die Sonette Giuseppe Gioachino Bellis, sie las venezianische Meister, die Verse der Kurtisane Veronica Franco und Giorgio Baffos erotische Gedichte. Besonders beeindruckte sie seine *Lobrede auf die Möse*, und das, obwohl sie sich mit dem venezianischen Dialekt durchaus schwertat.

Dann machte sie wieder Vorschläge. Eine Ausstellung

unter dem Motto »Marco Polos Reisen«, ein Event zum »Schwert des Samurai«. Je mehr Vorschläge sie machte, desto distanzierter behandelte Morosini sie. Nach Wandas achtem Vorschlag grüßte die Rotbrigadistin sie nicht mehr. Morosini fragte Wanda nicht mehr nach Palazzo Dario, das Interesse an ihr fiel von ihm ab wie der Verputz von einem venezianischen Palast. Er ging ihr aus dem Weg. Als Wanda eines Morgens dennoch vorschlug, die Lackarbeiten neu zu systematisieren, herrschte er sie an. »Signorina Dottoressa, ich halte Ihnen zugute, daß Sie noch keine richtige Berufserfahrung haben. Aber wenn Sie wirklich Wert auf Ihre Arbeit im Museo Orientale legen, dann passen Sie sich bitte den Gegebenheiten an. Die letzte Ausstellung, die hier in diesem Museum stattfand, liegt zehn Jahre zurück. Und solange ich Direktor bin, wird es auch dabei bleiben.«

Als Wanda endlich begriffen hatte, daß ihre Arbeit im Museo Orientale vor allem darin bestand, nichts zu tun, entspannte sich das Verhältnis zu Direktor Morosini. Er entwickelte sogar eine gewisse Wärme im Umgang und redete wieder mit ihr.

Zum Beispiel über die Taubenplage. »Die Tauben gehören seit Jahrhunderten zur Stadt. Und zwar Brieftauben – wie es sich für eine Hafenstadt gehört. Brieftauben und nicht diese degenerierten Verwandten, die nicht mal zum *pigeon pie* taugen! Zwanzig dreißig Paare. Aber nicht hundertfünfzigtausend!«

Venedig war sein Lebensinhalt. Und zwar durchaus nicht nur im kunsthistorischen Sinne, der – das hatte Wanda schon während seines verstaubten Vortrags über den Palazzo Dario festgestellt – eigentlich gar nicht zu ihm paßte. Im Gegenteil. Er lästerte über Venedig, er beklagte Venedig, er verfluchte Venedig. Er versuchte die Stadt zu enträtseln, er erklärte sie für tot, er machte ihr Liebeserklärungen. Er ging mit Venedig ins Bett und wachte mit Venedig auf. Er liebte es, von Venedigs Kaprizen zu erzählen, wie die Stadt ihn an der Nase herumgeführt und ihn fast hereingelegt hatte. Er erklärte, wie man sich ihr nähern mußte, um sie besser zu verstehen, und wann man Nachsicht mit ihr haben mußte.

Nachdem Morosini bemerkt hatte, daß Wanda nie seinen Redefluß unterbrach, redete er mit Vorliebe nur noch mit ihr. Die beiden anderen Angestellten, das Mützenmännchen und die Rotbrigadistin, kannten bereits jede Pointe seiner Venediggeschichten auswendig und verdrehten die Augen, sobald er zu einer ansetzte.

»Die Tauben lassen sich nicht ausrotten«, sagte Morosini. »Bisher ist jede Taubenfangaktion daran gescheitert, daß sich ein paar alte Damen in das Netz der Taubenfänger warfen. Es gibt keine Hoffnung. Und jetzt haben die *Animalisti*, diese wahnsinnigen Tierschützer, dafür gesorgt, daß die Tauben nicht mehr eingefangen, sondern allerhöchstens mit der Antibabypille gefüttert werden dürfen. Antibabypille! Das muß man sich auf der Zunge zergehen lassen: Die Stadtverwaltung verkauft den Taubenfutterverkäufern empfängnisverhütendenden Mais! Aber niemand weiß, ob der Mais auch wirklich verfüttert wird! Ich jedenfalls habe noch keinen Beamten vom Ordnungsamt auf dem Markusplatz gesehen, der ein Maiskorn probiert hätte, um festzustellen, ob es empfängnisverhütend wirkt oder nicht. Antibabypille! Daß ich nicht lache! Als ob einer von den

Taubenfutterverkäufern Geld dafür ausgeben würde, daß der Ast, auf dem er sitzt, abstirbt! Auch wenn es viel weniger kosten würde, die Taubenverkäufer bis zu ihrem Lebensende durchzufüttern, als Jahr für Jahr den Taubendreck zu entfernen!«

Fast jeden Tag kam er in Wandas Büro, um ihr von einer neuen Idee zu berichten, wie der Tourismus in Venedig besser zu bewältigen sei. »Rucksäcke gehören in Venedig verboten! *Una peste!*« rief er eines Tages, als er ihr Büro betrat. »Ich habe gerade im Vaporetto gesehen, wie ein Tourist mit einem Ungeheuer auf dem Rücken eine alte venezianische Dame zu Fall brachte. Ein Rucksack, groß wie eine Tiefkühltruhe. Er dreht sich damit um – und krach, liegt die Frau am Boden. Er sieht sie liegen und erschrickt, weshalb er sich schnell wieder umdreht und dabei einen kleinen, wenngleich relativ kräftig aussehenden Herrn umwirft. Und wenn er nicht endlich an der Rialtobrücke ausgestiegen wäre, dann hätte er das ganze Vaporetto zur Strecke gebracht! Warum bedenkt denn keiner, daß in Venedig der Raum begrenzt ist? Die Rucksäcke müssen im Vaporetto den vollen Preis bezahlen! Das ist das Mindeste, was man erwarten kann. Wenn so einer eine Gasse entlangläuft, ist sie völlig verstopft.«

Morosini arbeitete daran, einen Dekalog für Touristen zu entwickeln. Gebot Nummer eins: Pinkle nicht in die Ecken.

»Sicher, auch ein Venezianer pinkelt im Freien. Aber ein wahrer Venezianer wartet, bis es dunkel ist, und pinkelt dann in den Kanal. Einen Touristen erkennt man an den bespritzten Schuhspitzen.«

Nach einiger Zeit hatte sich die Zusammenarbeit mit Morosini bestens entwickelt. Abgesehen von der Schmach, daß Morosini immer noch nicht in den Palazzo Dario eingeladen worden war, was ihn mit einiger Bitternis erfüllte, war ihr Verhältnis sehr harmonisch. Einmal – Morosini hatte gerade wenig überzeugend gegen die Hunde in Venedig polemisiert, und das Gespräch drohte zu versickern – fragte ihn Wanda, ob er sich ein Leben jenseits von Venedig vorstellen könnte. Er blickte sie an, als hätte sie ihm vorgeschlagen, einen Elefanten zu kaufen.

»*Per l'amor di Dio*, nein! Ich muß Wasser um mich haben«, sagte er. »Also mindestens einen See. Aber Wasser ist nicht Wasser. Schon ein Fluß stört mich. Er fließt blödsinnig immerzu in die gleiche Richtung. In Venedig aber fließt das Wasser mit Ebbe und Flut zwei Mal am Tag in zwei verschiedene Richtungen. Immer schwimmt ein Stückchen Papier oder sonstwas im Kanal, an dem ich sehen kann, ob das Wasser steigt oder sinkt. Ich brauche diesen Rhythmus.«

So vergingen die Tage. Jeden Tag lauschte Wanda Morosinis venezianischen Ausführungen. Sie las keine kunsthistorischen Werke mehr, sondern Casanovas Memoiren. Sie verließ das Museum jeden Tag um vier Uhr nachmittags, manchmal schaute sie noch in die kleine Bar bei San Stae rein, bevor sie das Vaporetto nahm. Bei schönem Wetter ging sie zu Fuß und setzte sich in das Caffè auf dem Campo Santa Margherita. Und manchmal hätte sie Neapel fast vergessen. Wenn der Fluch nicht gewesen wäre.

11.

Wie sich das Recht auf Informationsfreiheit im Palazzo Dario auswirkt, Palmen um ihr Leben kämpfen und Möpse ersticken

Nach einem weiteren Tag Lektüre fuhr Wanda über den Canal Grande in Richtung Accademia. Schon vom Vaporetto aus sah sie, daß vor dem Anleger des Palazzo Dario ein Boot lag. Sie kniff die Augen zusammen und erkannte ein Boot des Roten Kreuzes.

Eilig lief sie nach Hause, doch wie üblich verstopften Touristen die Gassen in San Vio. Vor Wanda lief ein Pärchen. Die beiden hatten sich untergehakt, wohl um sich nicht zu verlieren, und bewegten sich durch Venedig wie eine Stellwand. »*Permesso-mi-scusi-pardon-excuse-me*«, bellte sie dem Paar in den Nacken, bevor sie sich an ihm vorbeizwängte. Obwohl Wanda erst seit zwei Monaten in der Stadt wohnte, schlängelte sie sich bereits wie eine Venezianerin durch. Sie hatte gelernt, die Bewegungen eines Touristen zu berechnen, als handele es sich um eine Billardkugel: Gleich wird er gegen die kleine Japanerfamilie rollen, der die Regenschirme die Sicht versperren, er wird von ihnen abprallen, nach links bis kurz vor den Gemüsekarren trudeln, nach rechts zurückschrecken, weil der Gemüsekarrenschieber »*Attenzione*, paßt auf euer Leben auf!« brüllt, um daraufhin vor das Maskengeschäft zu kollern, das ihn schließlich verschluckt. War die Gasse noch so breit, die Erfahrung und die Ausführungen von Direktor Morosini hatten sie gelehrt, daß bereits ein normalgewichtiger Tourist durchaus in der Lage war, sie zu verstopfen, indem er an der schmalsten Stelle der Gasse so überraschend stehenblieb, daß die nachfolgenden Passanten auf ihn draufprallen mußten. Wanda machte um die Eingänge von Geschäften einen kleinen Bogen, weil da immer ein Tourist zu befürchten war, der wie ein Sack aus einem Geschäft in die Gasse fiel.

Als sie endlich das Eingangstor zum Palazzo Dario erreichte, standen dort zwei neugierige Venezianerinnen mit ihren Einkaufstaschen. Auch sie hatten das Krankenboot gesehen und warteten vor dem Tor auf Erklärungen. Erwartungsvoll blickten sie Wanda an, die sich an ihnen vorbeidrängelte.

Wanda lief vor zum Wasserportal. Radomir, Maria und Michel standen um einen am Boden liegenden Mann herum. Radomir war unter seinem Rouge erbleicht, Michel guckte grünlich, Maria rauchte. Der Mann lag in einer Pfütze und sah aus wie eine aus dem Wasser gezogene Mülltüte. Aus seinem schwarzen Overall lief das Wasser in kleinen Rinnsalen. Sein Ziegenbart klebte am Kinn wie ein nasser Rasierpinsel. Das Gesicht hatte die gleiche Farbe wie der Marmorboden, auf dem er lag.

»Was ist mit ihm passiert?« fragte Wanda.

»Vom Dach gefallen«, murmelte Radomir.

»Was hatte er da zu suchen?« fragte Wanda. Radomir machte mit der Hand eine Bewegung, als wollte er Fliegen verscheuchen. Dann trat er zurück, um die Sanitäter vorbeizulassen, die eine Trage aus dem Boot geholt hatten. Vorsichtig legten sie den nassen Mann darauf, der dabei kleine, schmatzende Geräusche machte, was darauf schließen ließ, daß er noch lebte. Unter Blaulicht und einer Bugwelle, die eine vorbeifahrende Gondelserenadenpartie aus dem Gleichgewicht brachte, fuhr das Krankenboot in Richtung Ospedale Civile.

»Der war voll wie eine Strandhaubitze. Das ist meine Meinung«, raunte Maria und stieß durch die Nase Rauch aus.

»Das glaube ich nicht. Ich fand ihn ganz normal«, flüsterte Michel, der immer noch ganz grün war.

»So normal nicht. Er hatte eine Taschenbuchausgabe von Dostojewskis *Idiot* in seinem Overall«, bemerkte Radomir.

»Ziemlich ungewöhnlich für einen Fernsehtechniker«, sagte Michel.

»Ich hätte bei diesem Bart eher auf Castaneda getippt«, sagte Radomir.

»Woher kennst du Castaneda?« fragte Wanda.

Schließlich erfuhr Wanda, daß Radomir eine Parabolantenne gekauft hatte, die er auf dem Dach des Palazzo installieren lassen wollte.

»Ich bin es leid, ständig von italienischen Moderatorinnen belästigt zu werden, die aussehen wie aufgeregte Entenweibchen. Also habe ich in einem Elektronik-Geschäft an der Rialtobrücke eine Parabolantenne gekauft. Die beste, die auf Lager war, einhundertzweiundsiebzig Programme, von *CNN* bis zu *Discovery-Channel*. Der Verkäufer hat mich darauf aufmerksam gemacht, daß es in Venedig aus Denkmalschutzgründen verboten ist, Antennenschüsseln auf dem Dach zu installieren. Wenn aber die Antenne vom Techniker seines Vertrauens angebracht werde, sei sie praktisch unsichtbar. Außerdem hat er mir einen besonders günstigen Preis in Aussicht gestellt. Und nur weil der Techniker im Preis inbegriffen war, habe ich das Angebot überhaupt angenommen«, sagte Radomir. »Nötig war es nicht. Schließlich hat Michel schon so geschickt die Badezimmerleuchte repariert, daß er die Angelegenheit mit der Antenne sicher auch mit Bravour erledigt hätte.«

Michel nickte geschmeichelt.

»Michel hat den Techniker bis zu der Stelle auf dem Dachboden gebracht, wo die ausziehbare Leiter aufs Dach führt. Maria hat den Mann gar nicht gesehen.«

»Ich mußte ihn gar nicht sehen, ich habe seine Fahne bis in die Küche gerochen«, sagte Maria trotzig zu Radomir. »Ich war in der Küche und habe einen Risotto vorbereitet.«

»Ich habe zunächst wie gewöhnlich im Salon des zweiten Stocks an einem Pastiche des Rhinozeros von Pietro Longhi gearbeitet, dann habe ich mich der Feinabstimmung der Programme gewidmet, indem ich dem Techniker auf dem Dach über sein *telefonino* Kommandos durchgab. Ich habe ihm zu verstehen gegeben, daß Sender wie ›Eurosport‹ entbehrlich sind, und daß er die Schüssel weiterdrehen sollte. Alles, nur keinen Sportkanal! Ich sagte: ›Weiter!‹, und dann war da der Schrei.

Er hörte sich an wie der eines Mannes, der dem Tod ins Weiße des Auges blickt.«

»Wie eine Lachmöwe, der man den Hals umdreht«, sagte Maria.

»Er ist auf den Dachpfannen ausgerutscht und vorbei an mir in die Tiefe in den Kanal gestürzt. Ich hatte das Fenster geöffnet, um den Salon vom Terpentingeruch zu befreien. Es grenzt an ein Wunder, daß er nicht auf einen der Bootsanlegepfosten gefallen ist«, sagte Radomir.

»Der hätte ihn aufgespießt wie einen Lammbraten«, sagte Maria.

Statt dessen hatte sich der Mann bei seinem Sturz in den Kanal – er war knapp neben den Fundamenten aufgeprallt, wo das Wasser seicht war – nur eine Gehirnerschütterung und ein gebrochenes Bein zugezogen. So lautete das Ergebnis der ersten Untersuchung des Sanitätsarztes.

»Auf jeden Fall ist die Antenne installiert und der Empfang exzellent«, sagte Radomir befriedigt.

Zwei Tage später bekam Radomir zwei Einschreiben. Das eine informierte ihn darüber, daß ihn die venezianische Oberintendanz für Altertumswesen und Kunst angezeigt hatte – wegen »Verletzung des Gesetzes 1089 (Verbot eines jeden unerlaubten Eingriffs an Gebäuden, die unter Denkmalschutz stehen) und Artikel 733 (Schädigung archäologischen Gutes)«.

Radomir war empört. Da hatte er Mittagessen um Mittagessen mit dem alten Oberintendanten für Kunst und Altertumswesen abgesessen, und kaum kam ein neuer, hatte er schon eine Anzeige am Hals.

»Was heißt denn hier archäologisches Gut«, tobte er

»Palazzo Dario ist keine etruskische Vase! Ich bestehe auf meinem Recht auf Informationsfreiheit. Oder soll ich mich weiter vom italienischen Fernsehen verdummen lassen?«

Er beauftragte seinen Rechtsanwalt, die Angelegenheit für ihn zu klären. Außerdem sollte Wanda mit dem neuen Oberintendanten im Hotel Monaco essen gehen.

Das andere Einschreiben war von dem Anwalt des Antennentechnikers. Er zeigte Radomir wegen fahrlässiger Körperverletzung an.

»Der Gipfel!« schäumte Radomir. »Schließlich ist es nicht meine Schuld, wenn ein Fernsehtechniker schon am Vormittag betrunken ist!«

Wanda hätte den Fernsehtechniker schon bald vergessen, wenn Michel sie nicht eines Nachmittags daran erinnert hätte. Schüchtern stand er in ihrem Zimmer, das er bislang noch nicht betreten hatte, und drehte an den Knöpfen seiner Operetten-Livree.

»Es muß endlich etwas unternommen werden.«

»Unternommen?« fragte Wanda. »Wogegen?«

»Gegen den Fluch. Ich ertrage das Gerede nicht mehr. Ganz San Vio hat mich nach der Episode mit dem Fernsehtechniker gefragt. Kein venezianischer Handwerker wird Palazzo Dario mehr betreten. Erst der Schreiner, dann der Stukkateur. Jetzt der Fernsehtechniker.«

»Was war mit den anderen?«

»Der Schreiner hat sich, als er für Signor Radomir den begehbaren Kleiderschrank eingebaut hat, den Daumen abgesägt. Man hat im Ospedale Civile noch versucht ihn ihm wieder anzunähen, aber da war es schon zu spät.«

»Vielleicht war er nicht sehr geschickt.«

»Signorina Wanda«, sagte Michel ernst, »wenn ich beim Fleischer am Campiello Barbaro einkaufe, spreizt er hinter meinem Rücken den Zeigefinger und den kleinen Finger. Gehe ich zum Zeitungskiosk an der Accademia, um für Signor Radomir den *Gazzettino* und die *International Herald Tribune* zu kaufen, faßt der Verkäufer immer kurz an Metall, bevor er mir die Zeitung reicht. Sie wissen, wovon ich rede, Signorina Wanda, das sehe ich. In meiner Familie würde in so einem Fall ein Marabut gerufen. Wissen Sie, Signorina Wanda, ich hätte da auch Kontakte. Ich habe einen Cousin in Padua. Er handelt im Moment mit Feuerzeugen.«

»Aber bislang ist doch nichts Ungewöhnliches passiert.«

»Und was ist mit dem Stukkateur?«

»Was?«

»Signor Radomir hatte ihn kommen lassen, weil er im Salon und im Trepppenhaus den Stuck restaurieren lassen wollte.«

»Und dann ist er von der Leiter gefallen«, sagte Wanda, um Michels Erzählung zu beschleunigen.

»Nein«, antwortete Michel, »er hat einen Herzinfarkt gekriegt.«

»Herzinfarkt ist eine Volkskrankheit«, sagte Wanda.

»Aber nicht bei einem, der erst achtundzwanzig Jahre alt ist.«

»Handwerker sind dafür bekannt, daß sie viel Wein trinken. Vielleicht hat er auch geraucht.«

»Ja. Vielleicht. Aber dann ist da noch die Sache mit der Erde.«

»Mit der Erde? Mit der Erde, auf der wir leben?«

»Die Erde im Garten«, antwortete Michel. »Erst die Glyzinien. Sie wurden immer blasser und haben die Nahrung verweigert, bis die Blätter abgefallen sind. Mitten im Sommer! Dann sind die Hortensien eingegangen, die daneben standen. Wie aus Solidarität. Dann der Todeskampf der Palme. Sie wurde erst gelb, dann trocknete sie von innen aus, bis sie eines Tages umknickte und zerbröselte. Und bei dem Oleander ging es so schnell, daß man fast den Eindruck hatte, es hätte sich um Selbstmord gehandelt. Der Hibiskus saß voller Läuse. Schließlich gingen auch noch die Geranien auf der Terrasse ein. Ich habe sie selbst eingepflanzt. Mit Erde aus dem Garten, und als sie eingingen, habe ich genau nachgeschaut. Die Wurzeln der Geranien waren verkocht.«

»Verkocht?«

»Ja, verkocht. So als hätte die Erde gekocht.«

Michels Stimme zitterte. Mühsam versuchte er, weiterzureden.

»Als ich Signor Radomir davon erzählte, hat er gleich den Gärtner gerufen und sich beraten lassen. Der meinte, daß es am Dünger liegen könnte, vielleicht sei der Garten überdüngt. Also wurde nicht mehr gedüngt. Da ist der ganze Garten weggesiecht. Mitten im Juni, wo normalerweise alles blüht. Kein Blatt hat sich mehr gehalten, nur ein paar verdorrte Zweige haben sich einem entgegengereckt, innerhalb einer Woche war alles tot.«

»Und was wurde dann unternommen?«

Michel drehte immer schneller an den Knöpfen seiner Livree. »Nachdem kein Parasit und keine Überdüngung festgestellt werden konnte, hat man Signor Radomir geraten, die Erde abtragen zu lassen. Im ganzen Garten wurde die Erde ausgetauscht.«

»Aber jetzt sieht der Garten doch sehr schön aus«, sagte Wanda. »Offensichtlich war das die richtige Entscheidung.«

»Die Erde wurde erst vor vier Monaten ausgetauscht. Sie muß jedes Jahr ausgetauscht werden.« Jetzt war der Knopf ab.

Michel sah so unglücklich aus, daß Wanda sich gedrängt fühlte, ihn zu beschwichtigen. »Ich weiß nicht, Michel. Das sind doch alles normale Dinge, ein paar ungeschickte Handwerker, ein ungesund lebender Stukkateur, schlechte Gartenerde – *e allora*?«

»Ja«, sagte Michel. Er guckte bekümmert auf den Knopf, den er abgedreht hatte. »Und was ist mit den Kanarienvögeln, dem Hochwasser und Cagliostro?«

Wanda erinnerte sich noch an Cagliostro, Radomirs Mops. Bei ihrem letzten Besuch in Venedig war sie mit Radomir und Cagliostro am Zattere-Ufer spazierengegangen, und die Venezianer konnten sich gar nicht satt sehen an Radomir, der den Mops wie eine Porzellanfigur hinter sich her zog. Wanda hatte gefunden, daß Cagliostro aussah wie eine Fleischrolle. Sein Fehlen war ihr gar nicht aufgefallen.

»Cagliostro?«

»Er ist erstickt. Ich habe ihn selbst gefunden. Er lag ganz steif in seinem Körbchen.«

»Asthma!« rief Wanda aus. »Sicher hatte er Asthma! Möpse sind völlig überzüchtet, das ist bekannt. Hunde aus dem Treibhaus. Alle sind kurzatmig.«

»Signor Radomir hat das sehr mitgenommen. Er wollte sich nichts anmerken lassen. Aber er hat Cagliostro im Tiermedizinischen Institut in Mailand obduzieren lassen. Ergebnis war, daß Cagliostro an einem Hühnerknochen erstickt ist, den ihm Maria verbotenerweise gegeben hat. Radomir hat Cagliostros Asche persönlich vom Tiermedizinischen Institut abgeholt. Die Urne von Cagliostro steht im rosa Salon. Eine schöne chinesische Vase. ›Sie muß da stehen, wo ich sie immer sehen kann‹, hat Signor Radomir gesagt. Er hat achthunderttausend Lire für die Einäscherung bezahlt. Obwohl ich der Meinung bin, daß das überteuert ist. Schließlich kann man sich nicht sicher sein, ob da nicht auch Hamsterasche, Wellensittichasche oder Dackelasche drin ist.

Und dann war da noch die Geschichte mit den Kanarienvögeln, die ich mir gekauft habe, um in meinem Zimmer etwas Unterhaltung zu haben. Im Laden, Signorina Wanda, Sie kennen doch sicher die Tierhandlung in der Calle della Mandorla. Dort hat jeder dieser Kanarienvögel noch ganz wundervoll gesungen. Aber kaum habe ich mit ihnen die Schwelle des Palazzo Dario übertreten, sind sie verstummt. Einfach keinen Pieps mehr gemacht. Und eines Morgens lagen sie auf dem Käfigboden. Keiner meiner Kanarienvögel wurde älter als vier Wochen!«

»Zugluft«, sagte Wanda, »Kanarienvögel sind bei Zugluft ganz empfindlich.«

»Und das Hochwasser?« rief Michel, dessen Stimme vor Ungeduld zu beben begann. »Was ist mit dem Hochwasser?«

»Was hat der Fluch vom Palazzo Dario mit dem Hochwasser zu tun?« fragte Wanda. »Ganz Venedig leidet darunter.«

»Aber nicht Hochwasser bei Niedrigwasser. Palazzo Dario ist der einzige Palazzo, in dem das Wasser steht, während im Canal Grande Niedrigwasser herrscht. Es geschah, kurz nachdem wir eingezogen sind: Das Wasser drückte sich plötzlich über Nacht durch die Abflußdeckel hoch, schwarz, stinkend, knöchelhoch im ganzen Erdgeschoß. Wir dachten, es sei Hochwasser und wunderten uns, daß die Sirene nicht heulte. Aber als wir aus dem Fenster guckten, sahen wir, daß das Wasser im Canal Grande völlig niedrig stand. So niedrig, daß ein Boot am Steg kaum anlegen konnte.«

»Vielleicht gibt es ein Problem mit der Sickergrube. Das passiert doch häufig«, sagte Wanda.

Michel wurde lauter. »Sogar der Direktor des venezianischen Hochwasseramts ist dagewesen, der *magistrato delle acque*. Und selbst er war völlig ratlos!« schrie er. »Und wenn ich an die Sache mit dem Blutfleck denke, dann werde ich verrückt!«

»Der Blutfleck?« fragte Wanda.

»Eines Tages tauchte ein roter Fleck auf der Marmortreppe auf. Spätestens seit dem Moment wurde auch Signor Radomir ängstlich. Das gibt er zwar nicht zu, aber ich weiß es.«

»Woher wißt ihr, daß es ein Blutfleck ist?« fragte Wanda.

»Weil er nicht weggeht. Maria hat alles probiert, Lysoformio, Candeggina, Anti-Kalk und sogar reinen Alkohol. Aber der verdammte Fleck ist und ist nicht wegzukriegen!«

»Es war vielleicht keine gute Idee, Marmor mit Anti-Kalk zu bearbeiten. Kein Wunder, daß der Fleck nicht weggeht«, sagte Wanda.

»Signorina Wanda«, sagte Michel feierlich, »ich habe mich Signor Radomir gegenüber immer loyal verhalten, ich mag ihn sehr, aber jetzt – ich bin zu dem Schluß gekommen, daß ich nicht länger hierbleiben kann, wenn nichts unternommen wird. Ich habe Angebote von anderen Häusern, die Contessa Maria Pia Ferri sucht einen Hausboy, die Familie Curtis vom Palazzo Barbaro auch. Ich weiß, daß jemand mit meiner Qualifikation in Venedig immer gesucht wird. Ich würde Signor Radomir ungern allein lassen, aber Sie müssen mich verstehen.«

Wanda dachte an die Mahnungen ihres abergläubischen Vaters. Ihr Vater würde *Ci vuole una vergine!* rufen, eine Jungfrau muß her, wie damals, als ihre Mutter eine Flasche Olivenöl fallen gelassen hatte. Jungfrauen, die in Ölpfützen pinkeln. Warum also nicht.

»Ich werde mit Radomir reden.«

Zwei Tage später machte Wanda mit Radomir einen Spaziergang entlang des Zattere-Ufers. Sie wollte versuchen, das Gespräch auf den Fluch vom Palazzo Dario zu bringen. Die Frühlingssonne stimmte ihn heiter. Überraschenderweise regte er sogar an, ein Eis auf der Terrasse der Gelateria ›Da Nico‹ zu essen, was er ansonsten vermied, weil er es haßte, sich unter venezianische Familien zu mischen.

Seine rechte Hand ruhte auf dem silbernen Knauf seines Spazierstocks. Er blickte mit Wohlgefallen darauf.

»So können sich nur Hände halten, die nie gearbeitet haben«, sagte er zufrieden. Er atmete tief durch und lächelte den Kellner an.

Der Kellner hatte ein schmales Gesicht mit Kälberaugen, wie Wanda fand. Radomir war hingerissen.

»Er sieht aus wie ein Giorgione«, sagte Radomir zu Wanda, »das Terris-Porträt. Haben die Amerikaner den Venezianern geklaut. Ein Giorgione in San Diego!«

»Schon die Assyrer im siebten Jahrhundert kannten Beschwörungsformeln gegen Hexenmeister«, sagte Wanda.

Radomir starrte den Kellner an. »Wußten Sie, daß Sie Giorgione-Augen haben?«

»Aberglauben ist etwas ganz und gar Menschliches«, sagte Wanda.

»So eine Ähnlichkeit«, sagte Radomir.

»In der Antike galt sogar der christliche Glaube als Aberglaube«, sagte Wanda.

»Arbeiten Sie schon lange als Kellner?« fragte Radomir.

Wanda redete weiter. Sie redete über Volksglauben und Aberglauben in psychologischer und psychopathologischer Hinsicht.

Radomir unterbrach sie. »Bitte, Wanda, sei nicht lächerlich. Ich weiß, daß Michel mit dir gesprochen hat. Ich finde es grotesk, mich den Ideen einer abergläubischen Neapolitanerin und eines irregeleiteten Afrikaners zu unterwerfen.«

Beleidigt schob er sein halb aufgegessenes Nougateis von sich weg und blickte auf den Nebentisch, wo gerade die wundersame Vermehrung einer venezianischen

Familie stattfand. Erst saß nur ein Paar am Tisch, dann kamen die Kinder dazu, die sofort damit begannen, die Eisbecher umzustoßen, schließlich kamen noch, wie auf ein heimliches Signal, die Großeltern des Weges, einige Bekannte – so daß Wanda und Radomir schließlich die einzigen waren, die zu zweit an einem Tisch saßen. An allen anderen Tischen klebten venezianische Familienwaben. Ein Kleinkind wackelte zu Radomir und wischte sich seine klebrigen Finger an seiner Hose ab.

»Spinnst du?« fragte Radomir.

»*Amore*, was machst du denn da?« rief die Mutter und trug ihr Kind weg.

»Ich habe dir bereits gesagt, daß mich der venezianische Quatsch über Palazzo Dario langweilt, Wanda. Soll ich mir jetzt auch noch einen afrikanischen Wunderheiler, so einen Marabut ins Haus holen? Es ist schon schlimm genug, daß sich Michel immer mit den schwarzen Taschenhändlern vergnügt, wenn ich nicht da bin. Es ist ja nicht so, daß ich es nicht wüßte. Maria hat mir haarklein beschrieben, wie sie in der Küche sitzen und inmitten ihrer Louis-Vuitton-Taschen Haschisch rauchen. Das ist kein Umgang für Michel. Ich habe allen Grund dazu, mich im Palazzo Dario nicht gerade sicher zu fühlen, habe ich zu Maria gesagt. Was aber keineswegs am Fluch liegt, sondern an den Schwarzen. Denen ist doch alles zuzutrauen. Erst fressen sie meinen Kühlschrank leer und dann mich auf.«

»Wenn wir nichts unternehmen, kündigt Michel.«

»Ah«, sagte Radomir. Dann schwieg er lange. Er rührte gedankenverloren in seinem Espresso herum. Seine Augen schimmerten feucht. Der Gedanke, daß auch noch sein letzter Geliebter damit drohte, sich aus seinem Leben zu verabschieden, ließ ihn verstummen. Er tat Wanda leid.

»Außerdem wird es nicht mehr lange dauern, dann taucht mein Vater höchstpersönlich hier auf. Mit einem neapolitanischen Teufelsaustreiber. Er will auf keinen Fall akzeptieren, daß ich mich weiterhin Gefahren aussetze. Für alle Fälle hat mir Morosini ein Zimmer zur Untermiete angeboten. Du kannst es dir ja überlegen.«

Radomir wurde bleich. Wanda vermutete, daß es vor allem die Aussicht war, ihren Vater samt Exorzisten beherbergen zu müssen, die ihm zu denken gab.

»Tja«, sagte er.

»Du mußt es pragmatisch sehen, Radomir. Wenn die Fenster undicht sind, dann läßt du sie doch auch reparieren. Warum also nicht? Du hast nichts zu verlieren.«

»Doch!« stöhnte Radomir. »Meinen guten Ruf! Macht, was ihr wollt, aber ich will nichts davon wissen.«

Wanda gab auf. Vorerst.

12.

Wanda darf sich nicht mehr die Beine rasieren, wundert sich darüber, was die Rätselwoche alles hergibt, und erfährt, was die Ming-Periode mit Primo zu tun hat

Bevor Wanda am nächsten Morgen zur Arbeit ging, telefonierte sie mit ihrem Vater und berichtete ihm von ihren Gesprächen mit Michel und Radomir. »Die Welt ist voller Zeichen!« rief er. »Man muß sie nur zu deuten wissen, Wanduccia.« Vor lauter Besorgnis sprach er sie in Koseform an.

Sein ganzes Leben kreiste darum, den richtigen Zeitpunkt zu beachten, Glücksboten zu erspähen und Unglücksboten zu meiden. Nägel nur freitags schneiden! Fliegt rechts ein Vogel, ist alles bestens. Fliegt er aber links, schnell umdrehen, dann fliegt er rechts. Nie einen Regenschirm im Zimmer aufspannen! Findet man einen toten Vogel, ist das Unglück nicht weit. Er schickte Alraunen, aus der Wurzel der Mandragora geschnitzt, bündelweise Amuletthörner gegen den bösen Blick und Hufeisen. Hufeisen, die Wanda im Palazzo aufhängen sollte, und Hufeisen, die sie in der Jackentasche mit sich herumtragen sollte. Außerdem Beschwörungsformeln aus dem *Libro magico di San Pantaleone*. Wandas Vater entschied nichts, ohne einen Blick in das Zauberbuch getan zu haben. Das Buch gab Ratschläge für alle Eventualitäten des Lebens. »Damit man das große Los gewinnt«, »Um von Zahnschmerzen befreit zu werden«, »Um Neapel von den Epidemien zu befreien«.

Wanda erzählte ihm von Radomirs Uneinsichtigkeit.

»Es beunruhigt mich, daß er immer noch nicht daran glaubt«, sagte er.

Wanda wußte, daß ihr Vater es nicht ertrug, wenn seine Autorität für Übersinnliches angezweifelt wurde.

»Radomir war mir immer schon suspekt. Er ist ein Mensch, der im tiefsten Materialismus wurzelt. Bar jeder dritten Dimension! Ist es nicht Verschwendung, Welt und Natur einfach so schulterzuckend hinzunehmen? Ohne die Möglichkeit zu nutzen, sie auch aus eigener Kraft zu lenken und zu beeinflussen?«

»Ich weiß nicht. Das mit dem Beeinflussen ist so eine Sache«, sagte Wanda.

»Ja ja. Ich weiß. Du und deine Mutter. Heute besitzt doch niemand in Italien noch die Fähigkeit, den symbolischen Wert übersinnlicher Phänomene richtig einzuschätzen. Das sind die Auswirkungen der modernen Gesellschaft. Der Wohlstand! Die *telefonini*! Das Fernsehen! *Rete quattro* mit seiner ständigen Werbung! Und wozu führt das? Fünfundzwanzig Satellitenprogramme, aber nicht wissen, was ein Basilisk ist! Nein, keine Basilika, auch kein Basilikum. Ba-si-lisk! Ein Ungeheuer, das so grausig aussieht, daß es bei dem Anblick seines eigenen Spiegelbildes versteinert! Es haust in tiefen Brunnen, die es mit seinem Hauch vergiftet! Steht da bei euch nicht im Garten noch so ein Brunnen? Am Ende stehen wir beim Palazzo Dario vor einem der größten Mysterien des Übernatürlichen ... Almosen! Wanduccia, Du mußt jedem Bettler Almosen geben!« schrie er atemlos ins Telefon.

»Ich habe schon immer gegeben«, sagte Wanda beleidigt.

»Wenn du ihnen nichts gibst, wird dich ihr Neid verfolgen und alles wird noch schlimmer. Wenn du keinen Bettler findest, dann gib den Franziskanern. Ich schicke dir etwas Geld. Und geh nicht mehr zum Enthaaren. Laß die Haare stehen, an den Beinen, unter den Achseln, überall, wo dir Haare wachsen. Du mußt wissen, Frauen sind viel empfänglicher für Flüche als Männer!«

»Ach«, sagte Wanda.

»Weil Frauen nicht so behaart sind wie Männer. Haare leiten ab. Der Körper der Frau dagegen ist ohne Haare, nackt. Er ist so beschaffen, damit er aufnimmt. Deshalb darfst du kein Heißwachs mehr benutzen. Jedes Haar schützt dich! Achselhaare, Haare an den Beinen. Haare, wo immer sie wachsen!«

»*Va bene*«, sagte Wanda.

»Und keine Krustentiere essen. Auf gar keinen Fall Krustentiere.«

»Auch keine *Moeche*?« fragte Wanda. »Gelten Krebse, die keine Kruste haben, auch? Die mußt du probieren, wenn du mich mal besuchst. Das ist eine venezianische Spezialität: Krebse, die in dem Moment gefangen werden, wo sie ihren Panzer abgelegt haben, weil er ihnen zu klein ist. »

»Auch keine *Moeche*«, beschied ihr Vater unnachgiebig.

Nach diesem Telefonat ging Wanda in die Küche. Maria saß bereits am Küchentisch und beugte sich rauchend über ihre Lieblingslektüre. Ungewöhnlich war nur, daß sie Wanda nicht gleich mit ihren Fragen nach Säugetieren in Tropenwäldern mit sechs Buchstaben und Keimzellen mit zwei Buchstaben überfiel.

»Gibt es etwas Neues?« fragte Wanda.

»Kann man wohl sagen«, antwortete Maria gleichmütig. Dann schwieg sie eisern weiter. Wanda sah ihr an, wie schwer es ihr fiel, gleichmütig zu bleiben. Maria gab von ihrem Wissen nichts preis, wenn Wanda nicht das Ritual respektierte. Das Ritual bestand darin, daß Wanda Fragen stellen mußte, Maria aber auf keinen Fall ihrer Neugier sofort nachgeben durfte.

Wanda konnte nie herausfinden, ob Maria trotz oder wegen der Rätselhefte, einer eher ungewöhnlichen Informationsquelle, die bestinformierte Person im Palazzo Dario war. Maria wußte über alles Bescheid, vom letzten Hungerstreik der Souvenirverkäufer vom Markusplatz, denen der Kulturminister verboten hatte, weiterhin ihre Karren vor den Markusplatz zu stellen, bis zur neuesten Mode japanischer Touristen: Scheintrauungen. Manche Contessa verdiente sich ein Taschengeld, indem sie in ihrem Palazzo mit einem falschen Standesbeamten eine falsche Hochzeit für echte Japaner zelebrierte. Oder die Geschichte vom Taubenhasser, der sich mit einem Jagdgewehr auf den Balkon seines Hauses in San Vio gesetzt und so lange auf Tauben geschossen hatte, bis er festgenommen wurde.

»Ich platze vor Neugier. Laß mich nicht unnötig leiden, Maria«, sagte Wanda weisungsgemäß. »Sag schon, was es Neues gibt.«

»Also gut«, sagte Maria. »Wenn du unbedingt willst. Es gibt Neuigkeiten zum Fall des Fernsehtechnikers. Der Anwalt hat seine Anzeige wegen fahrlässiger Körperverletzung präzisiert. Sein Mandant sei nicht aus eigener Ungeschicklichkeit gestürzt, sondern angeblich von jemandem auf dem Dach so erschreckt worden, daß er das Gleichgewicht verloren habe. Das gebrochene Bein mache ihn mindestens für ein halbes Jahr arbeitsunfähig. Er leidet seit seinem Sturz unter Höhenangst«, sagte Maria süffisant.

»Und wer soll ihn erschreckt haben?«

»Pah«, sagte Maria. »Ich schätze, er will einfach Geld. Wie ich bereits sagte: Der war voll wie eine Strandhaubitze«, meinte Maria. »Außerdem hatte er einen roten Bart.«

»Komm schon, Maria, hast du ihn vielleicht erschreckt?« Wanda lachte. »Und was will Radomir jetzt dagegen unternehmen?«

Maria schwieg und blies ächzend den Rauch aus.

»Tod in Venedig«, sagte sie triumphierend und stieß ein paar Rauchringe in die Luft. »Gestern hat die Lido-Fähre im Markusbecken direkt vor dem Anleger beim Zurücksetzen eine vollbesetzte Gondel zum Kentern gebracht. Einer der Touristinnen, einer älteren Amerikanerin aus Cleveland, Ohio, ist im Wasser vor Schreck das Herz stehengeblieben. Tot. Alle Wiederbelebungsversuche waren erfolglos.«

»Die Ärmste«, sagte Wanda.

»Wie man's nimmt«, meinte Maria und zuckte mit

den Schultern. »Besser in Venedig ertrinken, als in einem amerikanischen Altersheim verfaulen.« Genau wie Wandas Großmutter Nunziatica ließ sie nie eine Gelegenheit aus, ihren anti-amerikanischen Gefühlen Ausdruck zu verleihen. Dann vertiefte sie sich wieder in die *Settimana enigmistica.*

»Riesiges Fabeltier. Sechs Buchstaben.«

»Drache«, sagte Wanda.

»Ach ja«, sagte Maria.

»Verstorbener chinesischer Politiker. Mit nur drei Buchstaben«, sagte Maria. »Die ersten beiden sind ›PK‹«.

»Kann nicht stimmen«, sagte Wanda.

»Ach«, sagte Maria nach einigen Minuten der Überlegung. »Vielleicht ist ja das K falsch.«

»Also dann: Pao«, sagte Wanda.

»Ganz klar. Na so was. Daß ich darauf nicht gekommen bin. Pao«, sagte Maria.

»Enthaarst du dich?« fragte Wanda.

»Auf gar keinen Fall«, sagte Maria.

Als Wanda im Vaporetto stand und zum Museum fuhr, ging ihr der *Tod in Venedig* nicht mehr aus dem Sinn. Nicht wegen Tadzio, sondern wegen der Touristin aus Cleveland. Schon morgens um viertel vor neun waren die Gondelserenaden unterwegs. Sechs Gondeln zogen vorbei, vollbesetzt mit Japanern, die zu »Ciao-Venezia-Ciao-Venezia-ciao-ciao-ciao« so begeistert mitklatschten, als wären sie kurz davor, vor lauter Lebensfreude zu platzen. Sie winkten dem vorbeifahrenden Vaporetto zu.

Wanda betrat das Museum. Es war kalt wie immer,

vielleicht etwas feuchter als sonst. Im Hof standen noch die Pfützen vom letzten Hochwasser. Sie winkte dem Pförtner im Vorbeigehen zu und fuhr in den letzten Stock hoch. Als sie aus dem Fahrstuhl stieg, grüßte sie das Mützenmännchen vom Kassenhaus. Es winkte sie aufgeregt zu sich. Das war ungewöhnlich. Bislang hatte es nicht mal aufgesehen, wenn Wanda morgens das Museum betrat.

»Ich weiß gar nicht, was ich tun soll! Er ist schon wieder da!« sagte es und zappelte auf dem Stuhl herum.

»Wer?« fragte Wanda.

»Der Besucher. Er kommt schon zum dritten Mal!«

Seitdem Wanda im Museum arbeitete, hatte sie noch nie einen einzigen Besucher gesehen. Sie hatte sich daran gewöhnt und rechnete mit allem, mit Pilzbefall auf den Ledersätteln, mit herabfallendem Putz, nur nicht mit Besuchern. Wanda ließ sich von der Aufgeregtheit des Mützenmännchens anstecken.

»Und was macht er?« fragte sie.

»Was macht er, was macht er!« schrie das Mützenmännchen. »Er guckt! Er guckt sich alles an! Er guckt sich alles ganz, ganz genau an! Ich hab's gesehen, er ist in die Ausstellungskästen fast hineingekrochen! Er läßt keinen einzigen Saal aus! Sie müssen unbedingt etwas unternehmen, Dottoressa!«

Das Mützenmännchen bestand darauf, daß sie den unheimlichen Besucher kontrolliere. Zumindest kurz. Vielleicht hatte es mit seiner Aufregung doch recht, und am Ende kam der Besucher aus Rom? Eine Kontrolle auf Geheiß des Kulturministers? Wanda dachte an die chinesischen und japanischen Bronzen, die im *deposito* verstaubten, und begann um ihre Lektürevormittage zu bangen. In seinem Bericht an den Kulturminister würde der Kontrolleur vermerken, daß sich die Sekretärin von morgens bis nachmittags die Nägel feilte, daß Dottor Morosini, wenn er nicht gerade seinen Wein verkaufte, sich seine Zeit mit venezianischer Historie vertrieb, und daß Wanda Viarelli, die neue Kuratorin, den Tag mit ungeordnetem Lesen erotischer Literatur verbrachte. Er würde hervorheben, daß kein einziger Besucher es jemals geschafft habe, in das *Museo di Arte Orientale* vorzudringen, weil selbst der Hartnäckigste am Eingang abgewimmelt würde: *chiuso per restauro*, das verstehen inzwischen sogar Amerikaner. Wanda müßte wieder nach Neapel zurückkehren. Nie wieder Vormittage mit erotischen Sonetten am Canal Grande. Statt dessen hätte sie eine Stelle als Lehrerin im *liceo artistico* in einer Kleinstadt zwischen Neapel und Benevento. Sie müßte den Schülern den Unterschied zwischen Renaissance und Rokoko beibringen, sie würde mit ihnen Collagen anfertigen und Spritztechnik anhand von Teesieben und Zahnbürsten üben. Sie würde mit ihnen Ausflüge nach Neapel in das Museo Capodimonte unternehmen, sie würde sie dazu auffordern, Francesco Guardis Bildnis der Madonna frei zu interpretieren. Alle Kinder würden Zahnspangen tragen. Alle.

Wanda spürte, wie ihr die Wut die Nase verstopfte. Ein Defekt, unter dem sie schon von Kindesbeinen an litt. Wie ein Heuschnupfen. Alles wegen dieses Spions. Ekelhaft. Läßt sich für seine widerwärtige Tätigkeit auch noch bezahlen.

»Es ist ein Gondoliere!« sagte das Mützenmännchen.

Wanda stutzte. »Mein Gott, gehen Sie schon hin und fragen ihn, was er will«, sagte sie streng.

Das Mützenmännchen nickte. Wenige Minuten später kam er zurück.

»Er sagt, er will nichts. Nur gucken.«

Wanda seufzte. Nur gucken. Es blieb also an ihr hängen. Sie stieg die Stufen hoch. Weit und breit keine Spur eines Besuchers. Sie fand ihn erst im siebten Saal. Er stand bei den Hängerollenporträts und machte sich Notizen. Wanda fand dieses Verhalten eigentümlich.

»Kann ich Ihnen helfen?« fragte sie.

Er drehte sich um. Er hatte einen Mund wie Brigitte Bardot. Primo.

»Was machen Sie denn hier?« Wanda war erstaunt, Radomirs Lieblingsgondoliere zu sehen. »Hat mein Onkel Sie geschickt? Möchten Sie irgend etwas abgeben oder sollen Sie etwas abholen? Oder suchen Sie meinen Onkel?«

Primo runzelte die Stirn, dann lachte er kurz auf. »Ich habe nichts abzugeben, und ich will auch nichts abholen. Ich suche auch nicht Ihren Onkel. Ich bin hier, weil mich die Hängerollenporträts interessieren. Ist das ungewöhnlich?«

Wanda hatte ihn noch nie mehr als »Buona sera« sagen hören. Und sie hatte sich auch nie Gedanken darüber gemacht, ob dieser Gondoliere überhaupt mehr als »Buona sera« sagen könnte. Oder sollte. Wenn überhaupt, wäre es ihr um seine erotischen Qualitäten gegangen. Und jetzt interessierte er sich für Porträts chinesischer Würdenträger?

»Es ist bestimmt nicht Ming«, sagte der Gondoliere

mit Nachdruck. »Vielleicht sollten Sie das korrigieren.« Er deutete auf das Kärtchen unter dem Bild: »Chinesischer Würdenträger. Ming-Periode.«

Wanda gab keine Antwort.

»Es ist Papier. Während der Ming-Periode wurden die Porträts nur auf Seide gemalt. Nie auf reinem Papier. Auf Papier wurde erst seit dem 19. Jahrhundert gemalt.«

»Woher wissen Sie das?« fragte Wanda mit mühsam unterdrückter Ungeduld.

»Ich interessiere mich schon lange dafür. Bemerkenswerte Bildkomposition. Über Jahrhunderte unverändert.«

»Bildkomposition«, sagte Wanda kraftlos. »Und warum machen Sie sich Notizen?«

»Ich hatte eine Idee oder besser – den Ansatz zu einer Idee. Ich finde, daß der Ausdruck ungewöhnlich modern anmutet. Fast wie Pop-art.«

Was für ein Mund, dachte Wanda.

»Aber eigentlich bin ich wegen der Samurai-Rüstungen und Langschwerter gekommen«, sagte er.

Wanda fand, daß er aussah, als sei er um seinen Mund herum gebaut worden. Außerdem roch er nach Vanille. Wanda liebte Vanille. Plötzlich war ihre Nase wieder frei.

»Hoffentlich habe ich Sie nicht gestört«, sagte er noch zu ihr, dann drehte er sich um und ging in Richtung Ausgang.

»Nein, auf gar keinen Fall, wir sind über jeden Besucher froh«, rief sie ihm nach.

Wanda beobachtete ihn, wie er mit dem wiegenden Schritt eines Gondoliere den Flur entlangging.

»Also, was ist los mit ihm, was ist los mit ihm?« flüsterte das Mützenmännchen, kaum daß Primo das Museum verlassen hatte. »Warum guckt er sich alles so genau an, so ganz genau?«

»Weil es ihn interessiert«, sagte Wanda knapp.

»Na und«, erwiderte das Mützenmännchen, »ist das ein Grund?«

An jenem Tag war Wanda zu nichts mehr zu gebrauchen. Sie konnte sich nicht mehr konzentrieren. Nicht mal auf Giorgio Baffos kleinste Ode auf den Venushügel.

13.

Des Dramas dritter Teil. Mick Swinton oder der Sieg des Fluches über die Leichtfertigkeit

Es war eine jener ebenso morbiden wie unergründlichen Novembernächte in Venedig, wie geschaffen dafür, ihn in dem Alkoven eines venezianischen Palazzos zu verbringen, als Mick Swinton ruhelos den verwunschenen Garten von Palazzo Dario betrat. Der Glockenturm des Campanile schlug Mitternacht. Bleich wie ein Totenschädel leuchtete Palazzo Dario im Mondlicht. Mick Swinton ging wie ein unruhiger Geist auf dem schmalen Gartenpfad auf und ab. Hin und wieder blieb er stehen und starrte grübelnd auf die glatte Oberfläche des weltbekannten Canal Grande, der am Ende des Gartens zu sehen war. Der Engländer Mick Swinton war ein kleiner, aber stattlicher Mann. Er war in einen bodenlangen, blauschwarzen Nerzmantel gekleidet und trug die ebenholzschwarzen Haare zu einem langen Zopf geflochten. Seine Beine steckten in kniehohen Schaftstiefeln, und seine Augen waren hell wie das berühmte venezianische Licht. Seine edle, feingeschwungene Nase gab ihm den herrischen Gesichtsausdruck eines venezianischen Dogen.

Oben, hinter den bleiverglasten Fenstern des vornehmen Palazzos stand Anja und beobachtete ihn. Anja war Mick Swintons Hausdame und Sekretärin, ein liebreizendes Geschöpf mit glänzendem, leuchtendrotem Haar und faszinierenden Topas-Augen, denen Mick jedoch wenig Aufmerksamkeit entgegenbrachte. Als Anja Mick im Garten sah, spürte sie ein fieberhaftes Brennen in ihrem Leib aufsteigen, das ihren ganzen Körper ergriff. Sie ballte die Fäuste und preßte die heiße Stirn gegen das Fensterglas.

Was hatte dieser Mann nur an sich?

Seine männliche Ausstrahlung machte sie jedenfalls völlig willenlos, daran bestand kein Zweifel. Dabei hatte er nichts mit seinen illustren Vorgängern vom Palazzo Dario gemein. Er besaß weder das makellose Aussehen eines Fabio delle Fenestrelle noch den geistreichen Witz eines Robert Boulder. Dennoch zog er sie magisch an. Sie wollte bei ihm sein, ihn berühren, mit ihm reden, seinen Mund auf dem ihren spüren, Gefühle empfinden, wie in jenen Nächten, in denen die wilde Bora durch die Lagunenstadt blies.

Anja trug ein loses Gewand über ihrem seidenen Unterhemd und schritt im blassen Mondlicht unruhig auf und ab. Dabei sollte sie eigentlich die Momente genießen, die sie hier in der romantischen Stadt der Verliebten verbrachte! Einer Stadt, die so einzigartig war, daß sie glaubte, den Verstand zu verlieren, als sie zum ersten Mal in einer Gondel saß. Sie war zurückgesunken in die scharlachroten Kissen der romantischen Gondel und hatte dem rhythmischen Schlag des langen Ruders gelauscht – mit der Arbeit des Gondoliere unsichtbar im Rücken war sie scheinbar mühelos durch die schönste Straße der Welt geglitten. Und erst der Palazzo! Eigentlich sollte sie nichts anderes tun, als jedes der kostbaren antiken Möbelstücke und jeden seidenen Wandbehang des Palazzos genau betrachten. Von solch einem Luxus hatte sie immer geträumt, als sie noch in Liverpool zur Schule ging! Aber nun, da er sie in ihrer Traumstadt umgab, konnte sie sich nicht daran erfreuen. Statt dessen quälte sie sich mit Gedanken um Mick.

Im mondscheindurchfluteten Garten bewegte sich ein Schatten, und Anja blickte durch die bleiverglasten venezianischen Fenster nach ihm. Was sie sah, ließ sie erschaudern. Ein schlanker, dunkelhaariger Mann war im Garten aufgetaucht und ergriff Micks Hand. Er sah aus wie ein venezianischer Renaissance-Edelmann. Das lackschwarze Haar war kinnlang und nach vorn gekämmt, wie auf Tizians »Bildnis eines jungen Mannes mit Handschuh«. Einen Taubenflügelschlag lang standen beide im Mondlicht und blickten in den venezianischen Nachthimmel, der von Sternen übersät war, die wie Diamanten funkelten.

Anja weinte still.

Mick Swinton war ein wohlhabender Engländer, er arbeitete als Musikmanager und hatte mit einer Rock-Oper viel Geld gemacht, als er sich vornahm, sich endlich einen langersehnten Jugendtraum zu erfüllen und einen venezianischen Palazzo zu kaufen. Schon immer hatte er davon geträumt, in Venedig, der einzigartigen Wasserstadt, zu leben. Schließlich hatte er sich bei einem kurzen Besuch der Lagunenstadt an einen Immobilienmakler unweit des malerischen Campo Santa Maria del Giglio gewandt.

»Ich hätte da etwas für Sie«, sagte der Mann, der Mick Swinton in einem karg eingerichteten Büro gegenübersaß und ihn aufmerksam beobachtete. »Ein Palazzo am weltbekannten Canal Grande, prächtige Renaissance, er wurde mir gerade überraschend zum Kauf angeboten. Eine außergewöhnliche Gelegenheit.«

Mick Swinton sagte sofort zu. Als er unterschrieb, wunderte er sich nur über die eigentümlichen Augen des geheimnisvollen Immobilienhändlers, die aussahen, als würden sie im Dunklen leuchten. Kurz nachdem Mick den Kaufvertrag unterschrieben hatte, wurde das Immobilienbüro aufgelöst. Den geheimnisvollen, glutäugigen Mann sah er nie wieder. Doch zuvor hatte der ihm, wohl weil er in Mick die britische Neigung zum Morbiden erkannte, vom Fluch erzählt.

Und Mick war entzückt, als er davon erfuhr. Überall erzählte er genüßlich, wie schrecklich und schmachvoll Robert Boulders Ende gewesen war, auf welch erschütternde Weise sein Vorgänger Fabio delle Fenestrelle ums Leben gekommen war, und prahlte damit, in Fenestrelles Totenzimmer ganz besonders gut und tief zu schlafen. Ahnte Mick Swinton wirklich nicht, daß der Fluch von Palazzo Dario wie eine Flutwelle ist, die, wenn sie erst steigt, von niemandem mehr aufgehalten werden kann und zur vernichtenden Sturmflut wird, die alles ertränkt? Würde Mick Swinton sich von den Geistern befreien können?

Am Tag nach der nächtlichen *rencontre* im Garten von Palazzo Dario betrat Mick Swinton das holzvertäfelte Eßzimmer. »Es geht doch nichts über eine Nacht im Totenzimmer«, sagte Swinton und lachte dröhnend. »Findest du nicht auch, Anja?« Anja zuckte mit den Schultern. Anders als Mick hatte sie sich über den Fluch von Palazzo Dario nie lustig gemacht. Obwohl die Glocken bereits Mittag geschlagen hatten, war es draußen immer noch dunkel und verhangen. Es regnete, als weine der Himmel, dachte Anja. Jedes Mal, wenn sie Mick nahe war, pulsierte das Blut stürmisch in ihren Adern.

»Ich habe dich gestern nacht im Garten gesehen«, sagte Anja zu ihm mit tränenerstickter Stimme.

»Ja, und?« fragte Mick zerstreut und drehte seinen ebenholzschwarzen Zopf gelangweilt in den langen Fingern. »Ich war unruhig, weil Tito noch nicht zu Hause war. Ich habe auf ihn gewartet. Was ist dabei?«

»Das weißt du genau, Mick«, flüsterte Anja. Was hätte sie jetzt dafür gegeben, in seinen Armen zu liegen und seine heißen Küsse auf ihren Lippen zu spüren! Sie hatte Mick schon immer geliebt. Damals, als sie sich in Liverpool zum ersten Mal begegnet waren, und heute mehr denn je. Sie hatte gehofft, daß Mick hier in Venedig, der Stadt der Liebenden, endlich ihr Begehren erhören würde. Sie hatte ihre Hoffnung nicht aufgegeben, obwohl sie wußte, daß Mick Palazzo Dario mit Tito, seinem schönen, zwanzigjährigen venezianischen Liebhaber bewohnen würde.

»Anja, du weißt doch, was mit mir los ist. Ich liebe Tito. Und jetzt schau mich bitte nicht weiter an wie eine verliebte Katze.« Mick zog seinen bodenlangen Nerzmantel an und küßte sie zerstreut auf die Wange. »Wir sehen uns zum Mittagessen drüben im »Ai Gondolieri«.

Anja wandte ihm ihren wohlgeformten Rücken zu. Um nicht laut zu schluchzen, biß sie auf eine Damast-Serviette mit dem Wappen von Fabio delle Fenestrelle. Sie hörte, wie Mick die marmornen Stufen hinunterschritt. Das war der Moment, in dem auch die letzte Regung ihres Gewissens erstarb. Mit glitzernden Tränen in ihren Topas-Augen lief sie in die Garderobe und riß ihr bodenlanges, schwarzes Cape vom Haken. Sie legte es sich mit Schwung um und verließ den Palazzo.

Morbider Novembernebel lag über dem weltberühmten Canal Grande, als Anja über die hölzerne Accademia-Brücke lief. Sie wußte nicht wohin, sie folgte einfach nur ihren Füßen. Der dichte Nebel hatte die Lagunenstadt in ein unwirkliches Licht getaucht. Anja lief über den malerischen Campo Santo Stefano – nur weiter, weiter, damit sie nicht mehr Micks herzlose Worte hören würde, die wie ein bohrender Schmerz in ihrem schönen Kopf hämmerten. Schon nach wenigen Minuten hatte sie die Orientierung in dem verwirrenden Labyrinth der romantischen Gassen verloren. Venedig, die Stadt des Untergangs, dachte Anja. Sie lief weiter und weiter, und ihre Verzweiflung wuchs. Der Nebel des Untergangs wurde dichter und bedrohlicher. Anjas Herz klopfte bis zum Hals. Immer wieder endeten die Gassen an einem Kanal, wie sollte sie aus diesem Gewirr nur je herausfinden? Der dichte Dunst der aufsteigenden Nebeldämpfe war so gespenstisch! Am liebsten hätte sie sich weinend auf die marmornen Stufen eines der vornehmen venezianischen Palazzi gesetzt. Plötzlich trat eine hochgewachsene Gestalt aus dem Nebel auf sie zu.

»Anja, was tust du denn hier?«

»Tito!«

Der venezianische Renaissance-Edelmann. Anja erstarrte, als sie Micks Geliebten erkannte. Haß, Wut und Eifersucht loderten in ihr auf. Doch schnell beherrschte sie sich und faßte einen bösen Plan.

»Ach, Tito«, schnurrte Anja wie ein Kätzchen. »Du hast mich gerettet. Ich war auf der Suche nach dem Geschäft, das diese einzigartigen venezianischen Muranoglasskulpturen verkauft, und habe mich verlaufen. Ich wollte einen von diesen kleinen Glasvögeln kaufen, weißt du, ich habe von einem solchen Vogel geträumt, ein schrecklicher Traum, und mir war, als könnte mich nur der Besitz dieses kleinen Vogels wieder erlösen.«

Anja drückte Titos schmale Hand und bemerkte, wie er zart errötete.

»Ich würde mich freuen, wenn du mich begleiten und mir den Weg zeigen würdest.« Ihre goldenen Augen bohrten sich in ihn hinein, und sie spürte, daß Tito für einen kurzen Augenblick die Worte fehlten.

Tito räusperte sich verlegen. »Tja, also ich weiß nicht, eigentlich wartet Mick im »Ai Gondolieri« mit dem Essen auf uns.«

Anja legte ihre Hand auf seine muskulöse Schulter und blickte ihm auf den schönen Mund. »Oh, mach dir um Mick keine Sorgen, mein Lieber. Du weißt doch, wie viele Freunde dort immer auf ihn warten, um ihm Gesellschaft zu leisten. Er wird schon keine Langeweile haben.«

Wie durch eine Zauberhand hatte sich plötzlich der dichte Nebel verzogen. Venedig, die Stadt der Städte, war ganz in ein goldenes Licht getaucht. Zögerlich ließ es Tito zu, daß sich Anja bei ihm unterhakte. Aber schon nach wenigen Schritten über das glänzende, venezianische Pflaster war er wie ausgelassen. Er jagte spielerisch ein paar Tauben nach, die sich auf einem Campo niedergelassen hatten. Als sie endlich das Muranoglasgeschäft gefunden hatten, in dem die exklusivsten Glasarbeiten der Welt wie Juwelen funkelten, kaufte Anja für sich einen allerliebsten zierlichen Vogel aus dem weltberühmten Muranoglas. Für Tito kaufte sie eine der prächtigen venezianischen Karnevalsmasken.

»Venedig ist meine Traumstadt«, sagte Anja und legte Tito die prächtige Maske an.

»Ich liebe Venedig auch«, sagte er und spürte, wie sich sein Blick in ihren unendlich goldenen Augen verlor. Er zitterte.

Als sie am Nachmittag wieder zurück in den Palazzo kamen, war niemand da. Mick war offensichtlich noch nicht von seinem Essen heimgekehrt, und Maria, die treue Haushälterin, war zum Einkauf ausgegangen. Das goldene Abendlicht, das durch die bleiverglasten Fensterscheiben fiel, ließ die Eingangshalle leuchten, als würde sie von tausend Kerzen angestrahlt.

Anja stieg die Stufen zur Bibliothek hoch.

»Willst du mir nicht noch etwas Gesellschaft leisten, Tito?« Sie funkelte ihn aus ihren Topas-Augen an.

»Eigentlich wollte ich einen Mittagsschlaf …« Tito suchte nach einer Ausrede, das war klar.

»Komm schon, Tito.« Anjas Augen bettelten.

In der prachtvollen Bibliothek angekommen, verschloß Anja heimlich die Tür hinter sich. Summend wie eine Biene legte sie die schlanken Arme um Titos schmalen Hals.

»Nein, laß das, Anja«, sagte er zögerlich. »Du weißt doch, daß ich zu Mick gehöre.«

Aber als Anja ihre Augen auf seinem Gesicht ruhen ließ, wurde sein Blick weicher.

»Tito, sei nur ganz ruhig. Niemand wird davon erfahren.«

Es waren sehr weiche Lippen, die seinen Mund berührten. Zärtlich zog Anja ihn an ihren Körper, und Tito spürte, wie ihm heiß wurde. »Ich weiß, daß du nicht so unschuldig bist, wie du Mick gegenüber vorgibst.«

Anja umfaßte seinen Kopf mit beiden Händen und verstärkte ihren Kuß. Sie preßte ihn so fest an sich, daß sie seine Muskeln spüren konnte.

Wilde, wundervolle Gefühle durchfluteten ihren Körper, sie wühlten sie auf wie die Lagune im Herbstwind, und er öffnete die Lippen, um voll auszukosten, was ihr Kuß versprach. Tito beugte sich über Anja, und sie drückte seinen Kopf gegen ihre duftenden Brüste. Sie schob seinen Kopf tiefer und tiefer und spürte, wie sein Atem schneller wurde.

Einige Stunden später wachte Tito auf. Die Fensterläden zum weltbekannten Canal Grande waren geschlossen. Anja war verschwunden. Und im Raum schwebte etwas Rotes in der Luft. Ein gespenstischer großer, roter Fleck, der sich ausbreitete und wieder zusammenzog, wie rote Gelatine. Dann sah Tito, wie daraus ein großgewachsener Mann mit verbundenem Kopf erwuchs. Er trug einen Hausmantel aus Brokat und suchte wie verrückt in einer Schublade herum. Tito war sofort klar: Das war der Geist von Fabio delle Fenestrelle! Kein Zweifel, schließlich trug er einen Brokatmantel. Offenbar suchte er nach den passenden Socken. Maria schaffte es nie, die zusammengehörigen Socken richtig zusammenzustecken. Als Tito aufsprang, verschwand der Geist. Tito stürzte auf den Flur. Dort hörte er, wie Anjas hämisches Gelächter die venezianische Nachtluft zerriß.

»Du hast geglaubt, daß er nur dich liebt, dein venezianischer Edelmann? Gott sei Dank ist das nicht der Fall. Lieber Mick, laß dir gesagt sein: Es wäre wirklich ein Jammer, wenn er für die Damenwelt verloren gewesen wäre.«

»Schweig!« schrie Mick wie von Sinnen. Er war leichenblaß. Tito sah besorgt, wie Mick sich ans Herz faßte. Haßerfüllt blickte Mick Anja in die Topas-Augen. »Verlaß sofort diesen Palazzo. Auf der Stelle!«

Anja sagte kein Wort mehr. Mit hocherhobenem Kopf schritt sie an ihnen vorbei. Dann legte sie ihr Cape um und schüttelte ihr purpurfarbenes Haar. Kurz vor dem Eingangsportal sah sie Mick noch einmal mit ihren Topas-Augen an.

»Denk an die Geister vom Palazzo Dario«, sagte sie, bevor sie die massive Eichenholztür hinter sich schloß.

Nach diesem Vorfall war Mick nicht mehr derselbe. Er, von dem es hieß, daß seine unübertroffenen Feste Venedig wie einen Champagnerstrahl erfrischten, zog sich plötzlich zurück. Bei seinem letzten Fest hatte er Tito nicht aus den Augen gelassen. Danach machte er ihm schreckliche Szenen. Er warf Tito vor, eine Literaturprofessorin verführt zu haben. Außerdem hätte ihm eine amerikanische Krimischriftstellerin Avancen gemacht. Als Mick Tito schließlich mit der Contessa Bonfili auf Fabio delle Fenestrelles Totenbett erwischte, verlor Mick den Verstand. Er sprang auf dem Bett des seligen Fabio delle Fenestrelle auf und ab, fuchtelte mit einem antiken, silbernen Kerzenleuchter herum und schrie immer wieder: »Ich werde den Teufel aus diesem Haus vertreiben!« Als der Morgen zartrosa über der glitzernden, venezianischen Lagune dämmerte, sprang er in den weltberühmten Canal Grande und schwamm zum anderen Ufer am malerischen Campo Santa Maria del Giglio. Dort legte er sich im Holzhäuschen der Gondolieri schlafen. Geplagt von der Schuld, irrte Tito durch die Nacht und suchte nach ihm. Als er ihn endlich fand, war Mick so bleich, daß seine dunklen Wimpern purpurrote Schatten auf seine Wangen warfen. Tito hockte sich neben seinen Freund und wartete ab, bis das Rot langsam in seine Wangen aufzog und ihn aussehen ließ wie der venezianische Morgenhimmel. Nie würde der Freund ihm verzeihen, dessen war er sich gewiß. Doch da griff Mick plötzlich nach seiner Hand, eine Berührung, so leicht wie der Flügelschlag einer venezianischen Taube und schlug die Augen auf.

»Glaubst auch du, daß auf Palazzo Dario ein Fluch liegt?« hatte er ihn mit zitternder Stimme gefragt.

»Nein, das ist nur Gerede«, hatte Tito mit fester Stimme erwidert. Aber das war der Augenblick, in dem er begann, sich ernsthaft um seinen Geliebten zu sorgen.

Seit jener Nacht sah Mick überall Geister. In jeder schmalen Gasse, selbst in der gemütlichen *Cantina del Vin* am Rio San Trovaso, wo er ab und zu ein Glas Wein im Stehen trank. In jedem Zimmer des Palazzo Dario fürchtete er den Fluch. Sah nicht die marmorne Treppe des Palazzo Dario irgendwie eigenartig aus, schienen die feindekorierten Stufen nicht in gähnender Schwärze zu enden?

Mick war nur noch ein Schatten seiner selbst, und bald schon holte die Wirklichkeit seine düsteren Ahnungen ein. Ihm ging das Geld aus. Die letzte Tournee war ein Mißerfolg gewesen, und seine Ersparnisse neigten sich dem Ende zu. Er hatte nicht mal mehr genügend Geld, um die treue Haushälterin Maria zu bezahlen. Im Bewußtsein ihrer Pflicht kam Maria dennoch jeden Tag, und versuchte, etwas Ordnung in den Palazzo zu bringen.

Seitdem Mick kein Geld mehr hatte, waren auch seine Freunde wie vom Erdboden verschluckt. Früher waren sie immer so zahlreich im Palazzo erschienen, daß es zeitweilig wie in einem Hotel zugegangen war, in dem der Portier den Überblick verloren hatte. Jetzt war der Palazzo so leer, daß Mick nur seine eigenen Schritte hörte, wenn er über die Flure schlich. Die antiken Dielen knarrten, als er langsam über den Flur im Piano Nobile ging. Ihn packte das Grauen. War es nur das Trugbild einer verletzten Seele, oder waren die Schatten hier im Piano Nobile dunkler als sonst um diese Tageszeit?

Tito verschwand für ganze Nachmittage. Er sei am malerischen Zattere-Ufer spazierengegangen, sagte er, wenn Mick ihn vorwurfsvoll fragte, wo er gewesen sei. Mick sah ihn lange an. Seine Augen füllten sich mit Tränen. Er hatte einen schrecklichen Verdacht.

Nur wenige Tage später sollte sich Mick Swintons Ahnung auf grausamste Weise bestätigen. Um sich von seinen schwarzen Gedanken abzulenken, die ihm schwer wie ein Marmorblock auf das Gemüt drückten, hatte er am Nachmittag eine romantische Gondelfahrt über den weltbekannten Canal Grande gemacht. Als er Palazzo Dario betrat und die marmorne Treppe hinaufstieg, beschlich ihn ein eigentümliches Gefühl. Nichts rührte sich.

»Buona Sera, Mick.«

Die Stimme war tief und kam ihm beängstigend bekannt vor. Micks Nackenhaare stellten sich auf.

Ein Strahl nachmittäglicher Sonne erhellte die feinziselierte Marmortreppe und fiel wie ein Scheinwerferlicht auf eine Person, die die Stufen hinauf auf Mick zukam. Die Person war sehr groß, das Haar lackschwarz und glänzend – ein Mensch, von solch atemberaubender Schönheit, daß es Mick den Atem verschlug. Er trug eine enge schwarze Hose, hohe schwarze Stiefel und ein Rüschenhemd.

Und durch ihn hindurch konnte Mick die feinziselierten Marmorstufen sehen, das Muster auf den wertvollen antiken Perserteppichen …

»Ich glaube nicht, daß ich mich Ihnen noch vorstellen muß, Mick Swinton.« Die Erscheinung blieb auf der

Mitte der Treppe stehen. Ihr Ton war melodiös und ruhig, doch ihre lagunenblauen Augen brannten auf Micks Gesicht. »Sie haben meinen Namen doch sicher nicht vergessen.«

»Wie könnte ich«, sagte Mick mit zitternder Stimme, »Sie sind Fabio delle Fenestrelle.«

»Oh, da müssen Sie wohl etwas durcheinandergebracht haben«, erwiderte die Erscheinung. »Ich bin die Contessa Bonfili. Ich wollte Tito dabei begleiten, wenn er seinen Koffer abholt. Er wird Sie sicher darüber informiert haben, daß er zu mir zieht.«

Just in diesem Moment erschien Tito in der Schlafzimmertür. In der Hand trug er seinen schweren Lederkoffer, den Mick ihm in Mailand gekauft hatte. Ein verlegenes Lächeln umspielte seinen Mund. »Tut mir leid, Mick, daß du es so erfahren mußtest. Aber ich habe es mir anders überlegt. Es ist das Beste so.«

Mick wurde schwarz vor Augen und wie ein Stein fiel er ohnmächtig die marmorne Treppe von Palazzo Dario hinab.

Als Tito sich über ihn beugte, war Mick schon nicht mehr imstande, seinen Blick zu beherrschen. »Ich habe dich immer geliebt«, sagte er mit ersterbender Stimme. Immer wieder rollten ihm die Augen weg. »Verstreut meine Asche im Canal Grande«, flüsterte er. Dann hauchte er sein Leben aus.

»Bitte, Tito, schnell«, sagte die Contessa Bonfili mit angsterfüllter Stimme. »Laß uns diesen verfluchten Ort verlassen.«

Tito blieb nichts anderes, als Mick seinem traurigen Schicksal anzuvertrauen. Vorsichtig öffnete er die schwere Eichentür und spähte in den Gang. Dann huschten beide wie zwei Schatten in die venezianische Dunkelheit.

Als Anja von Micks schrecklichem Ende erfuhr, beschloß sie sofort, sich in ihre geliebte Lagunenstadt zu begeben. Sie glitt in einem der eleganten Taxiboote an der imposanten Rialtobrücke vorbei und erinnerte sich schmerzlich daran, daß Mick vor seinem unheilvollen Aufenthalt in dem verwunschenem Palazzo von nichts anderem geschwärmt hatte als vom magischen Licht der Lagune bei Sonnenaufgang. Und vom malerischen Campo San Giacomo dell'Orto im mitternächtlichen Zauberlicht.

Vor dem Tag ihres tragischen Verrats hatte Mick ihr seinen Letzten Willen anvertraut, und Anja war gekommen, um ihm diesen Liebesdienst zu erweisen. Die Glocken des Campanile schlugen Mitternacht, und der Mond tauchte die Stadt in sein silbernes Licht. Anja nahm sich ein Herz und das Vaporetto der Linie eins und fuhr in Richtung der imposanten Salutekirche. Als sie auf der Höhe des Palazzo Dario war, legte sich ein mildes Licht über seinen bleichen istrischen Marmor, so daß er feierlich leuchtete. Anja schraubte den Deckel der edel verzierten Urne auf und begann, Mick Swintons Asche in den weltbekannten Canal Grande zu streuen. Ihre Hände zitterten, und sie schlang ihre Arme um die edle Urne. Plötzlich tauchte aus dem Nichts eine Windböe auf. Sie wehte Mick Swintons Asche wie einen Sternenregen über Anja und über die Passagiere, die neben ihr standen.

Auf diese Weise geschah es, daß Mick Swinton unter den Füßen der Venezianer durch ganz Venedig getragen wurde. Nur der geringste Teil seiner sterblichen Überreste versank im weltbekannten Canal Grande.

Und so hatte der erbarmungslose Fluch des Palazzo Dario einen weiteren Menschen von außergewöhnlichem Stil hinweggerafft.

14.

Über Stilfragen, Primos Teezeremonie und andere Empfindlichkeiten

Es ist jetzt Punkt sechzehn Uhr. Und vier Minuten. Die genaue Zeit wurde Ihnen von Rosa Salva geschenkt.«

Wanda klappte ihr Buch zu. Rosa Salva – das venezianische Café mit den mediokren *cornetti* – schenkte nie die volle Uhrzeit. Das wäre unoriginell gewesen. Sechzehn Uhr vier bedeutete, daß Wanda bereits vier Minuten verschenkt hatte. Auf dem Flur hörte sie kein Geräusch mehr. Weder die Rotbrigadistin noch das Mützenmännchen verließen sich auf die Zeitansage von Radio Venezia Sound.

Die Tage im Museum zerfielen gleichförmig. Bis zu jenem Anruf am heutigen Vormittag. Wanda hatte in ihrem Büro gesessen und in Baffos erotischen Gedichten gelesen, als das Telefon klingelte. Sie nahm ab.

»Und ich sage Ihnen jetzt zum letzten Mal, daß Ihr Manuskript so grauenvoll, so kitschig und so erbärmlich ist, daß man es nicht mal im Schatten einer Pinie mit Blick auf eine umbrische Kathedrale lesen kann. Werfen Sie es in Ihren weltberühmten Canal Grande«, schrie eine männliche Stimme.

Wanda räusperte sich.

»Und ich brauche von Ihnen keine Gebrauchsanweisungen dafür, wie Ihr Roman zu verstehen ist, verschonen Sie mich mit Ihrem ewigen mitternächtlichen Zauberlicht, den marmornen Treppen und dem ganzen venezianischen Mist!«

Wanda blickte ungläubig auf den Hörer.

»Entschuldigen Sie, aber ich befürchte, Sie haben sich verwählt. Wen wollten Sie sprechen? Hier ist das Museo Orientale.«

»Da bin ich richtig«, schrie der Anrufer.

»Aber ich verstehe nicht, worüber Sie reden«, sagte Wanda milde.

»Hier ist das Verlagshaus Mondaudi, und ich rede über das Romanmanuskript, das Dottor Girolamo Morosini uns jetzt, taub für alle Absagebriefe, schon zum siebten Mal schickt.«

»Davon ist hier nichts bekannt«, sagte Wanda.

»Sind Sie nicht seine Sekretärin?« fragte der Anrufer.

»Nein.«

»Richten Sie es ihm trotzdem aus. Er soll mich verschonen, sonst geschieht ein Unglück!« Er legte auf.

Direktor Morosini hatte sich den ganzen Vormittag in sein Büro eingeschlossen und sich erst am frühen Nachmittag blicken lassen. Als er Wandas Zimmer betrat, hatte er befriedigt zur Kenntnis genommen, daß sie las und keine neuen Pläne für das Museum hegte. Noch bevor sie etwas sagen konnte, hatte er ihr, an den

Türrahmen ihres Büros gelehnt, so daß von dort kein Licht mehr einfiel, seine jüngsten Betrachtungen zu Venedig mitgeteilt.

»Wenn ich im Vaporetto stehe, Dottoressa, dann sehe ich sofort, wer Venezianer ist und wer Sardinenmensch! Der Sardinenmensch, also der moderne Mensch schlechthin, verbringt sein Leben in Dosen. In Wohndosen, und von seiner Wohndose steigt er in die Aufzugsdose, um sich schließlich in die Autodose zu setzen, die ihn in seine Bürodose bringt.« Er räusperte sich. Morosini ließ seine Erkenntnisse immer wie kleine Staubwolken herabrieseln. Er schwieg, bis auch die letzte Silbe herabgesunken war. Er wollte seine Worte nicht an der Entfaltung hindern.

»Und die Dosenhaftigkeit seiner Sardinenexistenz spiegelt sich im Gesichtsausdruck wider. Haben Sie das nicht auch schon bemerkt, wenn Sie in Mestre waren, Dottoressa? Dort sind bei allen sowohl der Blick als auch die Mundwinkel nach unten gesenkt. Wenn aber der Sardinenmensch nach Venedig kommt, geht eine Verwandlung in ihm vor. Nach einer anfänglichen Verwirrung« – hier machte er wieder eine Pause –, »die entsteht, weil hier keine Autos sind, und keine Ampeln, die sein Leben leiten. Dann aber beginnt der Venedig-Reisende sich zu entspannen. Sein Dosenblick weicht einer Vielfalt von Gesichtsausdrücken, entsprechend einer Vielfalt von Empfindungen, die nur Venedig auslösen kann.«

Jetzt machte er eine ganz besonders lange Pause. Das Zeichen für das große Finale.

»Wir sollten hier Sanatorien bauen!« rief er beglückt

aus. »Sanatorien für Sardinenmenschen – darin liegt die Zukunft Venedigs!«

Wanda räusperte sich. Es widerstrebte ihr, in dieses grandiose Finale eine so prosaische Mitteilung zu machen, aber vielleicht war es für ihn von Bedeutung.

»Ich hatte heute den Verlag Mondaudi am Telefon«, sagte sie und beobachtete überrascht, wie Morosini die Farbe wechselte, »jemand hat Ihnen eine Nachricht hinterlassen.«

»Ja, ja, ja, endlich!« jubelte Morosini. »Bitte so reden Sie doch endlich, um Gottes willen!«

»Es ging um etwas, das man nicht mal im Schatten einer venezianischen Basilika mit Blick auf ein Orangenbäumchen lesen könnte, oder so ähnlich. Der Herr war sehr aufgeregt und drückte sich etwas kryptisch aus. Ich soll Ihnen nur ausrichten, daß Sie ihn in Zukunft verschonen mögen, sonst geschähe ein Unglück.«

»Nicht mal im Schatten einer venezianischen Basilika …« Morosini sank in sich zusammen wie ein mißratenes Soufflé. Fast tat er Wanda leid.

»Vielleicht sollten Sie es woanders probieren«, sagte sie aufmunternd zu ihm.

Aber da hatte Morosini seine Fassung bereits wieder erlangt. »Danke für Ihre warmen Worte«, hatte er nur noch mit kühlem Ton gesagt, bevor er wieder in seinem Büro verschwunden war.

Um sechzehn Uhr. Und fünf Minuten – die genaue Uhrzeit wurde Ihnen von Rosa Salva geschenkt – verließ Wanda das Museum. Lustlos, weil sie nichts Rechtes erwartete außer einem Fernsehabend mit Radomir. Seitdem die Satellitenantenne das Leben im Palazzo Dario bereicherte, hatte Radomir die Fernbedienung nicht mehr aus der Hand gegeben. Er hatte seine Liebe zu Tennisturnieren und Autorennen entdeckt, und heimlich guckte er sich sogar Surfen auf Eurosport an.

Draußen auf dem Campo San Stae stand eine Gruppe von Japanern, die ihre Sardinenhaftigkeit noch nicht abgelegt hatten. Sie standen dicht gedrängt wie ein Fischschwarm und lauschten dem Vortrag ihrer Führerin. Sie hielt, während sie redete, eine abgebrochene Radioantenne hoch, an der ein Hermès-Tuch wehte. Wanda setzte sich auf die Stufen zur Kirche San Stae. Manchmal wäre sie gerne mal schnell mit dem Auto irgendwo hingefahren. Raus aus diesem Freilichttheater.

Über den Canal Grande spannte sich der gleiche graue Himmel, der schon seit Wochen wie ein Deckel über der Stadt lag. Wanda dachte an ihre Kollegen in Neapel, die ihr Nebel! Nebel! Nebel! prophezeit hatten. Aber das Grau war viel schlimmer. Dagegen war der Nebel, der ihre erste Zeit in Venedig begleitet hatte, ein Spektakel gewesen. Ob nun der zerstreute Nebel, der hier- und dahin kleckerte, oder der Nebel, der lieber Regen geworden wäre, dem es aber an Entscheidungskraft mangelte, weshalb er sich schon nach wenigen Stunden ins Meer zurückzog. Oder der richtige venezianische Qualitätsnebel. Der sich von hinten anschlich und eine Decke über die Stadt warf, unter der Venedig vor Schreck verstummte. Selbst das »O sole mio«-Gewimmer klang an nebligen Tagen, als versuche jemand mit einem Kissen auf dem Mund zu singen. Und den Markusplatz konnte man bei Nebel nur überqueren, wenn man die weißen

Marmormarkierungen auf dem Boden entlangging. Wanda liebte diese Tage. Plötzlich fehlte der Markusdom. Dann steckte sich jemand den Dogenpalast ein. Schließlich flog der Campanile davon.

Aber seit Wochen herrschte in Venedig eben kein Nebel, sondern Grau. Von morgens bis abends das gleiche Licht. An solchen Tagen litt Wanda unter Heimweh nach Neapel. Morgens hatte sie wie immer mit ihrem Vater telefoniert und ihn nach dem Wetter gefragt.

»Dir fehlt die Sonne? Du bist eben eine wahre Neapolitanerin«, hatte ihr Vater befriedigt geantwortet. Das venezianische Grau bestätigte ihm, daß er mit seiner Entscheidung richtig lag, Neapel nur in Notfällen zu verlassen.

»*Stellina mia*, komm nach Hause!«

»Du bist pathetisch, Papa.«

»Du sprichst wie eine Norditalienerin. Du fängst schon an zu lispeln.«

Sie erinnerte sich an den Taxifahrer, der sie am Tag ihrer Abreise von Neapel zum Bahnhof gebracht hatte. Am Beispiel eines Olivenkerns, auf den seine Frau am Abend zuvor gebissen hatte, hatte er ihr erklärt, warum er nie für die Rechten stimmen würde. Denn der Olivenkern hatte ihr einen Backenzahn ruiniert, was einen Zahnersatz zur Folge haben würde. Der allerdings auf Initiative der Regierung aus der Sozialversicherung gestrichen worden war, weshalb er, der Taxifahrer, nie für die Kommunisten und die Faschisten stimmen würde. Aber auch nicht für Berlusconi und seine Kumpane von Forza Italia, und für die Grünen schon gar nicht. Er würde überhaupt nicht wählen. Kann man eine Regierung wählen, die einen selbst einer solchen Belanglosigkeit wie einem Olivenkern ausliefert?

An den Tagen, an denen sich die Venezianer ganz besonders venezianisch benahmen und jeder mit Inbrunst seine Rolle in einem nicht enden wollenden Theaterstück spielte, sehnte sich Wanda nach Neapels Taxifahrern. Sie sehnte sich nach Neapels Durcheinander, dem Krach vor jeder Ampel, dem Geruch abgasgeschwängerter Luft, dem Heulen von Alarmanlagen, nach den streitenden Nachbarn auf dem Flur. Als sie dem Taxifahrer erzählt hatte, daß sie nach Venedig ziehen würde, hatte er sie voller Mitgefühl angesehen. So, als sei ein lieber Verwandter gestorben. Ihr Heimweh wurde so groß, daß es in der Magengegend drückte.

Ich bin ein Sardinenmensch, dachte sie. Es ist hoffnungslos.

Langsam stand sie auf und ging in Richtung Vaporetto. Ein Gondoliere kam ihr entgegen. Im schwarzen Gondoliereanzug, die Hände drehten an seinem Strohhut. »*Gondola per favore?*«

Auch das noch, dachte Wanda. Dann erkannte sie den Mund.

»Ich warne Sie«, sagte Wanda, »ich bin heute antivenezianisch eingestellt.«

»Oh«, sagte Primo. »So geht es mir immer, sobald ich die Haustür hinter mir schließe.«

Eine Pause baute sich zwischen ihnen auf. Primo drehte an seinem Strohhut und bemühte sich um eine zwanglose Haltung. Wanda fragte sich, ob ihr Lippenstift abgegessen war.

»Ich war auf dem Weg in die Bar. Ich brauche einen Espresso.«

»Ich auch«, sagte Primo, als hätte er die ganze Zeit nichts anderes vorgehabt.

Der Barmann stellte Wanda den üblichen *caffè macchiato* hin und lächelte süffisant. Es war das erste Mal, daß sie die Bar um die Ecke vom Campo San Stae in Begleitung betrat. Und dann ausgerechnet mit einem Gondoliere, dachte Wanda.

»Er hat Augen wie eine Seezunge«, sagte Primo mit Blick auf den Barmann. Wanda wunderte sich über den Vergleich und fragte sich, ob sie jemals bemerkt hatte, wie Seezungenaugen aussehen. Vielleicht kam man auf solche Vergleiche nur, wenn man mitten im Wasser aufgewachsen war? Primo bestellte sich einen Tee. Als er serviert wurde, zog er einen Teebeutel aus der Brusttasche seiner Jacke.

»Orange Pekoe«, sagte er.

»Ah«, sagte Wanda.

»Ich mag den Tee nicht, der in den Bars serviert wird. Er schmeckt wie heißes Wasser.«

Primo ließ den Teebeutel in die Teekanne gleiten. Dort ließ er ihm keine Ruhe, sondern zog ihn hin und her, er drehte ihn im Kreis, er zerrte ihn auf und nieder. Als der Tee eine goldene Farbe hatte, bestellte er zwei Eiswürfel und warf sie in die Teekanne. Knackend lösten sie sich auf. Dann goß Primo sich den Tee in die Tasse und kippte den ganzen Inhalt des Milchkännchens auf einmal dazu. Schließlich trank er den Tee in großen Schlucken wie Mineralwasser. Noch bevor Wanda das eigentümliche Ritual auch nur annähernd verarbeitet hatte, bestellte er sich einen weiteren Tee. Wieder das gleiche Ritual. Eiswürfel und kannenweise Milch.

»Sie pflegen eine eigentümliche Tee-Zeremonie«, sagte Wanda.

»Ich würde lieber Kaffee trinken, aber ich bin dagegen allergisch. Mein Gesicht ist von roten Flecken übersät, sobald ich die Tasse nur an den Mund führe.«

»Das passiert mir mit Tomaten«, sagte Wanda.

»Mir auch!« rief Primo beglückt aus. »Nein, wirklich!« Er lächelte, als hätte sie ihm eine Liebeserklärung gemacht. »Ich hasse Tomaten! Roh, gekocht, auf der Pizza, im Salat, als Sugo auf den Spaghetti!« Primo schüttelte sich. »Das passiert mir zum ersten Mal. Ich habe noch nie jemanden getroffen, der allergisch gegen Tomaten ist.«

»Und wenn in der Sauce keine Tomaten sind, dann klebt garantiert eine Tomate am Tellerrand. Köche leiden unter Tomatenwahn«, sagte Wanda.

»Und wenn man sich beschwert, klauben sie die Tomate vom Teller und geben den gleichen Teller wieder zurück«, sagte Primo.

»Sie glauben nicht, was für ein Kampf das für mich in Neapel war, wo Tomaten ein Grundnahrungsmittel sind«, sagte Wanda.

»Ich habe nie begriffen, warum man als Italiener ausgerechnet Tomaten essen muß«, sagte Primo.

»Eine Verschwörung«, sagte Wanda.

»Eine Mafia«, sagte Primo.

Beflügelt von dieser Gemeinsamkeit bot er Wanda an, sie in der Gondel nach Hause zu fahren.

»Nur wenn Sie Gondola-Gondola rufen«, sagte Wanda. »Und wenn Sie mir versprechen, daß wir an Marco Polos Haus vorbeikommen.«

»Ich verspreche Ihnen so viele Marco Polos, wie Sie wollen.«

Als sie auf die Salizada San Stae traten, dämmerte es bereits. Primo hatte seine Gondel an der Brücke über den Rio San Stae vertäut. Zum Einsteigen hielt er ihr seinen Unterarm wie einen Haltegriff hin, dann legte er seinen Arm in ihren Rücken. Wanda machte es sich in dem roten Plüschsitz bequem. Sie fuhren in den Canal Grande. Algen säumten die Fundamente der Palazzi, Wasserportale hingen halb zernagt über dem Kanal. Die Touristen der vorbeifahrenden Linie eins fotografierten sie, und Wanda streckte ihnen die Zunge raus.

»Vielleicht muß man Venezianer sein, um das auszuhalten«, sagte sie.

»Was?« schrie Primo, der sich mit aller Kraft gegen das Ruder stemmte, um nicht von dem Vaporetto versenkt zu werden. »Ich kann Sie nicht verstehen.«

»Die Japaner. Die Tauben. Das O *sole mio*«, sagte Wanda.

Sie beobachtete ihn, wie er sich streckte, um den hohen Wellengang zu parieren. An Land wirkte er lächerlich. Eben wie jemand, der dafür bezahlt wird, mit wiegendem Gang in seinem Kostüm herumzulaufen und den Gondoliere zu geben. Auf der Gondel stehend wirkte er echt.

Eine Gondel mit vier Japanern fuhr an ihnen vorbei, und die Japaner winkten ihr komplizenhaft zu, als wollten sie einen Gruß austauschen, wie er zwischen fliegenden Untertassen üblich ist.

»Was wollen die Touristen wissen, die mit Ihnen fahren?« fragte Wanda.

»Sie fragen: Was gibt es denn hier so Sehenswertes? Oder: Haben Sie hier nicht so eine alte Brücke?«

»Und was erzählen Sie?«

»›Hier starb Wagner unter seinem Dienstmädchen.‹ Selbstverständlich nur, wenn ich am Palazzo Vendramin vorbeikomme. Schließlich wollen die Gebildeten alle wissen, wo der Palazzo ist, in dem Wagner starb. ›*In questo palagio/ l'ultimo spiro di Riccardo Wagner/ odono le anime/ perpetuarsi/ come la marea che lambe i marmi.* In diesem Palast/hören die Seelen/ den letzten Atemzug von Richard Wagner/ fortleben/ wie die Fluten, die den Marmor umspülen.‹ Gabriele D'Annunzio.«

»Und was erzählen Sie, wenn sie an Ca' Pesaro vorbeikommen? Ich möchte gerne wissen, was Sie den Touristen sagen, wenn Sie unter unserem Museum vorbeifahren.«

»Ich sage: ›Der dümmlichste Palast. Die Fundamente: ein Kerker, ohne Mannigfaltigkeit in den Abmessungen, ohne harmonische Anordnung der Steine. Die Pfeiler: reine Stapel von Käselaiben. Die Einschiebsel des Hauptbalkons: anonyme Steine, doppelt vulgär durch die Gleichmäßigkeit der Intervalle. Die Löwen mit der heraushängenden Zunge unten, die gefiederten Helme mit Federbusch im Piano Nobile und oben die abgeschlagenen Köpfe, alle gleich dumm. Die elliptischen Fenster: Bullaugen von Schiffen, häßlich in der Dekoration wie in der Form. Es ist das einzige Gebäude in Venedig, das so häßlich ist wie die, die wir heute bauen.‹«

»Sehr originell«, sagte Wanda.

»Nein«, sagte Primo. »Ruskin. *Die Steine von Venedig.* Wird von jedem mittelmäßigen Fremdenführer strapaziert.«

Links von ihnen zog eine Gondelserenade vorbei. Sechs Gondeln, aus denen *funiculi-funicula* schallte, gesungen von einem älteren Herrn, der mit seiner Windjacke und der Basketballmütze besser auf eine Parkbank als in eine Gondel gepaßt hätte.

»Und wo bleibt Marco Polo?«

»Ach, ja, dort drüben. Das Haus von Marco Polo. Wissen Sie, was Marco Polo von den Tataren berichtet hat? Wenn zwei Kinder sterben, warten ihre Väter, bis die toten Kinder ins heiratsfähige Alter kommen, und feiern dann Hochzeit. Sie verheiraten ihre Kinder miteinander, indem sie ein Schriftstück aufsetzen, das verbrannt wird. Sie zeichnen darauf Pferde und Harnische – das ist die Mitgift. Wenn der Rauch in den Himmel steigt, erfahren die Kinder auf diese Weise, daß sie jetzt miteinander verheiratet sind. Und die Angehörigen betrachten sich von dem Tag an als Verwandte.«

Venedig war für Primo wie ein Wohnzimmer, dessen Einrichtung er erklärte: Diese Uhr stammt von meinem Großonkel, der sie aus Istanbul mitgebracht hat. Dieser Schrank wurde von ihm entworfen, dieser Stuhl ist eine Rarität. Bitte nicht draufsetzen. Wanda war erstaunt. Erst gibt er den Tölpel und kriegt den Mund nicht auf, und jetzt redet er wie ein Wasserfall. Und nicht mal uninteressant.

»Die Gondolieri genießen keinen besonders guten

Ruf in Venedig«, sagte Wanda, um ihm auf die Spur zu kommen.

»Das hat sich also schon bis Neapel herumgesprochen. Jaja. ›Gondolieri gehören zu den lasterhaftesten und liederlichsten Schurken der Stadt. Wenn ein Fremder eine ihrer Gondeln nimmt und nicht sofort sagt, wohin er will, fahren sie einfach los und bringen ihn von sich aus geradewegs in einen Venustempel, wo er gehörig Federn lassen muß, bevor er wieder herauskommt.‹ Thomas Coryat, englischer Reisender im Jahre 1611.«

»Schön, daß Sie für alles ein Zitat bereit haben«, sagte Wanda spitz.

»Dafür werde ich bezahlt«, sagte Primo. »›Venedig hallt von Tassos Lied nicht mehr/ Still rudert, ohne Sang, der Gondolier;/ Die Prachtpaläste bröckeln hin ins Meer/ und selten schallt Musik mehr im Revier/Die Zeit ist hin!‹«

»Henry James. Ruskin. Neinneinnein. Halt. Natürlich nicht, die haben gar keine Gedichte … ich hab's auf der Zunge. Byron. Lord Byron. Ja, es war Byron, der das gesagt hat.«

»Nicht schlecht. *Vierter Gesang von Childe Harold.*«

»Ich kenne mich aus«, sagte Wanda stolz. »Wir haben in Neapel ein Venedig-Quiz gespielt.«

»Und was den schlechten Ruf betrifft: Es gibt keinen Venezianer in Venedig, der einen guten genießt. Die Muranoglasverkäufer verabscheuen die Karnevalsmaskenbastler, die Karnevalsmaskenbastler sehen in den Schleppern vom Markusplatz den Abschaum, die Schlepper vom Markusplatz hassen die Taubenfutterverkäufer vom Markusplatz, die Taubenfutterverkäufer verachten die Taxibootfahrer, Muranesen gelten als betrügerisch, Buranesen als verlogen, jeder ist neidisch auf jeden, und alle zusammen sind Venedigs Untergang.«

»Und die Gondolieri werden beneidet, weil sie am meisten Gelegenheiten haben, Touristinnen abzuschleppen«, sagte Wanda. »Sex in der Gondel, das ist doch bekannt.«

»Ah ja?« sagte Primo. Sein Mund schnurrte zusammen.

»Die Amerikanerinnen sollen ganz wild drauf sein, und es soll auch schon Japanerinnen geben, die davon träumen. Erzählen Sie doch mal, Sie wissen das doch sicher besser als ich.«

»Den Gefallen kann ich Ihnen nicht tun«, sagte Primo. »Sicher werden Sie jemand anderen für Ihre Bedürfnisse finden.«

»Sie sind aber empfindlich«, sagte Wanda.

Primo schwieg. Ein Taubenschiß auf dem Lack der Gondel. Wanda schämte sich. Zu spät.

Inzwischen war aus der Dämmerung Nacht geworden. Sie waren irgendwann vom Canal Grande in einen Seitenkanal gebogen. Sie kamen an der Fenice vorbei, und dann verlor Wanda die Orientierung. Weder sie noch Primo sagten ein Wort.

Unbehaglich saß Wanda da und hielt den Kopf starr nach vorn gerichtet. Jetzt fuhren sie durch einen schwarzen Kanal, das Ruder knarrte in der *forcola* und schmatzte kurz beim Eintauchen. Man hörte nichts außer diesem Knarren und Schmatzen. Die Palazzi schienen alle unbewohnt. Das Wasser röchelte, und eine Ratte tauchte unter. Die Fahrt schien nicht zu enden.

Endlich fuhr wieder eine Gondelserenadenpartie vorbei. Wanda fühlte sich erleichtert. Schließlich fand sie auch die Orientierung wieder, sie fuhren den Rio San Maurizio entlang, Richtung Canal Grande. Also brachte er sie zum Palazzo Dario. Der Palazzo Morosini dai Leoni, das Guggenheim-Museum, lag am Ufer gegenüber wie eine unvollendete Torte. Daneben der Rio de le Toresele zwischen Palazzo Dario und dem amerikanischen Konsulat. Primo fuhr zum Wasserportal des Palazzo Dario. Am Bootsanleger setzte er sie ab. Er half ihr beim Aussteigen. Wanda kramte in ihrer Tasche und zog einen Hunderttausend-Lire-Schein hervor.

»Hier«, sagte sie zu Primo. »Das ist doch Ihr Tarif, wenn ich mich nicht irre.«

Primo drehte ihr wortlos den Rücken zu und stemmte sich gegen das Ruder. Wanda hörte, wie ihr Satz ins Wasser fiel.

Nach ihrer Gondelfahrt telefonierte Wanda mit ihrem Vater, um sich etwas von dem mißlungenen Abschied abzulenken. Wanda erzählte ihm von Primo. Schließlich wünschte sich ihr Vater für sie doch nichts so sehr wie einen Mann. Aber dann kam alles ganz anders.

»Ein Gondoliere?« sagte er ungläubig, »Mein Gott, wie peinlich, Wanduccia. Du bist schließlich keine amerikanische Touristin. Oder willst du mir jetzt sagen, daß er ganz anders ist als alle anderen?«

»Man muß auch daran glauben«, sagte Wanda und legte auf. Man konnte es ihm offenbar nie recht machen.

Schlecht gelaunt betrat Wanda den Salon und stellte fest, daß schon wieder Lifting das Thema des Tages war. Radomir war davon wie besessen. Es gab keinen Tag, an dem er nicht darüber sprach. Er liebte es, die neuesten Methoden zu erläutern. Für und Wider des Laserliftings. Goldfäden in den Hals, ja oder nein?

An einigen Tagen ging es im Palazzo Dario zu wie in einem Boulevard-Stück. Unentwegt tauchte jemand auf, trat wieder ab, überraschend öffnete sich eine Tür, drehte sich ein Stuhl. Wanda erwartete immer, daß Männer aus Schränken fielen und Frauen »*O Gott mein Mann!*« riefen, weil sie in flagranti ertappt wurden. Besucher kamen und gingen, und Radomir saß mittendrin. Wie eine Spinne im Netz.

Die Männer mußten jung und schön sein, und die Frauen mußten junge, schöne Söhne haben. Oder reich sein. Oder beides. Außerdem war jeder willkommen, der sich in Venedig auf Durchreise befand.

Zu Radomirs fester Besetzung gehörte eine Kunsthistorikerin mit einem glatten Schneckengesicht, die Wanda nicht leiden konnte. Außerdem Radomirs Steuerberaterin, immer gegenwärtig und doch unsichtbar, die ihre Unscheinbarkeit zu entschuldigen versuchte, indem sie unaufhörlich Aschenbecher leerte. Dann junge Dichter. Immer andere junge Dichter. Mal kamen sie aus Venedig, mal aus Paris, aber immer fanden sie den Weg zu Radomir. Einigen Auserwählten erteilte er Privatstunden in Französisch, im Zeichnen oder in guten Manieren. Außerdem kam eine Patrizierin, die sich damit zerstreute, reichen Amerikanern Führungen durch die Palazzi ihrer Freundinnen zu organisieren.

Neuerdings tauchte auch regelmäßig ein junger Architekturstudent auf, der immer nach zerwühlten Bettlaken aussah, wie Wanda fand. Und dann war da natürlich noch der Architekt Cristiano Fabris, der als Freund des Hauses galt, seitdem er Radomir den Kauf des Palazzo Dario vermittelt hatte. Für Wandas Geschmack war er etwas zu beflissen. Er lachte immer schon, bevor Radomir seine Pointe überhaupt plaziert hatte.

»Manche sehen danach älter aus als vorher«, sagte die Patrizierin. »Die Mailänderin, die das D'Annunzio-Haus bewohnt, die *Casetta rossa* – ist es ihr Dritt- oder Viert-Haus? –, hat sich neulich von diesem neuen plastischen Chirurgen liften lassen, *Madonna*, sie sieht schrecklich aus!«

»Sie ist das beste Beispiel dafür, daß man nur kleine Liftings vornehmen sollte«, sagte Radomir. »Erst das Doppelkinn. Dann die Tränensäcke. Lokal betäubt. Ohne Vollnarkose!«

»Habt ihr das von der Journalistin Camilla Cerna gehört?« flüsterte die Steuerberaterin.

»Ja ja. Ich weiß. *Corriere della Sera*«, sagte Radomir, als erklärte das alles. »Sie hat es unter Vollnarkose machen lassen – und die Gute ist jetzt auch schon fast siebzig! Also mit siebzig eine Vollnarkose! Auf jeden Fall haben sie ihr zu viel gegeben, und deshalb schreibt sie nicht mehr, und man sieht sie auch überhaupt nicht mehr! Sie ist, ich will nicht sagen, halb verblödet, aber sie ist nicht mehr dieselbe! *Oddio!* Man muß vorsichtig damit sein! *Veramente!* Das ist gefährlich! Man kann nicht einfach hingehen und sich von morgens bis abends glattziehen lassen!«

Die Kunsthistorikerin strich sich über ihr Schneckengesicht. »Ich würde nicht mal meiner besten Freundin den Namen meines Schönheitschirurgen geben. Man kann niemandem raten. Das ist eine Verantwortung, die mir zu groß ist. Außerdem kommt es darauf an, ob du glatt wie eine Zwanzigjährige sein oder nur erfrischt aussehen willst.«

»Ponti in Rom ist der beste Chirurg, den es je auf Erden gab, was Nasen betrifft«, sagte der Architekt Fabris, um zu beweisen, daß auch er fachkundig war und verwegen genug, ein Urteil abzugeben.

»Aber Donati in Mailand ist auch nicht schlecht«, sagte Radomir, der sich das Wort nur ungern nehmen ließ. »Für alles. Gesicht, Oberarme. Ein äußerst seriöser Mann. Er macht es nur, wenn er es wirklich einsieht. Dann gibt es noch diesen Franzosen aus Lyon, wie heißt er noch gleich, der immer nach Mailand kommt, um zu operieren. Und eine Zeitlang waren die Brasilianer sehr in Mode. Pitanguy zum Beispiel. Obwohl ich immer der Meinung war, daß die Brasilianer überschätzt wurden.«

»Ist das der, bei dem die Parietti alles machen ließ?« fragte die schneckengesichtige Kunsthistorikerin.

»Parietti, Parietti?« rätselte Radomir. »Du meinst dieses Starlet? Ja, ich glaube, sie hat viel bei Ponti in Rom machen lassen. Mindestens das Lifting. Aber die Brüste sind von einem anderen. Und von wem sie die Wangenknochen hat, weiß ich nicht.«

Maria reichte Espresso und Plätzchen – die üblichen staubigen –, und Michel stand in der Ecke wie ein Garderobenständer. Cristiano Fabris verabschiedete sich mit einer gemurmelten Erklärung, daß er noch zu tun habe. Danach ging das Gespräch über in eine Diskussion der neuesten Renovierungsarbeiten der Stadt. Die Steuerberaterin leerte stumm die Aschenbecher, und die schneckengesichtige Kunsthistorikerin fiel Wanda ständig ins Wort, was ihre schlechte Laune verstärkte und sie zu zunehmend spitzen Bemerkungen veranlaßte.

Gegen sieben machten sich auch die anderen Gäste auf den Weg, um wie gewöhnlich den Aperitif irgendwo anders zu nehmen. Was Radomir sehr recht war, denn um sieben Uhr begann sein Fernsehabend. Michel reichte die Mäntel und begleitete die Gäste dann bis zum schmiedeeisernen Eingangstor, weil niemand außer den Bewohnern begriff, wie es zu öffnen war.

Es war die Steuerberaterin, die ihn als erste sah.

»Oh, mein Gott«, sagte sie langsam, »das ist doch Cristiano!«

Wanda hätte etwas mehr Dramatik angemessen gefunden. Zumindest einen kurzen, spitzen Schrei.

Immerhin lag Cristiano Fabris mit dem Gesicht in einer Blutlache vor dem Eingang. Er war bewußtlos. Neben seinem Kopf lag ein Engelsflügel.

15.

*Woran man den wahren Aristokraten erkennt,
was die Eigenheit von Urgroßmutter Adriana ausmacht
und worüber man an einem Liederabend spricht*

Der Architekt, der durch den Engelsflügel zur Strecke gebracht worden war, ließ Wandas Gedanken nicht los. Warum hatte es ausgerechnet Fabris getroffen, der zwar Stammgast bei Radomir, aber doch kein Bewohner vom Palazzo Dario war? Sie war auf dem Weg zu Morosini, der sie als Ausdruck allerhöchster Wertschätzung eingeladen hatte, sie zu einem Wagner-Abend zu begleiten. Die Wesendonck-Lieder zum Abendessen im Palazzo Albrizzi. Gesungen von der *Primadonna Assoluta*, Margherita Bulgakov. Und das, obwohl er immer noch vergeblich auf eine Einladung in den Palazzo Dario wartete.

Morosini wohnte unweit der Fenice-Oper in einem Palazzo, neben dem sich Ca' Dario zwar ausnahm wie eine Hutschachtel, sich aber nicht am Canal Grande befand, was ihn ohne jeden Zweifel verdroß. Nur wer am Canal Grande einen Palazzo besitzt, und sei er noch so schmal, gehört dazu, hatte Radomir Wanda erst vor kurzem erklärt. Dem Dogengeschlecht der Pisanis gehörte ein Barockpalast am Campo Santo Stefano – aber über die Schmach, nicht auf den Canal Grande blicken zu können, konnten auch weitere zwanzig Paläste nicht hinwegtrösten. Die Familie hatte erst Ruhe, als sie ihren Palast mit einem Wurmfortsatz verbinden konnte: dem Palazzetto Pisani, einem handtuchschmalen Palästchen am Canal Grande. »Ich ziehe das Leben hinter einem Paravent vor«, hatte Morosini vornehm verkündet. »Bloß nicht am Canal Grande, denn dort lebt man doch wie in einem Schaufenster! Und dann erst Palazzo Dario, *porta nera*! Ich würde den Palazzo nicht nehmen, auch wenn er mir geschenkt würde!« Was Wanda heuchlerisch fand.

Als sie durch die Calle della Chiesa und über den Campo San Vio zur Accademiabrücke ging, trug sie Gummistiefel, was ihre Laune nicht gerade hob. Im Gummistiefel wurden alle gleich. Venezianer trugen entweder grüne Gummistiefel oder schwarze. Schwarze Kanalarbeiter-Gummistiefel. Schon morgens um sieben hatten die Hochwassersirenen Alarm gegeben, woraufhin die Touristen sich die Hosen hochgekrempelt und ihre Füße in Müllsäcke gesteckt hatten. Sie freuten sich über dieses Spektakel wie über eine Zulage, die einzige kostenlose, mit der die Stadt sie bedachte. Wanda war weniger begeistert. Das Wasser stand so hoch, daß es ihr schon nach wenigen Schritten in die Stiefel gelaufen war. Eine Obstkiste, in der halbverfaulte Apfelsinen dümpelten, trieb auf den Fluten. Wasser bis zum Hals.

Mit nassen Füßen kam sie im Palazzo Morosini an. »Ekelhaftes Wetter!« sagte sie, als Morosini ihr die Tür öffnete. In der Eingangshalle stand eine Statue, die aussah, als sei sie von Canova. Daneben lag eine *felze*, eine baldachinartige Überdachung für die Gondel, aus der Zeit, als die Gondeln noch schwimmende Salons waren.

»Das letzte Mal habe ich die *felze* gebraucht, als ich zu einem Empfang von Prinz Charles und Lady Di auf der Britannica eingeladen war«, erzählte Morosini stolz. »Alle anderen kamen mit den Motorbooten. Nur ich in der Gondel. Wie es sich für einen Venezianer gehört.«

Morosini lief über den Flur und beobachtete Wanda, die mit einem Ruck ihre Gummistiefel auszog und in die Schuhe schlüpfte, die sie in einer Papiertüte mitgebracht hatte. Er schien über das Hochwasser erfreut, als sei es eine besondere Darbietung, die seine Stadt ihm zu Ehren gab. Er führte sie in einen kleinen, freskengeschmückten Salon.

»Am Hochwasser«, so belehrte er Wanda, »scheidet sich die Spreu vom Weizen, der Aristokrat vom Dosenmenschen, der Venezianer vom Rest der Menschheit!«

»Aha«, sagte Wanda, die Mühe hatte, sich auf seinen Vortrag zu konzentrieren. Sie dachte an Radomir, der nach dem Engelsflügel-Vorfall vehement behauptet hatte, es käme in Venedig täglich vor, daß Passanten von herabfallenden Marmorstücken wenn nicht zu Tode gebracht, so doch schwer verletzt würden. Von wegen Fluch! Was Wanda und Michel allerdings kaum überzeugen konnte.

»Der Venezianer ist ein Aristokrat!« knarzte Morosini. »Er lebt hier seit tausend Jahren und ihm ist ein außergewöhnliches Anpassungsvermögen angeboren!«

»Ich hatte nicht das Gefühl, daß der Zeitungshändler vom Campo della Carità sich sehr aristokratisch fühlte, als sein Kiosk unter Wasser stand«, sagte Wanda.

»Nie würde sich ein wahrer Venezianer über das Hochwasser beschweren!« entgegnete Morosini trotzig. »Der Händler, der sich darüber beschwert, daß seine Ware unter Wasser steht, ist ein Idiot und kein Venezianer. Ein Venezianer weiß, daß er seine Ware nicht auf dem Boden stehenlassen kann. Am Markusplatz hatten die Geschäfte früher immer Verkaufstische mit hohen Beinen, aber heute machen sie die Schaufenster zu ebener Erde, stellen darin Schuhe und Kleider aus und wundern sich dann, daß ihnen das Hochwasser alles ruiniert. Sie haben es nicht anders gewollt!«

Er schenkte ihr Kaffee ein.

»Alle Welt glaubt, wir seien darüber verzweifelt, daß wir eines Tages untergehen könnten. Ich für meine Person gehe lieber unter. So wie das antike Malamocco. Zweihundert Jahre lang kleine Hochwasser, bis wir es räumen mußten. Nie würde ich an den Hängen des Vesuv leben, nie am Sankt-Andreas-Graben in Kalifornien, nie in der Sahara. Nein, nein, für uns Venezianer ist das Hochwasser kein Problem. Es ist nur eine Frage der Höhe der Stiefel.«

Wir Venezianer. Wir, die wir Venedig erbaut haben, die wir uns dem Papst widersetzt haben, wir, die wir die Meere beherrscht haben. Als wäre Venedigs Blütezeit erst gestern gewesen, als sei der Conte Morosini dabei gewesen, dachte Wanda. Venedig, seine Sonne, sein Mond, sein Gestern, sein Heute, sein Morgen.

Unten im Kanal fuhr eine Gondelserenadenpartie

vorbei, aus der *Il ballo del quaquaqua* tönte. Der Ententanz.

Morosini stöhnte auf. »Und das ist die Belohnung dafür, tausend Jahre im Wasser überlebt zu haben.«

Im Salon stand die Marmorbüste einer Frau. Eine strenge Person mit ausladendem Dekolleté.

»Wer ist das?« fragte Wanda neugierig.

»Meine Urgroßmutter Adriana. Sie gleitet regelmäßig über den Flur, entstofflicht selbstverständlich. Seit Generationen ist jedermann in meiner Familie an sie gewöhnt.«

»Woran erkennt man sie?«

»Sie zieht wie eine Nebelwand *en miniature* durch den Palazzo. Wie ein weißer Hauch. Völlig ungiftig.«

»Der Hausgeist also«, sagte Wanda, die immer noch an den gestürzten Architekten dachte.

»Ja«, sagte Morosini. »Sie duldet keine anderen Geister neben sich.«

Wanda hatte eine Idee. Vielleicht würde es Morosinis Urgroßmutter mit dem Fluch vom Palazzo Dario aufnehmen? Ihn neutralisieren? Ein bißchen auf den einzelnen Etagen hin- und herwehen, und schon wäre der Unstern beseitigt? Die Geranien würden wieder blühen, Michels Kanarienvögel singen. Wanda hatte seit Tagen darüber gerätselt, was ein typisch venezianisches Fluchbekämpfungsmittel sein könnte. Den Palazzo mit dem ersten Frühjahrshochwasser besprühen? Vielleicht halfen die vier »O Eisen des Vierfüßlers« nur, wenn sie in venezianischem Dialekt ausgesprochen wurden? Auf Morosinis Urgroßmutter wäre sie nicht gekommen.

»Können Sie mir vielleicht Ihre Urgroßmutter ausleihen?« fragte Wanda. »Bei uns hat der Fluch unseren Hausarchitekten zur Strecke gebracht.«

»Ich habe schon davon gehört. Unter uns: Es ist nicht schade um ihn«, sagte Morosini.

»Er wird im Sanatorium in Padua gepflegt. Es sieht so aus, als würde er debil bleiben.«

»Eine Schmeißfliege«, sagte Morosini. »Er hat immer davon geträumt, aus dem Palazzo Dario kleine Ferienappartements zu machen. Wahrscheinlich hat er Ihrem Onkel den Palazzo nur deshalb verkauft, weil er glaubte, daß er keine Erben hat. Muß für ihn eine üble Überraschung gewesen sein, als Sie auftauchten.«

»Mir war er auch nicht gerade sympathisch. Aber es macht trotzdem keinen guten Eindruck, daß dieses Unglück ausgerechnet im Palazzo Dario passiert ist. So kann es nicht weitergehen. Deshalb noch mal meine Bitte: Wären Sie möglicherweise bereit, einer verzweifelten Mitarbeiterin Ihre Urgroßmutter zu überlassen?« fragte Wanda.

»Ich scheue davor zurück, meine Urgroßmutter zu Rate zu ziehen. Schließlich ist der Palazzo Dario dafür bekannt, zumeist von Homosexuellen bewohnt worden zu sein. Das fördert die Angelegenheit nicht gerade. Adriana hat ein wenig aufgeklärtes Verhältnis zur Homosexualität. Sie will alle bekehren.«

»Wie äußert sich das?« fragte Wanda.

»Sie hat mich schon in sehr unangenehme Situationen gebracht«, sagte Morosini. »Erst vor kurzem war ein französischer Schriftsteller bei mir zu Besuch. Er hat die ganze Nacht kein Auge zugemacht. Am nächsten Morgen klagte er darüber, geträumt zu haben, daß eine Frau unter seine Bettdecke gekrochen sei und ihre Füße an den seinen zu wärmen versuchte. Am Tag darauf ist er ins Hotel Mercurio gezogen. Adriana macht keinen Unterschied zwischen bekennenden und nicht bekennenden Homosexuellen. Das macht die Sache besonders heikel. Einmal war eine amerikanische Opernsängerin bei mir zu Besuch. Ganz Venedig weiß von ihr, daß sie lesbisch ist. Sie aber will es verbergen. Und so schwärmte sie, wie es ihre Art ist, völlig exaltiert von Venedig. ›Die Romantik! Das Morbide!‹ Alles berauschte sie. Vor allem: ›Die Galanterie des Latin Lover!‹ Und dann sagte sie: ›Ich liebe Venedig wie einen Mann‹, und bei ›wie einen Mann‹ kriegte sie einen Erstickungsanfall. Die Adern schwollen an, und sie wurde blau im Gesicht. In meiner Hilflosigkeit schüttete ich ihr ein Glas Mineralwasser über den Kopf. Nicht, weil ich sie retten wollte. Denn wenn eine Lesbierin sagt, sie liebt Venedig wie einen Mann – eine schlimmere Beleidung kann man sich als Venezianer kaum für seine Stadt vorstellen.«

»Hat sie es überlebt?«

»Ja, ich habe dann doch die Ambulanz gerufen – schließlich weiß man ja, was sich gehört –, die unerwartet schnell kam. Mir war die Geschichte sehr unangenehm. Denn anders als meine Urgroßmutter, die aus Padua stammt, ist mir die sexuelle Orientierung meiner Gäste völlig gleichgültig. Schließlich gelten wir Venezianer als tolerant. Warum versuchen Sie es nicht mit dem Magier Alexander, der in der Ruga Giuffa residiert?«

Wanda erinnerte sich an diesen Namen. Morgens

nach dem Aufwachen hatte sie ihn gehört. *Il mago Alexander* auf Radio Venezia Sound. Nach der ungefähren Zeitangabe, zwischen Werbung für Pizzerien, Copy-Shops und Motorboote warb er mit Blitzen und Donner und Harfenklängen. Sie hatte seinen Werbespot schon so oft gehört, daß sie ihn auswendig konnte. »Haben Sie ernste Probleme mit der Gesundheit? In der Liebe? Im Beruf? Beim Sex? Im Geschäftsleben? Und wollen Sie diese Probleme lösen? (Blitz, Donner) Wenden Sie sich an den Magier Alexander. Nach Paris und Padua jetzt auch in Venedig. Sein Geist kennt keine Grenzen. Hellseher, Kartenleger, Astrologe. Experte in Schwarzer und Weißer Magie. (Donner) Der Magier Alexander befreit Sie von Verwünschungen, schützt vor dem bösen Blick und gegen Flüche. Der Magier Alexander bereitet persönliche Talismane vor. Vergütung erst erforderlich, wenn das gewünschte Resultat erreicht wurde. (Donner) Eine Beratung ist auch aus der Ferne und per Telefon möglich. Ergreife dein Glück mit beiden Händen! Es ist dein gutes Recht. (Harfenklänge) Rufe den Magier Alexander an, unter der Nummer Nullviereins, fünfhundertzwanzig, achtunddreißig, achtundvierzig, und alle deine Probleme werden gelöst.«

»Gar keine schlechte Idee«, sagte Wanda. »Ich werde es versuchen.«

Wozu gab es schließlich Spezialisten? Und was hatte sie selbst neulich noch zu Radomir gesagt? Wenn es ins Haus regnet, ruft man doch auch den Dachdecker.

Schließlich brachen sie zum Liederabend im Palazzo Albrizzi auf. Als sie ankamen, saßen die anderen Gäste des Liederabends bereits auf ihren Stühlen. Wanda versuchte sich vergeblich zu erinnern, wofür gesammelt wurde, für oder gegen das Hochwasser oder die Wiedereröffnung der Fenice? Die *Primadonna assoluta* sei mit ihrer persönlichen Apothekerin angereist, murmelte man. Sie betrat den gelben Salon in ein schwarzes Samtkleid mit Schleppe und Danton-Kragen gehüllt. Sie lief nicht, sie glitt durch den Raum, als hätte sie Rollen unter den Füßen. Und als sie sang, schauten alle so ergriffen drein, als hätten sie eine Hostie im Mund.

Wanda saß am Tisch mit der Contessa Battaglia von der Gesellschaft der *Amici della Scala* und zwei Amerikanern aus Idaho. Die Contessa steckte in einem Blumenkleid aus Chiffon und hatte runde, erschreckte Augen. Ich wette, daß sie sich vor fünfzig Jahren zum ersten Mal hat liften lassen, dachte Wanda. Mutig, aber die nächsten fünf Liftings hätte sie sich sparen können. Wanda hätte sie am liebsten gefragt: Sind Sie es da drin? Die beiden Amerikaner verbrachten natürlich ihren Lebensabend hier, was sonst. Manchmal kommt mir die Stadt vor wie ein einziges Altersheim, dachte Wanda. Die Giudecca ist voll von pensionierten französischen Kunstgaleristen, deren Ambition sich jetzt auf das Aquarellieren konzentriert. Der Pensionär aus Idaho hieß John und war Psychoanalytiker im Ruhestand. Offenbar erhoffte er sich von Venedig, nie wieder vom psychologischen Mitteilungsdrang seiner Mitmenschen belästigt zu werden, denn er schwieg Wanda an.

Seine Frau Betsy stellte ihn Wanda vor: »That's my husband Giovanni«, kicherte sie. Sie war Bildhauerin. Die Konversation mit ihr lief ab wie ein Sprachkurs. Ihre Sätze endeten immer auf o oder a.

»A *Venezia funziona nienta*«, sagte sie und erzählte in ihrem Pidgin-Italienisch die Geschichte ihrer nicht funktionierenden Klimaanlage. Warum müssen Amerikaner immer so extrem sein? dachte Wanda. Vor kurzem hatte sie eine junge Amerikanerin kennengelernt, deren Liebe zu Italien sogar so weit ging, daß sie zum Katholizismus übertrat und auf der Straße unregelmäßige Verben vor sich herbetete.

Der Vorsitzende der venezianischen Wagner-Gesellschaft, der alte hysterische Siciliano, suchte den Gesang der Bulgakov nach Cis und Fis ab. Er klopfte sich auf den Bauch und schrie: »Hier sitzt der Ton!«

Wanda dachte an den Magier Alexander. Sein Geist kennt keine Grenzen. Nach Paris und Padua jetzt auch in Venedig.

Und dann riefen alle »Bravo!«, bis die Stuckdecke erzitterte.

16.

Des Dramas vierter Teil.
Massimo Miniato Sassoferato
oder die Dämonen

Es war einer jener leuchtenden Frühjahrstage in Venedig, ein Tag, der wie geschaffen dafür war, ihn mit einem ausgedehnten Spaziergang in der Sonne der malerischen Lagunenstadt zu verbringen, als Massimo Miniato Sassoferato, Conte von Brachtenburg und Hohenstein mit seinem Privatflugzeug auf dem kleinen, pittoresken Flughafen am Lido landete. Der venezianische Himmel war märchenblau, die Wolken weiße Wattebäusche, die Adria smaragdgrün und der Sand des weltberühmten Lido schimmerte in allen Schattierungen von Schneeweiß bis Zartrosa. Massimo Miniato kehrte gerade von einem amüsanten Wochenende an der Côte d'Azur zurück. Den ganzen Flug über hatte er gelacht, weil seine mitfliegenden Freunde leichenblaß vor Angst geworden waren, als er vor der Landung noch ein paar Loopings über dem Lido gedreht hatte. Noch als er aus dem Cockpit stieg, lachte er, als hätte man ihm einen guten Witz erzählt, er hielt sich den Bauch, bog sich und wischte die Tränen aus seinen Augenwinkeln.

»Du bist nicht nur ein gefährlicher Autofahrer, sondern auch ein gefährlicher Pilot«, sagte einer der Mitreisenden zu ihm, nachdem alle ausgestiegen waren.

»Nicht gefährlich, sondern lediglich sportlich«, antwortete Massimo. »Das Leben ist zu kurz, um sich zu langweilen.« In Erinnerung an die erschrockenen Gesichter lachte er noch mal kurz auf.

Massimo Miniato Sassoferato, Conte von Brachtenburg und Hohenstein war nicht besonders gut aussehend, machte das jedoch durch seinen Reichtum und seine gesellige Art wieder wett. Wenngleich er klein war und seine Kindheit schon Jahrzehnte hinter ihm lag, so war er doch ein stattlicher Mann. Sein blondes Haar leuchtete im venezianischen Licht wie Gold. Er trug einen blendend weißen, maßgeschneiderten Anzug mit neapolitanisch übereinandergesetzten Knöpfen. Jetzt setzte er sich einen Panamahut auf. Die breite Krempe warf einen dunklen Schatten auf sein Gesicht.

Eine Frau tauchte in der Tür des Flugzeugs auf. Die umstehenden Mechaniker und Fluglotsen schienen den Atem anzuhalten. Das venezianische Licht fing sie ein, und da stand sie nun auf der Piste des venezianischen Flughafens – goldschimmernd und mit rotem Haar, das ihr Haupt wie eine Feuerkrone umflammte.

Massimo reichte ihr lässig die Hand. »Und, *carissima Anna*, wie hat dir der Flug gefallen?«

»Weil du als Liebhaber ebenso überschäumend bist wie als Pilot, verzeihe ich dir«, sagte Anna und zog das elegante Leinenkostüm über den schönen Beinen glatt. Anna wußte nur zu gut, wie man Männer in Bann schlagen kann. Sie hob das Kinn, die Augen blitzten und das

Lächeln um ihre weichen Lippen, mal provokativ, mal verführerisch, schlug alle, die ihr bei ihrem Spiel zusahen, in ihren Bann.

Die umstehenden Männer lachten. Auch Massimo lachte stolz über seine wunderschöne Begleiterin. Er liebte es, wenn andere Männer sie bewunderten.

Schließlich stiegen beide in das elegante Rivaboot, das am Kanal auf sie wartete. In der venezianischen Lagune erwartete sie eine wundervolle Märchenlandschaft. Das Boot tanzte über die kleinen Wellen, und das berühmte venezianische Licht spiegelte sich in Dutzenden verschiedenen Farben. Massimo blickte Anna an. Sie hatte die Lippen leicht geöffnet. Ihm lief ein Schauder über den Rücken, als er sich daran erinnerte, wie er diese Lippen auf den seinen gespürt hatte, wie leidenschaftlich er ihren Kuß erwidert hatte.

»Ich will, daß du mich küßt und mich hältst«, sagte Anna, während sie den Canal Grande, die schönste Straße der Welt entlangfuhren, als hätte sie Massimos Gedanken gelesen. Sie hörte, wie Massimo scharf die venezianische Lagunenluft einsog, sie sah das Flackern in seinen Augen, bevor sie wieder in samtener Schwärze versanken.

»Dein Wunsch ist mir Befehl«, stieß er rauh hervor und zog sie an sich, bis ihre weichen Brüste an seiner muskulösen Brust lagen. Und während sie am Bootsanleger des malerischen Palazzo Dario anlegten, küßte er sie leidenschaftlich.

Das war ein kleiner, wenngleich wichtiger Unterschied zwischen Massimo Miniato und seinen unglückseligen Vorgängern im Palazzo Dario: Massimo Miniato

Sassoferato hatte nicht ihre gewisse Neigung. Er liebte Frauen mehr als alles andere. Würde Palazzo Dario ihn dennoch ins Unglück stürzen? Oder würde sich das Schicksal selbst untreu werden? Massimo Miniato hatte den Palazzo von der Banco di Napoli gekauft. Die Bank hatte Palazzo Dario nach dem Bankrott und dem Tod des Vorbesitzers, des Engländers Mick Swinton, erworben. Massimo Miniato galt als sehr reich, man sah ihn immer in Gesellschaft von bedeutenden Politikern. Seine Familie stammte aus dem norditalienischen Hochfinanzmilieu und lebte in Mailand. War es Widerspenstigkeit, Auflehnung gegen seine Bestimmung zum ereignislosen Lebensabend im Mailänder Bankiersgeschäft, daß er sich eines Tages entschloß, sich einen venezianischen Palazzo zu kaufen und nur noch seinen immensen Reichtum zu genießen? Oder war es dunkle Vorherbestimmung, daß er sich ausgerechnet für diesen Palazzo entschied, dessen bisherige Bewohner alle ein schreckliches Ende gefunden hatten?

Massimo Miniato hatten die eigenartig glühenden Augen, mit denen der Bankdirektor der Banco di Napoli ihm den Palazzo Dario zum Kauf anbot, nur kurz irritiert. »Ein Spottpreis« hatte er bloß gedacht und sofort zugesagt. Er richtete den antiken Palazzo wieder so ein, wie er gewesen war, bevor Sotheby einen großen Teil der ursprünglichen Einrichtung versteigert hatte, um die immensen Schulden seines glücklosen Vorgängers, des Engländers Mick Swinton, zu bezahlen. Er kaufte einen wertvollen, antiken Barock-Sekretär und ein seltenes Dogenporträt, um die Einrichtung des wunderschönen alten Palazzo Dario wieder komplett zu machen.

Im Mohamed-Salon des Palazzo Dario wartete Massimos Schwester Giulietta auf ihn. Sie war etwas älter als Massimo und lebte, seit sie von dem venezianischen Adeligen Pietro Tron kinderlos geschieden war, in Cortina. Weil sie dem Zauber der Lagunenstadt verfallen war, kam sie oft nach Venedig. Sie legte Wert darauf, bei ihren Aufenthalten in der Wasserstadt bei ihrem Bruder Massimo zu wohnen. Giulietta war eine hochelegante Frau von jener erlesenen Schönheit, die jedermann in Verzückung geraten ließ. Sie saß mit anmutig gekreuzten Beinen auf einer Recamière und trug ein gelbes, goldpaspeliertes Kleid, das aufs vortrefflichste mit ihrem schwarzen Madonnenhaar harmonierte. Auf ihrem Schoß hielt sie einen großen Stoffhasen.

Als Massimo mit Anna den prächtigen Mohamed-Salon betrat, war er überrascht, seine Schwester dort vorzufinden. Er hatte sie nicht erwartet.

»Anna, das ist meine Schwester Giulietta. Giulietta, das ist Anna«, sagte er zögerlich. Verlegen rieb er sich die großen Hände. »Äh, ich lasse euch jetzt eine Minute allein. Ich muß ein paar Telefonate erledigen.« Schnellen Schrittes verließ er den Mohamed-Salon.

Anna wunderte sich. Sie hatte Massimo noch nie so unsicher gesehen. Zwischen den beiden Frauen herrschte eisige Stille. Schließlich durchbrach Giulietta das Schweigen.

»Sehr erfreut«, sagte sie zu Anna und wanderte mit ihren großen, schwarzen Augen über Annas schönes Gesicht.

»Sie sind also Massimos Schwester«, sagte Anna und versuchte zu lächeln.

»Ganz recht. Seine Schwester.« Giulietta sprach das Wort »Schwester« so spöttisch aus, als wollte sie sich darüber lustig machen.

Wer war diese Frau? fragte sich Anna. Und warum hatte Massimo nie von ihr erzählt?

Giulietta rang sich ein verkniffenes Lächeln ab und streichelte über ihren Stoffhasen.

»Welch ein Glück für mich, daß Massimo diesen wunderbaren Palazzo gekauft hat. Cortina ist auf Dauer nicht auszuhalten.« Sie stand auf, machte zwei Schritte zum herrlich verglasten Fenster und blickte in den Garten. »Ich würde mich freuen, wenn wir ein paar Schritte durch den Garten machen könnten, bis Massimo zurückkehrt.«

»Gerne«, erwiderte Anna mit angestrengter Freundlichkeit. »Maria könnte uns den Kaffee auf der Terrasse servieren.«

»Eine ausgezeichnete Idee«, pflichtete Giulietta ihr bei. Sie hakte sich bei Anna unter, und sie spazierten gemeinsam durch den Garten. Sie machten es sich auf Gartenstühlen bequem. Staunend beobachtete Anna, wie Giulietta dafür sorgte, daß auch für den Stoffhasen eine Tasse Kaffee bereitgestellt wurde.

»Ich weiß nur wenig über Sie, liebe Anna«, sagte Giulietta. »Mein Bruder ist immer so diskret, was seine, nun ja, Frauengeschichten betrifft.«

Anna zuckte zusammen. Frauengeschichten! Als wäre sie nur ein kleines Betthäschen für Massimo! Dieses Biest wollte sie erniedrigen. Der Pfeil hatte gesessen. Jetzt aber spannte Anna den Bogen.

»Vielleicht hatte Massimo noch keine Zeit, Sie zu

unterrichten. Aber wir haben vor, nächsten Monat zu heiraten.«

Giulietta starrte Anna durchdringend an. Sollte das ein böser Scherz sein? Wie konnte diese Frau hoffen, Massimos Ehefrau zu werden? Für Massimo gab es nur eine Frau, und das war sie, Giulietta. Giulietta versuchte, Anna mit Massimos Augen zu sehen. Doch nichts wies darauf hin, daß ihr dieses Geschöpf überlegen war.

»Massimos Frau?« schrie sie. »Das ist unmöglich. Er würde nie jemanden wie Sie heiraten. Erst recht nicht mit diesem Haar.«

Ungläubig starrte Anna sie an. Mit welchem Haß sie geredet hatte. Was nahm diese Frau sich heraus? Und jetzt versuchte sie auch noch, ihrem Stoffhasen ein Glas Wasser an den Mund zu führen.

Es schien, als hätte Giulietta ihre Gedanken gelesen, denn plötzlich sagte sie ihr: »Ach, ich vergaß, Ihnen Rabbittino vorzustellen. Rabittino ist unser gemeinsames Kind. Ja, das von Massimo und mir. Meist aber kümmere ich mich um ihn, Massimo hat ja soviel zu tun. Ich habe ihm in Cortina ein Zimmer eingerichtet, wo er inmitten der Gesellschaft anderer Tiere lebt. Er ist mit einem Lämmchen verlobt.«

»Oh«, sagte Anna. Sie ist verrückt, dachte sie.

Giulietta streichelte den Stoffhasen. »Massimo wird Sie nie lieben«, sagte sie ruhig. »Er liebt nur mich.«

In diesem Augenblick betrat Massimo die Terrasse. »Ich sehe, ihr habt es euch gemütlich gemacht. Das freut mich«, sagte er, als er die beiden Frauen sah. Anna atmete auf. Hauptsache, sie war nicht mehr mit dieser Wahnsinnigen allein.

»Du wirst doch sicher einige Tage bleiben, Giulietta, mein Herz? Soll dir Maria dein Zimmer herrichten?« fragte Massimo seine Schwester in zärtlichem Ton. Zu zärtlich, wie Anna fand. Warum bestand er auch noch darauf, daß seine Schwester blieb? Was verbarg sich hinter dem Stoffhasen? Die schöne Anna beschlich ein unheimliches Gefühl. Hatten sie nicht viele Venezianer vor dem Fluch von Palazzo Dario gewarnt? Der Gedanke ließ sie erzittern.

Anna schlief schlecht im Palazzo Dario. Eines Nachts wachte sie schweißgebadet auf. Der Platz neben ihr war leer. Massimo war nicht da. Durch die Fenster schien das bleiche Mondlicht ins Schlafzimmer. Sie trug ein fliederfarbenes Nachthemd aus Seide, zarte Spitze bedeckte ihr schönes Dekolleté. Sie stand auf und blickte auf den weltberühmten Canal Grande. Was war es nur, was sie so unruhig machte?

Plötzlich knallten die Türen und Fensterläden zu. Anna wandte sich um, das Herz schlug ihr bis zum Hals.

»Wer ist da?« fragte sie.

Sie bekam keine Antwort.

»Ist hier jemand?«

Anna zwang sich, ihre Angst zu überwinden und auf den Flur zu gehen. Vielleicht war Massimo noch im Salon und las. Sie lief über den Flur zum Mohamed-Salon. Sie machte Licht. Er war leer, doch schien es ihr, als hätte sich dort drüben, in der dunkelsten Ecke, ein Schatten bewegt. Der Schatten eines Hasen. Oder irrte sie sich? Sie ging in das Eßzimmer – da! Wieder ein Schatten, der sich bewegte. Anna spürte, wie ihre Füße eiskalt wurden. Hörte sie nicht, wie jemand schwer atmete? Sie wollte schreien, weglaufen, sich retten – wo war nur Massimo? Nein, sie durfte jetzt nicht die Nerven verlieren. Ohne ein Geräusch zu machen, setzte sie Fuß vor Fuß. Der Weg zurück in ihr Schlafzimmer schien ihr wie eine Ewigkeit, und als sie schließlich die Tür hinter sich schloß, perlte Schweiß ihren schönen Körper hinab. Erleichtert atmete sie auf, das Spiel von Licht und Schatten hatte ihr wohl einen bösen Streich gespielt. Doch kaum hatte sie das gedacht, ließ ein schreckliches Geräusch sie vor Schreck zusammenfahren. Fingernägel kratzten an der Tür.

»Anna«, flüsterte eine Stimme. »Ich weiß, daß du da bist.«

Ich sterbe, dachte Anna. Der Fluch von Palazzo Dario. Doch dann faßte sie ihren ganzen Mut zusammen und riß die Tür auf. Vor ihr stand Giulietta in einen purpurfarbenen Brokatmantel gehüllt. In ihrem Arm trug sie den Hasen.

»Ach Anna, du bist noch wach?« fragte sie. »Massimo ist nicht da? Wie eigenartig. Ich wollte ihn um Hilfe bitten. Der Fensterladen läßt sich nicht schließen und klappert entsetzlich.«

»Ich weiß nicht, wo Massimo ist«, sagte Anna, »und verzeih, aber ich bin zu müde, um dir jetzt helfen zu können.« Sie versuchte die antike Tür zu schließen. Aber da hatte Giulietta schon einen Fuß dazwischen gestellt. In der einen Hand schwang sie einen silbernen Kerzenleuchter, in der anderen den Hasen.

»Was hast du dir eigentlich dabei gedacht, dich hier

bei uns einzuschleichen?« schrie Giulietta. »Dir geht es ums Geld, das sehe ich.«

Anna drückte sich gegen die Tür. Die Frau ist gemeingefährlich! Jetzt war der Stoffhase im Türrahmen eingeklemmt. Giulietta schrie wie am Spieß. Mit übermenschlicher Kraft drückte sie die Tür auf und fiel über Anna her. Sie zogen sich an den Haaren und schlugen mit geballten Fäusten aufeinander ein, keuchten im Kampf um Leben und Tod – bis ein seidenes Nachtkleid zerriß und sie entblößt auseinandertrieb.

Massimo schaute auf die geliebte Frau herab, wie sie jetzt in seinen Armen lag. Das zerrissene Nachtkleid hob ihre Schönheit um so stärker hervor. Ihr Gesicht war fahl, die Lider schwarz wie der Canal Grande bei Nacht, und ihre Wangen bleich wie der istrische Marmor. Sanft strich er ihr eine Haarsträhne aus dem Gesicht. Was war geschehen? Was wäre passiert, wenn er nicht plötzlich zurückgekehrt wäre?

Palazzo Dario war hell erleuchtet gewesen, als er sich von einem Gondoliere hatte übersetzen lassen. Er hatte sogleich »Anna« gerufen, als er das schwere Eingangsportal aufschloß. Aber er hatte nur ein Keuchen gehört. Dann war er hinaufgestürzt zum Schlafzimmer … Und hatte sie gefunden. Gerade noch rechtzeitig.

Massimo stöhnte auf. Er drückte Anna gegen seine muskulöse Brust. Diese Dunkelheit! Er sog ihren süßen Duft ein und vergrub seine edle Nase in ihrem schönen Haar. Durch das Fenster erleuchtete plötzlich ein Mondstrahl den Raum. Jetzt im Mondlicht beschlich ihn ein Zweifel. Aber Anna … Es konnte die geliebte Frau nicht sein. Anna hatte purpurrotes Haar, doch das der Frau, die er in den Armen hielt, war von ebenholzschwarzer Seidigkeit. Wer war sie?

»Massimo?«

Es war nur ein schwaches Flüstern in der endlosen Stille. Massimo wandte sich um. Hinter ihm stand Anna mit vom Weinen verquollenem Gesicht. Was sie sah, ließ sie erstarren. Die Frau, die er in den Armen hielt, war seine Schwester!

»Was machst du da mit Giulietta?« Annas Stimme zitterte.

Jetzt wachte auch Giulietta auf. Sie seufzte. Er drückte sie fest an sich. »Alles ist gut, ich bin bei dir.«

»O Gott, was ist geschehen? Wie komme ich hierhin?«

»Ein Traum«, sagte Massimo. »Es war nur ein Traum.«

»Nein, es war Wirklichkeit. Anna hat mich umbringen wollen.«

Massimo legte ihr den Finger auf den Mund und strich ihr über die sanfte Wölbung ihrer schönen Lippen.

»Es ist vorbei. Es war nur ein schlechter Traum. Ich bringe dich wieder ins Bett.«

Nach diesem Vorfall hatte Anna keine Ruhe mehr. Immer schien es ihr, als bewegten sich überall Schatten, als lauerte Giulietta in jedem Winkel dieses verwunschenen Palazzo. Manchmal verbrachte sie ganze Tage damit, in den endlosen Gassen der Lagunenstadt herumzuwandern, ohne Ziel folgte sie nur ihren eigenen Füßen, nur um sich nicht im Palazzo Dario aufzuhalten.

Als färbte ihr Schicksal auf ihn ab, wurde auch Massimo bald von einem ersten Blitzstrahl des Unglücks getroffen. Nach einer unerklärlichen Steuerkontrolle war sein gesamter Besitz in Jesolo beschlagnahmt worden. Jemand hatte ihn wegen Bilanzfälschung angeklagt. Anna sah eine letzte Chance auf ein Glück mit Massimo aufziehen.

»Laß uns von hier weggehen«, flehte sie. »Es liegt ein Fluch auf diesem unseligen Palazzo.«

Doch Massimo lachte nur. »Ich bitte dich, Anna, bist du etwa abergläubisch?« Er nahm sie in den Arm. »Alle denken, daß es mit mir zu Ende geht«, sagte er dann und knackte mit den Fingerknochen. »Aber ich werde es ihnen schon zeigen, und du, vergiß am besten den Fluch. Wir machen ein Fest. Eines, von dem ganz Venedig sprechen wird.«

Anna war vom frühen Morgen bis in die späte Nacht auf den Beinen. Sie wollte Massimo bei der Vorbereitung des Festes helfen, auch wenn ihr nicht wohl bei dem Gedanken war, länger zusammen mit seiner wahnsinnigen Schwester in diesem unheimlichen Palazzo wohnen zu müssen. Sie ließ die Möbel polieren, bis sie glänzten wie der Canal Grande im Sommerlicht, überall dekorierte sie mit Lilien, die den Palazzo mit ihrem schweren Duft durchzogen. Sie hatte die Haushälterin Maria gebeten, Frauen zu holen, die in der Küche mithelfen sollten.

Für ihre Begegnung mit der venezianischen Gesellschaft und der italienischen Hochfinanz hatte sich Anna ein dunkelgrünes Seidenkleid ausgesucht, das aufs trefflichste mit ihrem purpurroten Haar harmonierte. Sie stand vor dem Spiegel und steckte sich ihren langen

Zopf hoch, als die Haushälterin die Treppe heraufstürzte und rief: »Die ersten Gäste kommen!«

Anna rauschte die Treppe hinunter zum Wasserportal. Doch dann erstarrte sie. Neben Massimo stand Giulietta und reichte den Eintreffenden die Hand zum Kuß.

Die kostbar gedeckte Bankettafel strahlte wie das goldene Mosaik der Markuskirche im Abendlicht. Anna schritt erhobenen Hauptes einher, bemüht, sich die Erniedrigung durch Giulietta nicht anmerken zu lassen. Und ihre sanfte Hartnäckigkeit zahlte sich aus. Kaum wurde zum Essen gerufen, kam Massimo auf sie zu und plazierte sie neben sich an der Seite von Aldo Vergato, dem prominentesten Gast des Abends, und seiner Frau Filomena. Ein Gang nach dem anderen wurde aufgetragen. Zwanzig weißbefrackte Kellner servierten, untermalt von den sanften Klängen eines Harfenisten, Hummer und Krebse, wohlschmeckende Tagliolini *alla dogaressa* und zarten Seebarsch mit feinsten Kräutern. Das Gespräch perlte dahin. Wieder und wieder ließ Massimo seinen Blick auf Anna ruhen, während sie ihren Gast mit ihrem geistreichen Charme verzauberte. »Deine Frau ist entzückend«, unterbrach Aldo Vergato seine Träumereien nach dem Dessert.

»Noch ist sie nicht seine Frau«, ließ sich die schneidende Stimme Giuliettas aus dem Hintergrund vernehmen. Wie ein Schatten war sie hinter Massimo aufgetaucht, das Gesicht verzerrt vor Wut, weil ihr die Ehre, neben ihrem Bruder zu sitzen, verwehrt worden war. Wie vom Blitz getroffen, wandte Miniato sich ihr zu. Vergessen war Annas Zauber, vergessen der Stolz auf ihre

Schönheit und ihre charmante Plauderei. Wie in Trance packte Massimo seine Schwester am Arm, strich über den weichen Stoff ihres Kleides, nickte seinen Gästen kurz zu und führte sie hinweg.

Nach einer qualvollen Pause, in der sie nach Worten der Entschuldigung rang, folgte Anna den beiden in die Bibliothek. Offenbar wähnten sie sich allein. Hinter der Tür hervor beobachtete sie, wie Massimo seiner Schwester mit dem Zeigefinger über den Nacken strich. Beruhigende Worte auf den Lippen, küßte er ihren Scheitel. Sie neigte sich ihm zu, und da streifte er ihr das Hemd von den Schultern und schmiegte sein Gesicht zwischen ihre vollen Brüste. Anna wollte kaum ihren Augen trauen. Ihr Herz krampfte sich zusammen. Plötzlich war ihr so kalt wie im Winter, wenn der eisige Adriawind durch die schmalen Gassen der Lagunenstadt zog. Ihre dunkelsten Ahnungen waren bestätigt: Massimo und seine Schwester Giulietta waren durch ein unheimliches Band miteinander verbunden.

Heiße, blinde Wut ließ ihre Brust fast zerspringen. Das würde Giulietta ihr büßen, noch gab sie den Kampf um Massimo nicht auf. In dem Moment sah Anna den Hasen allein auf einem Sofa sitzen. Wie von fremder Hand getrieben, näherte sie sich ihm. Unauffällig packte sie ihn und bewegte sich zum Fenster, das auf den weltberühmten Canal Grande hinausging. Sie öffnete es und warf den Hasen in großem Bogen in das nachtschwarze Wasser. Da durchschnitt ein Blitz die venezianische Nacht, und ein Donner krachte mit solcher Gewalt durch die Nacht, daß die Fensterscheiben klirrten und der ganze Palazzo zu schwanken schien. Danach ging alles ganz schnell. Anna fuhr erschrocken zurück, als Massimo sie brutal an der Schulter packte.

»Wie konntest du das wagen?« sagte er. »Das werde ich dir nie verzeihen.«

Giulietta schrie, als hätte man ihr das Herz aus dem Leib gerissen. Sie versuchte, sich aus dem Fenster zu stürzen. Massimo konnte sie gerade noch daran hindern. Dann lief Giulietta weinend weg. Der Blick des Zorns, den sie ihm über die Schulter zuwarf, bedeutete Massimo, ihr nicht zu folgen.

Man fand sie im nebligen Morgengrauen in einem Maisfeld unweit von Venedig. Halb nackt, die Arme vor der Brust verschränkt. Sie war mit ihrem eleganten Saab Turbo in Richtung Fossalta di Piave gefahren und hatte sich in einer Kurve vor dem Piave-Damm überschlagen. Giulietta war aus dem eleganten Wagen herausgeschleudert worden. Sie war wie ein Engel geflogen. Meterhoch durch die Luft, weit hinein in ein Maisfeld. Dort fand man sie mit gebrochenem Rückgrat. Der Polizeibericht merkte an, daß sie keine Unterwäsche trug.

Massimo Miniato Sassoferato war seitdem ein gebrochener Mann. Die schöne Anna hatte ihn noch in derselben Nacht nach dem schrecklichen Unglück verlassen. Einen Monat, nachdem seine Schwester Giulietta beigesetzt worden war, verkaufte Massimo Miniato Sassoferato Palazzo Dario an einen Immobilienmakler. Seitdem ward er nie wieder gesehen.

Und so hatte der erbarmungslose Fluch des Palazzo Dario wieder einen weiteren Menschen von außergewöhnlichem Naturell hinweggerafft.

17.

Der Magier Alexander tritt auf, Wanda wird ungeduldig, macht eine Erfahrung mit Gondelerotik, und es wird überlegt, ob Magie eine Kostenfrage sein darf

Den Morgen nach dem Wesendonck-Fest verbrachte Wanda damit, unter jedem Fenster des Palazzos Zwiebelscheiben auszulegen, wie es ihr Vater aufgetragen hatte. Das brachte Maria in Rage, weil die Zwiebelscheiben Flecken auf dem Parkett hinterließen, und so beschlossen die beiden Frauen, die ganze Angelegenheit endgültig einem Fachmann zu übergeben.

Wanda rief die Nummer des magischen Alexander an, und eine Frauenstimme antwortete ihr.

»Der Magier ist unterwegs, er macht gerade seinen Verdauungsspaziergang. Sie können ihn aber am *telefonino* erreichen. Ich gebe Ihnen seine Nummer.«

Als Wanda die Nummer wählte, meldete sich der Zauberer persönlich. Seine Stimme klang streng und weihevoll wie die eines Beichtvaters.

»Worum handelt es sich?« fragte er. »Soso, ein Palazzo, ungute Einflüsse, *sìsì*, ich weiß. Donnerstag um elf. Ruga Giuffa 4902. Bringen Sie ein Foto von sich mit. Und eine Haarsträhne. Und dreihunderttausend Lire. Damit ich weiß, was Sie für ein Karma haben.«

Wanda legte den Hörer auf und fühlte sich erleichtert. Ein entscheidender Schritt war getan.

Wanda ging in den Salon, wo Radomir einen Entwurf für ein neues Karnevalskostüm auf dem Tisch ausgebreitet hatte, den er mit kostümtheoretischen Ausführungen unterfütterte. Maria stand schweigend daneben – die künstlerische Leistung vor ihren Augen ließ sie in Ehrfurcht erstarren. In den Jahren des Zusammenlebens mit Radomir hatte sie ihre Lektion gelernt: Einem Künstler hatte man sich mit Geduld und Hochachtung zu nähern. Michel stand demonstrativ abseits, weil er Radomir für seinen nachlässigen Umgang mit dem Fluch strafen wollte, indem er sich seiner gewohnten Rolle als Claqueur verweigerte. Wie üblich war es ein Kostüm aus dem achtzehnten Jahrhundert. Radomir hatte sich von einem Bild seines Lieblingsmalers Longhi, *Die Entenjagd*, inspirieren lassen, das in der Ca' Rezzonico hing. Es war das Kostüm des dort abgebildeten Pagen.

Wanda vermutete, daß das Pagenkostüm Radomirs Morgengabe für den jungen Architekturstudenten darstellte, der seine Nachmittage seit neuestem bei ihm verbrachte. Radomir gab ihm Zeichenstunden. Seine Auserwählten – und davon hatte es schon eine ganze Reihe gegeben – pflegte er immer mit einem selbstgenähten Kostüm zu beglücken. In diesem Punkt scheute er keine Kosten.

Unbeeindruckt von der ehrfürchtigen Stille begann Wanda von ihrem Telefonat mit dem Magier Alexander zu berichten, was Michel mit zusammengepreßten Lippen kommentierte. Auch Radomir war nicht gerade entzückt.

Wie konnte Wanda es wagen, ihn bei seinen kunsthistorischen Ausführungen zu unterbrechen? Und wie war sie nur auf eine so unwürdige Idee gekommen?»*Il mago Alexander! Radio Venezia Sound!*« rief Radomir aus. »Ich denke nicht daran, dafür Geld auszugeben. Von mir kriegt ihr keine Lira.«

»Qualität hat ihren Preis, Signor Radomir«, sagte Michel, dessen Verstimmung nie lange anhielt, da seine Natur nach harmonischem Ausgleich strebte.

»Sicher kann man über den Preis verhandeln«, meinte Maria und stieß den Rauch durch das linke Nasenloch aus.

Radomir schwieg störrisch und starrte scheinbar ungerührt auf seinen Entwurf.

»Die Contessa Maria Pia Ferri hat mir erst gestern ihr Angebot erneuert«, sagte Michel drohend. »Und die Stelle wäre mit allen Annehmlichkeiten verbunden, von denen ich hier nur träumen kann.«

»Mein Vater würde sicher gern nach Venedig kommen. Dann könntest du dir das Geld für den Magier Alexander sparen«, sagte Wanda beiläufig.

Zögerlich holte Radomir sein Portemonnaie hervor.

»Ich will nur nicht, daß es am Ende heißt, ich sei knickerig.«

Zwei Tage später ging Wanda zum Magier Alexander. Sie durchquerte die Salizada San Moisè. Am Markusplatz wich sie einer Gruppe von französischen Rentnern aus, was zur Folge hatte, daß sie zwischen den sechs Säulen vor der Opera Bevilacqua La Masa durchgehen mußte. Das brachte Unglück und konnte, wie jeder Venezianer wußte, nur neutralisiert werden, indem man den Bauch des Kriegers rieb, der sich als Halbrelief am Ende des Säulengangs aus dem Stein hervorreckte. Wanda streichelte ihn, als wollte sie seine Verdauung fördern. Sein Bauch war von lauter reibenden Händen schon ganz glatt und glänzend poliert. Einige Touristen blickten sie verwundert an. Als sie weiterging, sah sie, wie auch sie ihre Hände auf den Bauch preßten. Morosini hatte Wanda über alle Stellen informiert, wo sich in Venedig schädliche Strahlungen häuften, denen jeder Venezianer aus dem Weg zu gehen versuchte: »Kreuzen Sie nie die Säulen an der Ecke des Dogenpalastes!« – »Gehen Sie nie zwischen der San-Todaro-Säule und der San-Marco-Säule auf der Piazzetta hindurch! Hier wurden die zum Tode Verurteilten an den Pranger gestellt!«

Wieder war Hochwasser aufgestiegen. Nicht viel, aber genug, um den Markusplatz an der einen Seite unter Wasser zu setzen. Wanda schritt mit Verachtung durch die Tauben hindurch, die keinerlei Anstalten machten, den Weg zu räumen. Anders als die Venezianer scheuen die Tauben sehr wohl davor zurück, nasse Füße zu bekommen, dachte Wanda. Das Wasser stieg sprudelnd aus den Kanaldeckeln.

Kurz vor dem Markusdom kam sie nicht weiter. Das Wasser sowie eine auf den Hochwasserbänken stehende Reisegruppe schnitten ihr den Weg ab. Sie standen da, unverrückbar wie ein Monument, und schauten Wanda böse an, als sie versuchte, auch auf die Hochwasserbank zu steigen. In ihrer Mitte hatte sich eine Führerin mit roten Weinbäckchen aufgebaut.

Jeder Reiseführer trieb seine Schäfchen über den

Platz, immer darum besorgt, daß eines in die Hände der Muranoglas-Schlepper fallen könnte. Schließlich wollte keiner um die Provision gebracht werden, die auf ihn wartete, wenn er seine Gruppe vollzählig nach Murano verschiffte. »Murano, Murano… Wollen Sie nach Murano?« gurrten die Schlepper der Muranoglasfabriken. Wanda würdigte ihr Bemühen um Eleganz. In anthrazitfarbene Doppelreiher gehüllt, Sonnenbrille auch bei Nebel, die Haare zurückgegelt, sahen alle aus wie eine Kreuzung aus Manager und Mafioso. Heute trugen sie allerdings Gummistiefel, was den eleganten Gesamteindruck beeinträchtigte. An ihren Revers baumelten Plastikkärtchen, die offiziellen Schlepper-Ausweise, mit denen sie sich bei ahnungslosen Touristen Autorität verschafften. Scheinbar unbeteiligt streiften sie über den Platz, um mit einem Blick aus den Augenwinkeln die Venezianer von den Touristen auszusortieren. Sobald ein Schäfchen ohne Hirtenhund den Markusplatz überqueren wollte, faßten sie zu.

Woran werden sie sich erinnern, zu Hause in Toronto, Osaka, Rosenheim oder Warschau? fragte sich Wanda. Sie werden sich an die Tauben erinnern, kein Zweifel. Man giert nach dem Bad in den Tauben, als gäbe es nichts Schöneres, als sich in klebrigen Federn und Milben zu suhlen. Der Markusplatz stinkt wie ein Hühnerstall, aber was tut man nicht alles für die richtige Kulisse.

Sie ging wieder zurück, durch die Taubenschwärme hindurch, und machte störrisch einen neuen Versuch, über die Hochwasserbänke zum Bacino Orseolo zu gelangen. Auch dieser Versuch endete im Wasser. Die Bänke führten nur bis zum Gericht. Langsam wurde die Zeit knapp. Wenn sie den Markusplatz umrunden müßte, über die Calle della Fiubera und den Campo della Guerra, würde sie sich verspäten. Ein schlechtes Omen für das erste Treffen mit dem Magier.

Schwitzend erreichte Wanda den Campo Santa Maria Formosa, sie kürzte den Weg ab, indem sie durch die Kirche Santa Maria Formosa ging. Sie lief am Altar vorbei und bekreuzigte sich.

Atemlos klingelte sie an der Hausnummer 4902. Eine Frau mit lockigen schwarzen Haaren streckte den Kopf aus dem Fenster.

»Ich bin mit dem Magier verabredet«, sagte Wanda.

»Ach, Sie sind es«, sagte die Frau und öffnete die Tür.

Der Zauberer praktizierte im ersten Stock eines venezianischen Mietshauses, was Wanda enttäuschend fand. Im Treppenhaus roch es nach Brokkoli, in der Ecke vertrocknete eine Palme. Die Frau öffnete die Wohnungstür. Sie trug einen fleckigen Morgenrock. In der Hand hielt sie einen Schrubber. Sie führte Wanda in das Wohnzimmer.

»*Si accomodi.* Alexander kommt gleich.«

Die Fenster des Wohnzimmers waren geschlossen. Vor den Fenstern hingen vergilbte Wolkenstores, denen man ansah, daß sie mit ihrem schlechtem Atem das Zimmer verpesteten. Wanda setzte sich steif auf einen Stuhl am Eßtisch und blickte sich um. Die Tapete hatte sich den Zauberkräften des Magiers Alexander widersetzt. Sie hatte sich in ganzen Bahnen von der Wand gelöst. Vergeblich hatte jemand versucht, sie mit Tesafilm wieder festzukleben. Ein abgeschabtes Ledersofa stand an der Wand, daneben Stühle mit Stockflecken in den

Bezügen. In einer Ecke lehnte etwas, das aussah wie ein Drudenfuß, sich auf den zweiten Blick aber als tote Yucca-Palme entpuppte. In der Schrankwand standen keine spiritistischen Werke wie das *Handbuch des Aberglaubens* oder mindestens *Il libro magico di San Pantaleone*, sondern Disney-Videos von *Cinderella* bis *Schneewittchen*.

Die Tür ging auf, und er betrat den Raum. Der Magier Alexander.

»*Prego, prego*, bleiben Sie sitzen«, sagte er zu Wanda. Seine Haltung war die eines Mannes, der stehende Ovationen gewohnt ist.

Er war klein und trug einen schwarzen Anzug. Seine Haare und Augenbrauen schimmerten. Sie waren blauschwarz gefärbt. Das Gesicht schlummerte unter einer Puderschicht.

»Weshalb haben Sie sich an mich gewandt?« fragte er streng. Ein Mann, der nicht zum Spaß herumzaubert.

»Ich, also besser, wir, wir wohnen im Palazzo Dario, vielleicht haben Sie bereits davon gehört, in Venedig erzählt man sehr viel darüber.«

»Selbstverständlich habe ich davon gehört«, sagte der Magier und kniff beleidigt die Lippen zusammen. Er setzte sich auf einen Stockfleck. »*Male!*« sagte er ohne zu zögern. »Sogar sehr sehr schlecht. Fabio delle Fenestrelle, Aldo Vergato, alle. Alle sind dort umgekommen.«

»Nicht alle«, wendete Wanda ein. Für dreihunderttausend Lire war etwas mehr Genauigkeit zu erwarten.

»Na gut. Einige sind krank geworden oder ruiniert. Das Unheil ist vielfältig. Wollen Sie kaufen?«

»Kaufen?«

»Den Palazzo. Wollen Sie den Palazzo kaufen?«

»Nein«, sagte Wanda. »Nein, er gehört meinem Onkel.«

»Gut, sehr gut«, sagte der Magier Alexander. »Am meisten ist derjenige gefährdet, der den Palazzo gekauft hat. Meiner Meinung kann man hier nur etwas mit einer Aktion der Schwarzen Magie ausrichten. Fünfhundert Jahre Fluch, Signorina, kriegt man nicht von einem Tag auf den anderen raus. Da bedarf es schon etwas Geduld. *Pazienza!* Aber werfen wir erst mal einen Blick auf die Karten.«

Mit seinen dicken Fingern mischte er die Karten. Er breitete sie wie einen Fächer auf dem Tisch aus. Wanda mußte sieben Karten ziehen.

»Tsss«, machte der Magier, als er in die Karten sah. »Tsss. Das sieht gar nicht gut aus.« Er tippte auf zwei Karten.

»Hier ist der Friedhof, und da ist die Unglückskarte, sie kann Krankheit bedeuten oder einen Unfall, man kann auch umfallen im Palazzo Dario. Auf den Kopf zum Beispiel.«

Wanda zog drei weitere Karten.

»Tsss«, machte er wieder und wiegte bekümmert den Kopf. »Ja, ja, ich sehe, es geht kein Weg daran vorbei. *Niente da fare.* Ich habe die Karten jetzt ganz im Hinblick auf Ca' Dario gelegt. Weiße Magie bringt hier nichts. Hier ist eine Purifikation vonnöten. Eine grundlegende Purifikation. Sechs, sieben Sitzungen. Anders sehe ich keine Möglichkeit, Ihnen zu helfen.«

Er schaute noch einmal auf die Karten. »Ich sehe da

auch einen Mann«, er tippte auf eine Karte, die links vor ihm lag. »Suchen Sie einen Mann?«

»Ich weiß nicht«, sagte Wanda, »nein, eigentlich nicht. So dringend suche ich nicht.«

Der Magier lehnte sich zurück und faltete die kurzen Finger über dem Bauch. Er lächelte. »Versuchen Sie sich zu entspannen.«

»Ich bin völlig entspannt.«

»Darüber sind Sie jetzt wütend, nicht wahr?« sagte er sanft.

»Worüber?« fragte Wanda.

»Daß Sie nicht entspannt sind.«

»Ich sagte Ihnen doch bereits, daß ich völlig entspannt bin«, sagte Wanda.

»Sie fühlen sich heute schlecht«, sagte der Magier Alexander.

»Kann ich nicht behaupten«, erwiderte Wanda.

»Darüber ärgern Sie sich jetzt«, sagte der Magier Alexander mitfühlend.

»Worüber?« fragte Wanda.

»Das wissen Sie sicher besser als ich«, sagte der Magier Alexander.

Wanda begann ungeduldig zu werden. »Hören Sie, wenn ich zum Therapeuten gewollt hätte, wäre ich nicht hier.«

Der Magier verzog keine Miene. Er hielt immer noch die Finger über dem Bauch gekreuzt. »Sind Sie verheiratet?« fragte er.

»Nein«, antwortete Wanda.

»Na also!« rief er befriedigt aus. »Also suchen Sie doch! Und Sie ärgern sich darüber, daß Sie suchen.«

»Ich suche nicht!« beharrte Wanda.

»Alle Frauen suchen! Alle!« sagte der Magier mühsam beherrscht. »Ich sehe hier einen Mann, der Ihren Weg kreuzen wird.« Sein Ton verhieß, daß sie diese Weissagung als einmaliges Werbegeschenk zu verstehen hatte. Er legte die Karten wieder beiseite. Schließlich ging er zum Geschäftlichen über.

»Zu einer kompletten, rigorosen Purifikation, so wie ich sie verstehe, benötige ich natürlich einige Zutaten. Gewisse Kosten sind unvermeidlich.« Er legte sein pudriges Gesicht in Falten.

»Haben Sie Ihr Foto dabei? Und die Haare?«

»Ja«, sagte Wanda und zog einen Umschlag hervor. Das Foto war bereits fünf Jahre alt, aber immer noch gut genug.

Der Magier beugte sich über das Foto und schaute Wanda an. Wieder beugte er sich über das Foto. Verwundert schüttelte er den Kopf.

»Schon etwas älter, das Foto, oder?« fragte er süffisant.

»Vom letzten Jahr«, log Wanda.

»Ach so«, sagte der Magier gedehnt. »Schreiben Sie hier Ihren Namen, Ihr Geburtsdatum und den Geburtsort hin. Fünf Sitzungen macht – eine Million vierhunderttausend Lire, hinzu kommt ein Aufschlag von siebenhunderttausend für die außergewöhnliche Belastung, und dann natürlich noch die Kosten für die Mittel, die Zutaten, die ich mir verschaffen muß.«

»Kann ich das nicht übernehmen?« fragte Wanda in der Hoffnung, etwas einsparen zu können. »Kann ich die Mittel nicht kaufen?«

»O nein, Signorina«, sagte er. »So etwas kauft man nicht einfach im Supermarkt. Macht also zwei Millionen einhunderttausend, plus Materialkosten. Ich schlage eine Sitzung pro Woche vor. Wollen Sie gleich bezahlen oder in Raten?«

»In Raten«, stotterte Wanda. »Ich weiß nicht, ob ich einmal in der Woche ... – wissen Sie, ich bin berufstätig und kann nicht so ohne weiteres von meinem Arbeitsplatz weg.«

»Wenn Sie keine Zeit haben, kann das Problem für Sie so dringend nicht sein. Ich kann dieses Blatt sofort durchreißen«, sagte der Magier hochmütig.

»Nein, nein«, lenkte Wanda ein, »wir können gleich nächste Woche anfangen.«

Der Magier Alexander ging zur Schrankwand und zog ein Räucherstäbchen hervor. Er setzte sich wieder an den Tisch und schob Wanda das Räucherstäbchen zu.

»Wir können mit der Reinigung sofort beginnen«, sagte er. »Dazu müssen Sie dieses Räucherstäbchen im Palazzo Dario abbrennen.«

»In welchem Zimmer? Im Mohamed-Salon oder im Schlafzimmer? Im Piano Nobile, oder ist das egal?«

»Es ist egal, in welchem Zimmer«, antwortete der Magier mürrisch.

»Ist es besser sitzenzubleiben, oder muß ich hin- und herlaufen?«

»Wichtig ist, daß Sie sich das blaue Meer vorstellen. Darauf Ca' Dario schwimmend. Und Ihren Namen.«

»Das blaue Meer?« fragte Wanda, um sich zu vergewissern.

»Ja, blau«, beharrte der Magier.

»Aber es ist kein Meer. Es ist der Canal Grande. Und der ist grün, vielleicht auch braun. Aber auf keinen Fall blau«, gab Wanda zu bedenken.

»Blau«, sagte der Magier unbeirrt.

»Und mein Name – über Ca' Dario schwebend? Oder schwimmend im Meer, dem blauen?« fragte Wanda, die ganz sichergehen wollte.

»Egal!« rief der Magier Alexander aus. Wandas Phantasielosigkeit empörte ihn. »Schwimmend oder schwebend, wie Sie wollen! Rufen Sie mich danach an. Und erzählen Sie mir, was Sie gesehen haben. Das ist entscheidend für den Fortgang der Reinigung!«

Sie hält die Augen geschlossen und lächelt. Ihr Kopf lehnt gegen den roten Plüschsitz, die Gondel ist an einem Pfosten festgebunden und schaukelt auf dem Kanal wie auf einem Wasserbett. Mondhelle Nacht. Vor ihr kniet Primo. Er hält ihren Fuß in der Hand und küßt ihre Zehenspitzen. Wanda spürt warme Schauer ihr Bein hochlaufen. Jetzt beißt er ihr in den kleinen Zeh, ganz leicht. Sie zuckt zurück und lacht. Er küßt sich das Bein herauf. Wanda bewegt ihre Lippen, sie will etwas sagen, doch Primo legt ihr den Finger auf den Mund und schüttelt den Kopf. In der Gondel steht ein Sektkübel mit einer Flasche Champagner. Primo schenkt Wanda ein Glas ein und führt es an ihre Lippen. Sie trinkt mit geschlossenen Augen. Sie spürt, wie er Champagner über ihren Fuß gießt. Sie fühlt seine Lippen auf ihrem Bein hochwandern, sie sind kühl wie Kinderlippen. Behutsam tröpfelt er ihr Champagner in die Hand. *Molto adagio*. Er leckt ihr den Champagner aus der hohlen

Hand. Wanda atmet seinen Geruch ein, er riecht nach Salz und Sandelholz. Langsam zieht Wanda Primo an sich. Er streicht über ihr Kleid und reibt ihren Busen durch den Stoff hindurch. Sie spürt ihren Atem schneller werden. Gierig küßt sie ihn, sie zieht ihm das Gondolierehemd über den Kopf, sein Oberkörper ist zwar gebräunt, doch heller als seine sonnenverbrannten Arme. Es sieht aus, als habe die Sonne ihm lange Handschuhe eintätowiert. Wanda tupft Küsse auf seine Fingerspitzen, seine Arme, seine Brust. Geschickt, ohne die Gondel zum Schwanken zu bringen, zieht er den Reißverschluß ihres Sommerkleides herunter und streift ihr das Kleid von den Schultern. Jetzt läßt er ihr Champagner in den Ausschnitt rieseln und verfolgt die Spur zwischen ihren Brüsten mit der Zunge. Er küßt die Innenseiten ihrer Schenkel. Immer höher.

»*Guarda Mamma!*« schallt es über ihnen. Der Kopf eines Kindes streckt sich aus dem Fenster über dem Kanal und starrt auf Primos Hintern, der in der hellen Mondnacht wie ein japanischer Papierlampion leuchtet. Jetzt kommt ein zweiter Kopf dazu. »*Maiali!*« schreit eine Frau, ihr Schweine! »*Ande a far ste porcarie a casa vostra!*« zetert sie in Venezianisch, macht diese Schweinereien bei euch zu Hause!

»*Cretina*«, zischt Primo. Noch bevor er dazu kommt, sich wieder seine Hosen hochzuziehen, und Wanda den Reißverschluß ihres Kleides schließen kann, kippt die Mamma einen Eimer Wasser aus dem Fenster. Primo sieht den Wasserschwall auf sich zukommen und versucht ihm auszuweichen. Dabei rutschen beide nach rechts, was die Gondel aus dem Gleichgewicht bringt.

Der Champagnerkübel kippt um, die Flasche rollt durch die Gondel, und Wanda klammert sich an dem Plüschsitz fest. Primo versucht die Gondel loszumachen, er zieht und zerrt und reißt, aber der Knoten löst sich nicht. Es ist wie verhext, als sei das Tau am Anlegepfosten festgenagelt.

»*Porcamiseria*«, schreit Primo. Sein Hintern leuchtet immer noch.

Die Mamma oben im Fenster kann von dem Anblick gar nicht genug kriegen. »*Ciamo ea polizia*!« schreit sie auf Venezianisch, und das ist das Stichwort für den ganzen Kanal. Wie auf Zuruf öffnen sich die Fensterläden. Aus allen Fenstern schwappt Licht in den Kanal. In ganz Venedig hat Wanda noch nie einen Kanal gesehen, der von so vielen Menschen bewohnt ist. Aus den Fenstern der Palazzoetagen, der Piano Nobili, aus den Zwischengeschossen und den Dachzimmern – aus jedem Fenster recken sich Köpfe und gestikulierende Arme. Ein Alter mit Bettmütze und Greisinnen mit lila gefärbten Haaren, ein Murano-Schlepper mit Telefonino am Ohr und weinende Kleinkinder und Mädchen mit gepiercten Unterlippen. Und alle reden durcheinander.

»Was ist passiert?« – »Gibt es Verletzte?« – »Gevögelt?« – »*Non ci posso credere*, das kann ich nicht glauben.« – »Ist das nicht der Sohn von Birra, dem Gondoliere?« – »Schade, daß ich das Fenster so spät aufgemacht habe.« – »Houu Birra!« – »Nein, das ist nicht der Sohn von Birra, Birras Sohn hat einen Zopf.« – »Nein, der hat sich doch kahlrasieren lassen, seitdem ihm die Haare ausgegangen sind.« – »Und das vor den Augen der Kinder!« – »Das ist Venedigs Untergang!« –

»Natürlich ist wieder kein Polizist da, typisch! In Venedig kann dir ein Albanese auf der Piazza San Marco den Hals durchschneiden, und es kümmert keinen, weil die Questura um sieben schließt! Das ist Venedig!«

Die Tauben gurren feindselig, und Primo kriegt das Tau immer noch nicht los. Wanda hat das Gefühl, als löste sich ihr Kleid in dem Licht und unter den Blicken und dem Geschreie auf, und plötzlich sitzt sie nackt in der Gondel und versucht, den Bauch einzuziehen. Sie fragt sich, warum Primo seinen selbst geknoteten Knoten nicht aufkriegt. Jetzt kommt auch noch eine Gondelserenade um die Ecke. Sechs Gondeln mit jeweils sechs Japanern, plus Sänger und Akkordeonspieler, und die Japaner erstarren bei dem Anblick der nackten Wanda und von Primos Papierlampionhintern. Im Vorbeifahren richten sie ihre Videokameras drohend gegen sie, und der Sänger singt *I did it my way*. Und sie bleiben stehen, und der Sänger singt immer weiter, Funiculi-funicula, Mamma, Santa Lucia, und die Japaner filmen immer weiter, und dann kommt noch eine weitere Gondelserenadenpartie unter der Brücke vor, und noch eine, und dann ist der ganze Kanal voller Gondelserenadenpartien, nur Gondeln, man sieht gar kein Wasser mehr, und alle singen durcheinander. Ciao-Venezia - ciao - Venezia - ciao - Venezia - ciao - ciao - ciao, Il ballo del quaquaqua, Non, je ne regrette rien, Nel blu, dipinto di blu, Marina-marina-marina, Rosamunde, Gondola-gondola-gondoli. Und die Japaner klatschen mit, und Primo kriegt den Knoten immer noch nicht auf.

Und dann klingelt das Telefon.

Wanda tastete ihr Bett ab. Endlich fand sie das Telefon zwischen den Kissen.

»Pronto?«

»*Stellamia*, mein Töchterchen, ich war heute bei Lisi in der Via Vincenzo Bellini, du erinnerst dich an den Alten, Cavalier Lisi, Giuseppe Lisi, über neunzig ist er jetzt, der verkauft alles Nötige gegen den bösen Blick. Totenschädel und Käuzchen und Eulen aus Wachs, Kristallkugeln, Räucherstäbchen und so weiter. Hellseher und Handleser aus ganz Kampanien kommen zu ihm. Er hat mir dazu geraten, einen *pazzariello* nach Venedig zu schicken. Erinnerst du dich? Damals, als du ungefähr sechs warst? Wir haben beim Fleischer in der Via Tasso in der Schlange gestanden, um für Mama ein gutes Stück Kalbfleisch zu kaufen, als plötzlich dieser Verrückte in den Laden gerannt kommt, und mit dem Stock in alle Richtungen schlägt. Weißt du noch? Und dicht hinterher kommt dieser Trommler. Bamm, bamm. Mit seinem Stock schlägt er den Takt zu dem Tanz, den der Verrückte aufführt. Mein Gott, hast du gebrüllt. Vor Schreck hast du dich an mein Hosenbein geklammert. Was für eine Aufregung. Ich habe mindestens eine Stunde und mehrere Eisbecher gebraucht, um dich wieder zu beruhigen. Und dann hast du mich mit großen Augen angeschaut, als ich dir erklärt habe, daß das ein alter neapolitanischer Brauch ist. Der die Geister austreibt.«

»*Papà*«, sagte Wanda so milde wie möglich, »entschuldige, daß ich dich unterbreche, aber ich bin gerade aufgewacht, ich habe schlecht geträumt und bin noch ganz durcheinander.«

»Amore!« Ihr Vater hatte sofort den Tonfall gewechselt. Wanda hörte seiner Stimme die Überzeugung an, daß man in Venedig – mitten im Wasser! –, wenn überhaupt, dann nur schlecht träumen konnte.

»Ich rufe dich später an, Papa. Ich muß erst wach werden.«

Wanda fiel zurück in die Kissen. Im Zimmer hing noch der Geruch von dem Räucherstäbchen. Nachdem sie von der Sitzung mit dem Magier Alexander zurückgekommen war, hatte sie sofort seine Anordnungen befolgt und das Räucherstäbchen abgebrannt. Und sich, wie geheißen, Palazzo Dario mit ihrem Namen und dem blauen Meer vorgestellt. Das Räucherstäbchen brauchte eine Ewigkeit, nach einer Viertelstunde war es erst zu einem Drittel abgebrannt, und Wanda hatte leichte Kopfschmerzen bekommen. Als Kind war sie regelmäßig in der Sonntagsmesse ohnmächtig geworden, wenn sie Weihrauch roch. Sie hatte sich aufs Bett gelegt, und über dem Palazzo Dario und dem blauen Meer war sie schließlich eingeschlafen.

Wanda hätte sich mehr von ihrem Unterbewußtsein erwartet. Nicht mal im Traum kam es zum Vollzug. Es kann nur an dem Räucherstäbchen gelegen haben. Oder an der Erinnerung an den letzten ihrer Liebhaber, der vor die Füße gerollt war. Er war eine Katastrophe gewesen. Ein Deutscher. Lektor an der Universität Neapel. Er hatte sie immer gefragt, bevor er etwas tat. Nichts war ohne Ankündigung geschehen. »Macht es dir wirklich nichts aus, wenn ich deine Brustwarze küsse«, hatte er geraunt, schließlich mußte man sich absichern. »Stört es dich, wenn ich dich auf den Bauchnabel küsse?« Nicht, daß da am Ende noch Klagen kamen.

Als sie im Jahr zuvor Venedig besucht hatte, hatte er sie begleitet. Radomir, der sonst nie ein Hehl aus seinem Interesse für junge Herren machte, ignorierte ihn. Er nannte ihn sogar spöttisch »*Il Signorino*«.

Il Signorino hatte eine Warze an der Stirn, die sie bis dahin nicht gestört hatte. Kaum lernte Radomir ihn kennen – Wandas Liebhaber hatte noch keine Gelegenheit gehabt, einen Satz zu sagen –, befahl er ihm, sich die Warze an der Stirn mit Laser entfernen zu lassen: »Vergessen Sie nie, junger Mann: *Le monde juge sur l'apparence.*«

Ihr Warzenmann hatte sich vorgenommen, sich nicht von Venedigs Pracht beeindrucken zu lassen, und das nahm ihm Wanda wirklich übel. Wenn man mitten im Wasser steht, muß man einfach schön sein, behauptete er und kam sich geistreich vor. Ein bißchen Wasser drumrum und fertig. Als ob es so einfach wäre, hatte Wanda erwidert. Stellt man Berlin ins Wasser, wird es davon auch nicht schöner. Schminke ist nicht alles. Doch der Warzenmann ließ sich nicht davon abbringen, Venedig die kalte Schulter zu zeigen. Als sie in einem Restaurant am Canal Grande aßen – Wanda hatte darauf gedrängt –, hatte er gesagt: »So ein Mist. Ich hatte mir fest vorgenommen, die Rialtobrücke nicht anzugucken«, und dem Bauwerk den Rücken zugedreht. Danach hatte er die Rechnung geteilt. Wanda hatte beschlossen, ihn bei der nächsten Gelegenheit im Canal Grande zu ertränken.

Es klopfte an der Tür. Michel kam auf Wandas »Herein« ins Zimmer. Er zog an einem imaginären Joint.

»Nein«, sagte Wanda, »ich muß dich enttäuschen.

Räucherstäbchen. Hat mir der Zauberer gegeben. Ich soll mir beim Abbrennen Palazzo Dario vorstellen mit dem blauen Meer.«

»Falls es nichts nutzt«, sagte Michel und blickte skeptisch auf das abgebrannte Räucherstäbchen, »möchte ich dich daran erinnern, daß es da noch meinen Cousin gibt, den Marabut. Vielleicht könnte ich ihn mal fragen. Er verkauft neuerdings Prada-Taschen in der Via XXII Marzo.«

»Wir sollten erst mal abwarten, was die Purifikation bewirkt«, schlug Wanda vor.

»Vielleicht kann der auch was gegen den Liebeswahn von Signor Radomir tun«, sagte Michel. »Er muß verhext sein. Anders kann ich mir nicht erklären, daß er diesen Gondoliere anhimmelt. Wenn Primo am *traghetto* von Santa Maria del Giglio arbeitet, läßt sich Signor Radomir täglich mindestens fünfmal übersetzen.«

Zum Abendessen hatte Maria Froschschenkelrisotto gekocht, Radomirs Lieblingsspeise unter den venezianischen Spezialitäten.

»Frösche haben eine mirakulöse Wirkung auf alle Gebrechen«, sagte er. »Die Venezianer haben genau wie die Unkrautjäterinnen in den Reisfeldern der padanischen Tiefebene nur deshalb in den Sümpfen überlebt, weil sie täglich Frösche aßen!«

Wanda liebte Froschschenkel ebenfalls, nur Michel verabscheute sie und aß Spaghetti mit Butter.

»Venezianer essen alles. Wie die Chinesen«, sagte er angewidert.

»O ja«, sagte Maria mit Genuß. »Sogar Salatschnecken, *bovoleti*! Und was wäre das Leben ohne *moeche ripiene*, gefüllte fritierte Krebse, nicht wahr, Wanda? Weißt du, wie sie zubereitet werden, Michel? Im Frühjahr und im Winter, wenn die *moeche* einen Panzer zart wie Seidenpapier haben, fängt man sie und setzt sie, lebendig natürlich, in geschlagenes Ei und läßt sie ein paar Stunden darin hocken. Die Krebse fressen sich mit Ei voll und ertrinken. Dann werden sie in Mehl gewendet und fritiert. Man ißt sie ganz.«

»Schweig!« schrie Michel.

»Neapolitaner essen auch alles«, sagte Wanda mit Genuß. »An Karneval gibt es *sanguinaccio*, Schweineblut mit Schokolade und Kräutern verkocht.«

»Haltet endlich den Mund!« Michel war außer sich. »Euer Benehmen ist widerwärtig. Die Contessa Maria Pia Ferri würde solch degoutante Erörterungen bei Tisch bestimmt nie zulassen. Und sie wird ganz sicher auch nie Froschschenkelrisotto essen. Außerdem hat sie mir gegenüber ihr Jobangebot erneuert.«

»Zwei Millionen einhunderttausend Lire, plus Materialkosten!« schnaufte Radomir und lutschte einen Froschschenkel ab. »Das scheint mir doch sehr übertrieben.«

»Ich habe nicht die Absicht, jetzt auch noch Preisangebote bei verschiedenen Magiern einzuholen«, sagte Wanda beleidigt.

»Immer mit der Ruhe«, sagte Radomir. »Ich habe nicht gesagt, daß ich nicht bezahle. Ich finde es nur überteuert.«

»Und natürlich schwarz«, bemerkte Maria spitz. »Der Magier wohnt nämlich nicht selbst in der Mietwohnung in der Ruga Giuffa, sondern er bezahlt eine Familie dafür, daß er dort seine spiritistischen Sitzungen abhalten kann. Einmal pro Woche. Das weiß ich von Ermelinda Buongiorno. Die ist wegen ihres dreimal nicht bestandenen Führerscheins bei ihm gewesen.«

»Gott sei Dank, daß er wenigstens nicht da wohnt«, sagte Wanda. »Die Wohnung war grauenvoll.«

»Die Ruga Giuffa ist zum magischen Dreieck geworden, seitdem er dort praktiziert«, sagte Maria. »Er arbeitet mit dem Tempio dell'Iside zusammen, dem Laden für Geschenkartikel an der Ecke von der Ruga Giuffa. Er schickt seine Kundinnen dorthin, um Glückssteine zu kaufen. Und der Tempio dell'Iside schickt seine Kundinnen wiederum zum *mago* Alexander. Und in der Pizzeria gegenüber gibt es die Pizza Mistero. Seitdem er auf Telepadova wirbt, läuft ihm ganz Venedig die Tür ein. Und das ganze Geld gibt er beim Juwelier Nardin am Markusplatz wieder aus. Goldschmuck, Ohrringe, Ketten. Er bezahlt immer in bar.«

»Er trägt also mein Geld sofort zum Juwelier?« fragte Radomir.

»Soll dir doch egal sein, was er damit macht«, sagte Wanda. »Hauptsache, du bist nicht mehr verflucht.«

»Wieso ich?« fragte Radomir.

»Der Besitzer ist am meisten gefährdet.«

»Ruf ihn an, er soll vorbeikommen.«

Als wenn es so einfach wäre. Radomir hatte keine Ahnung. Solche Dinge ließen sich nicht einfach am Telefon besprechen.

18.

Wie der Magier Alexander einen Traum deutet und was er bei einem Hausbesuch über die fatale Auswirkung von Süßwasserfischchen erfährt

Wanda überquerte die Ponte della Canonica und geriet in der Rugheta Sant'Apollonia in eine Schülerreisegruppe. Es war, als galoppierte eine Büffelherde über sie hinweg. Sie drückte sich in den nächsten Türeingang und wartete, bis sie vorbeigezogen war. Radomir bezeichnete die Gegend um den Campo San Filippo e Giacomo und die Calle delle Rasse immer als Venedigs Tiefpunkt. Eine neonbeleuchtete Touristenfalle neben der anderen und Murano-Schlepper vor jedem Restaurant.

Der nahe Sommer kündigte sich damit an, daß es über Nacht Badegäste geregnet hatte. In Venedig lassen sich die Jahreszeiten nicht an der Farbe der Bäume, sondern an der Art der Touristen erkennen, hatte Radomir bemerkt. Im Sommer schwitzte der Himmel Badegäste aus, die von den Adriastränden kamen und in Bikini und Badehosen unter den Fenstern daherschlappten. Im Frühjahr fielen die von Wanda besonders verabscheuten Schulklassen ein, die Venedig niederrannten, und im Herbst und im Winter kamen die Bildungsreisenden, die auf der Suche nach dem Morbiden waren. Die waren Radomir am meisten zuwider, weil sie in jede Trichternische hineinkrochen. Im November und Februar wähnten sich die Besucher ohne Konkurrenz und erwarteten mit wohligem Schaudern eine Melancholie der Güteklasse: Wenn nicht Pesthauch, dann wenigstens ordnungsgemäßen Nebel und Hochwasser!

Einmal standen zwei Touristen im Garten von Ca' Dario. Ein deutsches Pärchen. Maria hatte vergessen, das Tor zu schließen. Sie fotografierten den Brunnen, die Terrasse, die Fensterbögen. Dann wollten sie wieder raus, aber Radomir hatte das schmiedeeiserne Tor geschlossen, und die beiden Deutschen wußten nicht, daß sie auf den Türöffner drücken und gleichzeitig die Tür aufziehen mußten, um hinauszukommen. Radomir stand hinter dem Fenster und freute sich.

»Mein Gott« schrie die Frau ihren Mann an, »mach was. Wir kommen hier nicht mehr raus!«

Erst Stunden später ließ Radomir sie wieder frei.

»Die Touristen sind das beste Beispiel, um Blaise Pascals Konzept des *divertissement* deutlich zu machen«, sagte Radomir danach. »Wie die Menschen auf der Welt herumkreiseln! Immer auf der Suche nach irgendwas! Immer, um sich von sich selbst abzulenken! Nicht viele Menschen halten es aus nachzudenken – über sich selbst, über Krankheiten, über den Tod. Deshalb ist überall das Leben auf *divertissement* angelegt. Nur nicht in Venedig. Und das nehmen viele Menschen der Stadt übel. Man wirft Venedig seine Ruhe vor. Daß es hier nichts gibt, was ablenkt, wirkt auf sie provozierend!«

Die Ölbild-Zigeunerin des Magiers begrüßte Wanda wie eine alte Bekannte. Der Magier Alexander erwartete sie im Wohnzimmer.

»Sie fühlen sich heute schlecht«, sagte der Magier.

»Nein«, sagte Wanda, »ich habe nur nicht gut geschlafen.«

»Was ist beim Abbrennen des Räucherstäbchens passiert?« fragte er.

»Ich bin eingeschlafen. Und dann habe ich geträumt.«

»Oh!« sagte der Magier Alexander. »Das müssen wir sofort analysieren! Traum ist nicht Traum. War es ein Verdauungstraum, ein physischer oder ein psychischer Traum? Oder ein spiritueller Traum?«

»Spirituell?« sagte Wanda.

»Spirituelle Träume sind die, in denen ein verstorbener Verwandter oder Freund auftritt. Bei spirituellen Träumen muß man sich sehr konzentrieren, weil die Person oft eine wichtige Information für Ihre Zukunft bereithält. Wenn eine Lichtgestalt mit Ihnen spricht, müssen Sie sehr aufmerksam sein.«

»Tja, also Lichtgestalt, ich weiß nicht«, sagte Wanda.

»An psychische Träume erinnert man sich am leichtesten«, fuhr der Magier Alexander fort, »weil sie bunt und dreidimensional sind. Auch hier werden Ereignisse angedeutet, die für Ihre Zukunft von Bedeutung sind. Physische Träume hingegen entstehen aus Sorgen, Ängsten und Spannungen. Meist resultieren sie aus Negativität, die wir nicht eliminieren konnten. Verdauungsträume dagegen treten zwischen einer und fünf Stunden nach dem Essen auf. Sie spiegeln die Verdauungsarbeit des Körpers wider.«

»Ein Verdauungstraum! Ganz sicher war es ein Verdauungstraum«, sagte Wanda. »Ich hatte am Abend marinierte Sardellen gegessen.«

»Sardellen!« rief der Zauberer. »Wenn ich Sardellen esse, rolle ich mich die ganze Nacht in meinem Bett herum! Völlig unverdaulich! Ich muß Ihnen noch ein paar Fragen stellen. Haben Sie etwas geträumt, was Sie selbst schon mehrfach erlebt haben?«

»Nein!« rief Wanda empört.

»Spiegelt dieser Traum eine Erfahrung wider, vor der Sie Angst haben?«

»Nein«, sagte Wanda. »Also Angst wirklich nicht.«

»Was würden Sie lernen, wenn Sie tatsächlich das erleben würden, was Sie geträumt haben?«

»Vielleicht, daß man nicht in einer Gondel ...«

»Gab es in diesem Traum etwa eine Extremsituation?« fragte der Magier.

»Das kann man wohl sagen«, antwortete Wanda.

»Spiegelt dieser Traum eine Sehnsucht wider?« fragte der Magier Alexander.

»Nein, nicht wirklich, ich ... nein«, stammelte Wanda, »ich habe geträumt, daß ich in einer Gondel ...«

»Woran erinnert Sie das?« fragte der Magier.

»Also, ich ... ich saß in einer Gondel ...«

»Das ist sicher kein Zufall, daß Ihnen das jetzt einfällt«, sagte er.

»Ich weiß nicht, in Venedig sind Gondeln nicht unbedingt zufällig«, sagte Wanda ungeduldig. »Ein Mann zog mich aus ...«

»Darüber ärgern Sie sich jetzt«, stellte der Magier fest.

»Nein, wieso?« fragte Wanda verwundert.

»Sie sind darüber wütend, nicht wahr?« fragte der Magier.

»Lassen Sie mich doch endlich ausreden. Die Fenster gingen auf ...«

»Das ist sicher kein Zufall, daß Ihnen das jetzt einfällt«, sagte der Magier Alexander.

»Mein Gott!« sagte Wanda. »Fällt Ihnen nichts anderes ein? Ich bezahle Sie doch schließlich dafür, daß Sie mir eine Erklärung liefern.«

»Ich möchte Ihnen lediglich Anstöße geben, damit Sie über sich nachdenken«, sagte der Magier Alexander mild. Er murmelte »*corno, corno, corno*«, als würde er den Rosenkranz beten, und spreizte Zeigefinger und kleinen Finger ab. Dann schloß er die Augen und schwieg.

»Gott sei gedankt«, sagte er, als er die Augen wieder öffnete. »Fenster bedeuten eine gute Neuigkeit. Haben sich vielleicht auch ein paar Balkontüren geöffnet?« fragte er.

»Ja.«

»Geöffnete Balkontüren bedeuten baldiges Glück. *Fortuna, fortuna!* Reichtum. Oh! Und Wasser!« schrie der Magier. »Wasser bedeutet Überfluß!« Dann fing er an, von der geographischen Lage des Palazzo Dario zu reden. Und erläuterte es ihr anhand der vergilbten Fotokopie eines antiken Stiches von Venedig.

Endlich, dachte Wanda. Endlich benimmt sich der Magier wie ein Magier. Und lauschte gehorsam seinen Ausführungen zum Zusammenhang von Raum und

Magie. Nur als er dann wieder auf die Räucherstäbchen zu sprechen kam, wurde sie aus ihrer Andacht gerissen.

»Sehen wir weiter, ich habe etwas für Sie vorbereitet, Signorina. Sehen Sie hier«, sagte er und deutete auf vier mit Räucherstäbchen gefüllte Becher, die vor ihm standen. »Grün, gold, silber und bernsteinfarben. Grün bedeutet Hoffnung, Gold Reichtum, Silber hat Bedeutung für das Geschäft, Bernstein für die Gesundheit. Beim letzten Mal habe ich Ihnen ein Räucherstäbchen aus dem grünen Becher gegeben. Wir müssen aber den ganzen Zyklus durchführen.« Wanda zog sich der Magen zusammen. »Deshalb gebe ich Ihnen heute eins aus dem goldenen Becher mit. Damit gehen Sie im Mohamed-Salon auf und ab, bis es abgebrannt ist.«

»Eine Dreiviertelstunde lang?« fragte Wanda.

»Ja«, sagte der Magier Alexander. »Und sagen Sie mir, was Sie sehen. Ich erwarte Sie nächsten Freitag wieder. Übrigens, weil Sie sich doch für Ratenzahlung entschieden haben, darf ich Sie an den fälligen Betrag erinnern?«

Wanda schob ihm drei Hunderttausendlire-Scheine über den Tisch. »Es wäre mir ganz recht, wenn die nächste Sitzung bei uns im Palazzo Dario stattfinden könnte.«

»Hausbesuche kosten extra«, sagte der Magier Alexander und wiegte bedächtig den Kopf.

»Wenn es Ihnen zu viele Umstände macht, müssen wir uns eine andere Lösung überlegen«, sagte Wanda gedehnt.

»Wir werden sehen«, sagte der Magier Alexander versöhnlich. »Vielleicht kann ich es einrichten. Nächsten Freitag ginge es. Ausnahmsweise.«

»Und?« sagte Radomir, als Wanda von der Sitzung zurückkam. Er erwartete Ergebnisse.

»Im Grunde ist es ganz klar. Sozusagen mathematisch«, sagte Wanda. »Offenbar haben weder deine Vorgänger im Palazzo Dario noch du jemals auf eine Karte geguckt. Da wird einem alles klar – falls man auch nur über ein Minimum an Vorstellungsvermögen verfügt.«

Wanda ging in die Bibliothek, zog eine Karte von Venedig hervor und legte sie vor Radomir auf den Tisch.

»Ich zeige dir, was der Magier Alexander mir erklärt hat. Siehst du, daß der Canal Grande die Form einer Schlange oder besser, die eines Drachen hat? Er teilt die Stadt in zwei Teile. Hier oben bei Marghera ist der Kopf des Drachen.« Wanda fuhr mit dem Zeigefinger den Canal Grande entlang. »Hier unten kommen wir in den Bereich des Unheilbringenden, weil hier der Schwanz des Drachen ist, eine extrem unheilbringende Stelle. Obwohl das ambivalent ist«, sagte Wanda.

»Warum ambivalent?« fragte Radomir.

»Jetzt sei doch nicht so ungeduldig«, sagte Wanda. »Versuch doch einfach mal zuzuhören. Der wirklich böse Punkt ist der, wo Ca' Dario steht. Einerseits steht Ca' Dario auf dem linken Ufer …«

»… und links bedeutet immer Unheil«, beendete Radomir ihren Satz.

»Oh! Bravo!« sagte Wanda. »Ich sehe, wir machen Fortschritte in der Welt des Übersinnlichen! Andererseits haben wir am Ende des Canal Grande die Insel San Giorgio, benannt nach dem heiligen Georg, also dem, der den Drachen besiegt hat. Und der neutralisiert die unheilbringende Kraft.«

»Klingt logisch«, meinte Radomir.

»Gegenüber haben wir das Symbol der Stadt Venedig, die Markuskirche«, fuhr Wanda unbeirrt fort. »Und diese beiden Heiligen zusammen, der heilige Markus und der Heilige Georg, sollen die bösen Geister austreiben und die unheilbringende Kraft des Drachen zerstören.«

»Dann ist also alles in Ordnung.«

»Aber wenn wir uns den Palazzo Dario genauer ansehen, stellen wir fest, daß er asymmetrisch ist. Außerdem hat er siebzehn Fenster, das ist sehr schlecht. Schließlich die Inschrift. *Genio Urbis Joannes Darius*. Die Widmung an die Stadt. Fast wie eine Widmung an den Drachen, meint der Magier Alexander. Eigenartig. Außerdem hat er versucht, herauszubekommen, was das Anagramm dieser dreiundzwanzig Buchstaben bedeutet. Es bedeutet: *Sub ruina insidosa genero*. Das heißt, daß derjenige, der dieses Haus bewohnt, ruiniert wird«, sagte Wanda.

»Wenn das kein Fluch ist«, sagte Radomir.

An dem Nachmittag, an dem der Magier seine erste Reinigungsaktion durchführen sollte, saß Radomir wie immer im Kreis seiner Getreuen. Die venezianische Kunsthistorikerin hatte sich wie ein Überwurf in einen Sessel drapiert. Ihr gegenüber saß die unscheinbare Steuerberaterin. Wie üblich stand sie alle zwei Minuten auf, um die Aschenbecher zu leeren. Neben ihr lag ein junger Dichter auf dem Sofa. Wanda sah ihm an, daß es ihn erschöpfte, den Kopf geradezuhalten. Die venezianische Patrizierin ging im schwarzen Spitzenanzug zwischen den Sesseln und den Dormeusen hin und her, sie hatte sich vorgenommen, ihren Aufzug möglichst vorteilhaft zur Geltung zu bringen, was ihr im Sitzen nicht gelungen wäre. Deshalb hatte sie sich verboten, irgendwo Platz zu nehmen. Ständig beugte sie sich nach vorne, damit man ihre Pobacken durch die schwarze Spitze schimmern sah. Eine durchreisende japanische Bildhauerin mit einer überdimensionalen Schneckenfrisur kippelte in einem Hoffmann-Stuhl hin und her. Radomir war in großer Form. Er ließ gerade zum Thema Französische Revolution ein paar Bonmots steigen. »Ich glaube nicht, daß die gesellschaftliche Entwicklung dadurch beschleunigt wurde, daß die Canaille die Macht ergriffen hat« – als Michel einen weiteren Besucher anmeldete.

Der Magier Alexander betrat den Salon. Alle starrten auf den kleinen, gepuderten Mann.

»Er sagt, er sei der Magier und werde erwartet«, meinte Michel entschuldigend.

»Wie apart«, sagte die venezianische Spitzenfrau in die Stille hinein. »Machen wir eine Séance?«

Wanda sah, wie der Magier unter seinem Puder errötete. »Ich möchte nicht stören«, sagte er. »Ich mache mich sofort an die Arbeit.«

Dann drehte er sich um, und plötzlich sah er aus, als sei ein böser Geist in ihn hineingefahren und würde ihn von innen aufpumpen. Sein Brustkorb weitete sich, die Augen rollten aus den gepuderten Höhlen, die Halsschlagader schwoll an. Wanda und Michel starrten gespannt auf ihn. Er sah aus, als ob er gleich explodieren würde. Er sank in einen Sessel, lehnte sich zurück, hielt den Atem an und atmete laut schnaufend wieder aus. Michel schob ihm besorgt ein Kissen in den Nacken. Dann kehrten die Augen des Magiers wieder zurück an ihren Platz.

»Meine Verdauung«, erklärte Alexander schließlich und atmete noch mal laut aus. »Schon das kleinste Stückchen Zwiebel bringt mich um. Sie können sich gar nicht vorstellen, was ich zu leiden habe.«

»Doch, doch, doch!« sagte Michel mitfühlend. »Wenn ich Zwiebeln nur rieche, bringt es mich um.«

»Bei mir sind es Gurken«, sagte die Patrizierin und blickte gequält. »Gurken sind für mich tödlich.«

»Süßwasserfisch!« rief Radomir. »Ein winziges Süßwasserfischchen, und ich mache drei Tage lang kein Auge zu.«

»Wie wäre es mit etwas grünem Tee?« fragte Michel den Magier.

»Oh, ein Grappa wäre mir lieber«, sagte der Magier Alexander und schnaufte noch mal in die Runde.

»Ich kümmere mich schon«, sagte Wanda und begleitete ihn hinaus. Michel folgte ihnen neugierig. Wanda führte den Magier in den kleinen Salon im zweiten Stock, wo er sein Verdauungsproblem sogleich vergaß und ohne auf den Grappa zu warten seine Tasche auspackte. Er holte eine Kristallpyramide, einen Pharaonenkopf und einen Becher mit Räucherstäbchen hervor und stellte sie auf den Tisch.

Seufzend entzündete er ein Räucherstäbchen. Aus dem darunterliegenden Stockwerk plätscherte die nachmittägliche Konversation. Der Magier schloß die Tür und machte ein paar Schritte zum Fenster. Sinnierend blickte er hinaus. Er horchte auf die Konversation im Salon unter ihnen. »Ich fühle sehr viele schädliche Vibrationen in diesem Haus«, sagte der Magier Alexander. Murmelnd ging er auf und ab.

Wanda fragte, ob sie sich nützlich machen könne.

Er winkte ab. »Lassen Sie mich bitte allein. Und – vielleicht bitten Sie die Herrschaften in der Etage unter uns, sich etwas ruhiger zu verhalten. Ich brauche Sie erst wieder in einer Dreiviertelstunde.«

Wanda richtete seinen Wunsch aus. »Er möchte nicht gestört werden«, sagte sie zu den Anwesenden. »Wäre es Ihnen möglich, sich eine Weile ruhig zu verhalten?«

»Wie apart«, sagte die venezianische Spitzenfrau.

Radomir runzelte die Stirn.

Nach einer Dreiviertelstunde war das Räucherstäbchen abgebrannt. Der Magier stand am Fenster und blickte auf den Canal Grande. Sein Gesicht sah nach Sodbrennen aus.

»Ich habe mich nur schwer konzentrieren können«, sagte er. »Aber was ich gesehen habe, hat mich sehr nachdenklich gestimmt. Ich habe bemerkt, daß im Zimmer etwas anwesend war, das mich enervierte. Es hat verhindert, daß ich mich auf meine Formeln konzentrieren konnte. Weil es nicht verschwand, beschloß ich, mit der Einheit in Kontakt zu treten, aber es ist mir noch nicht gelungen, mit ihr zu kommunizieren. Ich nehme an, es handelt sich um eine Person, die in Ca' Dario gelebt hat. Und die nun nicht davon loskommt. Das ist für mich ein weiterer Beweis für die Notwendigkeit der Purifikation. Damit Ihr Onkel nicht das gleiche Schicksal erleidet wie all die anderen.« Der Magier Alexander packte seine Utensilien wieder ein.

Wanda stellte sich Radomir als Wiedergänger vor und schüttelte sich.

»Dreihundertfünfzigtausend«, sagte der Magier Alexander. »Wegen des Hausbesuchs.«

Zusammen mit Michel begleitete Wanda ihn bis zum Ausgang. Bevor er das Haus verließ, zog er sie vertraulich beiseite und flüsterte ihr etwas in das Ohr.

»Urin«, wiederholte Wanda langsam. »Auf gar keinen Fall. Unmöglich. Sind Sie wahnsinnig?«

»Ein interessanter Mann«, sagte Michel, als sich die Tür hinter dem Magier Alexander geschlossen hatte. »Intelligent, das sieht man gleich auf den ersten Blick. Eine Koryphäe. Und so sympathisch.«

»Übertreib nicht«, sagte Wanda. Beide gingen wieder zurück in den Salon. Dort drehte sich die Konversation um das Thema Magie, als hätte man nur auf den Abschied des Magiers gewartet. Jeder fühlte sich zu einem Kommentar bemüßigt. Die venezianische Patrizierin schwor auf Madame Lydia, die in Santa Croce empfing. Der junge Dichter empfahl einen gewissen Mario Davanzo in Castello, Ritter des Rosenkreuzes, Homöopath, Astrologe, Handaufleger, Spezialist für das Paranormale und Okkulte in Personalunion. Mittendrin Radomir, der plötzlich sein Interesse für Okkultes entdeckte.

»Aberglaube ist etwas ganz und gar Menschliches«, sagte er. »Schon die Assyrer im siebten Jahrhundert kannten Beschwörungsformeln gegen Hexenmeister.

Ich halte es da inzwischen mit Benedetto Croce: Ich glaube zwar nicht daran. Aber wahr ist es doch.«

»Wie apart«, sagte die venezianische Spitzenfrau.

Dann löste sich die nachmittägliche Runde auf. Sie zog weiter zum Palazzo Brandolini. Die Contessa Branda Brandolini war aus New York zurückgekehrt und gab einen Wiedersehens-Cocktail.

Die Tür schloß sich hinter den letzten Gästen. Radomir seufzte und nahm Wanda im Flur beiseite.

»Er ist häßlich«, sagte er vorwurfsvoll.

»Wer?« fragte Wanda.

»Der Magier«, sagte Radomir. »Seine Haare sind gefärbt. Und seine Augenbrauen auch.«

»Du mußt ihn nicht aufessen«, sagte Wanda.

»Also, ich finde ihn schön«, sagte Michel.

19.

Über Wandas Gondelserenadenkampf, und was von Goethe in Venedig zu halten ist. Wanda macht mit Primo einen Ausflug in die Lagune. Einer stört, und Primo hat ein Doppelleben

Wanda saß im Museo Orientale bei geöffneten Fenstern und versuchte zu lesen. Es war ein schwüler Sommernachmittag. Unten im Kanal wurde *Gondola-gondola-gondoli* gesungen und erbittert dazu mitgeklatscht. Nach Wandas persönlicher Statistik hörte sie neunundzwanzig Mal täglich *O sole mio*, dicht gefolgt von *Funiculi, funicula* (zwanzig Mal), und *Nel blu, dipinto di blu* (elf Mal). Internationaler Beliebtheit erfreute sich auch der *Ententanz*, *Il ballo del quaquaqua*, Frank Sinatras *I did it my way* sowie Edith Piafs *Non, je ne regrette rien*. Der Evergreen *Ciao Venezia*, so hatte Wanda festgestellt, eignete sich auch für Ungeübte gut zum Mitklatschen. Politische Berührungsängste gab es nicht, auf Wunsch wurde auch die Internationale gesungen. Manchmal wurden Zugeständnisse an die Herkunft der Reisegruppen gemacht: Deutsche schätzten *Rosamunde*, Israelis sangen *Hava Nageela Hava*, wohingegen japanisches Liedgut vernachlässigt wurde.

Plötzlich rauschte das Blut in Wandas Ohren. Wie

von Sinnen rannte sie auf den Flur zur Abstellkammer des Putzdienstes, kramte den blauen Plastikeimer raus, füllte ihn randvoll mit Wasser, rannte wieder zurück zum Fenster und kippte den Eimer in hohem Bogen über die ganze Gondelpartie, samt Sänger und Akkordeonspieler. Alles wurde schlagartig still.

Aber nur für Sekunden. Dann brach ein zweisprachiges Gezeter los. Ein Gondoliere keifte in venezianischem Dialekt zu ihrem Fenster hoch, ob Wanda wohl verrückt geworden sei. Dazu das Stöhnen der Touristen »Oh my god!« – »What the fuck is going on here?« Wanda mußte Amerikaner getroffen haben, wahrscheinlich aus Cleveland, Ohio. Schade. Japaner wären ihr lieber gewesen. Sicher glaubten die Amerikaner, daß sie vom venezianischen Fremdenverkehrsbüro für die folkoristische Einlage bezahlt wurde.

Später schämte sie sich etwas. Es lag sicher daran, daß sie nicht hier aufgewachsen war, sagte sie sich. Wahrscheinlich mußte man Venezianer sein, um ein Leben lang Gondelserenaden und Taubenkacke mit Gleichmut ertragen zu können. Doch noch bevor sich ihre Scham richtig entfalten konnte, steckte Direktor Morosini den Kopf in ihr Büro und beglückwünschte sie zur Tat. Das war das erste Mal seit Wochen, daß wieder etwas Leben in ihm war, bemerkte Wanda. Seit der fatalen Ablehnung seines mysteriösen Manuskripts, von dem Wanda immer noch nicht wußte, was es war, war er immer depressiver geworden.

»*Sono una maledizione*«, zischte er, »sie sind ein Fluch, eine Beleidigung für die Ohren und den guten Geschmack!«

Wanda fühlte sich verstanden. Schließlich hatte er die Serenaden mit der Muttermilch aufgesogen und stand anti-venezianischen Umtrieben äußerst feindselig gegenüber.

»Ein Eimer ist das Minimum«, sagte Morosini. »Ich habe auf der Terrasse Hunderte davon stehen. Die venezianische Gondelserenade ist kein bißchen venezianisch. Sie ist die perfide Erfindung eines Hotelportiers namens Giuseppe Tortorella.«

Wanda sah ihm an, wie glücklich er über diese Gelegenheit war, wieder ein paar Erkenntnisse an sie weiterzureichen. Seine Auberginennase leuchtete.

»Der Venezianer«, sagte Morosini, »hat nie in der Gondel gesungen. Er hat Handel getrieben, er hat intrigiert, er hat ganze Landstriche geplündert, aber gesungen hat er nie. Und genau in diese Lücke ist Tortorella gestoßen. Er war der Erfinder der *Serata veneziana*. In den fünfziger Jahren arbeitete er im Hotel Bauer Grünwald und revolutionierte den venezianischen Tourismus zunächst dadurch, daß er Touristengruppen zu Flößen unweit der Kirche Santa Maria della Salute schiffte. Dort lauschten sie venezianischem Liedgut und tranken Wein, und Tortorella kassierte seine Prozente. Was so lange gutging, bis die Motoscafi mit schöner Regelmäßigkeit durch die Lagune zu pflügen begannen und das Floß jedesmal zum Wackeln brachten. Aber Tortorella, der ein findiger Geschäftsmann war, machte aus der Not eine Tugend. Er schiffte die Touristen nicht mehr zum Floß, sondern ließ gleich in der Gondel singen. In stillen Seitenkanälen. Das war der Anfang vom Ende.«

»Und was war mit Goethe?« fragte Wanda. »Der hat doch auch schon vom famosen Gesang der Gondolieri geschrieben. Gondolieri, die Verse von Torquato Tasso sängen.«

»Goethe!« stöhnte Morosini. »Auch nur ein Tourist. Er hat das mit dem *al fresco* verwechselt, draußen in der Lagune wurde ab und zu gesungen. Da würde es auch heute niemanden stören.«

Wie auf ein Stichwort war es mit der Stille wieder vorbei. Ein Sänger, der klang, als gehörte er zum Ensemble der Peking-Oper, stimmte »New York, New York« an. Was Morosini nur ein kurzes Stirnrunzeln abrang, bevor er das Gespräch mit der ihm eigenen Nonchalance auf seinen Freund Joseph Brodsky brachte, der bei seinem letzten Besuch in Venedig das unaufhaltsame Wachstum der Menschheit zu bedenken gegeben hätte. »Aus einer Gondelserenade werden in nur wenigen Jahren zwanzig geworden sein. Und wenn erst die Chinesen Venedig entdecken!«

Vor Wandas Auge stieg die Vision von einskommadrei Milliarden Chinesen auf, die alle bei »Ciao Venezia« mitklatschten.

»Wasserwerfen ist das Minimum«, sagte Morosini. »Besser noch ist Rauchbomben zünden. Oder unsichtbare Drähte spannen. Oder mit Gummigeschossen zielen. Unsere Nachbarin Signora Camuffo nimmt dabei immer den Sänger ins Visier. Der Nachbar von schräg gegenüber versucht es mit einer Techno-Version von Carusos »O sole mio«. Er lauert den Gondeln hinter den Brücken auf und drückt dann auf die Taste seines CD-Players: Techno-Caruso bis zum Anschlag.«

»Wir Venezianer müssen auf uns aufmerksam machen«, fuhr Morosini fort. »Die Touristen glauben doch, daß wir gar nicht existieren. Man hält uns für Statisten. Ich habe schon Hunderte von Briefen an das Wasser-Ordnungsamt geschrieben und darum gebeten, das Gesinge wenigstens nach dreiundzwanzig Uhr zu verbieten. Länger als zehn Tage hat die Ruhe nie gedauert. Ich habe diese Leute sogar bei der Finanzpolizei angezeigt. Denn die einzige Möglichkeit, sie zum Schweigen zu bringen, besteht darin, sie zu zwingen, ihre Einkünfte zu versteuern. Ich hatte endlich Hoffnung auf Ruhe. Als die Finanzpolizei kam, streikten die Gondolieri, und die Sänger drohten zu verstummen. Endgültig. Aber dann kam aus Mailand ein Team der RAI angereist, die *Repubblica* sorgte sich schon um das Ende der ›antiken venezianischen Tradition‹, haha, und der schreckliche Signor Spalazzi vom Reisebüro Clemenson, der allein für mindestens fünfzig Serenaden täglich die Verantwortung trägt, drohte eine Prozeßwelle nie gesehenen Ausmaßes an. ›Wir werden nicht nachgeben‹, sagte er zu mir. ›*Fino alla morte!*‹ Die Gondolieri beschworen mit dem Untergang der Serenaden den Untergang der *allegria*. Und darauf hoffe ich noch bis heute.«

Nach diesem Gespräch fühlte sich Wanda etwas unbehaglich, als sie sich an ihre Verabredung mit Primo für den heutigen Nachmittag erinnerte. Ein Unbehagen, das sie an neulich erinnerte, als sie ihn im Caffè am Campo Santa Margherita zufällig getroffen hatte.

Der von Radomir als Platz reformkommunistischer Eierhändler geschmähte Campo war Wandas Lieblingsplatz. Eine der wenigen Muranoglas-Karnevalsmüll-Marmorpapier-freien Zonen Venedigs. Statt dessen: fünf Cafés, eine Eisdiele, eine Buchhandlung, zwei miteinander konkurrierende Fischhändler, ein Antiquitätenhändler, ein Eierhändler, vier kleine Restaurants, eine Bank, eine Drogerie – eben alles, was man wirklich zum Leben braucht. »Venedig ist eine Faltpostkarte seiner selbst« – mit diesem Zitat hatte Dottor Camassa bei dem Venedig-Quiz brilliert, weil niemand wußte, von wem es stammte. Niemand hatte jemals etwas von einer amerikanischen Schriftstellerin namens Mary McCarthy gelesen. Was die Faltpostkarte betraf, hatte sie recht, fand Wanda. Aber man mußte verstehen, die Karte aufzufalten. Der Campo Santa Margherita verbarg sich in so einer Falte.

Wanda war über den Platz geschlendert und hatte sich ins Caffè gesetzt. Sie hatte ein *tramezzino* mit Thunfisch und Ei bestellt. An verschiedenen Ecken des Campo standen Touristen, die Venedigs Stadtplan wie einen Schnittbogen studierten. Offenbar fühlten sich die Besucher von dieser Stadt herausgefordert, die mit ihrem gewundenen Kanal jeden Orientierungssinn und sogar die Himmelsrichtungen ad absurdum führte. Es sah aus, als hätte Fellini die Szene arrangiert. Die Touristen drehten sich, sie guckten hoch, kniffen die Augen zusammen und suchten wieder auf dem Stadtplan und schüttelten die Köpfe. Sie weigerten sich zu akzeptieren, daß Venedig seine eigenen Koordinaten hat. Rialto. Piazza San Marco. L'Accademia. Le Fondamente Nuove.

Wanda hatte die Kinder beobachtet, die auf dem Campo Santa Margherita spielten. Sie waren hinter dem

Ball hergerollt wie junge Hunde. Auf manchen *campi* wuchs Gras zwischen den Pflastersteinen. Der Campo Santa Margherita war einer der wenigen, die glattgespielt waren. Kein Wunder, dachte Wanda, als die Kinder in rasendem Tempo am Caffè vorbeijagten.

Mitten aus dieser Kindermeute heraus war Primo plötzlich aufgetaucht. Wanda hatte ihn nicht kommen sehen, denn er trug kein Gondoliere-Hemd, sondern Zivil. Eine schwarze Hose und ein weißes Hemd. An seinen Fingern hatte Farbe geklebt.

»Ich sehe, Sie meditieren«, hatte er gesagt, als er sich an ihren Tisch setzte. »Was machen die bösen Geister vom Palazzo Dario?«

»Sie rasseln mit ihren Ketten«, sagte Wanda. »Und wie!«

»Ich habe gehört, Sie waren beim Magier Alexander«, sagte Primo. »Sogar zwei Mal.«

»Woher wissen Sie das?«

»Venedig quatscht, die Gondeln lästern. Man hat Sie in der Ruga Giuffa gesehen. Hier geschieht nichts ohne Beobachtung. Wie war es?«

»Er ist besorgt, daß ich keinen Mann habe. Ich weiß nicht, worin er den Zusammenhang mit dem Fluch sieht, aber vermutlich hält er mich für herzlos.«

»Also ich weiß jetzt, daß Sie ein Herz haben. Ein Herz für Gondolieri. Wie unser kleiner Ausflug neulich bewiesen hat,« sagte Primo.

Wanda hatte gelächelt. Weniger wegen Primos spitzen Kommentars, sondern weil sie an ihren ungehörigen Traum denken mußte. Daraufhin hatte Primo ihr eine Haarsträhne aus dem Gesicht gestrichen. Was sie schwach werden ließ. Diesmal wirklich. Es war eine flüchtige Bewegung, die etwas unerwartet Fürsorgliches hatte.

Die vertrauliche Geste hatte ihr Mut gemacht. »Ich habe noch nie so einen Mund bei einem Mann gesehen«, hatte sie hastig zu ihm gesagt. Er hatte sie angeblickt, als hätte sie ihm ein intimes Geständnis gemacht.

Und war rot geworden.

Dann hatte er sie geküßt.

Diesmal sollte nichts dem Zufall überlassen werden. Primo holte sie in der Tat wie verabredet vom Museum ab. Wenn er wüßte, daß sie erst heute morgen ihr Herz für Gondolieri in einem Eimer Wasser zum Ausdruck gebracht hatte. Es war einer jener Freitagnachmittage im August, an dem die Stadt nur noch ganz flach atmete. Primo erwartete Wanda an der Fondamenta de Ca' Pesaro in einem türkisfarbenen Boot, das aussah wie eine Kreuzung zwischen Ruderboot und Gondel und das von den Venezianern *sandalo* genannt wurde, wie er ihr erklärte. Weil es von einem kleinen Motor betrieben wurde, konnten sie damit auch weit auf die Lagune hinausfahren. Wanda, die an den Golf von Neapel gewöhnt war, wunderte sich immer über dieses Meer, das keines war, an manchen Stellen nicht mal handbreit unter den Kiel reichte, dann aber wieder tintenblautief lauerte.

Als Wanda es sich in dem Boot bequem machte, kam Radomir die Fondamenta entlangspaziert. Wie er das nur immer hinkriegte! Er stellte sich neben das Boot.

»Oh, Primo«, sagte er, als sei Wanda unsichtbar.

»Ciao Radomir«, antwortete Wanda deutlich hörbar.

»Wir planen einen kleinen Ausflug in die Lagune«, sagte Primo.

»Wie schön«, sagte Radomir beleidigt.

»Wollen Sie mitkommen?« fragte Primo, und Wanda begann wieder an seinem Verstand zu zweifeln.

»Ich bin nicht seefest«, sagte Radomir, »leider.« Dann spazierte er davon, ohne sich noch einmal umzublicken.

Primo lächelte Wanda an. Umständlich machte er das Boot los und warf den Motor an. »Eigentlich schade, daß dein Onkel nicht mitkommen wollte.«

»Ausgesprochen schade«, sagte Wanda. Sie ahnte, wie Radomir sticheln würde, sobald sie von ihrem Bootsausflug zurückkehren würde. Ein Gondoliere! würde er höhnen. Ganz wie ihr Vater, nur war es bei ihm der pure Neid.

»Du kennst San Lazzaro degli Armeni nicht?« fragte Primo Wanda, nachdem sie das Markusbecken erreicht hatten. »Auch nicht Madonna del Monte? Oder San Francesco del Deserto?« Wanda schüttelte den Kopf. Von der venezianischen Lagune hatte sie bis dahin lediglich Torcello und Burano mitgekriegt, gerade soviel wie ein durchschnittlicher Venedig-Besucher. Primos Eifer rührte sie. Er wollte ihr beweisen, daß die venezianische Lagune schöner als der ganze Golf von Neapel samt Capri und Amalfiküste war. Er zeigte ihr bewohnte und verlassene Inseln, Inselchen, die nicht größer waren als eine Drei-Zimmer-Wohnung. Eine still plätschernde Welt – abgesehen vom Motorengeräusch des *sandalo*, das sich anhörte wie ein überhitzter Fiat cinquecento. Die Lagune wechselte von Flaschengrün in Lehmgelb oder

Anthrazitgrau über, und beim Sonnenuntergang lag sie da wie ein Silbertablett.

Sie fuhren nach Pellestrina, der Insel, die gekrümmt ist wie eine Häkelnadel und die Lagune vom offenen Meer trennt.

Primo hatte ihr aus dem Boot geholfen und dann ihre Hand nicht mehr losgelassen. Verschämt händchenhaltend liefen sie über die Insel. Wanda gefiel seine altmodische Zartheit. »Manchmal siehst du aus wie ein Seepferdchen«, sagte Primo mit seinem Hang für Meerestiervergleiche, und Wanda fragte sich, ob das ein Kompliment sein könnte. Sie dachte an Radomir. Wenn er sie hier jetzt sähe, würde er seine liebe Nichte sicher sofort nach Neapel zurückwünschen.

An manchen Stellen war Pellestrina so schmal wie ein Fahrradweg, an die breiteste Stelle paßten zwei Häuser, eine Kirche, eine Straße. Ein Kino, das sich stolz »Cinema Apparizione« nannte, Erscheinungskino, und eine Kirche, in der vom Oberschenkelhalsknochen der Santa Maria Maddalena bis zu schleifengeschmückten Knochensplittern von San Maurizio, San Alessio und San Valentino all das aufbewahrt wurde, was zur Heiligenverehrung taugt. Wanda fühlte sich an Neapel erinnert, an ihren Vater und die lebensverjüngende Flüssigkeit aus den Knochen von Sant' Andrea, die er aus der Kathedrale von Amalfi auf einem Wattebausch nach Hause gebracht und allen Familienmitgliedern auf die Stirn gerieben hatte.

Breithüftige Frauen fuhren auf dem Fahrrad ihre Busen vorbei. Die Häuser waren himmelblau und pompeijanisch-rot, ein paar Frauen saßen vor der Haustür und klöppelten Spitzen. Längs der Insel waren Schiffe vertäut, die martialische Namen trugen. »Titano« oder »Dominatore«. Die Fischer sahen kampflustig aus und hatten rot-braune Indianergesichter, wobei Wanda sich fragte, ob die Gesichtsfarbe von zuviel Wein oder zuviel Sonne stammte. Sie aßen bei *Celeste*, dem einen der beiden Restaurants auf Pellestrina. *Celeste* hatte eine seinem Namen entsprechend himmelblaue Holzterrasse in die Lagune gebaut, die ihnen beim Sonnenuntergang einen Platz in der ersten Reihe garantierte. Wanda gefiel es, Primo beim Essen zu beobachten. Er aß ohne Hast. Er hatte sich Schinken mit Melone bestellt, von dem er jetzt geduldig den Speckstreifen an der Seite abtrennte. Seine Hände waren muskulös. Ein Gondoliere eben, dachte Wanda. Mit wie vielen Amerikanerinnen er wohl bereits die Inselrundfahrt gemacht haben mochte?

Am Abend fuhren sie zu einem unbewohnten Eiland kurz vor Pellestrina. Ein kleines Holzhäuschen auf Stelzen, das, wie Primo versicherte, einem guten Freund gehörte. Drinnen roch es nach Holz, das die Sonne getrocknet hatte. Beide setzten sich auf den Holzsteg vor der Hütte und schwiegen.

»Sehr romantisch«, sagte Wanda in die Stille.

»Soll das ein Witz sein?« fragte Primo irritiert.

»Nein, nein«, beeilte sich Wanda zu sagen, »ich meine es ganz ernst. Ich finde es wirklich romantisch hier.«

Primo schwieg und knetete geniert seine Hände.

»Entschuldige«, sagte er in die Stille. »Ist wohl meine Berufskrankheit. Ich höre das Wort ›romantisch‹ täglich hundertmal.«

Wenn man den ganzen Tag von liebestollen Touristinnen umzingelt ist, die jede tote Wasserratte romantisch finden, dachte Wanda verständnisvoll, muß man wohl empfindlich werden. Sie entschloß sich zur Flucht nach vorn. Schließlich sollte es nicht allein bei einem Traum bleiben. Sie tupfte ihm Küsse auf seine Fingerspitzen, seine Arme, seine Brust und zog ihn in die Hütte. Geschickt zog Primo den Reißverschluß ihres Sommerkleides herunter und streifte ihr das Kleid von den Schultern. Er küßte die Innenseiten ihrer Schenkel. Immer höher. Wanda hörte, wie das Wasser unter ihnen schmatzte. Die Holzbohlen kicherten.

»Was habt ihr hier zu suchen?« schrie plötzlich eine tiefe Stimme.

Der Boden ächzte unter dem Gewicht eines kugelrunden Mannes. Ein Fischer, der aussah, als sei er hundertvier Jahre alt, stand vor ihnen. Er starrte auf Wandas Busen. Sie versuchte sich ihr Sommerkleid überzustreifen.

»Ach, du bist es!« sagte der Mann verblüfft, als er Primo erkannte. »Was machst du denn hier?

»Das möchte ich von dir wissen«, antwortete Primo.

»Hättest einen Ton sagen können«, sagte der hundertvierjährige Fischer. »Ich hab zu tun. Muß heute abend die Netze reinholen. Tut mir leid, Signorina.«

Es sollte offenbar nicht sein. Wanda spottetete über Primos geniertes Gesicht und daß der Fluch von Palazzo Dario sowie Radomirs langer Arm offenbar bis hierhin reichten. Aber es stärkte ihr Vertrauen in den Magier Alexander. Hatte er sie nicht als erstes auf ihre Männerlosigkeit angesprochen?

Sie stiegen wieder in das Boot und fuhren zurück nach Venedig. Der Himmel war schwarz wie Tintenfischtinte.

»Daß er ausgerechnet jetzt auftauchen würde. Als hätte er es geahnt«, sagte Primo.

Als sie wieder in Venedig waren, bestand Primo darauf, ihr seine Wohnung zu zeigen. Sie war nicht weit von Ca' Dario entfernt, in einer Seitengasse vom Rio di San Vio. Eine Dachwohnung. Eilig stieg er die Treppen hoch. Wanda hatte das Gefühl, daß er schnell etwas hinter sich bringen wollte.

Er öffnete die Tür. Es roch nach Farbe. Wanda sah nichts anderes als Himmel. Sie standen überall. Sie lehnten an der Wand und stapelten sich bis zur Decke. Himmel in der kleinen Küche, im Schlafzimmer, im Flur, im Badezimmer. Himmel als Tafelbild, Triptychon und Polyptichon, Monumentalhimmel und kleine Ausschnittshimmel, der Himmel als Porträt und als Allegorie, Himmel abstrakt und realistisch.

»Oh«, sagte Wanda verzückt. Primo stand verlegen neben ihr und rückte zwei Bilder zurecht, die weggerutscht waren.

»Das sind die letzten, die ich gemalt habe.«

»Wenn ich recht verstehe, bist du Halbtags-Gondoliere?« sagte Wanda. »Oder Halbtags-Künstler?« Hoffentlich war das nicht die falsche Bemerkung. Der Mann ist ja so empfindlich, sagte sich Wanda. Primo aber schien ganz erleichtert zu sein. Als hätte er zum ersten Mal einen Menschen vor sich, dem er sein prekäres Doppelleben gestehen konnte.

»Du hast es also gewußt? Sag schon, du hast es

geahnt«, sagte er und atmete auf. Wanda wunderte sich, warum er soviel Geheimnis um seine künstlerische Arbeit machte. Als sei es ihm peinlich. Was aber kann peinlicher sein, als Gondoliere zu sein?

»Ja ja, ganz recht«, murmelte er, als ahnte er ihre Gedanken. »Es ist schizophren. Ich bin Bildhauer, Maler und Performance-Künstler. Aber davon kann ich nicht leben. Deshalb arbeite ich sechs Monate im Jahr als Gondoliere. Im Winter ziehe ich den einen Stecker raus und schließe den anderen an. Und im Frühjahr mache ich es genau umgekehrt. Ich lebe in zwei Welten.«

Er sprach mit Nachdruck und großem Ernst. Er redete die ganze Nacht.

»Ich habe drei Jahre lang hier in Venedig in der Kunstakademie unterrichtet. Für viele ist die Akademie etwas Erstrebenswertes, ja, ein Karriereziel. Ich fand es unerträglich. Monoton. Sechzig Studenten, von denen jeder seine ästhetischen Probleme mit mir besprechen wollte. Ich konnte keine Minute mehr an meine Arbeit denken. Da habe ich gekündigt. Meine Mutter war entsetzt. Es war ihr ganzer Stolz, daß ich, Sohn eines Gondoliere, es geschafft hatte, in der Kunstakademie unterzukommen. Angefangen habe ich mit Skulpturen. Mit einer Skulptur aus Käfern. Ich habe eine Schaufensterpuppe mit einem venezianischen Kleid aus Käfern beklebt und sie ›La Dogaressa‹ genannt. Und eigentlich hatte ich einen ganzen Käferzyklus geplant, aber dann sind mir die Käfer ausgegangen, weil mein Lieferant von Käferzucht auf Mehlwürmer umgestellt hat. Außerdem schafften die Käfer immer Probleme mit den Museumskuratoren. Bei der letzten Ausstellung im

Palazzo Grassi haben sich die Putzfrauen geweigert, weiterhin den Saal mit den Skulpturen zu putzen. Sie haben jeden Morgen im ganzen Museum Käfer gefunden, die von der Skulptur abgefallen und unter den Schuhen der Besucher in die anderen Säle gelangt waren. Also habe ich meine erste Installation gewagt. Inspiriert von den Markusplatztauben habe ich eine Installation von Tauben entworfen, die gleichmütig auf alles scheißen, was um sie herum vor sich geht. Dann war die Zeit reif für die Schnittverletzungen. So heißen meine Performance-Installationen. Sechs Leinwände, Öl, Fett, Marmor, ein Altsaxophon und eine Person. Die Person mußte mit einem Schwert in die liegende Leinwand einstechen, die zuvor mit Öl begossen wurde. Das Öl floß durch das entstehende Loch auf den Boden. Wie Blut. Dazu spielte jemand Altsaxophon, und die Person rezitierte Passagen aus Peter Handkes Gedichten. Eine andere Leinwand wurde mit einer Kreissäge durchgesägt. Aber nur halb. Auch hier rezitierte eine Person aus einem Text. Aber dann hat mich das venezianische Licht wahnsinnig gemacht. Ich begann den Himmel über Venedig zu malen. Das berühmte venezianische Licht. Carpaccio, Canaletto und so weiter. Das war das Schlimmste. Der venezianische Himmel macht sich über mich lustig. An manchen Tagen verfärbt er sich zwanzigmal, mindestens, und das auf völlig unberechenbare Weise, mal gibt es mittags um eins ein Abendrot, oder im Januar ein Augustlicht, mal vernebelt er sich mitten im Hochsommer, und oft zeigt er sich über Wochen gar nicht. Er macht mich verrückt.«

Draußen dämmerte es. Der Himmel riß sich die Wolken vom Leib, und die Sonne drang durch.

»Der Versuch, die Wirklichkeit abzubilden, kann nur in den Wahnsinn führen!« fuhr Primo fort. »Der Realismus gibt vor, Antworten zu geben. Antworten! Dabei kann man, wenn überhaupt, in der Kunst doch nur Fragen stellen.«

Er hielt inne und blickte Wanda an.

»Du mußt denken, daß ich wahnsinnig bin«, sagte er.

»Ja«, sagte Wanda.

Das Erstaunliche an ihm war, daß seine Oberlippe genauso voll war wie die Unterlippe.

20.

Des Dramas fünfter Teil.
Aldo Vergato oder die Leiden der Tugend

Es war einer jener sonnigen Januarmorgen in Venedig, ein Tag, wie geschaffen dafür, ihn mit langen Spaziergängen entlang des sonnenverwöhnten Zattere-Ufers am malerischen Giudecca-Kanal zu verbringen, als Aldo Vergato, der größte Grundbesitzer des Planeten, über den hübschen Campo Sant'Agnese schritt. Er war ein stattlicher, braungebrannter Mann, mit weißem Haar, Adlernase und einem makellosen Gebiß, das in dem sonnigen, venezianischen Morgen leuchtete. In seinem mitternachtsblauen Jackett, der dazu passenden azurblauen Hose und den weißen Skipperschuhen sah er einfach blendend aus. Am Arm führte er seine elegante Ehefrau Filomena, eine schwarzhaarige, mediterrane Schönheit, die einen campariroten Wollmantel mit schwarzen Paspeln trug, dazu passende, an den Handgelenken spitz zulaufende Handschuhe. Über die Schultern hatte sie sich ein farblich abgestimmtes Kaschmircape gelegt. Offensichtlich hatten sich die modischsten und teuersten Modeschöpfer Italiens mit ihrem Mantel besondere Mühe gegeben, denn sie schritt darin einher wie eine Königin.

Aldo Vergato und seine Frau Filomena waren auf dem Weg zur Gesuati-Kirche, wo Filomena die Frühmesse besuchen wollte. Auf den marmornen Stufen der Kirche verabschiedete sich seine Frau mit traurigem Gesicht von ihm.

»Ciao, Aldo, bis später. Ich spare es mir heute, dich zu fragen, ob du nicht doch mit mir in die Messe möchtest.« Sie hauchte ihm einen zarten Kuß auf die Stirn.

»Bitte Filomena, nicht schon wieder diese sinnlose Diskussion.« Aldo Vergato wandte sich gequält von seiner Ehefrau ab. »Hör endlich auf, mich bekehren zu wollen.«

»Wie du meinst, Aldo. Wenn du glaubst, daß es deiner Seele eher wohltut, mit deinen Segelfreunden den Tag zu beginnen als mit Gott, dann soll es so sein.« Sie lächelte schmerzlich in ihr flammendrotes Kaschmircape hinein. »Sei bitte pünktlich zum Mittagessen da.« Dann verschwand sie in dem frommen Dunkel der Gesuati-Kirche.

Aldo Vergato lief schnellen Schrittes das sonnenbeschienene Zattere-Ufer entlang. Er war froh, den Tag allein verbringen zu können. Die Frömmigkeit seiner Frau war im Laufe der Jahre zu einer großen Belastung für ihre Ehe geworden. Sie betete mit einer solchen Inbrunst, daß er sich oft fragte, ob das die Frau gewesen war, die er einst geliebt hatte.

Sein energischer und federnder Schritt war der eines passionierten Seglers. Wie immer, seitdem er in Venedig war, verbrachte er seine Tage zusammen mit venezianischen Skippern und den ihm ergebenen Bootsbauern von der bekannten Tencara-Werft in den *Magazzini del Sale*, dem ehemaligen Salzlager am Zattere-Ufer. Er hatte das Lagerhaus zu seinem privaten Klubhaus umgebaut. Hier sollte der Hafen seines »Moro di Venezia« sein, des venezianischen Mohren, wie er das legendäre Segelboot getauft hatte, mit dem er den American Cup gewinnen wollte. Den Stapellauf des Mohren hatte er mit weltberühmten, handverlesenen Gästen aus der ganzen Welt gefeiert. Darunter war kein einziger Venezianer gewesen. Aldo Vergato hatte die Schmach, die ihm der venezianische Segelklub zugefügt hatte, nicht vergessen: Die dreihundertfünfzig Mitglieder hatten gegen seine Aufnahme gestimmt.

Aldo Vergato war ein Mann, der alles im Leben gehabt hatte: Ruhm, Reichtum und Schönheit. Er kam aus Ravenna und hatte sich im Alter von fünfundzwanzig Jahren in Filomena verliebt, die Tochter des Fantozzi-Clans, der größten Industriellendynastie Italiens. Aber Aldo beschränkte sich nicht darauf, in eine wohlhabende Familie eingeheiratet zu haben: Dank seines ausgeprägten Geschäftssinns hatte er den Besitz des Fantozzi-Clans bald verdoppelt. Seither war Aldo Vergato unermeßlich reich, und es verging kein Tag, in dem nicht in irgendeiner Tageszeitung etwas über Aldo Vergato gestanden hätte. »Der grüne Korsar«, »der letzte Korsar«, »der Kaiser«, »der König«, »der Seemann«. So nannten ihn die Journalisten. Er hatte, so schrieben sie, halb Venedig aufgekauft: Auf die fünf Muranoglasfabriken und den Palazzo Morà war schließlich der Herion-Besitz auf der Giudecca gefolgt, der eine wunderschöne, alte Villa samt der dazu passenden, antiken Kirche von Santa Cosma und Damiano umfaßte. Es war diese letzte Erwerbung gewesen, die den Ausschlag für die Feindseligkeit seitens der Venezianer gegeben hatte, die den Segelklub gegen seine Aufnahme stimmen ließ. Doch das konnte ihn, den großen Vergato, in seiner Liebe zu dieser einzigartigen Wasserstadt nicht erschüttern.

Es war schon immer sein Traum gewesen, in Venedig zu leben. Für ihn, den passionierten Segler, gab es keine schönere Stadt auf der Welt. Und es gab für ihn nichts Schöneres, als mit seinen vertrauten Segelfreunden vom sonnenbeschienenen Zattere-Ufer zu einer Segeltour in der Adria aufzubrechen. Deshalb hatte er als krönenden Abschluß Palazzo Dario als Wochenendresidenz für seine Familie gekauft. Für sich und seine Frau Filomena und seine drei Kinder, Eligio, Maria-Ermelinda und seine Lieblingstochter Clarenza.

Selbstverständlich hatte Aldo Vergato einen seiner treuen Sekretäre mit dem Kauf betraut – eine fatale Entscheidung, denn hätte er, der große Menschenkenner, selbst den glutäugigen Immobilienhai gesehen, der im Auftrag seines Vorgängers, des glücklosen Massimo Miniato Sassoferato, den Palazzo verkauft hatte, hätte er wohl Verdacht geschöpft. So blieb es dem Bürgermeister der Stadt überlassen, ihn auf den Ruf von Palazzo Dario aufmerksam zu machen. Er war bei einem glanzvollen Empfang im Rathaus gewesen. In einem unbeobachteten Augenblick hatte ihn der Bürgermeister beiseite genommen, und darum gebeten, ihn unter vier Augen sprechen zu können.

Der Bürgermeister räusperte sich verlegen. Dann sagte er mit ernstem und feierlichem Gesicht: »Es heißt vom Palazzo Dario, daß er unter einem Unstern steht, und ich sehe es als meine Pflicht als erster Bürger der Stadt an, Ihnen dies mitzuteilen.«

Aldo Vergato hatte kurz und amüsiert aufgelacht, seine blendend weißen Zähne leuchten lassen und dem Bürgermeister großherzig auf die Schulter geklopft. »Mein Lieber, ich weiß Ihre Sorge zu schätzen«, sagte er lächelnd, »aber ein Mann wie ich kann es sich kaum leisten, Angst vor bösen Geistern zu haben.«

Filomena nippte in dem prächtigen, holzvertäfelten Eßzimmer von Palazzo Dario an ihrem Getränk. Sie hatte einen schwachen Magen, vertrug keinen Kaffee und keinen schwarzen Tee, und so hatte ihr Maria, die treue Haushälterin vom Palazzo Dario, einen Kamillentee gekocht. Die venezianische Abendsonne erleuchtete den Himmel lachsrot und verbreitete auch im Eßzimmer des Palazzos ein warmes Licht, das sich in Filomenas ebenmäßigem Gesicht widerspiegelte. Sie überlegte, ob sie Maria von ihrer seltsamen Begegnung erzählen sollte. Was würde die treue Seele nur von ihr denken? Würde sie meinen, sie sei verrückt geworden? Schließlich aber machte sich die schöne Filomena von allen Bedenken frei.

»Maria«, sagte sie und gab zwei kleine Tropfen Zitronensaft in ihren Kamillentee, »was hat es mit dem Gerede über Palazzo Dario auf sich?«

»Was für ein Gerede, Signora?« Filomena entging es nicht, wie ein unmerklicher Schatten Marias Gesicht trübte.

»Giovanni, der Taxifahrer, sagte mir, daß der Palazzo verflucht sei und Unglück bringe.« Filomena schauderte bei dem Gedanken an den Taxifahrer, der ganz glühende Augen und einen verschlagenen Blick gehabt hatte. »Er erzählte mir von einem gewissen Fabio delle Fenestrelle, der erschlagen aufgefunden worden sei.«

»Es wird viel in Venedig geredet, Signora. Sie müssen sich darum keine Gedanken machen«, erwiderte Maria mit gedehnter Stimme, und Filomena spürte, daß sich hinter ihren trostspendenden Worten noch etwas ganz anderes, etwas Dunkles verbarg.

»Sie können ganz ehrlich zu mir sein, Maria. Ich vertraue auf Gott und habe keine Angst.«

Maria wischte sich die vor lauter Nervosität naßgeschwitzten Hände an ihrer Schürze ab.

»Es gab einige Unglücksfälle im Palazzo Dario«, sagte sie zögerlich.

Unwillkürlich erschauderte Filomena. »Sie meinen, es hat mehr als ein Unglück im Palazzo Dario gegeben?« Erschöpft faßte sie sich an ihre Schläfen. Und doch spürte sie den heftigen Wunsch, mehr über Palazzo Dario zu erfahren. »Aber... warum hat uns niemand davor gewarnt?« Sie ergriff Marias Hand. »Bitte erzählen Sie mir alles, Maria.«

»Es betraf vor allem die Männer, die, tja wie soll ich das sagen...« Geniert knetete Maria ihre Spitzenschürze und holte tief Luft. »Männer, die diese bestimmte Neigung haben.«

Plötzlich richtete sich Filomena wieder auf. Empörung blitzte aus ihren rassigen, schwarzen Augen.

»Dann kann uns der Fluch ja nicht treffen.« Sie hüllte sich tief in ihren geliebten Kaschmirschal.

»Aber es gibt eine Ausnahme, und das war Massimo Miniato.«

»Er lebt ja noch«, erwiderte Filomena.

»Ja, aber um welchen Preis«, sagte Maria. »Seine Schwester ist tot, und er ist bankrott und halb verrückt.«

Filomena trank ihren Kamillentee aus. »Das ist doch alles lächerlich. Wer hat je von so einem absurden Fluch gehört?« Insgeheim dachte sie allerdings voller Schaudern an die Ereignisse der letzten Nacht. Sie war in ihrem prächtigen Schlafzimmer gewesen und hatte sich wie jeden Abend das Haar mit hundert Bürstenstrichen gepflegt. Da hörte sie auf dem Flur ein eigenartiges Geräusch. Ein Geräusch von Schritten. Und wenn sie sich genau erinnerte – es zu verdrängen, gelang ihr nicht –, hatte eine eigenartige Stimme nach ihrem Mann gerufen. Eine Stimme, die sie zuvor noch nie gehört hatte.

»Was empfehlen Sie mir, Maria?« sagte Filomena mit fester Stimme und blickte auf den weltberühmten Canal Grande, der vor ihren Augen ein fantastisches Spektakel bot und in den Farben der kostbarsten Aquamarine schimmerte. Eigenartig, dachte sie. Trotz dieses wunderbaren Anblicks fühle ich mich in dieser Stadt immer an meine Vergänglichkeit erinnert. Woran das nur liegen mag?

»Helfen Sie mir, Maria« sagte sie.

»Lassen Sie sich nicht beunruhigen, Signora. Es wird schon nichts passieren«, antwortete die treue Maria und räumte das Silbertablett ab. Dann hielt sie kurz inne und setzte das Tablett wieder ab.

»Wenn Sie wollen« sagte sie zögerlich, »dann können Sie Kontakt zu einem der Ordensbrüder der Franziskaner aufnehmen. Dort gibt es einen Franziskanermönch, der über jedes Gegenmittel im Fall von Dämonenbesessenheit, Raserei und Verwünschungen verfügt. Sie können Palazzo Dario von ihm segnen lassen. Vielleicht hilft es ja.«

Filomena stand auf und lächelte. Sie ergriff Marias Hand. »Danke, Maria. Danke.«

Aldo Vergatos Kinder teilten nicht die Begeisterung ihrer Eltern für die Lagunenstadt. Es sei langweilig, klagten sie, es sei unmöglich, in einer Stadt mit höchstens vierzigtausend Einwohnern zu leben. Eligio und Maria-Ermelinda kamen immer seltener. Sie zogen es vor, in Mailand zu bleiben. Auch Clarenza, die wunderschöne Lieblingstochter von Aldo Vergato, fand Venedig langweilig. »Wenn du acht Leute zum Essen einladen möchtest, dann weißt du nicht wen!« pflegte sie zu sagen. Am meisten störte sie, daß man in der Perle der Adria nirgendwo die neuen CDs sofort nach Erscheinen kaufen konnte. Weil Aldo Vergato seiner geliebten Tochter keinen Wunsch abschlagen konnte, ließ er sie daraufhin zweimal im Monat in seinem Privatjet nach New York fliegen, um die neuesten CDs erwerben zu können. Die bezaubernd schöne Clarenza mit ihrem glänzenden leuchtendroten Haar und ihren faszinierenden Smaragd-Augen hatte ganz Venedig betört.

Aldo Vergato litt still darunter, daß seine geliebten Kinder seine Begeisterung für die Lagunenstadt nicht mit ihm teilten. Um so glücklicher war er, als er merkte, daß sich die von ihm angebetete Tochter, die schöne Clarenza, immer häufiger und länger in der Serenissima aufhielt. Bis er das Geheimnis entdeckte. Es war Apollonio, der gutaussehende Sohn von Eriberto Cipollina, dem Besitzer von Harry's Bar. In ihn hatte sich seine wunderschöne Tochter verliebt. Seit Clarenza ihn zum ersten Mal bei einem Mittagessen gesehen hatte, träumte sie davon, in seinen Armen zu liegen und seine heißen Küsse auf ihren Lippen zu spüren. Als Aldo Vergato davon erfuhr, peitschte die Erregung durch seine Adern. Sollte seine Familie so tief sinken, daß seine Lieblingstochter den Sohn eines Gastronomen heiraten würde? Einen, den man mit etwas Trinkgeld gewogen machen kann? Zwar hatte Eriberto sein ganzes Leben gegen sein bloßes Dasein als Gastronom angekämpft und zu diesem Zweck sogar angefangen zu schreiben, erst Kochbücher, dann eine Kolumne im *Gazzettino*, durch die er in den Augen der Venezianer zum Philosophen aufstieg. Aber machte das vielleicht einen Unterschied? Alles in Aldo Vergato sträubte sich gegen diese Hochzeit. Bei dem Gedanken daran wurde es um sein Herz so kalt wie die Lagune im Januar. Er zögerte, als ahnte er, daß das der Anfang vom Ende war. Der Beginn eines Dramas, das sein Leben zerstören sollte. Aber dann sah ihn Clarenza mit ihren Smaragd-Augen an, und er konnte ihren Wunsch nicht abschlagen. Die Hochzeit mit Apollonio Cipollina wurde in New York gefeiert, und Clarenza trug das weltberühmte Windsor-Armband »Tigerauge«, mit Brillanten und Rubinen, rot wie die Augen des Tigers in der Nacht, das aufs trefflichste mit ihrem Brautkleid aus feinster Brüsseler Spitze harmonierte.

Von dem Tag der Hochzeit an war es für Aldo Vergato, als sei alles Glück von ihm abgefallen. Über Nacht fielen die Kornpreise an der Börse von Chicago, und die Fantozzi-Gruppe fiel in die schwerste Krise seit ihrer Gründung. Clarenza ließ sich von Apollonio gleich nach einem Jahr scheiden. Er hatte sie mit dem Au-pair-Mädchen betrogen.

Filomena betete Tag und Nacht.

»Ja, bete nur, bete nur, was anderes fällt dir ja nicht ein!« schrie Aldo Vergato, wenn er seine Frau im Schlafzimmer kniend vor ihrem kleinen Hausaltar sah. Filomena sah ihn nur lächelnd an. »Der Herrgott möge dir verzeihen«, sagte sie nur. Aber in ihrem Innersten war sie tief getroffen.

Filomena war die einzige, die sah, wie sich die schwarze Hand des Fluches nach ihnen ausstreckte. Wieder und wieder drängte sie ihren Mann dazu, den Palazzo zu verkaufen und ganz nach Ravenna zurückzuziehen. Aber Aldo Vergato wollte nichts davon hören. Er sprach kaum noch mit seiner wunderschönen, unglücklichen Frau und verbrachte die Tage ausschließlich mit seinen Segelfreunden. Filomena betete und suchte in der Gesuati-Kirche Trost. Dort las ein junger Priester die Messe, der von Filomenas Sorgen wußte. Er nahm ihr regelmäßig die Beichte ab und betete mit ihr zusammen den Rosenkranz, was ihr etwas Erleichterung verschaffte. Immer häufiger besuchte sie den jungen, verständnisvollen Priester in seiner kleinen Wohnung. Bis es zu jenem fatalen Nachmittag kam, der die schöne Filomena vollends verzweifeln ließ.

Filomena saß ihm bei Kamillentee gegenüber und erzählte ihm von den neuerlichen Problemen, die ihre Ehe belasteten: Die Staatsanwaltschaft ermittelte gegen ihren Mann, weil er angeblich Schmiergeldzahlungen geleistet hatte, und ihr war, als würde sich der Himmel endgültig über ihr verfinstern. Erst als sie in die schönen braunen Augen des jungen Priesters blickte, legte sich der Sturm.

»Wir wollen auch nicht päpstlicher sein, als der Papst, Signora Vergato. Schmutzige Hände gibt es überall. Nicht nur in Italien«, sagte er und streichelte ihre Hand. »Sie haben mein ganzes Mitgefühl, Signora. Die Staatsanwälte führen sich wie selbsternannte Tugendwächter auf! Doch unser Herrgott im Himmel läßt nicht zu, daß ein Unschuldiger wie Ihr Mann verurteilt wird. Sie müssen auf Gott vertrauen!«

In diesem Moment geschah etwas, was Filomena sich nicht erklären konnte. Wie von einer unbekannten Macht getrieben, drängte sie sich näher an den jungen Priester, und ihre Hand schlüpfte in die seine, um sich dort zu wärmen. Mit einer selbstverständlichen Bewegung beugte er den Kopf zu ihr und legte seine schönen Lippen auf die ihren. Filomena wußte nicht, wie ihr geschah. Sie hob sich ihm entgegen, so daß ihre Körper miteinander verschmolzen. Ihre weichen Brüste drängten an seine muskulöse Brust, ihre Beine berührten seine Schenkel mit verzehrender Vertrautheit. Er zog sich zurück, bevor es zu spät war, und versuchte, das Verlangen aus ihrem Gesicht zu wischen. »Nein, Filomena, nein«, flüsterte er.

»Oh, Monsignore«, hauchte Filomena. Es war die

Anrede, die sie wieder zu sich brachte. Wie konnte das geschehen? Wie hatte sie nur so weit gehen können?

Während Filomena in ihrem campariroten Mantel die Treppen von der Priesterwohnung hinabfloh und wie blind über den malerischen Campo Sant'Agnese lief, loderte ihr Gesicht bei der Erinnerung an das, was zwischen ihr und dem Priester vorgefallen war, vor Scham feuerrot auf. Keuchend lief sie die marmorne Treppe von Palazzo Dario hoch und schloß sich in dem eleganten Prachtbad ein. Sie versuchte ihre brennenden Wangen mit Wasser zu kühlen. Was war nur mit ihr geschehen? Noch nie zuvor in ihrem Leben hatte sie solche Gefühle verspürt. Was sollte das nur bedeutet haben? Es konnte nur der böse Geist des Palazzo Dario sein, der sie zu solchen Taten trieb. Filomena beschloß, den Franziskaner zu rufen.

Es war noch dunkel, als es im Palazzo Dario klingelte. Maria eilte an die schwere Eingangstür. Filomena schlief noch, und Aldo Vergato hatte gegen seine Gewohnheit den Palazzo noch nicht verlassen. Er stand in einem taubenblauen Anzug in der Eingangshalle und starrte verwundert auf den Franziskanermönch in seiner Kutte, der mit Weihrauch in der Hand an ihm vorbei in die erste Etage lief. Dahinter konnte nur seine frömmelnde Frau stecken, sagte er sich.

»Wo wollen Sie hin?« rief er dem Mönch nach, der aber gar keine Notiz von ihm nahm, sondern einfach nur den starkriechenden Weihrauch in jede Ecke des Palazzo schwenkte. Aldo Vergato konnte Weihrauch nicht vertragen. Er war leichenblaß.

»Sind Sie verrückt geworden? Raus hier!« schrie er.

Von dem Krach wurde schließlich auch Filomena geweckt. Sie kam im Morgenrock aus dem Schlafzimmer.

»Bitte Aldo, sei ruhig. Es ist nur zu deinem Besten.«

»Du bist wohl völlig verrückt geworden«, schrie Vergato, »jetzt bringst du deine Betbrüder auch schon zu uns ins Haus!« Er schrie so, daß die Zornesadern an seinem Hals violett anschwollen. Verschreckt suchte der Mönch ihm zu entkommen. Als er durch den Mohamed-Salon lief, kippte eine schwere chinesische Vase um und zersplitterte in tausend Stücke, die Filomena nur um ein Haar verfehlten. Sie unterdrückte einen Schrei. Hatte sie dort nicht gerade wieder den Schatten gesehen, der den Namen ihres Mannes flüsterte? Aldo Vergato lief hinter dem Mönch her. Fast hätte er ihn an der Kutte gepackt, als der Mönch in das Prachtbad stürzte und sich darin verbarrikadierte.

»Ich bringe dich um, ich erwürge dich, wenn du nicht bald dieses Haus verläßt«, schrie Vergato wie von Sinnen und trommelte gegen die Tür.

»Bitte! Aldo! Beruhige dich doch!« sagte Filomena mit sanfter Stimme.

»Beruhigen!« schrie Vergato außer sich, »ich soll mich beruhigen. In meinem Haus läuft eine Teufelsaustreibungsaktion, meine Frau ist eine Betschwester, und die Polizei ermittelt gegen mich. Da soll ich mich beruhigen? Mir reicht's!« Dann drehte er sich um, ergriff seinen Mantel und verließ den Palazzo, ohne sich noch einmal umzusehen.

Als Vergato weg war, kam der Mönch wieder aus dem Prachtbad heraus. Er hatte sich seine Kutte zurechtgerückt. Ungerührt lief er durch die einzelnen Etagen, versprühte Weihwasser, schwenkte Weihrauch und murmelte Gebetsformeln. Er betete auch für Aldo Vergato. Vergebens.

Es war schon spät, als Filomena am nächsten Morgen die Treppe zu Aldo Vergatos Schlafzimmer hochstieg. Draußen war der Himmel bedeckt, und ein feuchter Februarwind hatte geweht. Sie wollte Aldo wecken, der ihr gestern abend nach seiner Rückkehr mit hohlen Augen und zitternder Stimme bedeutet hatte, sie solle ihn in Ruhe lassen. Er hatte ihr den Vorfall vom Morgen noch nicht verziehen, und Filomena wußte, es wäre zu früh, ihn um Verzeihung zu bitten. Jetzt aber spürte sie den Drang, sich mit ihm auszusöhnen. Bevor sie das Schlafzimmer betrat, machte sie einen Schritt an das Fenster und blickte auf den weltbekannten Canal Grande hinab. In diesem Augenblick brach die Wolkendecke auf, und die Sonne überzog das Wasser mit ihrem strahlenden Glanz. Ein paar Möwen flogen vorbei, und Filomena fragte sich, ob es eine Aussicht geben könnte, die schöner wäre als die vom Palazzo Dario auf die weltbekannte Wasserstraße.

»Aldo?« Sie hatte immer die Angewohnheit, seinen Namen zu rufen, noch bevor sie sein Zimmer betrat. Sie erhielt jedoch keine Antwort.

Sie öffnete, das Schlafzimmer war dunkel. Sie ging zum Fenster und zog die schweren Brokatvorhänge auf.

»Nein, Aldo! Nein!« Filomena brach ohnmächtig

zusammen. Ihr Mann Aldo, gehüllt in einen Brokatmantel mit dem Familienwappen der Fantozzis auf der Brusttasche, lag in einer großen, roten Lache. Das Blut, gegen das sein weißes Haar sich leuchtend abhob, war noch frisch. In der einen Hand hielt er einen Revolver, eine Walther PKK. In der anderen Hand die Morgenzeitungen. Auf einem schlichten Zettel stand ein »Grazie«. Wie sich für einen Mann ohne viele Worte gehört.

Aldo Vergato mußte gewußt haben, daß er an jenem Tag wegen seiner Schmiergeldzahlungen verhaftet werden sollte. Dem wollte er zuvorkommen. Er, der größte Großgrundbesitzer der Erde, der reichste Mann Italiens, der grüne Korsar, wollte sich nicht erniedrigen lassen. Da hatte er einen starken Espresso getrunken, sich den Brokatmantel übergestreift und sich erschossen.

Schon am nächsten Tag war die Meldung seines schrecklichen Selbstmordes durch die ganze Welt gegangen. »Ein einziger Schuß in die Schläfe« stand auf allen Titelseiten.

Die Beerdigung in Ravenna war spektakulär. Der ganze zerstrittene Fantozzi-Clan war anwesend, Vergatos Kinder und seine Schwäger und Schwägerinnen, die sich bis zu seinem Tod geweigert hatten, ihm zu helfen und ihn aus seiner finanziellen und juristischen Klemme zu befreien. Sie hatten ihn dafür gehaßt, daß sie die Führung des Unternehmens an ihn abgeben mußten, und jetzt saßen alle Seite an Seite einträchtig in der Kirchenbank. Auch der junge Priester der Gesuati-Kirche war gekommen, um der schönen Filomena seelischen Beistand in dieser schweren Lage zu leisten.

Filomena trug ein weißes Kleid mit schwarzen Punkten. Französische Haute Couture. Dazu einen schwarzen Schleier und weiße Handschuhe. Sie sah göttlich aus.

Am nächsten Tag ging sie ins Kloster. Man hat nie mehr etwas von ihr gehört.

Und so hatte der erbarmungslose Fluch des Palazzo Dario wieder einen Menschen von außergewöhnlichen Fähigkeiten hinweggerafft.

21.

Wie Maria eine Fischsuppe macht, wieso Radomir eifersüchtig ist, und warum Madame Lydia auf den Plan treten muß

Der Magier Alexander kam jeden Freitag von fünf bis halb sechs. Er sprach nicht viel, kontrollierte knapp, ob seine Gebote befolgt und seine Direktiven ausgeführt wurden, und gab hier und da einige Anordnungen: eine Schale heißes Wasser, eine Kerze. Meist war es Michel, der ihm die Utensilien brachte. Er näherte sich dem Magier mit grenzenloser Ergebenheit, wie Radomir spottete. Alexander ging mit gebeugtem Kopf durch den Palazzo, vorsichtig einen Fuß vor den anderen setzend, und murmelte Zauberformeln. »Abek, wabek, fabek«, zum Beispiel. Oder »Albo, albout, albubue, zabulantes, ypedie, transonie, abantroste«. Alexander inspizierte alle Räume, sogar den Garten, den Brunnen, in dem eine tote Wasserratte gefunden wurde, die diversen Abstellkammern, den Dachboden und Radomirs Ankleidezimmer.

Er spazierte auf und ab und schwenkte dabei ganze Sträuße von brennenden Räucherstäbchen. Während der Reinigungszeremonie hatten sich alle ruhig zu verhalten, was Radomir empörte, weil er nicht einsah, warum er auf sein Fernsehprogramm verzichten sollte. Einmal hatte Maria aus Versehen die Bohnermaschine angestellt, was den Magier zum Explodieren brachte und fast eine Extra-Sitzung nötig gemacht hätte, wenn Wanda nicht vermittelnd eingegriffen hätte. Außerdem hatte der Magier Alexander festgestellt, daß sich die schädlichen Strahlungen ganz besonders in Radomirs Prachtbad häuften. Deshalb kam er mit ägyptischen Kräutern, die, mit Wachs und Zucker übergossen, in diesem intimen Raum Zauber ausüben würden. Als er den Palazzo verließ, klebten überall kleine Häufchen. Maria hatte Mühe, sie wegzukriegen.

»Völliger Mist«, befand Wandas Vater, als sie ihm telefonisch von den Aktivitäten des Magiers berichtete, »ägyptische Kräuter mit Wachs und Zucker! Ich habe es geahnt, norditalienische Magier taugen nicht mal für Horoskope. Warum läßt du keinen *pazzariello* aus Neapel kommen, wozu mir der Cavalier Lisi geraten hat. Cavalier Lisi ist schließlich eine Kapazität und nicht so ein Windei wie dieser Magier Alexander.«

»Was glaubst du, Papà, was Radomir dazu sagen würde, wenn in seinem Salon ein Verrückter mit einem Stock herumspringen würde?«

»Na, wenn er nicht will, dann muß er eben auch die Konsequenzen tragen.«

Eben, dachte Wanda. Also jetzt. Ein Tropfen würde zwar nicht genügen. Aber Radomir würde trotzdem nichts merken.

Sie schaute neugierig auf den Küchentisch. Neben der aufgeschlagenen Rätselwoche lagen *scorfani*, Drachenköpfe, ein Aal, dick wie ein Arm, ein Seebarsch,

Miesmuscheln, Calamari und *seppioline*, hauchdünne Tintenfischchen, die fast durchsichtig waren. Wenn keine Gäste störten, gab sich Maria besonders viel Mühe beim Kochen. Sie nahm den Seebarsch aus und rauchte dabei eine Zigarette, ohne sie aus dem Mund zu nehmen.

»Ehrlich gesagt, Wanda. Mir ist er unsympathisch, dieser Zauberer. Wie der schon durch die Gegend stolziert. Wie der Vize-König höchstpersönlich«, sagte Maria. Angewidert bürstete sie die Miesmuscheln ab.

»Gestern habe ich gesehen, wie er mit einem Mikro-Pinscher über den Campo Santa Maria Formosa zum Fleischer in der Calle Lunga trippelte. Der Fleischer nannte ihn ›Professore‹, und der Magier Alexander kaufte Fleisch für fünfhunderttausend Lire. Für fünfhunderttausend! ›Schicken Sie mir das nach Hause!‹ sagte er und kam sich vor wie Tutenchamun.«

Maria kochte den Fisch zusammen mit Karotten und Sellerie. In einer Pfanne dünstete sie etwas Knoblauch und Zwiebeln. Dann ließ sie die Muscheln und die Calamari von einem Teller in das rauchende Öl gleiten.

»Das war alles?« fragte Wanda, die darauf wartete, daß die Fischsuppe endlich fertig wurde. In der Hand drehte sie ein kleines Fläschchen mit einer hellgelben Flüssigkeit, von der gleichen Farbe wie die Fischsuppe.

Maria ließ sich nicht drängen. Sie hob die Fischstücke aus dem Sud und gab sie zu den Muscheln und Tintenfischen. Dann goß sie ein Glas Weißwein dazu.

»Ich frage mich nur, ob er der richtige ist.« Sie seihte die Fischbrühe ab und goß sie zu den Fischen und den Meeresfrüchten.

»Immerhin ist bis jetzt nichts passiert«, sagte Wanda.

»Eben«, sagte Maria und legte eine Damastserviette auf ein Silbertablett. Radomir sah sich das Formel-1-Rennen auf Eurosport an und wünschte sein Essen allein einzunehmen. Maria entkorkte eine Flasche Pinot bianco und schenkte sich ein großzügig bemessenes Glas ein. Endlich war die Fischsuppe fertig. Sie füllte die für Radomir bestimmte Portion in eine Terrine.

Als Maria sich umdrehte, zog Wanda die kleine Flasche hervor. Es ist ein ganz natürliches Stoffwechselprodukt mit verschiedenen Salzen, sagte sie sich. Dann goß sie den Inhalt der Flasche in Radomirs Suppe. Ohne zu zögern.

Ein paar Stunden später saß Radomir immer noch vor dem Fernseher, nur daß er jetzt Bordüren an ein Kostüm nähte. Spanischer Gardesoldat aus dem siebzehnten Jahrhundert. Goldhelm, Straußenfeder, rote Strümpfe. Seine neueste Schöpfung. Der nächste Karneval kommt bestimmt. Obwohl es erst Ende August war, arbeitete er bereits wie ein Irrer an seiner neuen Kollektion.

»Ich bin ein Wrack«, verkündete er. »Habe die ganze Nacht wie besessen genäht. Das hat mich völlig ausgezehrt.«

Wanda blätterte im *Gazzettino*.

»Morgen abend gebe ich ein Essen«, sagte Radomir, ohne von seiner Bordüre hochzublicken. »Der Historiker Alvise Zorzi kommt, die Carraros, die Marchiorellos, du weißt. Es wäre wichtig für dich, dabeizusein.«

»Ich bin verabredet. Tut mir leid«, sagte Wanda und blätterte weiter im *Gazzettino*.

»Schade. Ich habe Maria gebeten, wieder eine Fischsuppe zu machen. Die von heute war ein Gedicht.«

»Hmmm«, sagte Wanda.

»Sie hat sie endlich mit Safran gewürzt. Endlich! Seit Monaten schon sage ich ihr: Safran, Safran, Safran! Eine Fischsuppe ohne Safran ist keine Fischsuppe! Aber du weißt, wie stur Maria ist. Jetzt hat sie es endlich begriffen.«

»Selbstverständlich. Fischsuppe ohne Safran ist wie Venedig ohne Wasser«, sagte Wanda zerstreut.

»Du bist in letzter Zeit sehr viel unterwegs«, sagte Radomir lauernd.

»Mmh«, sagte Wanda und versuchte sich auf die Todesanzeigen im *Gazzettino* zu konzentrieren.

»Ein Mann?« fragte Radomir.

»Was sonst?« fragte Wanda.

»Ich finde, du übertreibst«, sagte Radomir angewidert. »Wer ist es?«

»Du kennst ihn.«

»Nein«, rief Radomir und schlug sich an die Brust, »dann stimmt es also, was erzählt wird. Meine Nichte vögelt mit einem Gondoliere!«

»Leider noch nicht, um genau zu sein«, sagte Wanda ruhig und legte den *Gazzettino* weg.

»Es ist wohl vulgär genug, mit einem Gondoliere ...«

»Bis vor kurzem konntest du gar nicht genug von ihm kriegen«, entfuhr es Wanda. »Primo hier, Primo da. Ist er nicht elegant in der Gondel? Ist es nicht einzigartig, wie er das Ruder hält?«

»Maskenball«, sagte Radomir ungerührt. »Leute aus verschiedenen sozialen Schichten braucht man nur für einen Maskenball. Damit man nicht immer das gleiche redet. Ansonsten ignoriert man sie.«

»Er ist nicht nur Gondoliere.«

»Sondern?« fragte Radomir lauernd.

»Er ist Künstler.«

Radomirs Mund wurde schmal. »Das halte ich nicht aus, Wanda. Ein künstlerisch ambitionierter Gondoliere! Das ist grotesk! Malt er den Dogenpalast in Öl? Oder Aquarelle vom Rialtomarkt?«

»Mein Gott, Radomir, beherrsch dich.«

»Ist er vielleicht ein moderner Künstler? Sägt er Kühe durch und steckt sie in Formaldehyd? Hat er sein Haus mit Kugelschreiber blau angemalt? Schabt er Rinderknochen ab und singt dabei?«

In Kunst und Literatur hielt es Radomir mit Benedetto Croce, das wußte Wanda. Für die Moderne, also alles, was nach Baudelaire kam, hatte er kein Verständnis.

»Wenn ich nur an die Biennale zurückdenke! Erinnerst du dich an den Sodomisten, der bei der Bevilacqua La Masa am Markusplatz Fotos von seinen obszönen Akten ausstellte? Der seinen Kopf einer Kuh in den Hintern steckte und das Ganze ›Deep in Russia‹ nannte? Ein Künstler. Das halte ich nicht aus.«

Er ging nervös auf und ab. Dann stellte er sich vor Wanda hin und hob seinen Zeigefinger.

»Es geht nicht.«

»Was?« fragte Wanda.

»Das«, sagte Radomir. »Das, deine peinliche Verbindung. Du bringst dich in eine mißliche Lage. Bedenke, daß du Akademikerin bist.«

Wanda spürte, wie die Ungeduld in ihr hochkroch. Sie holte tief Luft. Radomir war nicht zu bremsen.

»Auch wenn man dir zugute halten kann, Wanduccia, daß du aus Neapel kommst, lebst du doch lang genug in Venedig, um zu wissen, welchen Ruf Gondoliere genießen. Ganz zu schweigen von künstlerisch ambitionierten.«

Wanda bemerkte erstaunt, daß Radomir sie zum ersten Mal mit ihrem Kosenamen angesprochen hatte. Selbstverständlich, um sie zu beleidigen. Aber sie beschloß, sich nicht weiter irritieren zu lassen. Man muß alten Menschen gegenüber nachsichtig sein. Während er stichelte, träumte sie vom Nachmittag. Zusammen mit Primo war sie per Rad bis zum Alberoni-Strand gefahren und hatte gebadet. Sie waren – nach dem gescheiterten Ausflug in die Hütte des hundertvierjährigen Fischers – immer noch in der Balzphase, deren erotische Höhepunkte aus gelegentlichem Händchenhalten (gefährlich zwischen zwei Fahrrädern) und zarten Wangenküssen bestanden. Merkwürdigerweise gefiel Wanda diese allmähliche Annäherung, zumal sie inzwischen der festen Überzeugung war, daß die ausbleibenden Unglücksfälle im Palazzo Dario nicht unbedingt dem Magier Alexander zu verdanken waren, sondern vielleicht mit der zarten Liaison zwischen ihr und Primo zu tun hatten. Sie müßte unbedingt ihren Vater anrufen, um ihn über den Zusammenhang von Liebeszauber und Fluchbekämpfung zu befragen. Radomir schien bei ihrem häufigen Ausbleiben allerdings von einem anderen Stand ihres Verhältnisses zu Primo auszugehen. Sex in der Gondel, Sex auf dem Fahrrad, Sex in der *capanna* …

Sie spürte, wie Radomir sie musterte.

»Du warst schwimmen«, stellte er mißbilligend fest. »Wieder am Alberoni?«

»Nein«, log Wanda. »Primo hat eine *cappanna* am Excelsior. Erste Reihe.«

Radomir zog die Mundwinkel herunter. »Ich wußte nicht, daß das Excelsior schon so heruntergekommen ist. Wie sich die Zeiten ändern!«

Bevor es zu weiteren Beleidigungen und Peinlichkeiten kommen konnte, platzte Maria in den Salon. Sie hatte einen neugierig dreinblickenden Michel im Schlepptau und schwenkte den *Gazzettino* in der Hand.

Nur Maria schaffte es, so unsensibel zu sein, daß sie Radomirs verletzte Gefühle nicht bemerkte und ihm die Chance vermasselte, einen großen Monolog zum Erotischen in der Kunst, im Leben und vor allem in der Gondel zu halten. Dankbar, davon verschont zu sein hob Wanda den Kopf und sah sie erwartungsvoll an.

»Hat jemand den *Gazzettino* gelesen?« fragte Maria lauernd. Niemand antwortete.

»Der Magier Alexander ist verhaftet worden«, sagte sie.

»Nein!« riefen alle.

Maria faltete die Zeitung umständlich auseinander, strich sie glatt und schwieg.

»Und warum?« fragte Wanda.

»Auf dem Fischmarkt«, sagte Maria.

»Der Fischmarkt ist kein Grund«, sagte Wanda.

»Was hat er denn nun verbrochen?« fragte Radomir.

»Erregung öffentlichen Ärgernisses«, flüsterte Maria. Sie sprach in der Stimmlage, die sie für weniger schöne

Angelegenheiten bereithielt. »Er wurde wegen Erregung öffentlichen Ärgernisses verhaftet.«

»Nein!«

»Man hat ihn auf einem Herrenklo festgenommen. So stand es im *Gazzettino*«, sagte Maria.

Wanda brach in Gelächter, Michel in Tränen aus.

»Offensichtlich kann er nicht mal vernünftig in seine Zukunft sehen, geschweige denn in unsere«, sagte Radomir.

Maria hielt ihnen den *Gazzettino* vor. Genüßlich zitierte sie: »Der Magier Alexander, mit bürgerlichem Namen Elio Kilman, ist auf einer öffentlichen Toilette unweit der Rialtobrücke festgenommen worden, wohin er sich mit einem Mann zurückgezogen hatte. Dort wurde er in verräterischer Haltung mit einem Bürger aus Sri Lanka überrascht. Er wird verdächtigt, der Exhibitionist zu sein, der in den letzten Monaten in Venedig sein Unwesen mit obszönen Akten trieb. Wiederholt hatte er Liebespaaren aufgelauert und sich ihnen unbekleidet gezeigt …«

»Kunst!« rief Radomir. »Das ist wahre Kunst! Ein paar Polaroids vom nackten Alexander, und er wäre reif gewesen für die Biennale!«

Michel schluchzte auf.

»… der Magier, der am selben Abend noch im Palazzetto Pisani gesehen worden war, wo er als Conférencier für eine Gruppe von Fiat-Angestellten gearbeitet hatte, die Venedig im Rahmen einer Prämienreise besuchten, bestreitet jede Schuld. ›Es ist alles ein Mißverständnis‹, so Alexander. Seine Angelegenheit wird vom Komissariat San Marco betreut. Die Beamten hoffen, daß sich sein Fall mit einer Verwarnung lösen läßt. Der populäre Magier, der durch seine Traumdeutungs-Sendung *Der Traum ist Wirklichkeit* auf Telepadova bekannt wurde, hat bereits eine erste Anhörung hinter sich. Der Prozeß wird frühestens in zwanzig Tagen beginnen. So lange steht er unter Hausarrest.«

»Man hätte die Aktion ›Venice. The Nude‹ nennen können«, sagte Radomir kichernd. »Dein ambitionierter Freund hätte dazu sicher eine Idee, Wanda.«

Michel putzte sich die Nase. »Ich finde das überhaupt nicht lustig. Es ist kein gutes Omen«, schniefte er.

»Was soll ich denn sagen? Wenn ich an mein Geld denke, wird mir schlecht«, sagte Radomir.

»Also, ich habe es geahnt«, sagte Maria. »Er hat sich ständig heimlich aus meinem Küchenschrank bedient. Er hat meinen gesamten Fenchelsamen verbraucht, und meine Pfannen mit diesem Zuckersirup ruiniert.«

»Signor Radomir«, sagte Michel mit tränenerstickter Stimme, »ich gehe. Das Angebot der Contessa Ferri ...«

»Bitte, Michel, jetzt ist nicht der Augenblick für Hysterie. Wir sollten Ruhe bewahren. Wanda, vielleicht solltest du es mal mit dieser Madame Lydia probieren. Aber nur, wenn sie preisgünstiger ist als der Magier Alexander. Wir haben noch zwei Wochen Zeit.« Alle starrten ihn verständnislos an.

»Ich beabsichtige, ein Fest zur Regatta storica zu veranstalten«, kündigte Radomir an. Wanda konnte ihm ansehen, wie berauscht er von seinem Anfall von Großzügigkeit war. Offenbar wollte er auch die Gelegenheit nutzen, um Wandas Mesalliance mit einem Gondoliere bei dem Fest zu enthüllen.

Als Wanda mit ihrem Vater telefonierte, triumphierte er. Endlich hatten sich seine Vorbehalte gegenüber norditalienischen Magiern bewahrheitet. Doch wieso seine Tochter immer noch nicht einsehen wollte, daß hier lediglich neapolitanischer Qualitätszauber etwas ausrichten könne, blieb ihm ein Rätsel.

»Dann eben Madame Lydia! Das Geld kann Radomir sich sparen. Aber auf mich hört ja keiner.« Auf die Frage nach dem Zusammenhang zwischen Magie und Liebe wußte allerdings auch er keine rechte Antwort.

Schon am nächsten Tag ging Wanda zu Madame Lydia. Madame Lydia verwaltete ihre seherischen Fähigkeiten von der Theke eines Tabakladens in Santa Croce aus. Eine kleine dicke Frau mit einer schwarzen Lockenperücke, die ihr bis zur Hüfte reichte. Sie sah aus wie Ludwig der Vierzehnte. Sie thronte inmitten von Zigaretten und Zeitschriften, rosa Plastikkugelschreibern und Rubbellosen und rauchte, als Wanda den Laden betrat. Sie fragte nicht, in welcher Angelegenheit Wanda sie aufsuchte, sondern verlangte einen Vorschuß von fünfzigtausend Lire.

»Doch, doch, *bambina mia*«, sagte sie, als sie Wanda eine Quittung mit Mehrwertsteuer reichte. »Alles muß seine Ordnung haben! Es gibt in unserer Branche so viele schwarze Schafe!«

Dann schloß sie den Tabakladen ab und führte Wanda in ihre Wohnung, die sich im ersten Stock befand. Wenn sie lief, war Madame Lydias Busen ihr immer einen Schritt voraus. Ihre Wohnung war vollgestopft mit Spitzendeckchen und Jesusbildchen. Auf dem

Boden lag ein roter Futon, auf dem Stoffhündchen, Puppen und rosafarbene, herzförmige Kissen mit »Ich mag dich«-Aufschrift verstreut waren. Wanda setzte sich in einen rosa Rüschensessel. Madame Lydia zog sich für die Sitzung um.

»Wissen Sie, ich habe mich im Berufsverband eintragen lassen, in den Verband des Paranormalen und Okkulten«, rief Madame Lydia aus dem Badezimmer. »Wir Mitglieder sind mwst ...«

»Ich verstehe Sie nicht«, sagte Wanda. Offenbar zog Madame sich ein Kleidungsstück über den Kopf.

»Mehrwertsteuerpflichtig! Wir Mitglieder sind mehrwertsteuerpflichtig«, wiederholte Madame Lydia. »Unsere Mitglieder müssen eine feste Adresse haben, um zugelassen zu werden.«

Eine Toilettenspülung rauschte.

»Unser Verband hat soeben einen Gesetzesvorschlag entwickelt, der von den Parlamentsabgeordneten Pezzoli und Patarino von der Nationalen Allianz unterstützt wird. Davon profitiert auch der Kunde, meinen Sie nicht auch, Signorina?«

»Ganz bestimmt«, antwortete Wanda. Madame Lydia versprühte Haarspray.

»Wer im Berufsverband eingetragen ist, darf nicht mehr als fünfzigtausend pro Sitzung verlangen. Das ist doch ein gutes Angebot, oder?« schrie Madame Lydia.

»Zweifellos«, sagte Wanda und schnüffelte an einer Schachtel Räucherkerzen, die vor ihr stand.

»Im Oktober veranstalten wir unseren ersten Kongreß. In Rimini. Zum Thema ›Das innere Wachstum‹«, rief Madame Lydia.

»Ein Kongreß war sicher schon lange überfällig«, sagte Wanda.

Als Madame Lydia das Futonzimmer wieder betrat, hatte sie sich in eine Kreuzung aus Pharao und Kakadu verwandelt. Sie trug ein bodenlanges gelbes, tief ausgeschnittenes Kleid und goldene Riemchenpumps. Die Perücke war frisch toupiert, die Augen waren schwarz umrandet.

»Oh«, sagte Wanda.

»Ich bin eine Reinkarnation von Nofretete«, sagte Madame Lydia und drehte sich vor Wanda. »Und das ist meine Berufskleidung. Meine Haare geben mir Energie. Der Pony schützt mein drittes Auge. Ich bin sehr um meine physische Einheit besorgt. Deshalb würde ich auch nie im Fernsehen auftreten. Das Fernsehen raubt die Seele. Denken Sie immer daran: Die wahren Fachleute des Okkulten sieht man nie im Fernsehen! Haben Sie von der Festnahme des Magiers Alexander gehört? Geschieht ihm recht. Er hat sich immer geweigert, unserem Berufsverband beizutreten.«

»Ich bin wegen Palazzo Dario gekommen«, beharrte Wanda.

»Außerdem bin ich Vegetarierin«, sagte Madame Lydia, ohne sich beirren zu lassen. »Ich rauche nicht, ich trinke nicht, und ich schlafe nur samstags. Nachts meditiere ich, weil der Geist ohne Grenzen ist.«

»Seit der Festnahme von Magier Alexander haben wir niemanden mehr, der sich um die spirituelle Dimension des Palazzo kümmert«, sagte Wanda.

»Ich bin biblisch. Ich bin anachronistisch, ich gehöre zu einer anderen Epoche«, sagte Madame Lydia.

»Meine Essenz ist göttlich.« Sie setzte sich im Schneidersitz auf den Futon.

»Palazzo Dario«, wiederholte Wanda. »Ich wohne dort mit meinem Onkel. Er hat den Palazzo gekauft.«

»Ich bin nach einer langen Reise auf der Erde gelandet«, sagte Madame Lydia. Sie schloß die Augen halb. »Nach einer Reise vom kosmischen Licht zum Sonnenlicht.«

»Bislang gab es eine Reihe eigentümlicher Vorfälle«, sagte Wanda. »Wir möchten, daß Sie uns dabei helfen, den Palazzo vom Fluch zu befreien.«

»Benebenebene«, sagte Madame Lydia, warf die Haare zurück und ließ sich in die rosa Ich-mag-dich-Kissen fallen.

Wanda wagte nicht, sich zu rühren. Madame Lydia atmete schwer. Sie schloß die Augen. In kreisförmigen Bewegungen strich sie sich über den Bauch. Ihre Bewegungen wurden schneller. Sie seufzte, sie stöhnte, sie wälzte sich hin und her. Sie strich sich über die Schenkel, wobei das Kleid hochrutschte und ihre Strumpfhalter freilegte. Sie zog die Schultern hoch, und ihre Wangen blähten sich. Einen Moment lang verharrte sie so. Wanda fragte sich, ob sie besser das Zimmer verlassen sollte.

»Oddiomio«, schrie Madame Lydia und atmete laut schnaufend aus.

Wanda räusperte sich.

Madame Lydia rollte über den Futon. Sie preßte ihren Handrücken gegen die Stirn, dann erstarrte sie. Wanda erwartete, daß sie jeden Augenblick durch das Zimmer surren würde wie ein Luftballon, aus dem man die Luft herausgelassen hatte. Sie traute sich nicht mehr zu atmen.

»Sì. Ssssìì. Sì!« schrie Madame Lydia. »Madonnasantissima. Oh, Sant' Antonio. Sì, ssssìì, sì!«

Mit Primo könnte ich eine bessere Vorstellung geben, dachte Wanda.

22.

Madame Lydia stapelt Zitronen, Morosini offenbart sich, und viele Tischgespräche perlen dahin

Madame Lydia bestand darauf, am Tag der Regatta storica eine Reinigung durchzuführen, um den Palazzo endgültig von seinen negativen Kraftströmen zu befreien.

Feste hatten bei Radomir wenn nicht Aberglauben, so aber doch Skepsis gegenüber dem Fluch ausgelöst, denn in der Vergangenheit war es gerade bei solchen Gelegenheiten häufig zu Eklats gekommen.

Bei Radomirs Geburtstagsfest hatte sich die fünfundzwanzigjährige Geliebte eines sechzigjährigen venezianischen Malers vor aller Augen in einen fünfundzwanzigjährigen Kunststudenten verliebt, mit dem sie sich in Radomirs Prachtbad einschloß. Und das Fest, das Radomir am Abend der Bürgermeisterwahlen gab, um den von ihm favorisierten Kandidaten zu feiern, verlief niederschmetternd stillos. Der Bürgermeisterkandidat, ein junger Schöngeist, der sozialkritische Theaterstücke schrieb, verlor die Wahlen so hoch, daß er zu weinen anfing. Die Tränen strömten ihm über das Gesicht, die Nase lief, es war schrecklich anzuschauen. Er hörte überhaupt nicht mehr auf, er schluchzte und wimmerte, und alle waren peinlich berührt. Für Radomir war am schrecklichsten, daß er sich ausgerechnet von einer amerikanischen Touristin trösten ließ, einer typischen Gate-breakerin, denn niemand wußte, wie sie auf das Fest gelangt war. Und bei der Silvesterfeier hatte Radomirs Anwalt, Dottor Carlet, Palazzo Dario als Rahmen für sein Coming-out als Transsexueller gewählt. Um Mitternacht verkündete er, daß er sich in Mailand operieren lasse und auf die Unterstützung seiner Freunde hoffe. Zwei Monate später sah man ihn mit einer blonden Perücke bei Paolin am Campo Santo Stefano sitzen und Eis essen. Nicht zu vergessen der Engelsflügel, der den Architekten Cristiano Fabris fast erschlagen hätte. Der Arme war zwar inzwischen aus der Klinik entlassen, hatte aber nicht mal genügend Verstand beisammen, um Radomir wegen Gefährdung der Öffentlichkeit zu verklagen.

Um so verwunderlicher, daß er sich zu dem Fest hatte durchringen können, aber von den venezianischen Festen war die Regatta storica das spektakulärste. Das Redentore-Fest, bei dem ganz Venedig in lampiongeschmückten Booten unterwegs war, war volkstümlicher. Zu volkstümlich, wie Radomir meinte. »Die Venezianer sitzen auf ihren Booten, braten Fische und essen an langen Tischen, sie essen und trinken und trinken und essen, und am Ende fallen sie über Bord. Die Eröffnungen der Biennale und des Filmfestivals sind mondäner, aber die Regatta storica ist das effektvollste aller venezianischen Feste«, sagte er. »Jedenfalls, wenn man einen Palazzo am Canal Grande bewohnt.«

Und er war offenbar dazu entschlosen, seinem Wohnsitz und seinem Ansehen alle Ehre zu machen. »Es muß unvergeßlich werden!« hatte er gesagt, »Ohne Zwischenfälle!« Er hatte Maria damit beauftragt, aus den Fenstern des Palazzo seidene Tücher zu hängen. »Die große Zeit der Serenissima!« schnatterte er. »Hunderte von Dogen, Patrizier, Admiräle ziehen auf Booten vorbei. Schon jetzt sieht man die Teilnehmer über die Lagune rudern, Frauen und Männer mit bunten Schärpen um den Bauch.«

Michel war die Aufgabe übertragen worden, die Einladungen und die goldumrandeten Menükarten zu schreiben sowie das passende Porzellan für die antiken Spitzentischdecken auszuwählen. Das Essen bestellte Radomir bei Harry's Bar. Nach einigem Zögern. Radomir konnte Eriberto Cipollina nicht leiden. »Seine Kolumnen im *Gazzettino* verderben mir den Appetit«, sagte er immer. Einerseits. Andererseits hatte Eriberto Cipollina bei der Verleihung des Campiello-Literaturpreises einen so ausgezeichneten Zitronenrisotto geliefert, daß Radomir noch heute davon träumte.

Radomir hatte Anweisung gegeben, daß Madame Lydia auf jeden Fall vor den ersten Gästen verschwunden sein müßte. Sie tauchte am späten Vormittag auf. Maria öffnete die Tür, da drängte sich bereits Madame Lydias Busen durch die Tür. Sie kam vom Einkaufen, in der Hand hielt sie eine Plastiktüte, wie man sie beim Gemüsehändler bekommt. Der Salon war leer. Radomir war mit der Tischordnung beschäftigt, Michel besorgte Petit fours von der Pasticceria Marchini, und Maria ging wieder in die Küche zurück, wo sie *bovoleti* dünstete, kleine Schnecken, die zum Aperitif gereicht werden sollten.

Madame Lydia trug ein bodenlanges rotes Kleid. »Ich fühle es«, sagte sie, kaum, daß sie im Eingangsflur stand. Wanda befürchtete, daß sie wieder in ihre orgiastische Trance fallen würde. Hoffentlich nicht vor Radomir, es hätte ihn sicher befremdet.

»Ich fühle, daß hier die Balance zwischen weiblicher und männlicher Energie gestört ist«, sagte Madame Lydia und kräuselte die Nase.

»Das ist ziemlich wahrscheinlich«, sagte Wanda. Sie führte die Hellseherin in den Mohamed-Salon.

»Ich habe etwas gesehen«, sagte Madame Lydia.

»Ach ja?« fragte Wanda interessiert.

»Marietta. Das war die Tochter des Erbauers von Ca' Dario.«

»Ja, ich weiß.«

»Sie beging Selbstmord.«

»Ich dachte, es war ein Herzanfall?«

»Die Familie wollte den wahren Grund vertuschen«, flüsterte die Hellseherin. »Denn Marietta wurde von ihrem Mann betrogen. Und, wissen Sie, vor tausend Jahren war betrogen zu werden nicht das gleiche wie heute.«

»Fünfhundert Jahre«, gab Wanda zu bedenken. »Palazzo Dario wurde Ende des fünfzehnten Jahrhunderts erbaut. Das sind fünfhundert Jahre.«

Madame Lydia schritt den Raum ab. Kritisch musterte sie die Einrichtung. Die Empire-Liege, die Empirestühle, die Truhen, Schränke und Kommoden, die Prunktische mit den Intarsienarbeiten, den Wurzelholz-

Sekretär und die chinesischen Vasen, die Herkulesse, die venezianischen Mohren, die beiden verwitterten Renaissance-Knappen, die Porträts – all das kommentierte sie mit einem kurzen und vernichtenden »Tss«.

Sie breitete ein pinkfarbenes Tuch in der Mitte des Salons aus, auf das sie sich setzte. Um sich herum breitete sie kleine Heiligenbildchen von der Madonna della Salute aus. Aus der Plastiktüte zog sie Zitronen hervor, die sie pyramidenförmig vor sich aufbaute. Während der Sitzung würden die Dämonen in diese Zitronen fahren, erklärte sie Wanda. Danach würde sie die Zitronen mit nach Hause nehmen, in Scheiben schneiden und wegwerfen.

»Diese Methode hat sich bereits bei verschiedenen Palazzi bewährt.« Sie legte sich hin und begann schwer zu atmen.

Wanda verließ schnell den Raum. Leise schloß sie die Tür hinter sich.

In der Küche schmeckte Maria die kleinen Schnecken mit Öl und Knoblauch ab. »Meiner Meinung nach ist die genauso wahnsinnig wie der Magier Alexander«, sagte sie. »Radomir kann das Geld genausogut in den Kanal werfen.«

Wanda zuckte mit den Schultern. »Ist nur ein Versuch.« Sie hörte, wie Madame Lydia sie rief.

Madame lag immer noch auf ihrem pinkfarbenen Tuch. Auf ihrer Stirn und unter ihrer Nase hatten sich kleine Schweißtropfen gesammelt. Sie atmete schwer. Mit spitzen Fingern sammelte sie die Zitronen ein.

»Ich fühle es«, sagte sie. »Sie sind voll mit negativer

Energie.« Sie packte die Zitronen wieder in ihre Plastiktüte. »Mehrere Sitzungen werden notwendig sein.« Sie strich sich ihr Kleid zurecht. »Ich befürchte, daß etwas sehr Schweres auf Sie zukommt.«

Mitfühlend blickte sie Wanda an.

»Ich empfehle Ihrem Onkel dringend, die Leuchter zu entfernen. Ich fühle, wie negative Energie aus ihnen herausströmt.«

Wanda begleitete sie zur Tür. Später erzählte sie allen von Mariettas Seele. Radomir langweilte sich. Geschichten von betrogenen Ehefrauen langweilten ihn immer. Behutsam versuchte Wanda, ihm Madame Lydias Anregung zu unterbreiten.

»Du hast doch selbst gesagt, daß die Kronleuchter keine Meisterstücke sind«, sagte Wanda.

Radomir war empört. »Was bildet sich diese Person ein? Keine Meisterstücke. Gut. Aber immerhin venezianisches *seicento*, davon versteht diese Hexe natürlich nichts. Soll ich mir etwa von einer Tabakladenbesitzerin sagen lassen, wie ich meinen Palazzo einzurichten habe? Nie wieder ein Wort davon.«

Radomir hatte keine Mühen gescheut. Vor den Fenstern waren Stühle und kleine Kaffeetische aufgestellt, so daß jeder Gast von einem bequemen Platz aus die Parade der Gondeln, Ruderboote und vergoldeten Prachtboote verfolgen und dabei Champagner trinken konnte, serviert von venezianischen Mohren, Michels senegalesischen Freunden. Radomir hatte plötzlich seine Abneigung gegen sie überwinden können, was vermutlich daran lag, daß sie nur halb soviel kosteten wie die Kellner vom

Partyservice Cipollina. Es gab Musik, das Orchester bestand aus Radomirs Rahmenmacher (Saxophon), seinem Möbelrestaurator (Geige) und seinem Optiker (Klavier).

Eine Stunde später trafen die ersten Gäste ein. Der Conte Grimani vom Palazzo Pisani-Moretta war der erste. Er kam mit seiner Frau Bianca, die voller Ticks war und den Mund nicht geschlossen halten konnte, sondern ständig schmatzte und wie ein Goldfisch nach Luft schnappte. Wanda überlegte, wie sie den beiden am besten aus dem Weg gehen könnte. Sicher würde der Conte wieder versuchen, sein Bein an ihrem zu reiben. Dann der Galerist von der Galerie Del Leone auf der Giudecca. Er kam wie immer mit seiner Freundin, einer kleinen österreichischen Baroneß, die er jedem Kunden als Zugabe in Aussicht stellte, falls man sich dazu entschlösse, ein Kunstwerk bei ihm zu kaufen. Wanda fand, daß sie etwas Seegurkenhaftes in ihrem Blick hatte. Sie war so libidofixiert, daß sie sogar einmal versucht hatte, Radomir zu verführen. Außerdem die Costanzos, obwohl sie Sizilianer waren. Radomir hatte sie aus Gründen der politischen Korrektheit eingeladen. Schließlich sollte ihm keiner vorwerfen, daß er so rassistisch wie die Italiener sei! Der Bühnenbildner Ezio Costanzo war ein begnadeter Tänzer, um den sich alle Frauen rissen. Foxtrott, Walzer, Tango.

Um Wanda einen Gefallen zu tun, hatte Radomir sich überwunden und auch Conte Morosini eingeladen. Und das, obwohl er ihn für redundant hielt. Auch Isotta Vianello kam, sie war Präsidentin der Stiftung für die Erhaltung der Palladio-Villen, ihr Mann Emilio hatte das Verdienst, Besitzer der größten Baumschule Italiens zu sein. Dann die Witwe Pignatti, ihr Mann war Verleger gewesen und bald nach der Hochzeit gestorben. Wenn sie nicht gerade reiste, und sie reiste oft, verlegte sie Bildbände und kleine Geschenkbücher für die Touristen. Mit Vorliebe von Venedig. Sie kam immer mit ständig jünger werdenden Begleitern, die sich alle so ähnlich sahen, daß man vermutete, sie habe irgendwo einen Vorrat davon deponiert. Radomirs Busenfreundin, die Contessa Brunella wäre auch ohne Einladung gekommen, denn wenn sie nicht gerade sterbende Tanten besuchte, die ihr Testament für sie umschrieben, oder ihre venezianischen Barockgläser zählte, langweilte sie sich vom Aufstehen bis zum Zubettgehen. Radomir hatte sie unter der Bedingung eingeladen, daß sie ihren Mann, den Avvocato Burato, zu Hause ließ. Ein schrecklicher Mann, den man vom Alkohol fernhalten mußte, denn wenn er trank, wurde er rechthaberisch. Sein Gesicht sah aus, als würde Unkraut darauf sprießen. Und natürlich Radomirs Getreue, die venezianische Kunsthistorikerin, die Steuerberaterin, die wie immer zwanghaft Aschenbecher leerte. Ein junger Dichter. Eine durchreisende Bildhauerin.

Eine für September ungewöhnliche Schwüle lag auf der Stadt, die Mohren schwitzten ihre Livreen durch. In der Küche schmolzen die Torten von Harry's Dolci dahin. Wanda versuchte, dem Conte Grimani aus dem Weg zu gehen, der sie durch die Etagen verfolgte. Um ihn loszuwerden, unterhielt sie sich sogar mit der österreichischen Baroneß.

»Ich bin vor drei Jahren nach Venedig gekommen«,

sagte die Baroneß. »Und damals hat mich sofort die venezianische Krankheit befallen! Heute kann ich mir gar nicht mehr vorstellen, wie man woanders leben kann.«

»Das tut mir leid für Sie«, sagte Wanda und schob ihr Gesicht zu einem Lächeln zusammen.

Unten im Kanal war die historische Parade zu Ende gegangen. Die Königin von Zypern, Prinz Suleyman, Sultane und Dogen waren in ihren Kostümen vorbeigeglitten.

Jetzt begann die Regatta. Vor den Palazzi bedankten sich die Ruderer für den Applaus, sie riefen »Alza remi!«, Ruder hoch, und hielten stolz die Ruder senkrecht nach oben. Es gab schlanke, wendige Boote, die von zwei Männern gerudert wurden, es gab dickbäuchige, mit Fischreusen an der Seite, es gab welche, die waren lang wie ein Umzugsboot und wurden von achtzehn Männern gerudert.

»*Battelle, caoline, gondolini, sandali, disdotona* – jeder Bootstyp hat einen anderen Namen«, sagte Morosini stolz.

Neben Wanda saß der Baumschulenbesitzer, er rauchte Zigarre und starrte so desinteressiert auf die kostümierten Ruderer, als blicke er auf eine mehrspurige Autobahn. Wanda versuchte, die Lautsprecheransagen zu verfolgen. Der Ruderer Strighetta lag in Führung.

»Sagen Sie, Signorina, wann fängt das Feuerwerk an?« fragte der Baumschulenbesitzer.

»Es gibt kein Feuerwerk«, sagte Wanda erstaunt.

»Wie?« fragte der Baumschulenbesitzer. »Wie, es gibt kein Feuerwerk?«

»Nein, das ist bei der Regatta storica nicht vorgesehen.«

Empört stand er auf. »Also sitze ich hier nur rum, um mir ein paar Ruderboote anzugucken?« Er drehte sich um und rief seine Frau, die mit einem Glas Champagner in der Hand mit Radomir sprach. »Isotta, was hast du mir erzählt?«

Besorgt sprang Isotta, die Palladiovillenstifterin, auf. Mit granatapfelrotem Gesicht und einem Gang, als hätte sie Wassermelonen an den Füßen, eilte sie auf ihren Gatten zu. »Amore mio!« sagte sie beruhigend zu ihm. »Ich schwöre dir, ich habe wirklich geglaubt, daß es ein Feuerwerk geben würde.«

»Mein Mann ist ein Feuerteufel!« sagte sie neckisch zu Wanda. »Wenn ich ihn nicht mit einem Feuerwerk gelockt hätte, wäre er gar nicht mitgekommen. Er haßt Venedig.«

»Wie ertragen Sie das?« Der Baumschulenbesitzer wandte sich von seiner Frau ab und starrte Wanda feindselig an. »Ich meine, den Geruch. Es stinkt doch immer, besonders jetzt, im Sommer, aber ich habe es auch schon im Winter bemerkt, diesen Geruch, einfach ekelhaft.«

»Man gewöhnt sich daran«, sagte Wanda. Hilfesuchend blickte sie sich um.

»Und die Touristen, wie schafft man es, inmitten von Touristen zu leben?«

»Wir versuchen sie abzurichten«, sagte Wanda. »Wir bringen ihnen kleine Besorgungsgänge bei, das Bügeln, Parkett bohnern – je nachdem. Die nicht Brauchbaren stapeln wir im Garten.«

»Und die Gondelserenaden?« fragte der Baumschulenbesitzer, der sich nicht entmutigen ließ.

»Ein Eimer Wasser von Zeit zu Zeit wirkt Wunder«, beeilte sich Wanda zu sagen. Sie dachte an Primo. Er hätte schon längst dasein müssen.

»Venedig ist einfach eine Frage der Sichtweise«, sagte Morosini. Letztendlich sind doch alle Städte gleich ...«

»Friedrich Torberg. Tante Jossele«, assistierte Wanda.

»... egal ob es sich um Paris, Ankara oder Philadelphia handelt. Die gleichen Verkehrsstaus, die gleichen Abgase, die gleiche Parkplatzsuche. Deshalb meine ich, daß sich die Welt so ein Naturreservat wie Venedig leisten muß. Ein kleiner Winkel, wo man nicht so lebt wie überall.«

Die Regatta war zu Ende, gewonnen hatte der Buranese Strighetta, die kleine Hexe – ein Ruderer, der schon die letzte, die vorletzte und die vorvorletzte Regatta gewonnen hatte. Langsam löste sich das Gewimmel der Boote auf dem Canal Grande wieder auf.

Ein Tablett mit Cocktails schwebte vorbei. Es sah aus, als würde es von einer amarantroten Livree getragen. Der Mohr, der darin steckte, war im Dämmerlicht unsichtbar.

»Ich könnte hier nicht leben«, sagte die Baumschule.

»Gott sei Dank«, sagte Morosini.

Radomir bat zu Tisch. Wobei Tisch eine grobe Untertreibung war. Er hatte sich die Mühe gemacht, eine U-förmige Tafel aufzubauen. Nicht zufällig, sondern ganz genau wie auf seinem Lieblingsbild *Banchetto alla Giu-*

decca aus der Schule Longhis, das in Ca' Rezzonico hing. Während Radomir über der Tischordnung gebrütet hatte – Venezianer sollten mit Nicht-Venezianern gemischt werden, Adelige sollten zwar neben Bürgerlichen sitzen, aber nur neben Künstlern, auf keinen Fall neben Geschäftsleuten, einige Ehepaare mußten unbedingt getrennt werden, weil sie sich immer in der Öffentlichkeit stritten, andere durften auf gar keinen Fall getrennt werden, weil sie dann zu trinken begannen –, hatte Maria Tage damit verbracht, fluchend das Silbergeschirr zu putzen, die Platzteller, das Besteck, die Salz- und Pfefferstreuer – all das, was sonst nie benutzt wurde, weil es sich abnutzen würde. Die Tischdecken waren aus handgeklöppelter Burano-Spitze. In der Mitte jedes Tisches stand ein Gesteck aus Lilien und Malven. Auf jedem Platz lag die von Michel handgeschriebene Menükarte: Gefüllte, fritierte Zucchiniblüten, gefolgt von Rindercarpaccio, gefolgt von Zitronenrisotto, gefolgt von Jacobsmuscheln mit Artischocken, gefolgt von Kalbsschmetterlingen in Zitrone, gefolgt von Zitronenbaiser und Sachertorte, gefolgt von Kaffee, gefolgt von Grappa, beendet mit Champagner und Petit fours.

Wanda freute sich, daß sie dem Baumschulenbesitzer entkommen war. Rechts von ihr saß jetzt Morosini. Mit der Tischordnung wurde die Gesellschaft neu gemischt. Neben Morosini saß die Verlegerwitwe Pignatti.

»Was für eine Ehre für mich, an der Seite einer so renommierten Verlegerpersönlichkeit den Abend verbringen zu dürfen«, sagte er und flüsterte beflissen: »Ich hätte da ein Buch, kleine Vignetten … Vignetten über Venedig.«

»Sind sie romantisch?« fragte die Witwe Pignatti.

Sofort begann Morosinis Nase zu leuchten. »O ja, romantisch, sehr romantisch!«, bestätigte Morosini eifrig. »Venedig ist ja auch eine romantische Stadt.« Er hüstelte verlegen, als er Wandas fragendes Gesicht sah. »Jedenfalls in den Augen vieler Besucher ist Venedig ...«

»Es muß sehr romantisch sein«, sagte die Witwe Pignatti streng. »Sonst verkauft es sich nicht.«

»Das sehe ich ein. Sehen Sie, ich habe bereits einige Exemplare fotokopiert, falls es Sie interessiert. Ich möchte mein Buch den vielen Menschen, die Venedig lieben, nicht vorenthalten, nur weil einige böswillige Zeitgenossen es nicht verstanden haben.«

»Ach«, sagte die Witwe Pignatti. »Dann haben Sie das Manuskript also schon woanders angeboten. Das ist natürlich schlecht.«

»Nein, nein«, beeilte sich Morosini zu sagen. »Ich habe nur ...«

»Romantische Vignetten über Venedig«, unterbrach ihn Radomir wie gewohnt. »Wie originell. Gibt es auch Liebesszenen?« fragte er kichernd.

»Selbstverständlich«, antwortete Morosini mit schamrotem Gesicht, als er merkte, wie sich die Aufmerksamkeit der ganzen Gesellschaft auf sein Manuskript konzentrierte. »Aber es geht natürlich nicht nur um die Liebe.«

»Sondern?« fragte Radomir.

»Um den Fluch von Palazzo Dario«, antwortete Morosini.

»Wie apart«, sagte die Baumschule.

»Dann muß ich auch drin vorkommen«, sagte Radomir bestimmt. »Sonst hat der Roman keinen Sinn.«

Hochrot und schweigend wandte Morosini ihm den Rücken zu. Wanda sah mit Mitgefühl, wie er verlegen auf seine Knie starrte. Das war es also, was ihn, den ehrenwerten Direktor, all die letzten Wochen im Museum beschäftigt hatte. Kein Wunder, daß er erglühte vor Scham. Seine Leidenschaft für Venedig mußte ihn eingeholt haben. Trotzdem blieb ihr ein Rätsel, wie er gerade auf Palazzo Dario gekommen war. Wanda war gerade im Begriff, den Zipfel einer Erinnerung – was war da noch bei ihrer ersten Begegnung im Zug gewesen? – zu fassen, als die Witwe Pignatti das Gespräch abrupt wie immer auf ihr Lieblingsthema, die Lega Nord und den Sturm auf den Campanile, brachte. Morosini war glücklich, von der peinlichen Situation erlöst zu sein, und auch Wanda hatte eigentlich nicht vor, das Fest mit Gedanken über seine literarischen Ambitionen zu verbringen, doch der Rest der Tischgesellschaft stöhnte auf.

»Ist denn zu befürchten, daß mein geliebtes Venedig in die Hand dieser Fundamentalisten fallen wird? Wird bald nur noch venezianischer Dialekt gesprochen werden?« Die Witwe Pignatti gab nicht auf.

Die venezianischen Gäste gähnten hinter vorgehaltener Hand. Wanda blickte auf die Uhr. Sie fragte sich, ob Primo vielleicht seine Meinung geändert hatte und den Abend lieber mit Regattaruderern verbrachte. Nur Conte Morosini war so froh, weiteren Kommentaren zu seinem Buch entronnen zu sein, daß er sich voller Verve ins neue Thema des Abends stürzte.

»Signora Pignatti«, sagte er und blickte sie an, als

wollte er sie in der Mitte durchbeißen, »Signora, Sie werden sich doch wohl nicht von einer Horde wildgewordener Bauern beunruhigen lassen, die glauben, Venedig mit einem zum Panzer umgebauten Traktor erobern zu können! Die Lega Nord kommt aus Bergamo, und Bergamo war ein paar Jahrhunderte lang venezianischer Besitz. Hinterland! Die meisten Bergamasker arbeiteten als Kammerdiener bei den adligen Familien der Serenissima! Venedig hat mit diesen Bauernlümmeln nichts zu schaffen.«

»Vermutlich sind sie arbeitslos und langweilen sich«, warf Radomir ein, der sich um sein Vorrecht betrogen fühlte, das Gespräch anzuführen.

»Wenn in Neapel alle, die arbeitslos sind, einen Campanile besetzen würden, säßen alle auf irgendwelchen Glockentürmen. Und es gibt bei uns eine Menge davon«, wendete Wanda ein.

»Wie schrecklich«, sagte die Palladiovillenstifterin.

»Manchmal kommt es vor, daß ein Arbeitsloser auf das Dach eines Hauses steigt und runterzuspringen droht, weil er keine Arbeit findet«, sagte Wanda. »Dann stehen unten die Leute und rufen ihm zu: ›Jetzt spring schon endlich!‹«

Wanda merkte, wie Radomir unruhig wurde. Sein Gesicht war rot wie eine Languste. Er hatte den ganzen Abend lang keine einzige Gelegenheit gehabt, »War es nicht Voltaire, der sagte« einzuflechten, nicht ein winziges »Wie schon La Rochefoucauld bemerkte«, nicht mal ein Krümel von Kostümtheorie hatte bislang Platz in der Konversation gehabt. Und jetzt noch ein Gespräch über Politik! Er wollte eingreifen, da wischte eine Erscheinung seinen Unmut weg. Radomir zog sich ein Lächeln über. Primo stand im Salon. Unter dem Licht der Kronleuchter und den Blicken der Partygäste sah er aus wie ein frisch angelandeter Thunfisch auf einer Kaimauer. Makellos und schillernd. Als er mit einem Winkel seines perfekten Mundes lächelte, spürte Wanda, wie ein Ruck durch die Rücken der Frauen ging. Auch Radomir streckte sich. Er eilte ihm entgegen.

»Darf ich vorstellen: Primo Tagliapietra. Unser Hausgondoliere – hätte ich fast gesagt.«

Wanda sah, wie Primo geniert seine Hände knetete.

»Aber damit würde ich ihm nicht gerecht werden«, setzte Radomir fort. »Primo ist Künstler. Er macht moderne Kunst. Er ist Vollzeitkünstler und Halbtagsgondoliere.«

Du Schlange, dachte Wanda.

Radomir nahm Niederlagen ungern hin, deshalb hatte er es nach Wandas Enthüllung zunächst noch weiter versucht und die Tage bis kurz vor dem Fest genutzt, um Primo zu bezaubern: Er hatte ihm wiederholt angeboten, einmal wöchentlich mit ihm französische Konversation zu machen, was Primo wiederholt dankend abgelehnt hatte. Dann hatte Radomir versprochen, bei dem Direktor der Musée de l'Art moderne in Paris ein gutes Wort für ihn und seine Käferskulpturen einzulegen – was allerdings voraussetzen würde, daß sie etwas mehr Zeit miteinander verbrächten, damit er seiner Kunst näherkommen könne. Als auch das nicht fruchtete, mußte Radomir resigniert feststellen, daß der schöne Primo für ihn auf ewig verloren war. Wanda hatte Radomirs Resignation daran bemerkt, daß Primo plötzlich für ihn der langweiligste Mensch der Welt war. »Weißt du, Wanda«, hatte Radomir ihr bei einem Nachmittagsplausch gesagt, »Primo hat mir ja so schrecklich viel erzählt. Also fast sein ganzes Leben, was nicht lange dauerte, so wenig spektakulär, wie es ist. Und plötzlich ging mir auf, was für ein Langweiler er im Grunde doch ist. Wie bemerkte schon Voltaire: ›Das Geheimnis zu langweilen besteht darin, alles zu sagen.‹ Na ja. Vielleicht ist er bei dir ja schweigsamer.« Fortan würde er, Radomir, sich an den Tagen, an denen Primo die Gondelfähre fuhr, nicht mehr übersetzen lassen. Sondern sich Blasen beim Umweg über die Accademiabrücke holen und sich den Rempeleien der schwitzenden Touristen aussetzen, hatte Wanda gedacht.

»Venedig ist einzigartig«, sagte die Witwe Pignatti jetzt. Die Männer guckten Primo an, als würde ihnen ein sprechender Strudelwurm vorgeführt, mit dem sie sich über seinen Alltag unterhalten müßten.

»Er hat einen hübschen Nacken«, sagte die Frau von Conte Grimani, ohne ein einziges Mal nach Luft zu schnappen. »Das kommt sicher vom Rudern.«

Radomir setzte Primo neben die österreichische Baroneß. Wanda hätte ihn erwürgen können. Sie hörte noch, wie die Baroneß »Sie sind Gondoliere? Nein, wie romantisch!« zu ihm sagte.

Dank dieser kleinen Unterbrechung hatte Radomir die Gesprächsführung endlich an sich reißen können. Um sich der Aufmerksamkeit aller zu versichern – und sicherlich auch, um sich an seinem Intimfeind Conte

Morosini, diesem eingebildeten Gecken zu rächen –, beschloß er, die Konversation auf Palazzo Dario zu bringen. Er erzählte auf vergnüglichste Weise von den jüngsten Fluchaustreibungsaktionen, davon, daß der lange Arm vom Palazzo Dario sogar bis auf eine Herrentoilette am Fischmarkt reichte, wo der Zauberer Alexander festgenommen worden war, und daß Madame Lydia hinter seinem Einrichtungsgeschmack böse Geister vermutete.

»Oh, wenn doch all die ruhelosen Seelen sprechen könnten, die im Palazzo Dario wohnen!« rief die Steuerberaterin, die zum ersten Mal etwas sagte, nachdem sie den ganzen Abend lang schweigend Aschenbecher geleert hatte.

»Sicher haben auch Kurtisanen in diesem Palazzo gewohnt«, sagte die Palladiovillenstifterin und lächelte Primo träumerisch zu, worauf ihr Mann ihr einen erstaunten Blick zuwarf. »Vielleicht Veronica Franco, die mit Heinrich dem Dritten von Frankreich eine Liebesnacht verbrachte, als er auf Staatsbesuch in Venedig war. Er hat sich so nach ihr verzehrt.«

»Woher weißt du denn das?« fragte ihr Mann.

»Das weiß man eben«, sagte sie schnippisch.

»Sie war eine der berühmtesten Dichterinnen Venedigs«, sagte Morosini, um seinen Ruf als Wissenschaftler wiederherzustellen. »Sie war, wenn ich mir die Bemerkung erlauben darf, die Geliebte von drei meiner Ahnen: Sie hatte ein Verhältnis mit Maffio Morosini, einem obszönen Poeten, mit dem sie einen literarischen Streit anfing, aus dem sie als Siegerin hervorging, mit seinem Bruder, Domenico Morosini, einem kongenialen

Dichter, der sie protegierte, und nicht zuletzt mit dessen Cousin, dem Diplomaten Marco Morosini.«

»Und sie hat es mit allen Dreien gleichzeitig getrieben?« fragte die Steuerberaterin aufgeregt, was Morosini ignorierte.

»Außerdem gab es da diese Kurtisane, die Jean Jacques Rousseau empfahl, das mit den Frauen lieber aufzugeben und sich statt dessen der Mathematik zu widmen«, sagte die Frau von Conte Grimani und keckerte Primo über die ganze Tafel hinweg an. »War bei Ihnen nicht auch eine Kurtisane in der Familie?«

»Selbstverständlich«, konterte Primo zu Wandas Überraschung. »Wie hieß sie noch gleich … Camilletta dell' Orso. Hat sie nicht einen Grimani geheiratet?«

»Nein«, fauchte Conte Grimani, als hätte man seine Lieblingstante beleidigt. »Sie verwechseln das mit den Zorzis.«

Als die Unterhaltung über die Kurtisanen zu heikel zu werden drohte, gab Radomir seinem Orchester ein Zeichen. Sie spielten Tango, Walzer und Mazurkas, und plötzlich war die Tanzfläche voller Paare. Grimani tanzte, als wollte er einen Kaugummi unter seinem Schuh loswerden. Er wischte mit seinen Sohlen über den Boden, aber das verflixte Kaugummi ging offenbar nicht ab. Contessa Grimani hielt beim Tanzen die Arme hoch und bewegte die Hände hin und her, als drehte sie Glühbirnen ein und aus. Der Baumschulenbesitzer tanzte Paso doble mit Signora Costanzo und vergaß darüber seine anti-venezianischen Gefühle. Der Bühnenbildner Costanzo tanzte Quickstep mit der Witwe Pignatti, Walzer mit der Palladiovillenstifterin und Tango mit Wanda. Und als Wanda Tango tanzte, konnte sie mit einem Auge sehen – Costanzo hatte sie gerade so herumgewirbelt, daß sie mit dem Kopf den Boden berührte –, wie die kleine, hinterhältige österreichische Baroneß zu Primo »Venedig bleibt immer Venedig« sagte und ihn zum Tanzen aufforderte. Und Primo sagte nicht nur zu, er lächelte auch noch. Er lächelte etwas blödsinnig, wie Wanda fand. Bemerkte er denn nicht, daß sie aussah wie eine Seegurke? Radomir lächelte auch. Er lächelte triumphierend. Etwas voreilig, wie Wanda fand.

Und dann fiel der Kronleuchter herunter.

23.

Was ein Kronleuchter für die Herzkranzgefäße bedeuten kann

So hatte sich Radomir seinen Tod nicht vorgestellt. Einfach so wegzusterben? Ohne Vorankündigung, ohne Dramaturgie? Einfach ausgepustet zu werden? Das hätte ihn sicher aufgebracht.

Wanda saß fassungslos vor ihrem toten Onkel. Die Formalitäten waren erledigt. Der Arzt hatte den Totenschein ausgestellt und angesichts der spätsommerlichen Temperaturen angeraten, Radomir innerhalb der nächsten zwei Tage zu beerdigen. Wanda erwartete, daß sich Radomir noch mal im Bett aufrecht hinsetzen würde. Nicht mal zu einem erstaunten »Ohe, jam satis!« (Oh, schon genug! – Horaz) hatte er noch Gelegenheit gehabt.

Je länger er tot war, desto zänkischer sah er aus. Seine Stirn war gerunzelt, gerade so, als wollte er jeden Augenblick einen Streit anfangen, wobei ihm wie immer jedes Thema recht gewesen wäre. »Wenn ich die debilen Thronfolger sehe, dann tut es mir überhaupt nicht leid, daß Italien keine Monarchie mehr ist«, hätte er gesagt. Oder: »Es wird Zeit, daß Venedig endlich versinkt!«

Es war Maria, die ihn gefunden hatte. Wie üblich war sie gegen zehn in sein Schlafzimmer gekommen, sie hatte die Fensterläden aufgerissen, damit gute, frische Luft in das Zimmer ströme – was sie allerdings nicht davon abhielt, kurz am Fenster ein Zigarettchen zu rauchen. Dann hatte sie mit Schwung die Bettdecke weggezogen, um sie im Fenster zu lüften. Und Radomir im Bett liegen sehen. Er lag auf dem Bauch, den Kopf zur Seite gedreht. Sein Scheitel war verrutscht, der Mund ein wenig geöffnet.

»Madonna!« hatte Maria gerufen. »Haben Sie mich erschreckt!«

Sie hatte Radomir noch nie im Schlafanzug und erst recht nicht im Bett gesehen. Normalerweise stieß er einen Warnruf aus, bevor sie sein Zimmer überhaupt betreten konnte. Deshalb ging sie fest davon aus, daß er sich bereits in seinem Luxusbad zu schaffen machte.

Der Schlafanzug war aus Seide und silbergrau gestreift.

»So ein schöner Spätsommermorgen«, hatte Maria spitz gesagt. »Viel zu schön, um im Bett zu liegen.«

Das sollte eine Provokation sein. Maria wußte, daß Radomir immer erst sehr spät aufstand, wenn draußen die Sonne schien. Für andere Menschen mochte schönes Wetter ein Grund zu sein, den Tag so früh wie möglich anzugehen. Radomir legte Wert darauf, sich sein Leben nicht durch meteorologische Gegebenheiten vorschreiben zu lassen. Es hatte Maria erstaunt, daß er ihr nicht widersprochen hatte. Das war ungewöhnlich.

»Signore!« hatte Maria gerufen und erwartet, daß Radomir aufspringen und sie aus dem Zimmer werfen würde. »Signor Radomir!«

Schließlich hatte sie sich dem Bett genähert und ihr Ohr an Radomirs Mund gehalten. Er schnarchte nicht. Das erwartete Maria auch nicht anders. Erst als sie ihn an der Schulter schüttelte und er sich immer noch nicht rührte, hatte sie angefangen zu schreien.

Das war, abzüglich Schluchzen und Heiligenanrufung, der Inhalt des Wortschwalls gewesen, mit dem Maria Wanda übergossen hatte. Wanda war mit ihr in Radomirs Schlafzimmer zurückgelaufen. Und dann hatte sie gar nicht recht gewußt, was sie tun sollte. Sie faßte ihm an die Stirn, wie einem Fieberkranken. Sie fühlte ihm den Puls. Sie spürte nichts, außer daß Radomir bereits kalt war.

»Maria«, hatte Wanda gesagt. »Ich glaube, er ist tot.«

Wanda blickte auf Radomirs zänkisches Gesicht. Er hatte durchaus Anlaß dazu, ärgerlich zu sein, fand sie. So war das nicht gedacht gewesen.

Es war ein besonders schönes Stück gewesen. Achtzehntes Jahrhundert, *un Ca' Rezzonico*, wie man den Leuchter nach dem Vorbild derer aus dem Rezzonico-Palast am Canal Grande nannte. Ein achtzehnflammiger Leuchter, der schon zu Zeiten von Henri Régnier in Ca' Dario gehangen hatte. Radomir war stolz auf ihn gewesen. »Der polnische Konsul, vor fünfzig Jahren zu Gast in Ca' Dario, soll sein Leben lang von diesem Leuchter geschwärmt haben!« hatte er stets betont, sobald das Licht angeknipst wurde. Was nicht oft der Fall war. Denn er hatte entschieden, daß es Vergeudung sei, den Leuchter anzumachen, lediglich um eine Zeitung zu lesen. Seit Jahrhunderten hatte der Leuchter an der Decke des Salons gehangen, gehalten von einem schmiedeeisernen Haken. Und jetzt – zerbrochen, zertrümmert in Milliarden von Glassplittern. Nur, weil dieser Kretin von Elektriker die Girlande mit der Festbeleuchtung so ungeschickt am Leuchter festgemacht hatte, daß die Halterung resignierte. Das zentnerschwere Muranoglas hatte Radomir nur knapp verfehlt. Die meisten Gäste sahen vor Schreck aus wie von innen grün beleuchtet. Wie durch ein Wunder war aber niemand auch nur angekratzt worden.

Radomir war befriedigt gewesen. Wie ein Hundebesitzer, der es endlich geschafft hatte, seinen Pudel dazu zu bringen, nun auch vor Gästen seine Kunststückchen vorzuführen. »Die Welt blickt auf uns«, hatte er Wanda zugeflüstert und gegrinst. Schließlich hatte er jahrelang in seinem verfluchten Palazzo herumgesessen, ohne daß sich etwas Wesentliches getan hätte.

Und jetzt so etwas. Einfach im Schlaf wegsterben. Nie hätte er das von seinem Palazzo erwartet.

Daran dachte Wanda, als sie vor Radomir saß.

Maria, die sich wieder beruhigt und zu der ihr eigenen Teilnahmslosigkeit zurückgefunden hatte, bereitete das Totenzimmer vor. Draußen vom Kanal drängelte sich *Ciao-Venezia-ciao-Venezia-ciao-ciao-ciao* in das Zimmer.

»Madonnasantissima«, sagte Maria und bekreuzigte sich. Sie schloß die Fensterläden, hängte schwarze Vorhänge vor die Fenster und zündete Kerzen an.

Als Wanda Michel die traurige Nachricht überbrachte, wurde er fast ohnmächtig. Wanda mußte ihn stützen. Ständig murmelte er: »Der Fluch! Der Fluch! Der Fluch!« Schließlich erklärte er sich bereit, den Toten zurechtzumachen. Allen war klar, daß Radomir in seinem Lieblingskostüm, dem Rokoko-Gewand eines venezianischen Edelmannes aus rosa Satin mit Spitzenjabot, aufgebahrt werden mußte. Michel schminkte ihn, zog ihm die Perücke auf und legte den Stock mit dem silbernen Knauf neben ihn.

Wanda fand, daß der tote Radomir sehr schön aussah, mit den azurblauen Lidern, dem Herzmund und der Mouche. Später kam der Priester von der Salutekirche. Ein alter Mann im fleckigen Priestergewand, der nach Wein roch. Er würdigte den schönen Toten keines Blickes. Er hätte genausogut eine Schrankkommode segnen können.

Maria machte auf dem Campiello Barbaro die notwendigsten Einkäufe, und Wanda rief das Bestattungsunternehmen Serenissima an. Danach wußte ganz Venedig von Radomirs Tod. Am Nachmittag kamen die ersten Kondolenzbesucher. Radomirs alte Freundin, Contessa Maria Pia Ferri und der Avvocato Carlet. Beide waren erst am Abend vorher von einer Urlaubsreise zurückgekehrt und hatten deshalb nicht an dem fatalen Regattafest teilnehmen können.

»Hat er leiden müssen, oder war er sofort tot?« fragte die Contessa.

»Er ist einfach nicht mehr aufgewacht. Seine Uhr war abgelaufen. Das hat uns der Arzt gesagt«, sagte Wanda.

»Es ist naheliegend, auf der Stelle tot zu sein, wenn

man von einem Kronleuchter getroffen wird!« sagte Anwalt Carlet.

»Wir haben das vom Kronleuchter schon gehört«, sagte die Contessa und räusperte sich.

»Seine Uhr war abgelaufen. Sein Herz hat aufgehört zu schlagen«, beharrte Wanda.

»Kein Wunder«, sagten die Contessa und der Anwalt wie aus einem Munde.

Dann kam der Oberintendant für Altertumswesen und Kunst. Er kam mit seiner Frau.

»Ja, ja«, sagte der Oberintendant und blickte auf Radomirs Mouche, »ich verstehe. Aber wie konnte es passieren, daß sich die Halterung plötzlich löst, wenn sie über Jahrhunderte gehalten hat? Das ist doch eigentümlich.«

»Die Herzkranzgefäße«, sagte Wanda. »Der Arzt meinte, es wären die Herzkranzgefäße gewesen. Sie waren verkalkt.«

»Verstehe«, sagte der Oberintendant gedehnt. »Die Herzkranzgefäße also.« Er lächelte.

Dann kamen ein paar Nachbarn. Der Fleischer vom Campiello Barbaro, Ingenieur Tresconi und seine Cousine vom Palazzo Barbaro. Sie alle ließen es sich nicht nehmen, Radomir auf seinem Totenbett die letzte Ehre zu erweisen.

»Wie ist es passiert?« fragte jeder. Wanda sprach von Radomirs verkalkten Herzkranzgefäßen. Alle lächelten verständnisinnig.

»Ja, ja«, sagten sie. »Die Herzkranzgefäße.«

Der *Gazzettino* würdigte Radomir gleich am nächsten Tag. »Radomir Radziwill, *Seigneur du Carneval*, gestorben im Palazzo Dario«, stand auf Seite eins der Lokalnachrichten. Man pries ihn als großen Signore und Venezianer aus Leidenschaft, als Original und fellineske Figur, als Kunstkenner und geistreichen Plauderer, der unter tragischen, wenngleich nicht weiter erläuterten Umständen ums Leben gekommen sei. »Was für ein Mist!« hätte Radomir gesagt, wenn es ihm vergönnt gewesen wäre, seinen eigenen Nachruf zu redigieren. Vom »Fluch von Ca' Dario« war erst auf der zweiten Seite die Rede, wo aber um so nachdrücklicher von »düsteren Geheimnissen« und »unheilvollen Verwünschungen« die Rede war.

Wanda hatte Mühe, vier Sargträger zu finden. Michel, das war klar, aber wer noch? Primo fiel aus, weil er die Trauergondel rudern mußte. Und Radomir hatte zwar viele langjährige Freundschaften mit Frauen, aber kaum mit Männern gehabt. Die jungen Männer, die in seinen Salon kamen, um ihm zu helfen, das Leben zu ertragen, waren meist nach Monaten regelmäßiger Besuche einfach verpufft. Es blieb höchstens der junge Dichter vom letzten Fest. Aber wenn er schon Mühe hatte, seinen eigenen Kopf geradezuhalten, wie konnte er dann einen Sarg tragen? Wanda entschied sich für Radomirs Orchestermusiker, weil sie ihr etwas kräftiger erschienen: Der Rahmenmacher (Saxophon), der Möbelrestaurator (Geige) und der Optiker (Klavier). Als sie eintrafen, mußte sie allerdings feststellen, daß die Größenunterschiede zwischen ihnen beträchtlich waren. Michel war mindestens einen Meter neunzig groß, wohingegen der

Rahmenmacher höchstens einen Meter sechzig maß. Mit Absätzen. Aber es gab keine andere Wahl. Der Sarg setzte sich wie ein Ungeheuer auf vier verschieden langen Beinen in Bewegung.

Unten vor dem Wasserportal wartete die Leichengondel. Vier schwarzgekleidete Gondolieri, die in ihrer Trauer-Uniform aussahen wie Hotelpagen. Darunter Primo mit dazu passender Leichenbittermiene, die ihn dennoch nicht davon abhielt, Wanda zuzublinzeln. Die Gondel war größer als gewöhnlich und mit schwarzen und violetten Tüchern geschmückt. Vorn stand eine Madonna wie eine Galionsfigur mit gefalteten Händen. Als die Sargträger den Sarg in die Gondel reichten, rutschte Michel auf dem algenbewachsenen Bootssteg aus. Fast wäre Radomir in den Kanal gefallen.

Die Messe in Santa Maria della Salute war ergreifend. Schöner als die *Festa della Salute*, meinten alle. Tout Venise war anwesend. Radomir hatte in seinem Testament Nino Rotas Filmmusik für »I Vitelloni« verfügt. Die vier Sargträger versuchten, im Rhythmus der Musik hinter den Ministranten her zu schreiten, was bei dieser Musik nicht leicht war. Sie fingen an zu tänzeln.

Radomir trat seine letzte Reise in einem Tannenholzsarg an, und es war schönstes Spätsommer-Wetter. Ein blankpolierter blauer Himmel wölbte sich über der Lagune, und Venedig lag da wie eine Wasserblume. Radomir hatte sich gewünscht, daß die Leichengondel mit den vier Gondolieri auf keinen Fall die Abkürzung über den Rio Santa Giustina entlang dem Ospedale Civile nehmen dürfe. »Bloß nicht an dem schrecklichen Krankenhaus vorbei, durch den mit Lastkähnen und

Müllbooten vollgestellten Kanal!« hatte er immer gesagt. Nein, es mußte der Bogen um Sant' Elena gefahren werden.

Die Trauergäste setzten im Wassertaxi zu San Michele über. Als die Gondel anfuhr, kam plötzlich Wind auf. Einen Augenblick zuvor hatte das Wasser noch friedlich an den Stufen zu Santa Maria della Salute gelegen, jetzt fing es an zu randalieren, es faltete sich und entfaltete sich. Die Lagune machte den Rücken rund. Wanda versuchte sich vorzustellen, wie Radomir in seinem Sarg herumrollte.

Die Beisetzung auf Michele war ergreifend. Ein überwältigend langer Trauerzug folgte dem Sarg. Wanda war blaß, der Weihrauch, den die beiden Ministranten geschwenkt hatten, war ihr auf den Magen geschlagen. Sie stand am Grab, putzte sich die Nase und nahm die Beleidsbekundungen entgegen. Die Raimonda Raimondis, die Antonella Antonellis, die jungen Dichter – Wanda drückte unzählige Hände. Sogar einige Kellner des Caffè Florian waren zu Ehren ihres Stammgastes erschienen.

Schließlich kam Girolamo Morosini auf Wanda zu.

»Es tut mir so leid für Ihren Onkel, Signorina«, sagte er und drückte ihr die Hand. »Er hatte Stil, Ihr Onkel. Er hatte Geschmack. Doch, doch. Wenn ich nur an die beiden Herkulesse denke. Er hat sie bei mir gekauft. Er hatte einen Blick für die richtigen Dinge. Falls Sie jetzt keine Verwendung mehr für sie haben, Signorina Dottoressa – ich meine die beiden Herkulesse –, denken Sie an mich. Das gilt auch für die beiden Renaissance-Knappen. Ich bin immer für Sie da.«

Wanda schluckte.

»Ja, ja«, sagte er, »die Ereignisse haben sich überstürzt, Signorina.«

»Mein Onkel ist entschlafen«, sagte Wanda störrisch. »Friedlich.«

»O ja, natürlich, entschlafen, selbstverständlich, entschlafen, entschlafen«, murmelte er. »Ich vergaß.«

Er lächelte Wanda an, als habe er eine geheime Botschaft entschlüsselt.

Langsam zerstreute sich der Trauerzug. Die Zypressen von San Michele verneigten sich. Wanda warf einen letzten Blick auf Radomirs Grab, dann verließ auch sie den Friedhof.

»Sterben ist das Beste, was man in Venedig machen kann«, hatte Radomir immer gesagt. Eines Nachmittags, als sie auf der Terrasse saßen und *bellini* tranken, sagte er: »Was glaubst du, Wanda, warum ich es auf mich nehme, auf Cocktailparties herumzustehen, von Touristen überrannt zu werden und in Taubenkacke zu treten? Nur, weil ich sicher sein kann, hier anständig zu sterben.«

Auf seinem Grabstein sollte »morto a Venezia« stehen. Das hatte er auf den Grabsteinen von San Michele immer so bemerkenswert gefunden. »Born in Cleveland«, stand da und darunter »Died in Venice«. Oder »Geboren in Braunschweig. Gestorben in Venedig«. Das »morto a Venezia« adelte jedes Leben und machte Braunschweig und Cleveland wieder wett, fand Radomir. Was sogar für die Wesermarsch galt.

Und so geschah es.

24.

Die erste Fischsuppe ohne Radomir

Maria saß lesend in der Küche, zwischen ihren Fingern hielt sie eine Zigarette.

»Schlingpflanze mit fünf oder Verhältniswort mit zwei Buchstaben?« fragte Wanda.

»Als hätte ich nichts Besseres zu tun«, antwortete Maria.

»Entschuldige«, sagte Wanda gedehnt. »Ich wollte dir nicht zu nahe treten.«

Seit Radomirs Tod war Maria noch übellauniger geworden, als sie es schon zu seinen Lebzeiten gewesen war, fand Wanda. Es war, als fehlten ihr Radomirs Ermahnungen als Regulativ für ihre Stimmungsschwankungen. Sein Tod lag ein halbes Jahr zurück. Er hatte eine gewaltige Lücke hinterlassen. Ohne ihn, seine Monologe und seine Kostümwechsel war es still geworden im Palazzo Dario. Michel hatte das Haus nach Radomirs Tod überstürzt verlassen und war in den Dienst der Contessa Maria Pia Ferri getreten. Überdies war Wanda eine weitere Stütze ihres venezianischen Lebens abhanden gekommen: Girolamo Morosini. Ihm war es endlich gelungen, seine Frühpensionierung durchzusetzen, er wolle sich nur noch dem Schreiben widmen, hatte er Wanda gesagt. Er sei der jahrelangen Beschäftigung mit wissenschaftlichen Abhandlungen überdrüssig und könne es nicht erwarten, sich endlich ganz der Belletristik zuzuwenden. Er wolle endlich einen italienischen Verleger für sein Buch finden, den ersten venezianischen Gegenwartsroman, gestand er ihr. Da hatte er bereits einige Gläser Merlot getrunken. »Wenn man bedenkt, daß das ein Buch ist, das in alle Weltsprachen übersetzt werden könnte! Nur in seinem Heimatland interessiert sich keiner dafür. Ein Skandal!«

Vor kurzem war ein neuer, alerter Direktor ins Museo Orientale eingezogen, der Wandas Leben nicht mit Betrachtungen über Venedig bereicherte, sondern eine Ausstellung nach der anderen vorbereitete. Es war ungemütlich geworden.

»Also, so ein dummes Zeug«, sagte Maria und stieß ächzend den Rauch aus. Angewidert schob sie den Packen Papier, in dem sie gelesen hatte, zu Wanda hinüber. »Hier, das ist sowieso für dich. Dir wird es vielleicht gefallen – schließlich bist du Neapolitanerin.«

Wanda überhörte die Spitze und zog den Packen zu sich. Es waren fotokopierte, handgeschriebene Seiten.

»Morosini hat es gebracht. Du sollst es lesen«, sagte Maria, drückte ihre Zigarette aus und begann damit, eine Goldbrasse auszunehmen.

»Fischsuppe?« fragte Wanda.

»Fischsuppe«, sagte Maria.

»Der arme Radomir«, sagte Wanda. »Er hat sie so gerne gegessen. Besonders mit Safran.« Sie kicherte. Dann setzte sie sich mit dem Packen an den Tisch und fing an zu lesen. Maria schlitzte der Goldbrasse den Bauch auf.

Einige Stunden später, die Fischsuppe war längst kalt, las Wanda immer noch in dem Papierstapel. Ab und zu lachte sie auf, was Maria mit einem verächtlichen »Ich wußte ja, daß es dir gefallen würde« kommentierte. Schließlich stopfte Wanda den restlichen Packen in ihre Tasche. Sie hatte es eilig, am Wasserportal wartete Primo auf sie. Es sollte der erste Bootsausflug nach dem langen Winter sein. Sie lief die Treppe hinunter und öffnete das Portal. Als sie auf dem Bootsanlegesteg stand, sah sie Primos türkisfarbenes Boot schon von weitem.

»So ein beschissener Vormittag«, sagte Primo, als er ihr ins Boot half. »Japaner, Japaner, Japaner.«

Wanda machte es sich im Boot bequem. Sie legte sich eine Decke über die Knie und zog den Papierstapel hervor. Sie lächelte Primo an.

»Wenn ich noch eine einzige Gondelserenade mitmachen muß, dann bringe ich einen von ihnen um«, sagte er.

»Ausgezeichnete Idee«, sagte Wanda und strich das Papier glatt. »Aber vergiß nicht, auch die Gondelserenadensänger zu ersäufen.«

Sie fuhren an der Salutekirche vorbei.

»Es hat alles keinen Sinn«, sagte Primo.

»Was?« fragte Wanda zerstreut, denn sie war damit beschäftigt, ein paar Seiten, die durcheinandergeraten waren, wieder in die richtige Ordnung zu bringen.

»In Venedig zu leben«, sagte Primo.

»Wahrscheinlich«, sagte Wanda zerstreut, die auf der

Suche nach der richtigen Seite war. Offenbar hatte sich Morosini die vernichtende Kritik des Mondaudi-Lektors zu Herzen genommen, und sich bei seinem letzten Kapitel um einen nüchternen Schreibstil bemüht – ein ziemlicher Bruch im Gesamtkonzept, wie sie fand, doch immerhin kam kein einziger »weltberühmter Canal Grande« mehr vor, kein »mitternächtliches Zauberlicht« und keine einzige Liebesszene.

Während Wanda las, beklagte sich Primo immer noch über die Japaner, die so schnell durch Italien reisten, daß sie fast benommen waren, wenn sie bei ihm in der Gondel saßen.

»Entschuldige, wenn ich dich unterbreche«, sagte Wanda, »aber würde es dir etwas ausmachen, mich mal eben das letzte Kapitel zu Ende lesen zu lassen?«

Es war der erste Frühlingstag, es war windstill, der Himmel war blau wie ein Samtkissen, und die Lagune wagte sich nicht zu rühren.

25.

Des Dramas vorerst letzter Teil.
Radomir Radziwill oder eine wahrhafte Geschichte.

Es war einer jener leuchtenden Spätsommertage, als Radomir Radziwill, der vorerst letzte Bewohner des Palazzo Dario zu Grabe getragen wurde.

Niemand wußte genau, ob er Pole war oder doch eher Russe. Radomir Radziwill. Ein ungewöhnlicher Name. Er hatte etwas von einem Hochstapler. Sehr exaltiert. Sehr. Schon wie er im Caffè Florian saß und die Honneurs entgegennahm. Sicher, Venedig braucht solche Persönlichkeiten, er jedoch hat es sehr übertrieben. Vielen Venezianern erschien es so, als hätte Radomir den Palazzo nur gekauft, um unvergänglich zu werden. Immerhin das hat er geschafft. Diese Eitelkeit. Aber dieses grauenvolle, dieses unaussprechliche Ende, das hat er nicht verdient.

Andererseits: Es mußte so kommen. Er wußte genau, worauf er sich eingelassen hatte. Die ganze Stadt hatte ihn gewarnt. »Lassen Sie die Finger davon!« hat man ihm gesagt und ihn darauf aufmerksam gemacht, daß keiner der Besitzer des Palazzo Dario eines natürlichen

Todes gestorben ist. Robert Boulder – erschossen. Fabio delle Fenestrelle – erschlagen. Mick Swinton – das Genick gebrochen. Massimo Miniato – seine Schwester stirbt im Maisfeld. Und dann Vergato, der sich im Schlafzimmer von Ca' Dario die Kugel gegeben hat. Sie alle haben nicht daran geglaubt.

Sicher hat sich Radomir Radziwill auch gefürchtet. Seine Haushälterin Maria erzählte einmal, wie sie Nacht für Nacht Stimmen und Schritte hörte. Einmal will sie sogar gesehen haben, wie ein schwarzer junger Mann durch die Wand in Radomirs Schlafzimmer ging. Und es auch wieder durch die Wand verließ! Es hat sie um den Verstand gebracht. Schließlich ließ Radomir Radziwill sogar seine Nichte Wanda aus Neapel kommen. Unten im Süden kennen sie sich mit Geisterbeschwörungen aus. Die Nichte hatte rote Haare. Und viele sagten, sie hätte das zweite Gesicht.

Erst stürzte der Fernsehtechniker in den Tod. Und dazu gibt es etwas Interessantes zu bemerken: Es heißt, daß Radomir selbst es war, der ihn in den Tod gestürzt hat. Radomir Radziwill hatte doch auch diese gewisse Neigung. Und deshalb verfolgte er den Fernsehtechniker, einen hübschen jungen Mann, bis auf das Dach. Der Fernsehtechniker versuchte sich zu wehren, er schrie und zappelte, aber niemand kam ihm zu Hilfe. Die Haushälterin Maria nicht und der Kammerdiener Michel auch nicht. Der arme Fernsehtechniker versuchte zu entkommen und stürzte ab.

Dann wurde der Architekt wahnsinnig, der Radomir Radziwill den Palazzo verkauft hatte. Nicht mal die Magier konnten im Palazzo Dario etwas ausrichten. Der *mago* Alexander ging dort ein und aus. Und was passiert? Er wird auf einer Herrentoilette verhaftet. Selbst Madame Lydia, die doch wirklich als Kapazität gilt, konnte nichts ausrichten.

Der Fluch von Palazzo Dario wirkte sich auch auf die Hausangestellten aus. Sicher, diese Maria war schon immer eine seltsame Person. Aber nach Radomir Radziwills Tod verwahrloste sie und wurde gewalttätig. Einmal hat sie eine japanische Touristin angefallen, nur weil die ihr im Vaporetto keinen Platz gemacht hat. Ansonsten sah man sie nur noch Tauben füttern. Als das Taubenfüttern verboten wurde und sie eine Geldstrafe dafür zahlen sollte, drehte sie völlig durch. Man sah sie zuletzt nahe der Ponte della Paglia unter den Arkaden des Dogenpalastes sitzen. Dort las sie Touristen aus der Hand.

Auch der Kammerdiener Michel verlor nach Radomirs Tod den letzten Rest seines ohnehin schwachen Verstandes. Er war der eigentliche Grund für das Ableben seines Herrn, schließlich hatte er seine schwarzen Brüder zur Geisteraustreibung geholt. Der venezianische Mohr war schuld. Sie haben in seiner Dachkammer gehaust. Wer fürchtet sich nicht vor ihnen? Überall diese schwarzen Gesichter. Im Dunkeln sieht man sie nicht. Nur ihre Augen, diese Augen. Manchmal, wenn ich am Abend die Calle del Caffetier entlang gehe, dann kommen sie mir entgegen, in Scharen. Sie haben ihre Taschen zusammengerafft und warten am Campo La Fenice, bis die Razzia in der Calle

Marzo vorbei ist. Und dann rufen sie mir »Prada? Gut Preis, Dotto'!« zu. Die ganze Stadt, das ganze Land ist doch voll von ihnen, die Polizei wird gar nicht mehr mit ihnen fertig. Afrikaner, so weit das Auge reicht. Aus der Wildnis direkt nach Venedig. Was weiß man denn, was in ihren schwarzen Köpfen vorgeht? Sie warten doch nur auf so eine Gelegenheit. Radomir hatte es geahnt, selbstverständlich. Der Gedanke, daß diese Afrikaner während seiner Abwesenheit im Palazzo ein- und ausgingen, ängstigte ihn. »Sie werden mich eines Tages auffressen«, das waren seine eigenen Worte, Maria hat es mir selbst erzählt. Und sie war es auch, die seine, wie soll man es bezeichnen, sterblichen Überreste gefunden hat.

Seine Nichte Wanda hat alles abgestritten. Das war klar, schließlich ist sie die Erbin. Böse Geister mindern bekanntlich den Wert. Aber bei der Beerdigung war es nicht ganz klar, ob der Sarg nicht leer war. Die Sargträger trugen ihn, als wäre er aus Papier. Sicher, Radomir war eine zarte Person – aber dennoch.

Wanda, die Erbin des Palazzo Dario, bewohnte den Palazzo noch eine Zeitlang nach seinem Tod. Sie lebte mit einem Gondoliere zusammen. Angeblich war er Künstler. Aber wenn der Künstler war, dann bin ich die Königin Margherita.

Eines Tages, es war ein völlig klarer Frühlingstag, fuhren sie hinaus auf die Lagune. Es war windstill, der Himmel war blau wie ein Samtkissen, und die Lagune wagte sich nicht zu rühren.

Sie kehrten nie mehr zurück.

Seitdem steht Palazzo Dario wieder zum Verkauf.